Leven voor de liefde

Nicholas Sparks bij Boekerij:

The Notebook (Het dagboek)
Message in a Bottle (De brief)
Safe Haven (Veilige haven)
The Best of Me (Het beste van mij)
The Longest Ride (De lange tocht)
The Choice (De keuze)
Zie mij
De ontmoeting
De bruiloft
Wij twee
Je bent nooit alleen
Op het eerste gezicht
Een liefde om nooit te vergeten
Met hart en ziel
De redding
Leven voor de liefde

Nicholas Sparks

Leven voor de liefde

Hope en Tru staan voor een hartverscheurende keuze;
kiezen ze voor elkaar of voor hun familie?

BOEKERIJ

ISBN 978-90-225-8439-2
ISBN 978-94-023-1114-3 (e-book)
NUR 302

Oorspronkelijke titel: *Every Breath*
Vertaling: Iris Bol en Marcel Rouwé
Omslagontwerp: DPS design & prepress studio
Omslagbeeld: © ArcAngel
Zetwerk: ZetSpiegel, Best

Voor Victoria Vodar

Deel 1

Tru

Op de ochtend van 9 september 1990 liep Tru Walls naar buiten en keek naar een ochtendhemel die aan de horizon de kleur van vuur had. De grond onder zijn voeten was gebarsten en de lucht was droog. Het had al twee maanden niet geregend. Het stof kleefde aan zijn stevige wandelschoenen toen hij op weg ging naar de pick-up die hij al meer dan twintig jaar had. Net als zijn schoeisel was het voertuig bedekt met stof, zowel vanbinnen als vanbuiten. Aan de andere kant van een hek dat aan de bovenkant was voorzien van schrikdraad, trok een olifant takken van een boom die eerder die ochtend was omgevallen. Tru besteedde er geen aandacht aan. Het hoorde bij het landschap waarin hij was geboren – zijn voorouders waren hier meer dan een eeuw geleden naartoe geëmigreerd vanuit Engeland – en hij was net zomin verbaasd als een visser die een haai zag wanneer de dagelijkse vangst werd binnengehaald. Hij was slank, had donker haar en rimpeltjes bij zijn ooghoeken omdat hij zijn leven in de zon had doorgebracht. Op zijn tweeënveertigste vroeg hij zich soms af of hij ervoor had gekozen om in de wildernis te wonen of dat de wildernis hém had uitgekozen.

Het was stil in het kamp. De andere gidsen – onder wie zijn beste vriend Romy – waren eerder die ochtend naar de grote lodge gegaan van waaruit ze gasten van over de hele wereld de wildernis mee in zouden nemen. Tru werkte al tien jaar voor de lodge in Hwange National Park. Voor die tijd had hij een veel nomadischer leven geleid waarbij hij elke paar jaar van lodge was veranderd, telkens wanneer hij meer ervaring had opgedaan. Gewoonlijk vermeed hij alleen de lodges waar jagen was toegestaan, iets wat zijn grootvader nooit zou begrijpen. Zijn grootvader – die door iedereen de Kolonel werd genoemd, hoewel hij nooit in het leger had gezeten – beweerde dat hij in zijn leven meer dan driehonderd leeuwen en jachtluipaarden had doodgeschoten. Dat was nodig geweest om de veestapel op de reusachtige familieboerderij bij Harare, waar Tru was opgegroeid, te beschermen. Zijn stiefvader en zijn halfbroers waren langzaam maar zeker bezig om dat aantal te evenaren. Naast veeteelt deed Tru's familie ook aan akkerbouw, en werden er op hun boerderij meer tabaksbladeren en tomaten geoogst dan op alle andere boerderijen in het land. Ook verbouwden ze koffie. Zijn overgrootvader had samengewerkt met de legendarische Cecil Rhodes – mijnmagnaat, politicus en boegbeeld van Brits imperialisme – en had aan het einde van de negentiende eeuw land, geld en macht verzameld, waarna Tru's grootvader de boel had overgenomen.

Zijn grootvader, de Kolonel, had een bloeiende onderneming geërfd van zijn vader, maar na de Tweede Wereldoorlog had het bedrijf zich exponentieel uitgebreid waardoor de familie Walls een van de rijkste families van het land was geworden. De Kolonel had nooit iets begrepen van Tru's verlangen om te ontsnappen aan iets wat ondertussen een heus zakenimperium en een leven van aanzienlijke luxe was geworden. Voordat zijn grootvader overleed – Tru was toen zesentwintig geweest – was hij een keer komen kijken in het wildreservaat waar Tru indertijd had gewerkt. Hoewel hij in de grote lodge had overnacht en niet in het kamp van de gidsen, was de oude man geschrokken toen hij Tru's verblijf had gezien. Hij had een onderkomen bekeken dat in zijn ogen waarschijnlijk nauwelijks beter was dan een hut, zonder isolatie of telefoon. Een kerosinelantaarn zorgde voor de verlichting en een klein gemeenschappelijk aggregaat voorzag een minikoelkast van stroom. Het leek in niets op het huis waarin Tru was grootgebracht, maar de sobere omgeving was alles wat Tru nodig had, vooral wanneer de avond viel en er een oceaan aan sterren aan de hemel verscheen. Eigenlijk was dit zelfs een verbetering in vergelijking met een paar van de kampen waar hij eerder had gewerkt. In twee van die kampen had hij in een tent geslapen. Hier waren in elk geval stromend water en een douche, zaken die hij als een behoorlijke luxe beschouwde, ook al bevonden ze zich in een gemeenschappelijke badkamer.

Deze ochtend had Tru zijn gitaar in de versleten gitaarkoffer bij zich, een lunchtrommel, een thermosfles en een paar tekeningen die hij voor zijn zoon, Andrew, had gemaakt. Ook droeg hij een rugzak met daarin schone kleren voor een aantal dagen, toiletartikelen, schetsboeken, kleur- en houtskoolpotloden en zijn paspoort. Hoewel hij ongeveer een week zou wegblijven, dacht hij niet dat hij meer nodig zou hebben.

Zijn pick-up stond onder een baobab. Een paar van zijn medegidsen waren verzot op de droge, pulpachtige vruchten ervan. Die deden ze 's ochtends door hun pap, maar Tru was de vruchten nooit lekker gaan vinden. Hij gooide zijn rugzak op de bijrijdersstoel, controleerde de laadbak van de pick-up en zorgde ervoor dat er niets in lag wat kon worden gestolen. Hoewel hij de pick-up op de familieboerderij zou achterlaten, werkten daar meer dan driehonderd landarbeiders, die allemaal een schijntje verdienden. Goed gereedschap had de neiging om spoorloos te verdwijnen, zelfs onder het toeziend oog van zijn familieleden.

Hij ging achter het stuur zitten en zette zijn zonnebril op. Voor hij de contactsleutel omdraaide, ging hij nog een keer na of hij echt niets had vergeten. Er was niet veel; naast de rugzak, de gitaar, zijn vliegtickets en portemonnee had hij de brief en de foto bij zich die hij uit Amerika had gekregen. In het bagagerek achter hem lag een geladen geweer voor het geval hij autopech kreeg en door de wildernis zou moeten trekken, want dat was, vooral 's nachts, nog altijd een van de gevaarlijkste plekken op aarde, zelfs voor iemand die zo veel ervaring had als hij. In het handschoenenkastje lagen een kompas en een zaklamp. Hij controleerde of zijn tent onder de stoel lag, ook weer voor noodgevallen. Die tent was compact genoeg om op de laadbak van zijn pick-up te passen, en hoewel het ding weinig bescherming zou bieden tegen roofdieren, was het toch beter dan op de grond te moeten slapen. Goed dan, dacht hij. Hij was er helemaal klaar voor.

De dag werd al warmer en in de pick-up was het zelfs nog heter. Hij zou de 'twee bij dertig' airconditioning gebruiken: twee ramen omlaag draaien en dertig kilometer per uur rijden. Dat zou niet veel uithalen, maar hij was al lang geleden gewend geraakt aan de hitte. Hij rolde de mouwen van zijn geelbruine button-up overhemd op. Hij had de wandelbroek aan die hij meestal droeg en die in de loop der jaren zacht was geworden en lekker was gaan zitten. De gasten die rond het zwembad van de grote lodge zaten, droegen waarschijnlijk zwemkleding en teenslippers, maar hij had zich nooit op zijn gemak gevoeld in die kledij. Die schoenen en de canvasbroek hadden een keer zijn leven gered toen hij het pad van een boze zwarte mamba had gekruist. Als hij toen de juiste kleding niet had gedragen, zou het gif hem in minder dan dertig minuten hebben gedood.

Hij wierp een korte blik op zijn horloge. Het was net na zeven uur 's ochtends, en hij had een aantal lange dagen voor de boeg. Nadat hij eerst een stukje achteruit had gereden ging hij op weg naar het hek. Hij sprong uit de pick-up, trok het hek open, reed er langzaam doorheen en deed het daarna weer dicht. Het laatste wat de andere gidsen konden gebruiken als ze terugkwamen bij het kamp was de aanblik van een troep leeuwen die het zich daar gemakkelijk had gemaakt. Zoiets was al eens voorgekomen. Niet in dit kamp, maar in een ander kamp waar hij had gewerkt, in het zuidoosten van het land. Dat was een chaotische dag geweest. Niemand had precies geweten wat ze moesten doen, behalve afwachten tot de leeuwen hadden bepaald hoe lang ze wilden blijven. Gelukkig hadden de dieren het kamp later die middag verlaten om op jacht te gaan, maar sinds dat voorval zorgde Tru er altijd voor dat hij het hek controleerde, zelfs wanneer hij zelf geen safari leidde. Sommige gidsen waren beginners, en hij wilde het zekere voor het onzekere nemen.

Hij schakelde de pick-up in een hogere versnelling, ontspande zich en probeerde de rit zo soepel mogelijk te laten verlopen. De eerste honderdzestig kilometer bestond uit kiezelwegen met diepe sporen en talloze kuilen. De weg liep eerst door het reservaat en slingerde daarna langs een stel dorpjes. Dat gedeelte van de reis zou tot vroeg in de middag duren, maar hij was de rit gewend en hij stond zichzelf toe wat te mijmeren terwijl hij de wereld die hij zijn thuis noemde in zich opnam.

Het zonlicht viel glinsterend door dunne wolken die boven de boomlijn zweefden en bescheen een vorkstaartscharrelaar terwijl die wegvloog van de boomtakken aan zijn linkerkant. Voor hem staken twee knobbelzwijnen de weg over. Ze trippelden langs een troep bavianen. Hij had die dieren al duizenden keren gezien, maar vond het nog altijd wonderbaarlijk dat ze konden overleven terwijl ze omringd werden door zo veel roofdieren. De natuur had zijn eigen verzekeringspolis, zo wist hij. Dieren die onder aan de voedselketen stonden kregen meer jongen. Zo waren vrouwtjeszebra's op negen of tien dagen na het hele jaar drachtig. Daarentegen werd er geschat dat leeuwinnen meer dan duizend keer moesten paren voor elke welp die zijn eerste verjaardag bereikte. Het was evolutionair evenwicht op zijn best, en hoewel hij daar dagelijks getuige van was, kwam het hem nog steeds voor als iets buitengewoons.

Als hij op safari was met een groep gasten vroegen die hem vaak wat de spannendste dingen waren die hij had gezien. Dan vertelde hij hoe het voelde wanneer er een neushoorn op je af stormde of dat hij ooit een vrouwtjesgiraffe wild had zien bokken voordat ze uiteindelijk met zo'n explosieve kracht een jong had geworpen dat hij versteld had gestaan van het geweld. Hij had gezien dat een luipaardwelp zijn prooi – een wrattenzwijn dat twee keer zo groot was als de welp – hoog een boom in had getrokken, op nog geen tien centimeter achter zich gevolgd door een roedel grommende hyena's die lucht van de prooi had gekregen. Een keer had hij een wilde hond gevolgd die – nadat hij door zijn eigen soort was verstoten – zich had aangesloten bij een groep jakhalzen, en wel dezelfde groep als waar het dier voor die tijd op had gejaagd. Verhalen waren er in overvloed.

Was het mogelijk om dezelfde safari twee keer te beleven, vroeg hij zich af. Het antwoord was zowel ja als nee. Iemand kon naar dezelfde lodge gaan, met dezelfde gids werken, op hetzelfde tijdstip op pad gaan, over dezelfde wegen rijden in exact dezelfde weersomstandigheden en in hetzelfde jaargetijde, maar de dieren bevonden zich steevast op andere plekken en deden andere dingen. Ze liepen van en naar waterpoelen, ze waren aan het kijken en luisteren, ze aten of sliepen of ze waren aan het paren: stuk voor stuk probeerden ze om weer een dag te overleven.

Toen hij opzijkeek, zag hij een kudde impala's. De gidsen maakten vaak het grapje dat antilopen de McDonald's van de wildernis waren, fastfood in overvloed. Ze stonden bij alle roofdieren op het menu, en meestal hadden de gasten er na de eerste safaritocht al genoeg van om ze te fotograferen. Maar Tru vertraagde de pick-up en keek toe terwijl de ene na de andere met een onmogelijk hoge, sierlijke sprong over een omgevallen boom ging, alsof het was gechoreografeerd. Op hun eigen manier, dacht hij, waren ze even bijzonder als de grote vijf – leeuw, luipaard, neushoorn, olifant en waterbuffel – of zelfs als de grote zeven als het jachtluipaard en de hyena werden meegeteld. Dat waren de dieren die de meeste gasten wilden zien, het wild waar de meeste opwinding door ontstond. Nu was het niet zo moeilijk om leeuwen te zien, althans als de zon scheen. Leeuwen sliepen achttien tot twintig uur per dag en konden bijna altijd worden aangetroffen terwijl ze in de schaduw lagen te rusten. Daarentegen was het heel zeldzaam om een bewégende leeuw te zien, behalve na zonsondergang. In het verleden had hij op lodges gewerkt die avondsafari's aanboden. Sommige waren huiveringwekkend geweest, en tijdens vele waren hij en zijn gasten verblind geraakt door de stofwolken die werden opgeworpen door een honderdtal buffels, gnoes of zebra's die voor leeuwen op de vlucht waren geslagen. Het was onmogelijk geweest om meer dan tien centimeter in elke richting te zien waardoor Tru gedwongen was geweest om de jeep stil te zetten. Tot twee keer toe had hij gemerkt dat zijn voertuig ineens precies tussen een groep leeuwen en de beesten waar ze jacht op maakten had gestaan waardoor zijn adrenaline als een raket omhoog was geschoten.

Toen de weg steeds slechter begaanbaar werd, ging Tru nog langzamer rijden, waarbij hij van de ene naar de andere kant zigzagde. Hij was op weg naar Bulawayo, de op één na grootste stad van het land, waar zijn ex-vrouw Kim met hun zoon Andrew woonde. Tru had daar ook een huis, dat hij na de scheiding had gekocht. Achteraf was het zonneklaar dat Kim en hij niet bij elkaar pasten. Ze hadden elkaar tien jaar eerder ontmoet in een bar in Harare toen Tru even geen werk had gehad. Later had Kim tegen hem gezegd dat ze hem heel exotisch had gevonden, en dat was, samen met zijn achternaam, voldoende geweest om haar belangstelling te wekken. Kim was knap, acht jaar jonger dan hij en ze had een ontspannen, maar zelfverzekerde charme. Van het een was het ander gekomen, en in de zes daaropvolgende weken waren ze bijna onafscheidelijk geweest. Daarna had Tru de lokroep van de wildernis weer gehoord en had hij een einde willen maken aan de relatie, maar toen had ze hem verteld dat ze zwanger was. Ze waren getrouwd, Tru had een baan aangenomen in Hwange omdat die plek relatief dicht bij Bulawayo lag, en niet lang daarna was Andrew geboren.

Hoewel Kim had geweten waar Tru de kost mee verdiende, had ze verwacht dat hij een baan zou zoeken waarvoor hij niet wekenlang van huis zou zijn als ze eenmaal een kind hadden. Maar hij was als gids blijven werken en Kim had uiteindelijk een ander ontmoet waardoor er, nog geen vijf jaar nadat ze waren getrouwd, een einde aan hun huwelijk was gekomen. Ze koesterden allebei geen wrok, en eigenlijk was hun relatie na de scheiding beter geworden. Als hij Andrew kwam ophalen, bleef Tru altijd een poosje zitten en praatten Kim en hij bij als de oude vrienden die ze waren. Kim was hertrouwd en had met haar tweede man, Ken, een dochtertje gekregen. Bij Tru's laatste bezoek had Kim hem verteld dat ze weer in verwachting was. Ken werkte op de afdeling financiën van Air Zimbabwe. Hij droeg een pak naar zijn werk en was elke avond thuis voor het eten. Dat wilde Kim graag, en Tru was blij voor haar.

En wat betreft Andrew...

Zijn zoon was nu tien en hij was het enige echt goede dat uit hun huwelijk was voortgekomen. Door een speling van het lot had Tru, toen Andrew een paar maanden oud was, de bof gekregen waardoor hij onvruchtbaar was geworden, maar hij had ook nooit de behoefte gevoeld aan een tweede kind. Andrew was altijd meer dan genoeg geweest voor hem, en Andrew was dan ook de reden dat Tru nu een omweg maakte naar Bulawayo in plaats van rechtstreeks naar de boerderij te rijden. Met zijn blonde haar en zijn bruine ogen leek Andrew op zijn moeder, en op de muren van Tru's hut hingen talloze tekeningen van hem. Door de jaren heen had hij er foto's aan toegevoegd – bijna bij elk bezoek gaf Kim hem een envelop vol kiekjes – verschillende versies van zijn zoon die in elkaar overliepen en die samen steeds Andrew lieten zien zoals hij was. Minstens een keer per week schetste Tru iets wat hij in de wildernis had gezien – meestal een dier – maar soms tekende hij Andrew en zichzelf waarbij hij probeerde een herinnering van hun vorige bezoek vast te leggen.

Het was een hele uitdaging geweest om een evenwicht te vinden tussen gezinsleven en werk, vooral na de scheiding. Gedurende zes weken, wanneer hij in het kamp werkte, had Kim het ouderlijk gezag en speelde Tru geen enkele rol in het leven van zijn zoon: geen telefoontjes, geen bezoekjes, geen spontane partijtjes voetbal of samen een ijsje halen. Daarna had Tru veertien dagen lang het ouderlijk gezag en vervulde hij de rol van fulltime vader. Dan woonde Andrew bij hem in zijn huis in Bulawayo. Tru bracht hem naar school en haalde hem weer op, maakte een lunchpakketje voor op school, zorgde voor het avondeten en hielp hem met zijn huiswerk. In de weekenden deden ze waar Andrew zin in had, en op al die momenten vroeg Tru zich af hoe het mogelijk was dat hij zo veel van zijn zoon hield als hij deed, ook al was hij niet altijd in de buurt om dat te tonen.

Aan de rechterkant zag hij een stel rondcirkelende buizerds. Misschien zochten ze iets wat de hyena's afgelopen nacht hadden laten liggen of speurden ze naar een dier dat eerder die ochtend was doodgegaan. De laatste tijd hadden alle dieren het moeilijk. Het land maakte, alweer, een droogteperiode door en de waterpoelen in dit deel van het reservaat waren drooggevallen. Dat was niet zo verwonderlijk, want niet ver naar het westen, in Botswana, lag de uitgestrekte Kalahari-woestijn, het thuis van de legendarische Bosjesmannen. Hun taal, die werd beschouwd als een van de oudste ter wereld, bestond uit klap- en klikgeluiden die op buitenstaanders bijna buitenaards overkwamen. Hoewel die mensen in materieel opzicht zo goed als niets bezaten, maakten ze grapjes en lachten ze vaker dan alle andere groepen mensen die hij ooit had ontmoet. Maar Tru vroeg zich af hoe lang ze hun manier van leven nog zouden kunnen voortzetten. De moderne wereld rukte steeds verder op en er gingen geruchten dat de regering van Botswana zou verordonneren dat alle kinderen in het land op school zouden moeten worden onderwezen, ook de kinderen van de Bosjesmannen. Tru nam aan dat dát uiteindelijk de ondergang zou betekenen van een cultuur die duizenden jaren oud was.

Maar Afrika veranderde voortdurend. Hij was geboren in Rhodesië, een kolonie van het Britse Rijk. In zijn jeugd had hij de burgerlijke onrust in het land zien ontstaan en als tiener had hij meegemaakt dat het land uiteen was gevallen en uiteindelijk was opgedeeld in de staten Zimbabwe en Zambia. Net als in Zuid-Afrika – dat vanwege de apartheid in een groot deel van de beschaafde wereld als paria werd beschouwd – was veel van de rijkdom in Zimbabwe in handen van een héél klein deel van de bevolking, en dat deel bestond vrijwel geheel uit blanken. Tru betwijfelde of dat altijd zo zou blijven, maar politiek en sociale ongelijkheid waren onderwerpen die hij niet langer met zijn familieleden besprak. Die maakten immers deel uit van die bevoorrechte groep, en zoals alle bevoorrechte groepen geloofden ze dat ze hun weelde en voordelen hadden verdiend, ongeacht de wrede manier waarop die rijkdom en macht ooit waren vergaard.

Tru bereikte uiteindelijk de grens van het reservaat en passeerde het eerste kleine dorpje, waar ongeveer honderd mensen woonden. Net als het kamp van de gidsen was het dorp omheind met hekken, zowel voor de veiligheid van de mensen als voor die van de dieren. Hij pakte zijn thermosfles en nam een slok terwijl hij zijn arm op de rand van het open raam liet rusten. Hij reed langs een vrouw op een fiets, beladen met dozen met groenten, en daarna een lopende man die waarschijnlijk onderweg was naar het volgende dorp dat een kleine tien kilometer verderop lag. Tru ging langzamer rijden en zette de pick-up stil aan de kant van de weg. De man kuierde naar de pick-up en stapte in. Tru sprak voldoende van de taal van de man om een gesprek op gang te houden. Alles bij elkaar sprak hij zes talen betrekkelijk vloeiend, waarvan twee stammentalen. De andere vier waren Engels, Frans, Duits en Spaans. Dat was een van de vaardigheden waardoor hij een gewild werknemer was op de lodges.

Na een tijdje zette hij de man af en vervolgde hij zijn rit, om ten slotte uit te komen bij een geasfalteerde weg. Niet lang daarna stopte hij om te lunchen. Hij zette de auto gewoon langs de kant van de weg en klom in de laadbak van zijn pick-up om wat te eten, in de schaduw van een acaciaboom. Ondertussen stond de zon hoog aan de hemel en was de wereld om hem heen rustig. Nergens waren dieren te bekennen.

Toen hij na de lunch weer op weg ging, schoot hij sneller op. Na een tijdje maakten de dorpjes plaats voor kleinere stadjes, daarna voor grotere en in de namiddag bereikte hij de buitenwijken van Bulawayo. Hij had Kim een brief geschreven om te vertellen wanneer hij zou komen, maar de post in Zimbabwe was niet altijd betrouwbaar. Doorgaans bereikten brieven hun bestemming wel, maar op een tijdige bezorging kon je niet altijd rekenen.

Hij reed Kims straat in en parkeerde achter haar auto op de oprit. Hij liep naar de deur en klopte aan. Even later deed ze open en het was duidelijk dat ze hem verwachtte. Terwijl ze elkaar omhelsden, hoorde Tru de stem van zijn zoon. Andrew rende de trap af en sprong in Tru's armen. Tru wist dat Andrew zichzelf binnenkort te oud zou gaan vinden voor zulke uitingen van genegenheid, dus omhelsde hij zijn zoon wat steviger terwijl hij zich afvroeg of er ooit een vreugde kon zijn die groter was dan deze.

'Mama zei dat je naar Amerika gaat,' zei Andrew die avond tegen hem. Ze zaten voor het huis, op een lage muur die fungeerde als afscheiding tussen Kims huis en dat van de buren.

'Ja, dat is waar. Maar ik blijf er niet lang, hoor. Volgende week ben ik weer terug.'

'Ik wou dat je niet hoefde te gaan.'

Tru sloeg een arm om zijn zoon heen. 'Ik weet het. Ik zal jou ook missen.'

'Waarom ga je dan?'

Tja, dat had hij zich ook wel eens afgevraagd. Waarom was die brief gekomen na zo veel tijd? Samen met een vliegticket?

‘Ik ga op bezoek bij mijn vader,’ antwoordde Tru ten slotte.

Andrew kneep zijn ogen tot spleetjes en zijn blonde haar glansde fel in het maanlicht. ‘Bedoel je opa Rodney?’

‘Nee,’ zei Tru. ‘Ik ga op bezoek bij mijn biologische vader. Die heb ik nog nooit ontmoet.’

‘Wil je hem wel ontmoeten?’

Ja, dacht Tru, en daarna: *Nee, eigenlijk niet*. ‘Ik weet het niet,’ bekende hij uiteindelijk.

‘Waarom ga je dan?’

‘Omdat hij me in zijn brief heeft geschreven dat hij doodgaat,’ zei Tru.

Nadat hij afscheid had genomen van Andrew, reed Tru naar zijn huis. Eenmaal binnen zette hij de ramen open om het huis te luchten. Hij pakte zijn gitaar uit en speelde een uurtje en ging daarna naar bed.

De volgende ochtend stond hij al vroeg weer buiten. In tegenstelling tot de wegen in het reservaat, werden de wegen naar de hoofdstad relatief goed onderhouden, maar het kostte hem alsnog bijna de hele dag om daar te komen. Tru arriveerde toen het al donker was en hij zag lampen branden in het statige huis dat zijn stiefvader Rodney na de brand had herbouwd. Vlakbij stonden drie andere huizen; eentje voor ieder van zijn twee halfbroers en het zo mogelijk nog grotere hoofdgebouw, waar de Kolonel ooit had gewoond. Technisch gesproken was dat hoofdgebouw het huis van Tru, maar hij ging naar een kleiner, hutachtig gebouw, vlak bij de omheining. In het verre verleden was die bungalow het onderkomen geweest van de kok en zijn vrouw en Tru had het in zijn vroege tienerjaren zelf opgeknapt. Toen de Kolonel nog had geleefd had hij erop toegezien dat de bungalow met enige regelmaat werd schoongemaakt, maar dat gebeurde inmiddels niet meer. Overal lag stof, en Tru moest de spinnen en de kevers van de lakens schudden voordat hij in bed kon kruipen. Het maakte hem weinig uit. Hij had wel in ergere omstandigheden geslapen.

De volgende ochtend ging hij zijn familie uit de weg. In plaats daarvan liet hij zich door Tengwe, de voorman van de arbeiders op de boerderij, naar de luchthaven brengen. Tengwe was een pezige man met grijs haar die wist hoe je zelfs in de slechtst denkbare omstandigheden leven aan de grond kon ontlokken. Zijn zes kinderen werkten op de boerderij, en zijn vrouw, Anoona, kookte voor Rodney. Na de dood van zijn moeder was Tru's band met Tengwe en Anoona hechter geweest dan die met de Kolonel, en zij waren de enige mensen op de boerderij die hij ooit miste.

De wegen in Harare waren overvol met auto's, vrachtwagens, karren, fietsen en voetgangers. De luchthaven was zelfs nog chaotischer. Nadat Tru had ingecheckt, ging hij aan boord van een vlucht die hem eerst naar Amsterdam zou brengen, daarna naar New York en Charlotte en uiteindelijk naar Wilmington, North Carolina.

Met de tussenlandingen meegerekend was hij ongeveer eenentwintig uur onderweg voordat hij voor het eerst van zijn leven voet op Amerikaanse bodem zette. Toen hij in de bagagehal kwam, zag hij een man die een bord omhooghield waar zijn naam op stond met daaronder de naam van een limousinedienst. De chauffeur stond versteld over de weinige ingecheckte bagage en bood aan om de gitaarkoffer en de rugzak te dragen. Tru schudde zijn hoofd. Zodra ze buitenkwamen, voelde Tru dat zijn overhemd aan zijn rug begon te plakken in de benauwde, vochtige lucht terwijl ze naar de auto sjokten.

De autorit was weliswaar saai, maar de wereld aan de andere kant van de ramen van de auto kwam hem onbekend voor. Het landschap – vlak, weelderig en groen – leek zich in alle richtingen uit te strekken. Hij zag palmbomen afgewisseld met eiken en dennen, en gras met de kleur van smaragd. Wilmington was een kleine, laaggelegen stad met een mengeling van grote winkelketens en kleinere lokale bedrijven, die uiteindelijk plaatsmaakten voor een gebied met historische huizen die eruitzagen alsof ze minstens een paar honderd jaar oud waren. Zijn chauffeur wees naar de rivier Cape Fear waarvan het brakke water was bespikkeld met vissersboten. Op de wegen zag hij auto's, SUV's en minibusjes die geen van alle op twee rijstroken tegelijk reden om karren en dieren te ontwijken zoals in Bulawayo. Niemand fietste of liep, en bijna iedereen die hij in de stad op het trottoir zag was blank. De wereld die hij had achtergelaten leek even ver weg als een vage droom.

Een uur later reden ze over een drijvende pontonbrug en werd Tru afgezet bij een huis met twee verdiepingen dat tegen lage duinen lag op een plek die Sunset Beach heette, een eiland iets uit de kust, vlak bij de grens met South Carolina. Het duurde even voordat hij doorhad dat de begane grond volledig uit garages bestond. Het hele gebouw leek nogal buitensporig in vergelijking met het veel kleinere huis ernaast, waar een bordje met TE KOOP erop in de voortuin stond. Hij vroeg zich af of de chauffeur een vergissing had gemaakt, maar die controleerde het adres nog een keer en verzekerde hem dat hij op de juiste bestemming was. Terwijl de auto wegreed, hoorde hij het diepe, ritmische pulseren van de oceaangolven die het strand op rolden. Hij probeerde zich te herinneren wanneer hij dat geluid voor het laatst had gehoord. Minstens tien jaar geleden, gokte Tru terwijl hij de trap naar de eerste verdieping op liep.

De chauffeur had hem een envelop overhandigd met daarin de voordeursleutel. Tru liep de hal door naar een enorme woonkamer met een vurenhouten vloer en een plafond met houten balken. De inrichting van het strandhuis leek speciaal geënsceneerd voor een tijdschrift, elk sierkussen en elke foulard waren met smaakvolle precisie neergelegd. Grote ramen boden uitzicht op de veranda aan de achterkant en op een panorama van helmgras en duinen dat zich voortzette tot de oceaan. Een ruime eetkamer grensde aan de grote woonkamer, en de designkeuken bestond uit op maat gemaakte keukenkastjes, marmeren aanrechtbladen en moderne keukenapparatuur.

Een briefje op het aanrecht liet hem weten dat de koelkast en de provisiekast waren gevuld met eten en drankjes, en als hij ergens naartoe wilde, kon hij de limousinedienst bellen. Mocht hij zin hebben om wat in of bij de oceaan te gaan doen dan stonden er een surfplank en visgerei in de garage. Volgens het briefje hoopte Tru's vader op zaterdagmiddag te komen. Hij verontschuldigde zich dat hij niet eerder kon komen, maar gaf geen verklaring voor de vertraging. Terwijl hij het briefje opzijlegde, vroeg Tru zich af of zijn vader net zulke tegenstrijdige gevoelens over hun ontmoeting had als hijzelf... en dat riep de vraag op waarom zijn vader hem dat vliegticket eigenlijk had gegeven. Nou ja, daar zou Tru wel achter komen.

Het was dinsdagavond, dus Tru zou nog een paar dagen voor zichzelf hebben. Daar had hij geen rekening mee gehouden, maar op dit moment kon hij er weinig aan veranderen. De volgende minuten besteedde hij aan het verkennen van het huis en de indeling ervan. Vanuit de keuken gezien lag de grote slaapkamer aan het einde van de gang, en daar zette hij zijn spullen neer. Boven waren nog meer slaapkamers en badkamers, die er stuk voor stuk smetteloos en ongebruikt uitzagen. In de grote slaapkamer vond hij schone handdoeken, zeep, shampoo en conditioner. Hij trakteerde zichzelf op een extra lange douche.

Zijn haar was nog vochtig toen hij de veranda bij de keuken op liep. De lucht was nog steeds warm, maar de zon was al aan het zakken en de hemel vormde een waaier van wel duizend schakeringen van geel en oranje. Terwijl hij met samengeknepen ogen in de verte tuurde, kon hij, naar het leek, net een school bruinvissen onderscheiden, die in de golven achter de branding speelde. Een hek met hangslot gaf toegang tot een trap die omlaagging naar een vlonderpad dat over het helmgras leidde. Dat volgde hij en zo liep hij naar het laatste duin waar hij nog een aantal treden ontdekte die naar het strand leidden.

Er waren maar weinig mensen. In de verte zag hij een vrouw die achter een hondje aan liep, aan de andere kant dreven een paar surfers op hun plank bij een pier, die zich als een priemende vinger uitstrekte in de oceaan. Hij besloot om naar de pier te gaan en liep over het compacte zand langs de waterkant, al mijmerend dat hij tot voor kort nog nooit van Sunset Beach had gehoord. Hij betwijfelde zelfs of hij ooit aan North Carolina had gedacht. Hij probeerde zich te herinneren of hij in de loop der jaren safarigasten had gehad die hiervandaan kwamen, maar zonder succes. Ach, wat maakt het ook uit, dacht hij.

Bij de pier nam hij de trap omhoog waarna hij naar de punt wandelde. Terwijl hij zijn armen op de balustrade liet rusten, keek hij uit over het water dat zich uitstrekte tot aan de horizon. De aanblik en de oneindigheid ervan waren bijna niet te bevatten. Het bracht hem in herinnering dat er een hele wereld was om te verkennen, en hij vroeg zich af of hij daar ooit aan toe zou komen. Als Andrew ouder was, zouden ze misschien samen wat kunnen reizen...

Terwijl de wind aanwakkerde, klom de maan langzaam tegen de indigoblauwe hemel omhoog, wat Tru opvatte als een teken om terug te gaan. Hij nam aan dat het huis het eigendom van zijn vader was. Het zou een huurwoning kunnen zijn, maar de inrichting was te duur om aan vreemdelingen toe te vertrouwen. En stel dat het zo was, waarom had hij Tru dan niet gewoon in een hotel ondergebracht? Hij vroeg zich opnieuw af waardoor de vertraging tot zaterdag was ontstaan. Waarom had zijn vader hem zo lang van tevoren met het vliegtuig laten komen? Als de man inderdaad stervende was, dan kon het iets medisch zijn en dat kon betekenen dat er ook geen garantie was dat zijn vader zaterdag zou komen.

Maar wat zou er gebeuren als zijn vader wel kwam? De man was een vreemde voor hem. Eén ontmoeting zou daar geen verandering in brengen. Toch hoopte Tru dat zijn vader bepaalde vragen kon beantwoorden, wat de enige reden was dat hij had besloten om te komen.

Hij ging het huis binnen en haalde een steak uit de koelkast. Hij moest een paar van de keukenkasten opentrekken voordat hij een gietijzeren koekenpan had gevonden, maar het fornuis, hoe ingewikkeld het er ook uitzag, werkte min of meer hetzelfde als de fornuizen thuis. Er waren ook verscheidene etenswaren uit een winkel die Murray's Deli heette, en hij schepte wat aardappelsalade op zijn bord en iets wat eruitzag als koolsalade. Na het eten waste hij zijn bord, glas en bestek met de hand af en pakte toen zijn gitaar, die hij meenam naar de veranda aan de achterkant. Een uur speelde en zong hij zacht voor zichzelf terwijl er af en toe een vallende ster boven hem langs schoot. Hij dacht aan Andrew en Kim, aan zijn moeder en zijn grootvader, totdat hij eindelijk slaperig genoeg was om naar bed te gaan.

De volgende ochtend deed hij honderd push-ups en honderd sit-ups en ondernam toen een mislukte poging om koffie te zetten. Hij kon niet uitvogelen hoe dat koffiezetapparaat werkte: te veel knoppen, te veel keuzemogelijkheden. Bovendien had hij geen idee waar het water in moest. Hij besloot dan maar naar het strand te gaan, in de hoop ergens een tentje te vinden waar hij een kop koffie kon kopen.

Net als de avond ervoor had hij het strand bijna voor zichzelf alleen. Hij bedacht hoe prettig het was om spontaan een wandeling te kunnen maken. Dat ging niet in Hwange, althans niet zonder een geweer mee te nemen. Hij ademde diep in toen hij het strand bereikte en proefde de zilte lucht, terwijl hij zich op en top de vreemdeling voelde die hij was.

Met zijn handen in zijn zakken nam hij de ochtend in zich op. Hij had een kwartier gelopen toen hij een in elkaar gedoken kat zag op het duin, naast een veranda waar reparaties aan werden verricht en waarvan de trap naar het strand nog niet af was. Op de boerderij waren er schuurkatten geweest, maar dit beestje zag eruit alsof het meestal binnenshuis was. Precies op dat moment stoof er een wit hondje langs hem heen. Het rende in volle vaart op een groep zeemeeuwen af, die daarop als een kleine explosie opsteeg. De hond boog uiteindelijk af naar de duinen, zag de kat en rende er als een bezetene op af. De kat sprong de veranda op terwijl de hond tegen de duinen op rende en de achtervolging inzette, waarna beide dieren uit Tru's blikveld verdwenen. Een minuutje later meende hij in de verte het gepiep van autobanden te horen, gevolgd door het geluid van een keffende, jankende hond.

Tru wierp een korte blik achterom. Halverwege het strand zag hij een vrouw bij het water staan, ongetwijfeld de eigenares van de hond, die haar blik strak op de oceaan gericht hield. Hij nam aan dat het dezelfde vrouw was die hij gisteravond had gezien, maar ze was te ver weg om gehoord of gezien te kunnen hebben wat er was gebeurd.

Na een korte aarzeling ging Tru op zoek naar de hond. Zijn voeten gleden weg in het zand terwijl hij tegen de duinen op klom tot hij het vlonderpad bereikte dat hij af liep tot hij een andere trap vond. Die leidde aan de ene kant omhoog naar de veranda van het huis en ging aan de andere kant omlaag naar de begane grond. Hij liep de trap af en ging tussen twee huizen door die qua stijl gelijk waren aan het huis waarin hij logeerde. Nadat hij over een laag tuinmuurtje was geklommen ging hij verder over de weg. Nergens een auto te bekennen. Ook geen hysterische mensen of een hond die op de weg lag. Dat was voorlopig goed nieuws. Hij wist uit ervaring dat gewonde dieren vaak een schuilplaats zochten als ze zich nog konden bewegen: de manier van Moeder Natuur om ze de gelegenheid te geven te genezen terwijl Ze zich Verborgen hielden voor roofdieren.

Hij liep langs de ene kant van de weg en zocht onder struiken en achter bomen. Hij zag niets. Nadat hij de straat was overgestoken, herhaalde hij het proces aan de andere kant. Uiteindelijk zag hij de hond bij een heg staan, terwijl een van zijn poten op en neer ging. De hond hijgde en beefde, maar Tru kon niet bepalen of dat door pijn of door schrik kwam. Hij vroeg zich af of hij terug moest gaan naar het strand om de vrouw te zoeken, maar hij was bang dat de hond dan misschien weg zou strompelen met onbekende bestemming.

Hij zette zijn zonnebril af, hurkte en stak zijn hand uit.

'Dag, jochie,' zei hij terwijl hij zijn stem rustig en gelijkmatig hield. 'Is alles goed met je?'

De hond hield zijn kopje schuin, waarna Tru langzaam naar het beestje toe liep terwijl hij er zachtjes tegen bleef praten. Toen Tru dichtbij was, rekte de hond zich uit en probeerde hij aan Tru's hand te snuffelen, waarna hij een paar aarzelende stappen naar voren deed. Toen de hond eindelijk overtuigd was van Tru's goede bedoelingen ontspande hij zich. Tru aaide de kop van de hond en keek of er ergens bloed te zien was. Niets. Op het naamplaatje aan de halsband zag Tru de naam SCOTTIE staan.

'Hallo, Scottie,' zei hij. 'Kom, dan breng ik je terug naar het strand. Ga je mee?'

Het duurde even om het dier zover te krijgen, maar ten slotte liep Scottie achter Tru aan naar de duinen. Hij sleepte een beetje met zijn poot, maar niet zo erg dat Tru het idee had dat er iets was gebroken. Toen Scottie bleef staan bij het tuinmuurtje aarzelde Tru even voordat hij zich uiteindelijk vooroverboog en de hond in zijn armen nam. Hij droeg de hond tussen de huizen door en de trap op naar het vlonderpad en ten slotte over de duinenrij. Op het strand aangekomen, keek hij om zich heen en zag hij de vrouw, die inmiddels dichterbij was gekomen.

Tru daalde voorzichtig de duin af en liep naar haar toe. Het was nog altijd een stralende ochtend, maar de vrouw leek zelfs nog stralender, wat extra werd benadrukt door de zonnig gele stof van haar mouwloze blouse, die wapperde in de wind. De afstand tussen hen werd kleiner, en hij observeerde haar terwijl ze dichterbij kwam. Ondanks de verwarde uitdrukking op haar gezicht, kon hij zien dat ze beeldschoon was, met wild kastanjebruin haar en blauwgroene ogen. Bijna ogenblikkelijk roerde er zich iets in hem, iets wat hem een beetje zenuwachtig maakte. In het bijzijn van een aantrekkelijke vrouw werd hij altijd zenuwachtig.

Hope

Hope stapte van de veranda aan de achterkant op het vlonderpad dat over de duin liep, waarbij ze probeerde te voorkomen dat haar koffie over de rand van de beker klotste. Scottie – ze had het een toepasselijke naam gevonden voor een Schotse terriër – trok hard aan de riem in zijn enthousiasme om het strand te bereiken.

'Loop niet zo te trekken,' zei ze.

De hond negeerde haar. Scottie was een cadeau geweest van Josh, met wie ze al zes jaar een relatie had, en zelfs op zijn beste dagen luisterde het beestje nauwelijks. Maar sinds ze gisteren in de cottage waren aangekomen, was hij door het dolle heen geweest. Zijn poten krabbelden als bezeten op de zanderige treden toen ze afdaalden naar het strand, en ze hield zichzelf voor dat ze nog een keer een weekend met hem naar zo'n gehoorzaamheidstraining moest gaan, al betwijfelde ze of het veel zou uithalen. Voor de eerste twee was hij al gezakt. Scottie – de liefste, schattigste hond ter wereld – was niet bepaald de snuggerste. Al kon het ook gewoon koppigheid zijn.

Omdat het hoogseizoen voorbij was, lag het strand er verlaten bij en waren de meeste elegante huizen donker. Bij de pier zag ze iemand hardlopen en in de tegenovergestelde richting wandelde een stel langs het water. Ze boog zich voorover en zette de beker van piepschuim in het zand om Scotties riem los te maken. Terwijl hij weg spurtte keek ze hem na. Ze dacht dat niemand het erg zou vinden. De avond ervoor had ze twee andere honden los zien lopen, en bovendien waren er maar weinig mensen in de buurt die zouden kunnen klagen.

Hope liep verder en nam een slok van haar koffie. Ze had slecht geslapen. Meestal bracht het aanhoudende gebulder van de branding haar zo in slaap, maar dat gold niet voor de afgelopen nacht. Ze had liggen draaien en woelen, was talloze malen wakker geworden, en toen het zonlicht haar kamer begon binnen te stromen had ze het eindelijk opgegeven.

In elk geval was het weer volmaakt, met een blauwe hemel en een temperatuur die eerder bij de vroege herfst dan het einde van de zomer paste. Gisteravond hadden ze op het journaal storm voorspeld voor het komende weekend, waardoor haar vriendin Ellen totaal van de kaart was geraakt. Ellen ging zaterdag trouwen en zowel de bruiloft als de receptie zouden buiten plaatsvinden, bij de Wilmington Country Club, bij de achttiende green. Hope vermoedde dat er een plan B was – ongetwijfeld zouden ze gebruik kunnen maken van het clubhuis – maar toen Ellen haar de vorige avond had opgebeld, was ze bijna in tranen geweest.

Hope was heel meelevend geweest tijdens het telefoongesprek, maar dat had haar wel moeite gekost. Ellen ging zo op in haar eigen beslommeringen dat ze niet eens had gevraagd hoe het met Hope ging. In zekere zin kwam dat goed uit, want Hope had absoluut geen zin om het over Josh te hebben. Hoe kon ze uitleggen dat Josh niet op de bruiloft zou komen? Of dat – hoe teleurstellend een door regen bedorven bruiloft ook was – er ergere dingen waren?

Op dit moment voelde Hope zich nogal overweldigd door het leven in het algemeen, en het hielp bepaald niet dat ze de week alleen in de cottage zou doorbrengen. Niet alleen omdat Josh er niet was, maar omdat het waarschijnlijk de laatste week zou zijn die ze hier ooit zou doorbrengen. Haar ouders hadden de cottage eerder die zomer met behulp van een makelaar in de verkoop gedaan, en tien dagen geleden hadden ze een bod geaccepteerd.

Ze begreep waarom ze het huis wilden verkopen, maar ze zou het missen. In haar jeugd had ze bijna alle zomers en feestdagen hier doorgebracht en overal lagen herinneringen. Ze wist nog hoe ze het zand van haar voeten had gespoeld met de tuinslang, naar stormen had gekeken vanuit het vensterzitje in de keuken en de geur van vis of biefstuk had opgesnoven die werd gegrild op de barbecue op de veranda. Ze herinnerde zich dat ze 's avonds laat geheimpjes had uitgewisseld met haar zussen in de slaapkamer die ze hadden gedeeld, en hier had ze voor het eerst een jongen gekust. Ze was twaalf jaar geweest en hij heette Tony; zijn ouders bezaten al jarenlang de cottage drie huizen verderop. Ze was bijna de hele zomer stapelverliefd op hem geweest en nadat ze een boterham met pindakaas en jam hadden gedeeld, had hij haar in de keuken gekust terwijl haar moeder op de veranda de planten water gaf.

Die herinnering deed haar nog altijd glimlachen en ze vroeg zich af wat de nieuwe eigenaren met het huis zouden doen. Ze hoopte dat ze er niets aan zouden veranderen, maar zo naïef was ze ook weer niet. Tijdens haar jeugd hadden er langs dit deel van de kust talloze cottages van deze afmetingen gestaan, maar daar waren er nog maar weinig van over. In de afgelopen jaren was Sunset Beach ontdekt door de welgestelden en het lag voor de hand dat de cottage zou worden gesloopt om plaats te maken voor een nieuw, veel groter huis, zoals dat afschuwelijke ding met twee verdiepingen dat naast hun cottage stond. Zo gingen die dingen nou eenmaal, dacht ze, maar toch had ze het gevoel dat er ook een stukje van haarzelf werd vernietigd. Ze wist dat het idioot was om zo te denken – een beetje te veel 'arme ik' – en daar gaf ze zichzelf een standje voor. Het was niets voor haar om de martelaar uit te hangen. Tot kortgeleden had ze zichzelf altijd beschouwd als het type vrouw van wie het glas halfvol was *want vandaag is een nieuwe dag*. En waarom ook niet? In de meeste opzichten had ze een gezegend leven. Ze had liefhebbende ouders en twee fantastische oudere zussen, ze was tante van drie jongens en twee meisjes, die een voortdurende bron van vreugde en verbazing voor haar waren. Ze had goed kunnen meekomen op school en ze hield van haar werk als traumaverpleegkundige op de spoedeisende hulpafdeling van het Wake County Medical Center. Hoewel ze graag een paar pondjes zou kwijtraken, verkeerde ze in goede gezondheid. Zij en Josh – een orthopedisch chirurg – hadden een relatie sinds ze dertig was, en ze hield van hem. Ze had goede vrienden en bezat een eigen appartement in Raleigh, niet ver bij haar ouders vandaan. Aan de buitenkant zag alles er rooskleurig uit.

Maar waarom voelde ze zich nu dan zo uit het veld geslagen?

Omdat het de zoveelste beproeving was in een toch al moeilijk jaar, een jaar dat was begonnen met de diagnose die bij haar vader was gesteld, die bijzonder verpletterende donderslag in april. Haar vader was de enige die niet verbaasd was geweest toen de arts het nieuws had verteld. Hij had geweten dat er iets mis was toen hij niet langer de energie had om te gaan hardlopen in het bos achter zijn huis.

Zo lang ze zich kon herinneren had haar vader in dat bos gesport. Hoewel er druk gebouwd werd in Raleigh, was dat gebied gelukkig aangewezen als groenstrook, wat een van de redenen was geweest dat haar ouders juist daar hun huis hadden gekocht. In de loop der jaren hadden verscheidene projectontwikkelaars geprobeerd om de bestemming van het gebied te laten veranderen, met de belofte van banen en belastinginkomsten, maar dat hadden ze zonder succes gedaan, gedeeltelijk omdat haar vader zich bij elke vergadering van de gemeenteraad tegen hen had verzet.

Haar vader was dol op het bos. Niet alleen ging hij er 's ochtends hardlopen, maar als hij uit school kwam, wandelde hij over de paden die hij eerder die ochtend rennend had afgelegd. Als klein meisje ging ze na zijn werk met hem mee en probeerde ze vlinders te vangen of rivierkreeftjes te pakken te krijgen in de kleine kreek die op sommige plekken vlak langs het pad kronkelde. Haar vader was leraar exacte vakken en hij kende de namen van alle struiken en bomen waar ze langs kwamen. Wanneer hij haar op het verschil tussen een sikkeleik en een blikeik wees, waren de verschillen even duidelijk voor haar als de kleur van de hemel. Maar later, als ze het zelf probeerde, ging alle informatie door elkaar lopen. Hetzelfde gebeurde als ze naar de sterrenbeelden aan de hemel staarden. Dan wees hij Hercules, Lier of Arend aan en knikte zij vol verwondering, om vervolgens een week later verward naar diezelfde hemel te turen, terwijl ze zich probeerde te herinneren welke nou welke was.

Heel lang had ze geloofd dat haar vader de slimste man ter wereld was. Als ze dat tegen hem zei, moest hij altijd lachen en zei hij dat hij in dat geval een manier zou hebben bedacht om een miljoen dollar te verdienen. Haar moeder gaf ook les, aan groep vier, en pas toen Hope klaar was met haar studie en ze haar eigen rekeningen ging betalen, had ze beseft wat een financiële uitdaging het voor hen moest zijn geweest om drie kinderen groot te brengen, zelfs als tweeverdieners.

Haar vader was ook de trainer geweest van de veld- en hardloopteams van de middelbare school. Hij verhief nooit zijn stem, maar had zijn teams desondanks naar vele divisieoverwinningen geleid. Samen met haar zussen was Hope in de laatste vier jaar van de middelbare school uitgekomen in beide sportonderdelen en hoewel ze geen van drieën bij de top hadden behoord, ging Hope nog altijd een aantal maal per week joggen. Haar oudere zussen gingen nog steeds drie of vier keer per week hardlopen en de afgelopen tien jaar had Hope altijd samen met haar vader en zussen op de ochtend van Thanksgiving meegedaan aan de jaarlijkse Turkey Trot, zodat ze allemaal flink trek hadden als ze aan tafel gingen. Twee jaar eerder had haar vader gewonnen in zijn leeftijdscategorie.

Maar nu zou haar vader nooit meer hardlopen.

Het was begonnen met af en toe spierkramp en een lichte, maar voelbare vermoeidheid. Ze wist niet precies hoe lang, maar ze gokte dat het al een paar jaar was. In de twaalf maanden daarna was het hardlopen in het bos vertraagd tot een sukkeldrafje en uiteindelijk in een wandeltempo.

Ouderdom, had zijn internist gesuggereerd, en dat leek logisch. Op dat moment was haar vader eind zestig – hij was vier jaar daarvoor met pensioen gegaan – en had hij artritis in zijn heupen en voeten. Ondanks een leven vol sport, slikte hij medicijnen vanwege een enigszins verhoogde bloeddruk. Maar toen was hij afgelopen januari verkouden geworden. Het was een doodnormale verkoudheid, maar na een paar weken had het haar vader nog altijd meer moeite gekost om adem te halen dan anders.

Hope was met hem meegegaan naar nog een bezoek aan zijn internist. Er werden meer onderzoeken uitgevoerd. Zijn bloed werd naar het laboratorium gestuurd. Hij werd doorverwezen naar een andere arts, en toen naar weer een andere. Er werd een spierbiopsie gedaan en toen de uitslag kwam, werd er gesuggereerd dat het een neurologisch probleem kon zijn. Dat was het moment waarop Hope zich zorgen was gaan maken.

Er volgden meer onderzoeken en later zat Hope met haar hele familie bij elkaar toen de diagnose van amyotrofische laterale sclerose werd verkondigd. De ziekte van Lou Gehrig, dezelfde ziekte waardoor Stephen Hawking in een rolstoel was beland, veroorzaakte het afsterven van neuronen die de bewegingsspieren aansturen, legden de artsen uit. Spieren werden geleidelijk zwakker wat resulteerde in een verlies van mobiliteit, slikken en spreken. En, daarna, uiteindelijk, ademhalen. De ziekte was ongeneeslijk.

Het viel ook niet te voorspellen hoe snel de ziekte zou verlopen. In de maanden na de diagnose leek haar vader lichamelijk niet veel veranderd. Hij ging nog altijd wandelen in het bos, had nog altijd dezelfde vriendelijke inborst en het onwankelbare vertrouwen in God en hield nog altijd haar moeders hand vast als ze

’s avonds naast elkaar op de bank televisie zaten te kijken. Dat gaf haar de hoop dat hij een langzame variant van de ziekte had, maar toch maakte ze zich voortdurend zorgen. Hoe lang zou haar vader mobiel blijven? Hoe lang zou haar moeder zonder hulp voor hem kunnen zorgen? Moesten ze drempelhulpen aanleggen en een wandbeugel in de douche monteren? De beste instellingen hadden wachtlijsten. Was het slim om nu al onderzoek te doen naar verzorgingstehuizen? En hoe moesten ze dat ooit betalen? Haar ouders waren bepaald niet rijk. Ze hadden hun pensioen en wat spaargeld, en ze bezaten hun huis en de cottage aan het strand, maar dat was alles. Zou dat voldoende zijn, niet alleen voor haar vaders medische verzorging maar ook voor de jaren die haar moeder nog restten? En als dat niet het geval was, wat moesten ze dan doen?

Te veel vragen en weinig antwoorden. Haar moeder en vader leken de onzekerheid te aanvaarden, net als haar zussen, maar Hope was altijd meer iemand geweest die de zaken wilde plannen. Zij was het type dat ’s nachts wakker lag, vooruitlopend op verscheidene mogelijkheden terwijl ze over zo’n beetje alles alvast hypothetische besluiten nam. Dat gaf haar het gevoel dat ze beter voorbereid was op alles wat er op haar pad zou komen. Maar het nadeel was dat het tot een leven leidde dat soms van de ene zorg in de andere overging. En dat was precies wat er gebeurde wanneer ze aan haar vader dacht.

Maar het ging best goed met hem, hield ze zichzelf voor. En over drie, vijf of zelfs tien jaar zou het misschien ook nog best goed met hem gaan, dat viel onmogelijk te voorspellen. Twee dagen geleden, voordat ze naar het strand was vertrokken, hadden ze zelfs een wandeling gemaakt, net zoals ze vroeger hadden gedaan. Goed, die was weliswaar langzamer en korter geweest dan hun wandelingen in het verleden, maar haar vader kon nog steeds alle bomen en struiken benoemen, en hij had zijn kennis nog een keer met haar gedeeld. Onder het lopen was hij blijven staan en had zich voorovergebogen om een afgevallen blad op te rapen dat de naderende herfst aankondigde.

'Een van de prachtige dingen aan een blad,' had hij tegen haar gezegd, 'is dat het je eraan herinnert dat je zo goed mogelijk moet leven zolang je dat kunt, tot het eindelijk tijd is om los te laten en jezelf toe te staan om met gratie weg te zweven.'

Ze vond het mooi wat haar vader tegen haar had gezegd. Nou ja... min of meer. Ongetwijfeld had hij het gevallen blad als leermoment gezien, en ze wist dat zijn uitspraak zowel waarheid als waarde bevatte, maar was het echt mogelijk om de dood zonder enige angst onder ogen te zien? Om gracieus weg te zweven?

Als iemand het kon, dan zou het haar vader zijn. Hij was zo'n beetje de evenwichtigste, gelijkmoedigste en rustigste persoon die ze ooit had gekend, wat waarschijnlijk de reden was dat hij al vijftig jaar getrouwd was met haar moeder en nog altijd tijd had om haar hand vast te houden en haar te knuffelen als hij dacht dat zijn dochters niet keken. Ze vroeg zich vaak af hoe die twee erin slaagden om verliefdheid zowel bewust als moeiteloos te laten lijken.

Ook dat had haar gedeprimeerd. Althans, niet zozeer vanwege haar moeder en vader, maar vanwege Josh. Hoeveel ze ook van hem hield, ze had nooit kunnen wennen aan hun knipperlichtrelatie. Op dit moment stond het licht heel erg uit en dat was de reden dat Hope de week in de cottage doorbracht, met geen ander gezelschap dan Scottie en met niets anders in haar agenda dan het laten doen van haar teennagels en een bezoekje aan de kapper tot het oefendiner van vrijdagavond.

Josh had deze week met haar mee zullen gaan, en naarmate de datum van het reisje dichterbij kwam, was Hope er steeds meer van overtuigd geraakt dat ze wat tijd met zijn tweetjes nodig hadden. In de afgelopen negen maanden had de praktijk waar hij werkte geprobeerd om nog een paar orthopedisch chirurgen aan te nemen om de golf aan patiënten op te vangen, maar dat was niet gelukt. En dat betekende dat Josh werkweken maakte van zeventig tot tachtig uur en dat hij voortdurend oproepbaar moest zijn. Nog erger was dat zijn vrije dagen niet altijd samenvielen met die van haar, en dat hij de laatste tijd meer behoefte dan anders leek te hebben om op zijn eigen manier stoom af te blazen. In zijn schaarse vrije weekenden zocht hij liever het gezelschap van zijn vrienden, om te gaan varen, jetskiën of te gaan stappen in Charlotte en daar te overnachten, in plaats van tijd met haar door te brengen.

Het was niet de eerste keer dat Josh een dergelijke fase doormaakte, waarin Hope af en toe het gevoel had dat ze op het tweede plan stond. Hij was nooit het type geweest om bloemen te sturen, en de tedere gebaren die haar ouders elke dag uitwisselden kwamen hem vermoedelijk volkomen vreemd voor. Ook had hij, vooral op dit soort momenten, iets weg van Peter Pan, een bepaalde eigenschap waardoor ze zich afvroeg of hij ooit echt volwassen zou worden. Zijn appartement, dat was ingericht met meubels van IKEA, honkbalwimpels en filmposters, leek meer bij een postdoctoraal student te passen, wat logisch was aangezien hij daar al woonde sinds hij aan zijn medische specialisatie was begonnen. Zijn vrienden, van wie hij het merendeel in de sportschool had ontmoet, waren achter in de twintig of begin dertig, alleenstaand, en even aantrekkelijk als Josh. Josh kwam jonger over dan hij was, want over een paar maanden zou hij al veertig worden, maar ze mocht een boon zijn als ze begreep waarom hij het nog steeds leuk vond om met zijn vrienden naar een kroeg te gaan, die daar waarschijnlijk naartoe gingen met het doel vrouwen te ontmoeten. Maar wat kon ze tegen hem zeggen? 'Ga niet met je vrienden om?' Josh en zij waren niet getrouwd, ze waren zelfs niet verloofd, en hij had haar vanaf het begin af aan verteld dat hij een partner zocht die geen pogingen in het werk zou stellen om hem te veranderen. Hij wilde geaccepteerd worden zoals hij was.

Dat begreep ze. Zij wilde ook geaccepteerd worden zoals zij

was. Dus wat maakte het uit dat hij graag met zijn maten naar de kroeg ging?

Omdat, hoorde ze een stemmetje in haar hoofd antwoorden, *we op dit moment strikt genomen niet samen zijn en alles mogelijk is. Hij is je immers niet altijd trouw geweest als het even uit was.*

O, ja. Daarom. Dat was gebeurd toen ze voor de tweede en derde keer kort uit elkaar waren. Josh had het beide keren eerlijk opgebiecht en haar verteld wat er was gebeurd – vrouwen die onbelangrijk voor hem waren, afschuwelijke vergissingen – en hij had haar bezworen dat het niet nog eens zou gebeuren. Ze had gedacht dat ze het hadden verwerkt, maar... nu waren ze wéér uit elkaar, en voelde ze dat haar oude angsten opnieuw de kop opstaken. Wat het nog erger maakte was dat Josh en zijn vrienden naar Las Vegas waren gegaan, waar ze ongetwijfeld de bloemetjes buiten zouden zetten en alles zouden doen wat mannen daar ook maar deden. Ze wist niet precies wat een mannenweekendje in Las Vegas inhield, maar ze moest onmiddellijk aan stripclubs denken. Ze betwijfelde ten zeerste of een van hen in de rij stond om kaartjes te bemachtigen voor Siegfried en Roy. De bijnaam van Las Vegas was niet voor niets Sin City.

De hele situatie ergerde haar. Niet alleen omdat hij haar deze week in de steek had gelaten, maar omdat hun breuk, hoe tijdelijk ook, volkomen onnodig was geweest. Stellen maakten ruzie. Dat gebeurde nou eenmaal. En na afloop bespraken ze de situatie, leerden van hun fouten, probeerden elkaar te vergeven en gingen verder. Maar dat concept leek Josh niet te begrijpen, en daardoor twijfelde ze eraan of ze nog wel een toekomst hadden samen.

Soms vroeg ze zich af waarom ze hem nog altijd in haar leven wilde, maar diep vanbinnen kende ze het antwoord. Hoe boos ze ook op hem was en hoe frustrerend ze een aantal van zijn ingesleten, ingebakken karaktereigenschappen ook vond, toch was hij razendslim en knap genoeg om haar hart telkens een sprongetje te laten maken. Zelfs na zo veel jaren kon Hope nog altijd helemaal opgaan in zijn paarsblauwe ogen. Ondanks zijn vele weekendjes met zijn vrienden wist ze dat hij van haar hield; een paar jaar daarvoor, toen Hope een auto-ongeluk had gehad, was Josh meteen uit zijn werk komen rennen en had twee dagen achtereen geweigerd om haar ziekenhuisbed te verlaten. Toen haar vader verwijzingen naar een neuroloog nodig had, was Josh te hulp geschoten, waardoor haar hele familie hem dankbaar was. Hij zorgde voor haar op subtiele manieren. Hij bracht haar auto weg om de olie te laten verversen of haar banden te laten vervangen, en af en toe verraste hij haar met een zelfgemaakte maaltijd. Op familiebijeenkomsten of met haar vrienden, wist Josh zich elk detail van ieders leven te herinneren en hij had het hoffelijke vermogen om iedereen op zijn gemak te stellen.

Bovendien deelden ze dezelfde interesses. Ze hielden allebei van lange wandelingen maken en concerten bezoeken en ze hadden dezelfde muzikale voorkeur. In de afgelopen zes jaar waren ze naar New York City, Chicago, Cancun en de Bahama's geweest, en tijdens al die vakanties had ze weer beseft waarom ze een relatie met hem had. Maar ze moest toegeven dat wanneer het niet goed zat, het ook echt verschrikkelijk was. Ze had het idee dat die dramatische hoogte- en dieptepunten misschien iets verslavends hadden, maar dat kon ze niet met zekerheid vaststellen. Het enige wat ze wist, was dat, hoe onverdraaglijk het leven met hem soms ook voelde, ze zich ook niet echt een leven zonder hem kon voorstellen.

Voor haar trippelde en snuffelde Scottie, waarbij hij soms sternen achtervolgde en die verder het water in joeg. Daarna veranderde hij van koers en rende hij naar de duinen, al begreep Hope niet waarom. Als ze weer bij het huisje waren, zou hij de rest van de ochtend waarschijnlijk comateus van uitputting zijn. Daar deed ze het voor.

Ze nam nog een slok koffie en wenste dat de zaken anders waren. Haar ouders wekten de indruk dat een huwelijk geen enkele inspanning kostte, haar zussen waren uit hetzelfde hout gesneden. Zelfs haar vriendinnen leken ontspannen mee te dobberen op de stroom van hun relatie terwijl de relatie van Josh en haar uit hoge pieken en diepe dalen bestond. En waarom was haar meest recente ruzie met Josh de ergste ooit geweest?

Achteraf bekeken had ze het idee dat het net zozeer haar schuld als de zijne was geweest. Hij was gestrest over zijn werk en zij was zonder meer gestrest over... nou, hun toekomst om precies te zijn. Maar in plaats van troost te zoeken bij de ander, hadden ze de stress maandenlang langzaam laten toenemen tot de boel uiteindelijk was ontploft. Ze wist niet eens meer hoe de ruzie was begonnen, behalve dan dat ze iets had gezegd over Ellens aanstaande bruiloft en Josh heel stil was geworden. Het was duidelijk geweest dat hij ergens mee zat, maar toen ze had gevraagd wat er aan de hand was, had hij gezegd dat het niets was.

Niets.

Ze had een bloedhekel aan dat woord. Het was een manier om gesprekken te beëindigen, niet om te beginnen, en misschien had ze niet verder moeten aandringen. Maar dat had ze wel gedaan, en wat was begonnen als het noemen van de bruiloft van een vriendin was, om welke reden dan ook, uitgelopen op geschreeuw en gekrijs en voordat ze het goed het wel besefte was Josh de deur uit gestormd om die nacht bij zijn broer te gaan slapen. De volgende dag had hij tegen Hope gezegd dat hij vond dat ze een adempauze nodig hadden en dat ze de situatie moesten evalueren. Een paar dagen daarna had hij haar ge-sms't om te vertellen dat hij de week van de bruiloft met wat vrienden naar Las Vegas zou gaan.

Dat was bijna een maand geleden. Nadien hadden ze elkaar nog een paar keer gebeld, maar die telefoontjes hadden haar niet bepaald gerustgesteld, en ondertussen had hij al bijna een week niets meer van zich laten horen. Kon ze de tijd maar terugdraaien en opnieuw beginnen. Maar wat ze echt wilde was dat Josh hetzelfde zou voelen als zij. En dat hij zijn verontschuldigingen zou aanbieden. Zijn reactie op de ruzie was zo overdreven geweest. Het voelde alsof hij haar niet alleen met een dolk in haar hart had gestoken, maar de dolk ook nog een keer venijnig had omgedraaid. Dat soort dingen beloofden weinig goeds voor de lange termijn, maar zou hij ooit veranderen? En stel dat hij dat niet deed, wat betekende dat dan voor haar? Ze was zesendertig jaar, ongetrouwd en het laatste waar ze zin in had, was zich weer in het datingcircuit storten. Daar kon ze zich geen enkele voorstelling bij maken. Wat moest ze dan doen? Naar kroegen gaan zodat kerels zoals de vrienden van Josh haar konden versieren? Nee, liever niet. Bovendien had ze zes jaar van haar leven aan Josh gewijd en ze wilde niet geloven dat die periode vergeefs was geweest. Tot welke waanzin hij haar soms ook dreef, hij had zo veel goede eigenschappen...

Ze dronk haar koffiebeker leeg. Voor zich zag ze een man langs de waterkant lopen. Scottie rende langs hem heen en stoof op een groep zeemeeuwen af. Ze probeerde op te gaan in de aanblik van de oceaan en keek naar de rimpels die van geel in goud veranderden door het ochtendlicht. De golven waren kalm en de zee rustig. Haar vader zou zeggen dat het waarschijnlijk zou gaan stormen, maar Hope besloot om dat voor Ellen te verzwijgen als haar vriendin haar nog een keer zou bellen. Dat wilde Ellen toch niet horen.

Hope haalde een hand door haar haar en streek wat losse lokken achter haar oor. Aan de horizon waren sliertige wolken te zien, van het soort dat waarschijnlijk zou oplossen met het verstrijken van de ochtend. Het zou een volmaakte middag voor een drankje zijn, misschien wat crackers met kaas of zelfs een paar verse oesters. Voeg daar nog een paar kaarsen en wat zwoele r&b aan toe, en...

Waar kwamen die gedachten nou vandaan?

Met een zucht richtte ze haar aandacht op de golven en ineens moest ze denken aan de tijd dat ze een klein meisje was geweest en ze daar urenlang in had gespeeld. Soms had ze op een bodyboard gelegen, op andere momenten was het leuk geweest om eronderdoor te duiken als de golven boven haar hoofd braken. Vaak voegde haar vader zich een poosje bij haar in het water, en die herinneringen brachten een zweempje verdriet met zich mee.

Binnenkort zou haar vader nooit meer in de oceaan gaan, dacht ze.

Terwijl ze over het water keek, hield Hope zich voor dat ze zich druk maakte om luxe problemen. Het was niet alsof ze zich moest afvragen of ze 's avonds wel een veilige slaapplaats zou hebben en of ze wel wat te eten zou vinden. Het water dat ze dronk verhoogde de kans op een cholera- of dysenterie-infectie niet, ze had kleding en een opleiding, en de lijst werd almaar langer.

Haar vader – gezien de opmerkingen die hij had gemaakt over het gevallen blad en zo – zou niet willen dat ze zich zorgen om hem maakte. En wat Josh betrof, de kans was groot dat hij weer bij zou draaien. De vier voorgaande keren dat ze uit elkaar waren gegaan had dat nooit langer dan zes weken geduurd en elke keer was Josh degene geweest die had voorgesteld om opnieuw te beginnen. Hope zelf geloofde heilig in de filosofie *als je van iets houdt, moet je het loslaten en als het terugkomt houdt het van jou.* Haar gezonde verstand vertelde haar dat iemand smeken om te blijven vaak op hetzelfde neerkwam als iemand smeken om van je te houden, en ze was wijs genoeg om te weten dat zoiets nooit werkte.

Ze draaide zich af van het water en vervolgde haar strandwandeling. Met een hand boven haar ogen tegen de zon keek ze of ze Scottie zag, maar hij was nergens te bekennen. Ze speurde het stuk achter zich af, zich afvragend hoe hij langs haar heen had weten te glippen, maar daar was hij ook niet. Op haarzelf na was het strand verlaten, en ze voelde de eerste steek van ongerustheid. Op voorgaande wandelingen had het soms een paar seconden geduurd voordat ze hem had gelokaliseerd, maar hij was geen hond die er zomaar vandoor zou gaan. Even vroeg ze zich af of hij misschien en stel vogels het water had ingejaagd en gegrepen was door de onderstroom. Maar Scottie zwom nooit in de oceaan. En toch was hij... verdwenen.

Op dat moment zag ze iemand die een klein stukje verderop dwars door de duinen kwam lopen. Daar zou haar vader meteen iets van gezegd hebben. Duinen waren kwetsbaar en de mensen hoorden de openbare paden te gebruiken als ze naar het strand wilden gaan, maar... laat maar. Ze had op dat moment grotere zorgen aan haar hoofd...

Ze tuurde voor zich en achter zich, en daarna keek ze weer naar de man. Die was ondertussen op het strand, en ze overwoog even om hem te vragen of hij Scottie had gezien. De kans was niet erg groot, maar het leek alsof hij iets droeg. Wat het ook was, de kleur vermengde zich met het witte overhemd dat hij aan had, en het duurde even voordat ze besefte dat hij Scottie in zijn armen hield. Ze ging sneller lopen.

De man liep met een bijna dierlijke gratie naar haar toe. Hij droeg een gebleekte spijkerbroek en een wit overhemd waarvan de mouwen tot de ellebogen waren opgerold. Toen hij naderbij kwam, zag ze dat de bovenste knoopjes van zijn overhemd openstonden, waardoor er borstspieren te zien waren die duidden op zowel lichaamsbeweging als een actief leven. Zijn ogen waren donkerblauw, als de lucht aan het begin van de avond, en hij had inktzwart haar dat grijs werd bij zijn oren. Toen hij schaapachtig naar haar glimlachte, zag ze het kuiltje in zijn kin en een onverwacht vertrouwd aandoende uitdrukking op zijn gezicht, waardoor ze het vreemde gevoel kreeg dat ze elkaar al hun hele leven kenden.

Sunset Beach

Tru had geen flauw idee wat Hope dacht toen ze naar hem toe liep, maar hij merkte dat hij zijn blik onmogelijk van haar af kon houden. Ze droeg een gebleekte spijkerbroek, sandalen en een gele mouwloze blouse die aan de voorkant omlaag liep in een diepe v-hals. Met haar gladde, lichtgebruinde huid en haar kastanjebruine haar, dat hoge jukbeenderen omlijstte, trok ze zijn blik als een onbedwingbare kracht. Haar ogen waren groot door een onstuimige emotie – opluchting? dankbaarheid? verbazing? – toen ze eindelijk ademloos voor hem bleef staan. Omdat ze allebei sprakeloos waren, keken ze elkaar aan zonder iets te zeggen, totdat Tru eindelijk zijn keel schraapte.

'Ik neem aan dat dit jouw hond is?' vroeg hij, terwijl hij haar Scottie toestak.

Hope hoorde een accent dat Brits of Australisch klonk, maar het allebei niet helemaal was. Dat was voldoende om de betovering te doorbreken en ze stak haar handen uit om Scottie van hem over te nemen.

'Waarom draag je mijn hond?'

Hij legde uit wat er was gebeurd terwijl hij haar de hond overhandigde, en keek toe hoe Scottie haar vingers likte en jankte van opwinding.

Toen hij was uitgesproken hoorde hij iets van paniek in haar stem. 'Wil je zeggen dat hij is aangereden door een auto?'

'Ik weet alleen wat ik heb gehoord. Hij stond te trillen en hij ontzag zijn achterpoot toen ik hem vond.'

'Maar je hebt geen auto gezien?'
'Nee.'
'Wat gek.'
'Misschien was het maar een schaafwond. En dachten ze dat de hond niets mankeerde toen hij wegrende.'
Hij keek toe terwijl zij zacht in elk van Scotties poten kneep. De hond jankte niet meer, maar begon juist te kronkelen van opwinding. Tru zag de bezorgde blik op haar gezicht toen ze Scottie eindelijk op de grond zette. Ze sloeg het dier aandachtig gade toen het weg trippelde.
'Hij loopt nu niet mank,' merkte ze op. Vanuit haar ooghoek zag ze dat de man Scottie aandachtig opnam.
'Nee, zo te zien niet.'
'Denk je dat hij naar de dierenarts moet?'
'Ik zou het niet weten.'
Scottie zag nog een groep zeemeeuwen. Hij zette het op een hollen en sprong naar een van de vogels toe voordat hij abrupt van richting veranderde. Daarna bracht hij zijn snuit naar de grond en liep de kant van de cottage op.
'Zo te zien mankeert hij niets,' mompelde ze, meer tegen zichzelf dan tegen hem.
'Nou, hij heeft wel een hoop energie.'
Dat weet je niet half, dacht ze. 'Ik ben heel blij dat je bij hem bent gaan kijken en hem naar het strand hebt gebracht.'
'Graag gedaan. Voordat je gaat, weet jij toevallig of hier in de buurt een gelegenheid is waar ik een kop koffie kan krijgen?'
'Nee. Aan deze kant staan alleen huizen. Iets voorbij de pier is een zaak die Clancy's heet. Het is een restaurant en kroeg, maar volgens mij gaan ze pas rond lunchtijd open.'
Ze begreep zijn teleurgestelde gezichtsuitdrukking maar al te goed. Ochtenden zonder koffie waren afschuwelijk, dat vond zij ook. Ondertussen liep Scottie steeds verder bij hen vandaan en ze gebaarde naar hem. 'Ik kan maar beter mijn hond in het oog gaan houden.'

'Ik ging dezelfde kant op voordat ik werd afgeleid,' zei hij. Hij draaide zich om. 'Vind je het goed als ik met je meeloop?'

Zodra hij het vroeg, voelde Hope een rilling van... iets. Zijn blik, de diepe klank van zijn stem, zijn ontspannen maar toch elegante manier van doen liet iets in haar binnenste vibreren alsof er een snaar werd aangeslagen. Daar schrok ze van, en haar eerste neiging was om simpelweg te weigeren. De oude Hope, de Hope die ze altijd was geweest, zou dat zonder erbij na te denken hebben gedaan. Maar iets anders in haar kreeg de overhand, een instinct dat ze niet herkende.

Dus in plaats van te weigeren zei ze: 'Dat is prima.'

Op het moment dat ze de woorden uitsprak, wist ze niet zeker waarom ze had ingestemd. Zelfs jaren nadien zou ze de redenen nog steeds niet begrijpen. Ze zou het makkelijk kunnen toeschrijven aan de zorgen die haar plaagden, maar ze wist dat dat niet helemaal klopte. In plaats daarvan kreeg ze het idee dat hij, zelfs al hadden ze elkaar pas net ontmoet, iets tot dan toe onbekends in haar wakker riep, een behoefte die zowel primitief als ongewoon was.

Hij knikte. Als haar reactie hem al verbaasde, dan merkte ze daar niets van toen ze naast elkaar verder liepen. Hij bevond zich niet ongemakkelijk dicht bij haar, maar wel dusdanig nabij dat ze de punten van zijn dikke, donkere haar zag wapperen in de bries. Voor hen was Scottie de boel nog altijd aan het verkennen en Hope voelde kleine zeeschelpen onder haar voeten verpulveren. Op de achterveranda van een huis wapperde een lichtblauwe vlag in de wind. Zonlicht stroomde omlaag, vloeibaar en warm. Omdat er verder niemand op het strand was, voelde het vreemd intiem om naast hem te lopen, alsof ze samen op een leeg toneel stonden.

'Ik heet trouwens Tru Walls,' zei hij uiteindelijk, waarbij hij zijn stem verhief om boven het geluid van de branding uit te komen.

Ze keek naar hem en zag de rimpeltjes bij zijn ooghoeken, het soort dat ontstond als je vele uren in de zon doorbracht. 'Tru? Ik geloof niet dat ik die naam ooit eerder heb gehoord.'

'Het is een afkorting van Truitt.'

'Aangenaam kennis te maken, Tru. Ik ben Hope Anderson.'

'Volgens mij heb ik je gisteravond zien wandelen.'

'Heel goed mogelijk. Als ik hier op bezoek ben, laat ik Scottie een paar keer per dag uit. Maar ik heb jou niet gezien.'

Hij gebaarde met zijn kin in de richting van de pier. 'Ik ging de andere kant op. Ik moest mijn benen strekken. Het was een lange vlucht.'

'Waar kwam je vandaan?'

'Zimbabwe.'

'Woon je daar?' Op haar gezicht stond verbazing te lezen.

'Mijn hele leven al.'

'Vergeef me mijn onwetendheid,' begon Hope, 'maar waar in Afrika ligt dat precies?'

'In het zuiden. Het grenst aan Zuid-Afrika, Botswana, Zambia en Mozambique.'

Zuid-Afrika was altijd in het nieuws, maar de andere drie landen kwamen haar slechts vaag bekend voor. 'Je bent ver van huis.'

'Inderdaad.'

'Je eerste keer op Sunset Beach?'

'Mijn eerste keer in de VS. Het is hier een heel andere wereld.'

'Hoe bedoel je precies?'

'Alles... de wegen, de infrastructuur, Wilmington, het verkeer, de mensen... en ik kan er niet over uit hoe groen het landschap is.'

Hope had geen enkel referentiekader om het te vergelijken, dus knikte ze alleen. Ze keek naar Tru toen hij een hand in zijn zak stak.

'En jij?' vroeg hij. 'Je zei dat je hier op bezoek bent?'

Ze knikte. 'Ik woon in Raleigh.' Omdat ze zich realiseerde dat hij waarschijnlijk geen idee had waar dat was, voegde ze eraan toe:

'Dat ligt een paar uur ten noordwesten van hier. Verder het binnenland in... meer bomen en geen strand.'

'Is het daar ook vlak, net als hier?'

'Nee, helemaal niet. Er zijn heuvels. Bovendien is het een behoorlijk grote stad, met heel veel mensen en met dingen die je er kunt doen. Zoals je vast al hebt gemerkt, kan het hier heel stil zijn.'

'Ik had gedacht dat het drukker zou zijn op strand.'

'In de zomer kan het dat zeker zijn, en waarschijnlijk zullen er vanmiddag wat meer mensen rondlopen. Maar in deze tijd van het jaar is het hier nooit echt druk. Het is meer een vakantieoord. Iedereen die je nu ziet, woont vermoedelijk op het eiland.'

Hope streek haar haar naar achteren, en probeerde te voorkomen dat de lokken in haar gezicht werden geblazen, maar zonder elastiekje was dat onbegonnen werk. Toen ze een snelle blik op hem wierp, zag ze een leren armband om zijn pols. Die had slijtplekken en zag er afgedragen uit, met verbleekte stiksels die een patroon vormden dat ze niet kende. Maar op de een of andere manier paste het bij hem, vond ze.

'Ik geloof niet dat ik ooit iemand uit Zimbabwe heb ontmoet.' Met samengeknepen ogen keek ze hem aan. 'Ben je hier met vakantie?'

Hij liep een paar stappen door zonder iets te zeggen, verrassend zwierig, zelfs op het zand. 'Ik ben hier omdat ik met iemand heb afgesproken.'

'O.' Door zijn antwoord vermoedde ze dat het een vrouw was, en hoewel haar dat niet zou moeten storen, voelde ze een onverwachte vlaag van teleurstelling. Belachelijk, vermaande ze zichzelf terwijl ze de gedachte van zich af zette.

'En jij?' vroeg hij. Hij trok een wenkbrauw op. 'Wat brengt jou hier?'

'Een goede vriendin van me gaat aanstaande zaterdag trouwen in Wilmington. Ik ben een van de bruidsmeisjes.'

'Zo te horen heb je een leuk weekend voor de boeg.'

Behalve dan dat Josh in plaats daarvan naar Las Vegas is gegaan zodat ik niemand heb om mee te dansen. En dat ik een miljoen vragen over hem zal krijgen die ik eigenlijk geen van alle wil beantwoorden, zelfs al zou ik dat kunnen. 'Een groot feest,' beaamde ze. Toen: 'Mag ik je iets vragen?'

'Ga je gang.'

'Hoe is het in Zimbabwe? Ik ben nog nooit in Afrika geweest.'

'Dat ligt eraan waar je bent, denk ik.'

'Lijkt het op Amerika?'

'Tot nu toe totaal niet.'

Ze glimlachte. Natuurlijk niet. 'Misschien is het een domme vraag, maar heb je wel eens een leeuw gezien?'

'Die zie ik bijna elke dag.'

'Bedoel je, als je uit je raam kijkt?' Hope zette grote ogen op.

'Ik ben gids in een wildreservaat. Safari's.'

'Ik heb altijd een keer op safari gewild...'

'Veel van de mensen die ik rondleid noemen het de reis van hun leven.'

Hope deed haar best om zich er een voorstelling van te maken, maar slaagde er niet in. Als zij ging, zouden de dieren zich waarschijnlijk net toevallig schuilhouden, zoals ze hadden gedaan toen ze als meisje eens naar de dierentuin was gegaan.

'Hoe kom je in vredesnaam aan zo'n baan?'

'Het wordt gereguleerd door de overheid. Er zijn cursussen die je moet doen, examens, een stage, en tot slot een vergunning. Daarna begin je met spotten en uiteindelijk word je gids.'

'Wat bedoel je precies met spotten?'

'Veel dieren zijn redelijk bedreven in zich camoufleren, dus soms zijn ze niet makkelijk te vinden. De spotter zoekt ze, zodat de gids veilig kan rijden en vragen kan beantwoorden.'

Ze knikte en keek hem aan met een toenemende nieuwsgierigheid. 'Hoe lang doe je dat al?'

'Heel lang,' antwoordde hij. Met een glimlach voegde hij eraan toe: 'Ruim twintig jaar.'

'Op dezelfde plek?'

'In heel veel verschillende kampen.'

'Zijn die niet allemaal hetzelfde?'

'Elk kamp is anders. Sommige zijn duur, andere minder. Er zijn verschillende concentraties dieren, afhankelijk van waar je bent in het land. Sommige gebieden zijn natter of droger, wat invloed heeft op de concentratie van de diersoorten en op migratie en trekbewegingen. Sommige kampen prijzen zich aan als een luxe accommodatie en pochen over fantastische chef-koks, andere bieden alleen basisvoorzieningen: tenten, veldbedden en in cellofaan verpakt eten. En sommige kampen hebben een beter jachtdierbeleid dan andere.'

'Hoe is het kamp waar je nu werkt?'

'Dat is een luxe kamp. Uitstekende accommodaties en eten, uitstekend jachtdierbeleid en een bijzonder grote variatie aan dieren.'

'Zou je het aanbevelen?'

'Absoluut.'

'Het moet ongelooflijk zijn om elke dag die dieren te zien. Maar voor jou zal het wel gewoon zijn geworden.'

'Integendeel. Elke dag is weer anders.' Hij nam haar aandachtig op, en de blik in zijn blauwe ogen was doordringend maar warm. 'En hoe zit het met jou? Wat doe jij?'

Vreemd genoeg had ze niet verwacht dat hij die vraag zou stellen. 'Ik ben traumatologieverpleegkundige in een ziekenhuis.'

'Bedoel je dat je... schotwonden behandelt?'

'Soms,' zei ze. 'Maar voornamelijk verkeersongevallen.'

Ondertussen waren ze vlak bij het huis waar Tru logeerde en hij begon langzaam af te buigen van het harde zand.

'Ik logeer in de cottage van mijn ouders, daar,' zei Hope uit zichzelf terwijl ze op het huis naast het zijne wees. 'En jij?'

'Daarnaast. Dat grote huis van drie verdiepingen.'

'O,' zei ze.

'Probleem?'

'Het is… groot.'

'Zeg dat wel.' Hij moest lachen. 'Maar het is niet van mij. Ik mag er logeren van de man met wie ik heb afgesproken. Ik gok dat het van hem is.'

De mán met wie hij had afgesproken, viel haar op. Dat gaf haar een beter gevoel, al hield ze zich voor dat er geen enkele reden was waarom haar dat iets kon schelen. 'Weet je wat het is? In de namiddag houdt dat huis het licht tegen op onze veranda aan de achterkant. En vooral mijn vader vindt het nogal een gedrocht.'

'Ken je de eigenaar?'

'Ik heb hem nog nooit ontmoet,' antwoordde ze. 'Hoezo? Ken jij hem dan niet?'

'Nee. Tot een paar weken geleden had ik nog nooit van hem gehoord.'

Ze wilde meer vragen, maar ging ervan uit dat hij een goede reden had om terughoudend te zijn. Ze liet haar blik over het strand gaan en zag Scottie voor hen langs de duinen snuffelen, vlak bij de trap die naar het pad en de cottage voerde. Zoals altijd zat hij onder het zand.

Tru ging langzamer lopen en kwam helemaal tot stilstand toen hij bij zijn trap was.

'Ik denk dat we hier afscheid van elkaar moeten nemen.'

'Nogmaals bedankt dat je bij Scottie bent gaan kijken. Ik ben zo blij dat hij niets mankeert.'

'Ik ook. Maar ik ben nog altijd teleurgesteld vanwege het gebrek aan koffie in deze contreien.' Hij glimlachte wrang.

Het was lang geleden dat ze een gesprek zoals dit had gevoerd, laat staan met een man die ze pas net had leren kennen – gemakkelijk en ongedwongen, zonder enige verwachting. Omdat ze nog niet wilde dat er een einde aan zou komen, knikte ze in de richting van de cottage. 'Ik heb een pot gezet voordat ik vanochtend naar buiten ging. Wil je een beker?'

'Ik wil me niet opdringen.'

'Dat is wel het minste wat ik kan doen. Ik ben maar alleen in de cottage, en waarschijnlijk zou ik de rest van de pot anders toch hebben weggegooid. Bovendien heb je mijn hond gered.'

'In dat geval wil ik graag een beker.'

'Kom dan maar mee,' zei ze.

Ze ging hem voor naar de trap en daarna over het vlonderpad naar de veranda van het huis. Scottie stond al voor het hek te kwispelen en hij rende naar de achterdeur zodra ze het hek opende.

Tru wierp een blik op het huis waar hij verbleef en besloot dat ze gelijk had. Het was inderdaad nogal een gedrocht. Daarentegen voelde de cottage aan als een thuis, met witte verf en blauwe luiken, en een bloembak vol bloeiende planten voor het raam. Bij de achterdeur stond een houten tafel met vijf stoelen en voor de ramen werd een verweerd tafeltje geflankeerd door twee schommelstoelen. Hoewel wind, regen en zout hun tol hadden geëist, had de veranda een bijzonder knusse uitstraling.

Hope liep naar de deur. 'Ik zal de koffie voor je halen, maar Scottie moet nog even op de veranda blijven. Ik moet hem eerst schoonwrijven, anders ben ik de hele middag aan het vegen,' zei ze over haar schouder. 'Ga lekker zitten. Ik ben zo terug.'

De hordeur sloeg achter haar dicht en Tru ging aan de tafel zitten. Achter het hek van de veranda lag de oceaan er rustig en uitnodigend bij. Misschien zou hij later die middag gaan zwemmen.

Door het raam kon hij in de keuken kijken en hij zag Hope met een handdoek over haar schouder, terwijl ze twee bekers uit de kast pakte. Hij vond haar interessant. Het leed geen enkele twijfel dat ze mooi was, maar het was meer dan dat. Achter haar glimlach ging een zekere kwetsbaarheid en eenzaamheid schuil, alsof ze met iets lastigs worstelde. Misschien zelfs met een aantal lastige dingen.

Hij verschoof op zijn stoel en bracht zich in herinnering dat hij na het weekend weer zou vertrekken. Behalve dat ze de komende dagen misschien naar elkaar zouden zwaaien vanaf hun wederzijdse veranda, kon dit heel goed de laatste keer zijn dat hij haar zag of met haar sprak.

Hij hoorde een klopje op de deur en door de hor zag hij haar verwachtingsvol staan, met twee bekers in haar handen. Tru stond op en opende de deur voor haar. Ze glipte langs hem heen en zette de bekers op tafel.

'Gebruik je melk of suiker?'

'Nee, dank je,' zei hij.

'Oké. Begin maar vast. Ik zorg even voor Scottie.'

Ze trok de handdoek van haar schouder, knielde naast de hond en begon hem stevig te wrijven.

'Je wilt niet weten hoeveel zand er in zijn vacht komt,' zei ze. 'Hij is net een magneet.'

'Hij is vast fijn gezelschap.'

'Het allerbeste,' zei ze, terwijl ze de hond liefdevol op zijn snuit zoende. In ruil daarvoor begon Scottie vrolijk haar gezicht te likken.

'Hoe oud is hij?'

'Vier. Ik heb hem van mijn vriend, Josh, gekregen.'

Tru knikte. Hij had er rekening mee moeten houden dat ze een relatie had. Hij pakte zijn beker, niet goed wetend wat hij moest zeggen, en hij besloot om geen verdere vragen te stellen. Hij nam een slokje en merkte dat de koffie anders smaakte dan de soort die zijn familie verbouwde op de boerderij. Scherper, op de een of andere manier. Maar het was sterk en heet, precies wat hij nodig had.

Toen Hope klaar was met Scottie, hing ze de handdoek over het hek om te drogen en liep terug naar de tafel. Nadat ze was gaan zitten, bevond haar gezicht zich half in de schaduw, waardoor haar gelaatstrekken iets mysterieus kregen. Ze blies voorzichtig op haar koffie voordat ze ervan dronk, en het gebaar was vreemd fascinerend.

'Vertel eens over de bruiloft,' zei hij uiteindelijk.

'O, jemig... dat. Het is gewoon een bruiloft.'

'Je zei dat het een goede vriendin van je is.'

'Ik ben sinds mijn studietijd bevriend met Ellen. We zaten bij hetzelfde vrouwendispuut... Hebben ze in Zimbabwe ook disputen?' onderbrak ze zichzelf. Bij het zien van zijn vragende uitdrukking, vervolgde ze: 'Vrouwendisputen zijn een soort clubs op hogescholen en universiteiten, uitsluitend voor vrouwen... je weet wel... wanneer een groep meisjes in een huis woont en met elkaar optrekt. Hoe dan ook, alle bruidsmeisjes zaten bij hetzelfde dispuut, dus dit wordt ook een soort reünie. Verder is het een normale trouwerij. Foto's, taart, een band op de receptie, het gooien van de kousenband en alles wat er verder nog bij hoort. Je weet hoe bruiloften zijn.'

'Behalve die van mezelf, heb ik er nog nooit een bijgewoond.'

'O... ben je getrouwd?'

'Gescheiden. Maar de bruiloft ging heel anders dan die hier in de VS. Ons huwelijk is voltrokken door een medewerker van de rechtbank, en daarna zijn we linea recta naar het vliegveld gereden. We hebben onze huwelijksreis in Parijs doorgebracht.'

'Dat klinkt romantisch.'

'Dat was het ook.'

Ze vond het leuk dat zijn antwoord heel zakelijk klonk, dat hij het niet nodig vond om erover uit te wijden of het te romantiseren. 'Hoe weet je dan over Amerikaanse bruiloften?'

'Ik heb een paar films gezien. En sommige gasten hebben me er uitgebreid over verteld. Safari's zijn heel populair als huwelijksreis. Hoe dan ook, de bruiloften klinken heel erg gecompliceerd en zenuwslopend.'

Dat zou Ellen zonder meer met hem eens zijn, dacht Hope. Ze veranderde van onderwerp en vroeg: 'Hoe is het om op te groeien in Zimbabwe?'

'Ik kan alleen op mijn eigen ervaring afgaan. Zimbabwe is een groot land. Het is voor iedereen anders.'

'Hoe was het voor jou?'

Hij wist niet precies wat of hoeveel hij haar moest vertellen, dus hield hij het algemeen. 'Mijn familie heeft een boerderij in de buurt van Harare. Die is al generaties in onze familie. Dus ik heb van jongs af aan klusjes op de boerderij gedaan. Mijn opa vond dat dat goed voor me was. Toen ik heel jong was molk ik koeien en raapte ik eieren. Als tiener deed ik zwaarder werk, zoals reparaties uitvoeren: hekken, daken, irrigatie, pompen, motoren, alles wat kapot was. En daarnaast ging ik naar school.'

'Hoe ben je gids geworden?'

Hij haalde zijn schouders op. 'Ik voelde me altijd het gelukkigst in de wildernis. Elke keer dat ik even niets te doen had, trok ik er in mijn eentje op uit. En toen ik van school kwam, heb ik tegen mijn familie gezegd dat ik weg zou gaan. Dus dat heb ik gedaan.'

Terwijl hij antwoord gaf, voelde ze dat hij naar haar keek. Ze wierp hem een sceptische blik toe toen ze haar koffiebeker weer pakte. 'Waarom heb ik nou het idee dat daar meer achter zit?'

'Omdat overal altijd meer achter zit.'

Ze lachte, en het geluid klonk verbazingwekkend hartelijk en ongedwongen. 'Daar heb je gelijk in. Vertel eens wat de meest opwindende dingen zijn die je op safari hebt gezien.'

Dat was vertrouwd terrein voor Tru en hij vermaakte haar met dezelfde verhalen die hij zijn gasten vertelde wanneer die erom vroegen. Af en toe stelde ze een vraag, maar ze zat voornamelijk te luisteren. Tegen de tijd dat hij klaar was, was de koffie op en voelde hij de zon fel in zijn nek branden. Hij zette de lege beker weer op tafel.

'Wil je nog meer? Er zit nog wat in de pot.'

'Een beker is meer dan genoeg,' zei hij. 'En ik heb al te veel van je tijd in beslag genomen. Maar ik stel het heel erg op prijs. Dank je wel.'

'Dat was wel het minste wat ik kon doen,' zei ze. Zij kwam ook overeind en liep met hem naar het hek. Hij trok het open, zich scherp bewust van haar nabijheid. Hij liep de trap af, maar draaide zich om toen hij bij het vlonderpad kwam en zwaaide nog even naar haar.

'Leuk je ontmoet te hebben, Tru,' riep ze met een glimlach. Hoewel hij het nooit zeker zou weten, vroeg hij zich af of ze hem nakeek terwijl hij het kronkelige pad naar het strand volgde. Vreemd genoeg kostte het hem heel wat wilskracht om niet achterom te kijken en antwoord op die vraag te krijgen.

Herfstmiddagen

Eenmaal thuis merkte Tru dat hij niets omhanden had. Als hij kon, zou hij Andrew bellen, maar het idee dat hij via de vaste lijn van het huis zou bellen gaf hem een ongemakkelijk gevoel. Internationale telefoontjes waren prijzig en bovendien zou Andrew waarschijnlijk nog niet thuis zijn. Na schooltijd voetbalde hij met zijn jeugdteam, en Tru vond het altijd leuk om naar zijn trainingen te kijken. Andrew bezat niet de aangeboren atletische eigenschappen die andere kinderen in het team wel hadden, maar net zoals zijn moeder was hij een ontspannen en geboren leider.

Door de gedachte aan zijn zoon besloot Tru om zijn tekenspullen te pakken, waarmee hij naar de achterveranda ging. Hij zag dat Hope bij het buurhuis naar binnen was gegaan, maar dat de handdoek die ze voor Scottie had gebruikt nog altijd over het hek hing. Hij ging op een stoel zitten en dacht na over wat hij moest gaan tekenen. Andrew had de oceaan nog nooit gezien, niet met eigen ogen, dus besloot Tru om een poging te doen om de grootsheid van de aanblik voor zich te vangen, ervan uitgaande dat dat mogelijk was.

Zoals altijd begon hij met een algemene en vage schets – in het midden een verdwijnpunt dat de kustlijn, de branding en de pier omvatte, plus de oceaan die zich uitstrekte tot de einder. Tekenen was altijd een manier voor hem geweest om zijn geest te ontspannen en terwijl hij bezig was, liet hij zijn gedachten de vrije loop. Hij dacht aan Hope en vroeg zich af wat aan haar precies zijn belangstelling had gewekt. Het was ongebruikelijk voor hem om direct zo gecharmeerd van iemand te zijn, maar hij hield zich voor dat het er niet echt toe deed. Hij was om andere redenen naar North Carolina gekomen, en hij merkte dat zijn gedachten afdwaalden naar zijn familie.

Hij had zijn stiefvader Rodney en zijn halfbroers Allen en Alex al bijna twee jaar niet gesproken. De redenen daarvoor lagen in het verleden, en rijkdom had de vervreemding verder vergroot. Naast de familienaam Walls had Tru het gedeeltelijke eigendom van de boerderij en het zakenimperium geërfd. De winsten waren substantieel, maar in zijn dagelijkse leven had hij niet veel behoefte aan geld. Alles wat hij verdiende aan de boerderij werd naar een investeringsrekening in Zwitserland gestuurd die de Kolonel had geopend toen Tru nog een peuter was geweest. Daar stapelde het kapitaal zich al jarenlang op, maar Tru keek bijna nooit wat het saldo was. Hij had het zo geregeld dat er van die rekening regelmatig geld werd overgemaakt naar Kim en hij betaalde Andrews schoolopleiding. Maar behalve de contante aankoop van het huis in Bulawayo, had hij er verder nooit gebruik van gemaakt. Hij had al geregeld dat een deel van het geld aan Andrew zou worden overgemaakt als zijn zoon vijfendertig werd. Hij ging ervan uit dat Andrew het beter zou kunnen gebruiken dan hij.

De laatste tijd waren zijn halfbroers daar gepikeerd over, maar zijn relatie met hen was toch nooit hecht geweest, dus dat lag in de lijn der verwachting. Tru was negen jaar ouder dan de tweeling, en tegen de tijd dat zij oud genoeg waren om herinneringen aan hem te hebben, bracht hij al bijna al zijn tijd door in de rimboe, zo ver mogelijk bij de boerderij vandaan. Op zijn achttiende was hij voorgoed vertrokken. In feite waren ze vreemden voor elkaar, en dat was altijd al zo geweest.

Daarentegen lag zijn relatie met Rodney gecompliceerder. Tru's aandeel in het bedrijf had tot problemen met Rodney geleid sinds de Kolonel dertien jaar geleden was overleden, maar eigenlijk was de relatie al veel langer slecht geweest. Volgens Tru ging dat terug tot de brand, toen Tru elf was geweest. In 1959 was er een brand geweest waarbij een groot deel van de boerderij en de bijgebouwen in vlammen waren opgegaan. Tru had nauwelijks het vege lijf weten te redden door uit een raam op de eerste verdieping te springen. Rodney had Allen en Alex in veiligheid gebracht, maar Tru's moeder, Evelyn, was er niet in geslaagd om naar buiten te komen.

Al voor de brand had Rodney zijn stiefzoon weinig steun of genegenheid geschonken, het was meer zo dat hij Tru tolereerde. Daarna had Rodney bijna helemaal geen aandacht meer voor hem gehad. Het verwerken van zijn verdriet, grootbrengen van twee peuters en leiding geven aan de boerderij had hem overstelpt. Achteraf bezien snapte Tru dat. Toentertijd was het niet zo gemakkelijk geweest, en aan de Kolonel had hij ook niet veel steun gehad. Die was na de dood van zijn enige kind in een diepe depressie beland waardoor hij in zichzelf opgesloten leek te zitten. Hij zat vaak bij de geblakerde resten van het boerderijcomplex, starend naar de puinhoop. En toen de brokstukken waren afgevoerd en er met de bouw van de nieuwe huizen was begonnen, sloeg hij de werkzaamheden zwijgend gade. Af en toe ging Tru bij hem zitten, maar dan mompelde de Kolonel niet meer dan een paar woorden. Tenslotte deden er geruchten de ronde, geruchten over zijn opa, het bedrijf, en de echte reden van de brand. Destijds had Tru daar niets van geweten, hij wist alleen dat niemand in het gezin met hem leek te willen praten of een arm om hem heen wilde slaan. Tru betwijfelde of hij het verlies van zijn moeder zou hebben overleefd als Tengwe en Anoona er niet waren geweest. Het enige uit die tijd wat hem nog goed bijstond, was dat hij zichzelf regelmatig in slaap had gehuild en dat hij, als hij uit school kwam en zijn klusjes had gedaan, vele uren had rondgezworven op het terrein van de boerderij. Nu begreep hij dat dat de eerste stappen waren geweest van de reis die hem van de boerderij naar het leven in de wildernis hadden geleid. Hij had geen flauw idee wat hij zou zijn geworden als zijn moeder het had overleefd.

Maar dat was niet de enige verandering in de nasleep van zijn moeders overlijden. Na haar dood had Tru aan Tengwe gevraagd om wat tekenpapier en potloden voor hem te kopen. Omdat hij zich herinnerde dat hij zijn moeder had zien tekenen, ging hij dat ook doen. Hij had nooit les gehad en weinig aangeboren talent. Het duurde maanden voordat hij iets eenvoudigs als een boom met enige gelijkenis op papier kon reproduceren. Maar hij voelde wel dat dit een manier was om te ontsnappen aan zijn eigen gevoelens en de stille wanhoop die altijd aanwezig was op de boerderij.

Hij hunkerde ernaar om zijn moeder te tekenen, maar haar gelaatstrekken leken sneller te verdwijnen dan dat zijn vaardigheid zich ontwikkelde. Alles wat hij probeerde kwam hem verkeerd voor, niet de moeder uit zijn herinnering, zelfs niet als Tengwe en Anoona het tegendeel beweerden. De ene poging was beter dan de andere, maar hij was er nooit in geslaagd om een tekening van zijn moeder af te maken waarvan hij het gevoel had dat die haar volledig recht deed. Uiteindelijk gooide hij de stapel tekeningen weg en legde hij zich neer bij dat bijkomende verlies, net zoals bij de andere verliezen die hij in zijn leven had geleden.

Zoals dat van zijn vader.

In zijn jeugd had Tru soms het gevoel gehad dat de man nooit had bestaan. Zijn moeder had niet veel over hem gezegd, zelfs niet wanneer Tru erop aan had gedrongen. De Kolonel weigerde pertinent over de man te praten. Mettertijd was Tru's nieuwsgierigheid bijna volledig verdwenen. Soms verstreken er jaren waarin hij nooit aan de man dacht of zich dingen over hem afvroeg. Maar toen was er een paar maanden geleden uit het niets een brief bezorgd bij het kamp in Hwange. Die was oorspronkelijk naar de boerderij gestuurd. Tengwe had hem doorgestuurd, maar Tru had aanvankelijk niet de moeite genomen om hem te openen. Toen hij dat uiteindelijk toch had gedaan, was zijn eerste neiging geweest om het als een soort grap te beschouwen, ondanks de bijgesloten vliegtickets. Pas toen hij de vervaagde foto aandachtig had bestudeerd had hij beseft dat de brief wel eens echt kon zijn.

Op de foto stond een jonge, knappe man met zijn arm om een veel jongere versie van een vrouw die alleen Tru's moeder kon zijn. Op de foto was Evelyn nog een tiener – ze was negentien geweest toen Tru was geboren – en het bezorgde Tru een heel surrealistisch gevoel dat hij ruim twee keer zo oud was als zij toen was geweest. Als hij er tenminste van uitging dat zij het echt was.

Maar dat was zo. In zijn hart wist hij dat.

Hij had geen idee hoe lang hij er die eerste avond naar had zitten staren, maar in de daaropvolgende dagen had hij de foto telkens opnieuw gepakt. Het was de enige die hij had van zijn moeder. Alle andere waren verloren gegaan in dezelfde brand als die waarbij zij was omgekomen, en het zien van haar beeltenis na zo veel jaren, veroorzaakte een vloedgolf aan bijkomende herinneringen: dat ze zat te tekenen op de veranda; dat ze in de keuken stond, gekleed in een groene jurk; de aanraking van haar hand in de zijne terwijl ze naar een vijver liepen. Hij wist nog altijd niet of een van die dingen echt was of dat het allemaal hersenspinsels waren.

En dan had je natuurlijk nog de man op de foto...

In de brief vertelde hij dat hij Henry Beckham heette, een Amerikaan. Hij beweerde dat hij in 1914 was geboren en dat hij Tru's moeder eind 1946 had leren kennen. Hij had in de Tweede Wereldoorlog gediend bij het Amerikaanse Korps Genietroepen en na de oorlog was hij in Rhodesië gaan wonen, waar hij had gewerkt voor de Bushtick Mijn in Matabeleland. Hij had Tru's moeder ontmoet in Harare, en volgens hem waren ze verliefd op elkaar geworden. Verder beweerde hij dat hij niet had geweten dat ze zwanger was toen hij terugging naar de Verenigde Staten, maar Tru wist niet zeker of hij dat geloofde. Want als hij geen enkel vermoeden had gehad dat Tru's moeder een kind verwachtte, waarom was hij dan ooit op zoek gegaan naar een lang verdwenen kind?

Tru nam aan dat hij daar snel genoeg achter zou komen.

Tru werkte een paar uur door aan de tekening en hield pas op toen hij dacht dat hij iets had wat Andrew leuk zou vinden. Hij hoopte dat het opwoog tegen de week die ze niet samen zouden doorbrengen.

Hij liep naar binnen en speelde even met de gedachte om te gaan vissen. Dat deed hij graag, en hij had er de afgelopen jaren niet veel tijd voor gehad maar nadat hij bijna de hele middag buiten had gezeten, voelde hij de behoefte om zijn bloed te laten stromen. Morgen misschien, dacht hij, en in plaats daarvan verkleedde hij zich en trok de enige short aan die hij bezat. Hij vond een kast vol strandlakens, pakte er een en ging toen naar het strand. Hij liet de handdoek in het droge zand bij de waterkant vallen en ging toen het water in, dat verrassend warm bleek te zijn. Hij waadde door de eerste, milde golven, en toen door de volgende, en toen hij die achter zich had gelaten, kwam het water tot aan zijn borst. Hij zette zich af op de bodem en begon te zwemmen, in de hoop het tot de pier en weer terug te halen.

Het duurde een poosje tot hij zijn ritme had gevonden, ondanks het kalme water van de oceaan. Omdat het jaren geleden was dat hij een flink stuk had gezwommen, kwam hij maar langzaam vooruit. Centimeter voor centimeter schoof hij langs een huis, en toen voorbij het volgende. Bij het vijfde huis begonnen zijn spieren moe te worden. Eenmaal bij de pier had de uitputting toegeslagen, maar hij was altijd een volhouder. Daarom liep hij niet naar de kant, maar draaide hij zich om en zwom in een nog trager tempo terug naar de plek waar hij was begonnen.

Toen hij eindelijk zijn huis bereikte en het strand op liep, trilden zijn beenspieren en kon hij zijn armen nauwelijks bewegen. Toch voelde hij zich voldaan. Bij het kamp kon hij niet veel meer doen dan wat gymnastiekoefeningen en van die intensieve sprongen die in een beperkte ruimte konden worden uitgevoerd. Als hij de kans kreeg, ging hij hardlopen – een paar keer per week rende hij een half uur rondjes langs de binnenste perimeter van het kamp. Het was het saaiste rondje ter wereld, had hij al lang geleden geconcludeerd, maar de meeste dagen slaagde hij erin om flink wat te lopen. In het kamp waar hij werkte mocht een gids de toeristen uit de jeep laten gaan en samen met hen door de wildernis lopen, mits de gids gewapend was. Soms was dat de enige manier om in de buurt van de dieren te komen die wat zeldzamer waren, zoals de zwarte neushoorns of jachtluipaarden. Voor hem was het een goede manier om zijn benen te strekken, voor de gasten was het meestal het hoogtepunt van een safaririt.

Hij ging naar binnen en nam een lange douche, spoelde zijn short uit in de wasbak en maakte een boterham klaar voor de lunch. Daarna wist hij niet goed wat hij moest doen. Het was lang geleden dat hij een middag had gehad waarin er helemaal niets op het programma stond, en dat bracht hem nogal van zijn stuk. Hij pakte zijn schetsboek weer en bekeek de tekening die hij voor Andrew had gemaakt. Hij zag een aantal veranderingen die hij nog wilde aanbrengen. Zo ging het altijd. Da Vinci had ooit gezegd dat kunst nooit af was, alleen verlaten, en dat vond Tru volkomen logisch. Hij besloot om er de volgende dag verder aan te werken.

Hij pakte zijn gitaar en ging naar de veranda aan de achterkant. Het zand straalde wit in de zon en het blauwe water dat zich uitstrekte tot de horizon was achter de branding vreemd kalm. Volmaakt. Maar toen hij zijn gitaar stemde, merkte hij dat hij helemaal geen zin had om de rest van de dag in het huis te blijven. Hij kon een auto laten komen, maar dat leek nutteloos. Hij had geen flauw idee waar hij naartoe wilde. Opeens herinnerde hij zich dat Hope iets had gezegd over een restaurant, een stukje voorbij de pier, en hij besloot om daar 's avonds te gaan eten.

Toen hij de gitaar gestemd had, speelde hij een tijdje, waarbij hij bijna alle liedjes afging die hij ooit had geleerd. Net als tekenen, kon hij zijn gedachten hierbij de vrije loop laten, en toen zijn blik na een poosje naar de naastgelegen cottage dwaalde, moest hij opnieuw aan Hope denken. Hij vroeg zich af waarom ze alleen naar Sunset Beach was gekomen terwijl ze een vriend had en over een paar dagen naar de bruiloft van een goede vriendin moest.

Hope kwam tot de ontdekking dat ze het liefst vandaag naar de kapper en de nagelstudio zou zijn gegaan en niet morgenochtend, zodat ze een reden had om het huis uit te gaan. In plaats daarvan mestte ze die ochtend een paar kasten in de cottage uit. Haar moeder had gezegd dat ze alles mocht meenemen wat ze wilde, met het stilzwijgende voorbehoud dat Hope ook rekening zou houden met de wensen van haar zussen. Zowel Robin als Joanna zouden in de komende weken naar de cottage komen om te helpen met het uitzoeken van alle spullen, en ze waren alle drie opgevoed op een manier die weinig ruimte liet voor egoïsme. Omdat Hope weinig opbergruimte had in haar appartement, vond ze het geen enkel probleem om bijna niets voor zichzelf te houden.

Toch kostte het meer tijd dan ze had verwacht om de inhoud van een doos na te lopen. Nadat ze de troep aan de kant had gelegd (verreweg het meeste), hield ze over: een lievelingszwembril, een zeer beduimeld exemplaar van *Max en de Maximonsters*, een sleutelhanger van Bugs Bunny, een pluchen Winnie de Poeh, drie compleet ingevulde kleurboeken, ansichtkaarten uit verschillende plaatsen waar de familie op vakantie was geweest en een medaillon met een foto van Hopes moeder erin. Al die voorwerpen hadden haar om de een of andere reden laten glimlachen en waren het waard om bewaard te worden, en ze vermoedde dat haar zussen er hetzelfde over zouden denken. De kans was groot dat alles wat bewaard bleef zou eindigen in een andere doos die ergens op een zolder zou worden gezet. Wat de vraag opriep waarom alles nu uitgezocht moest worden, maar diep in haar hart wist Hope het antwoord daarop. Alles weggooien voelde gewoon verkeerd. Vreemd genoeg wilde een deel van haar weten dat deze spullen nog ergens lagen.

Ze zou de eerste zijn om toe te geven dat ze de laatste tijd niet echt helder had kunnen nadenken, te beginnen met het idee om hier al voor de bruiloft naartoe te gaan. Achteraf gezien leek dat een slecht idee, maar tegen die tijd had ze de vrije dagen al aangevraagd en toegewezen gekregen, en wat moest ze anders? Op bezoek gaan bij haar ouders en proberen zich geen zorgen te maken over haar vader? Of in Raleigh blijven waar ze net zo eenzaam zou zijn als hier, maar voortdurend omringd werd door dingen die haar aan Josh deden denken? Ze had natuurlijk op vakantie kunnen gaan naar een andere plek, maar waar had ze naartoe gemoeten? De Bahama's? Key West? Parijs? Daar zou ze ook alleen zijn geweest, haar vader zou nog altijd ziek zijn, Josh nog steeds in Las Vegas, en zij zou dit weekend nog altijd naar een bruiloft moeten.

Ach ja... de bruiloft. Hoewel ze het vreselijk vond om toe te geven, had ze ergens helemaal geen zin om te gaan, en niet alleen omdat ze ertegen opzag om te vertellen dat Josh haar had laten zitten. En het kwam ook niet door Ellen. Ze was oprecht blij voor Ellen, en normaal gesproken zou ze popelen om haar beste vriendinnen te zien. Ze wisten alles over elkaars leven en hadden geregeld contact gehouden na hun afstuderen. Ook waren ze bruidsmeisjes geweest op elkaars bruiloft, als eerste voor Jeannie en Linda. Die waren allebei een jaar na hun afstuderen getrouwd en hadden nu bij elkaar vijf kinderen. Een paar jaar daarna was Sienna getrouwd, en zij had ondertussen vier kinderen. Angie was op haar dertigste in het huwelijksbootje getreden en zij had een meisjestweeling van drie. Susan was twee jaar geleden getrouwd, en nu, vanaf komende zaterdag, zou ook Ellen tot de gehuwden behoren.

Het had haar niets verbaasd dat Susan haar onlangs had gebeld om te vertellen dat ze drie maanden zwanger was. Maar Ellen? Ellen, die Colson pas afgelopen december had leren kennen? Ellen, die ooit had gezworen dat ze nooit zou trouwen of kinderen zou krijgen? Ellen, die tot ver in de twintig een wild leven had geleid en vroeger altijd op en neer reisde naar haar toenmalige vriend in Atlantic City, die cocaïnedealer was? Niet alleen was Ellen erin geslaagd om iemand te vinden die met haar wilde trouwen, een kerkse bankier nota bene – maar veertien dagen geleden had ze Hope in vertrouwen verteld dat ze, net als Susan, twaalf weken zwanger was. Susan en Ellen zouden rond dezelfde tijd bevallen en door dat vooruitzicht kreeg Hope heel erg het idee dat ze een buitenstaander zou worden in wat vroeger haar meest hechte vriendengroep was geweest. De anderen waren allemaal al aan een nieuwe levensfase begonnen, of stonden op het punt dat te doen en Hope had geen flauw idee wanneer, of zelfs maar of, zij hun voorbeeld zou volgen. Vooral niet wat het krijgen van kinderen betrof.

Dat beangstigde haar. Ze had heel lang geloofd dat het hele 'tikken van de biologische klok' een fabeltje was. Niet het feit dat haar leeftijd het steeds moeilijker maakte om nog kinderen te krijgen, want dat wist iedere vrouw. Ze had echter nooit verwacht dat dat op haar zou slaan. Een van de dingen die ze altijd voetstoots had aangenomen was dat ze kinderen zou krijgen. Ze had gedacht dat het zou gebeuren wanneer de tijd er rijp voor was. Zo zat ze nou eenmaal in elkaar, al zolang ze zich kon herinneren. Een toekomst zonder kinderen van zichzelf kon ze zich niet voorstellen, en pas tijdens haar studie had ze ontdekt dat niet iedere vrouw daar hetzelfde over dacht. Toen Sandy, haar kamergenote in haar eerste jaar, haar iets anders had verteld – namelijk dat ze liever carrière wilde maken dan kinderen krijgen – was dat idee haar zo vreemd voorgekomen dat ze in eerste instantie had gedacht dat Sandy een geintje maakte. Hope had Sandy sinds hun buluitreiking niet meer gesproken, maar een paar jaar geleden was ze haar tegen het lijf gelopen in het overdekte winkelcentrum, met haar pasgeboren baby. Hope vermoedde dat Sandy zich het gesprek van die avond in hun studentenkamer niet meer kon herinneren, en zelf was ze er niet over begonnen. Maar toen Hope was thuisgekomen had ze gehuild.

Hoe kon het dat Sandy een kind had, en zij niet? En haar zussen, Robin en Joanna? En nu waren ál haar beste vriendinnen al zover of zouden ze dat binnenkort zijn. Ze begreep er niets van. Zolang ze zich kon herinneren had ze zichzelf in gedachten eerst zwanger gezien, en daarna met haar pasgeboren kindjes in haar armen, terwijl ze zich verbaasde over hoe snel ze groter werden en ze zich afvroeg wiens eigenschappen ze hadden geërfd. Zouden ze haar neus hebben of hun vaders grote voeten? Of het rode haar dat zij van haar oma had? Het moederschap had altijd voorbestemd geleken.

Maar ja, Hope was iemand die alles vooruit plande. Op haar vijftiende had ze haar hele leven al uitgestippeld: goede cijfers halen, een studie afronden, gediplomeerd verpleegkundige zijn op haar vierentwintigste, hard werken, en haar carrière van de grond krijgen. Ondertussen ook af en toe lol maken, want een mens was immers maar één keer jong. Leuke dingen doen met haar vriendinnen, daten met een paar jongens, zonder dat het te serieus werd. En dan, misschien als je tegen de dertig liep, dé ware ontmoeten. Met hem daten, verliefd worden en trouwen. Na een jaar of twee aan kinderen beginnen. Twee zou volmaakt zijn, hopelijk een jongen en een meisje, hoewel ze wist dat ze niet echt teleurgesteld zou zijn als dat laatste niet zou gebeuren. Zolang ze minstens één meisje had.

In haar tienerjaren en toen ze in de twintig was, had ze die zaken een voor een afgevinkt. En toen was Josh verschenen, precies volgens schema. In haar wildste dromen had ze niet kunnen denken dat ze zes jaar later nog altijd alleenstaand en kinderloos zou zijn, en het kostte haar moeite om te bepalen waar het plan precies verkeerd was gelopen. Josh had gezegd dat hij ook wilde trouwen en kinderen wilde, dus wat hadden ze al deze tijd dan gedaan? Waar waren die zes jaren gebleven?

Een ding wist ze zeker: het was heel anders om zesendertig dan vijfendertig te zijn. Dat had ze afgelopen april op haar verjaardag gemerkt. Haar familie was er, Josh was er, en het had een blijde gebeurtenis moeten zijn, maar ze had een blik op de taart geworpen en gedacht: jemig, wat veel kaarsjes! Het uitblazen leek een eeuwigheid te duren.

Niet dat de leeftijd op zich haar dwarszat. Evenmin als het idee dat ze nu dichter bij de veertig dan de dertig was. Geestelijk voelde ze zich nog steeds vijfentwintig. Maar de volgende dag – alsof Onze Lieve Heer haar een klap in haar gezicht had willen geven met een niet echt subtiele wenk – was er een zwangere vrouw van zesendertig op de spoedeisende hulp gekomen die zich in haar vinger had gesneden toen ze een ui aan het snipperen was. Er was veel bloed geweest, en er waren een plaatselijke verdoving en hechtingen aan te pas gekomen. De vrouw had gegrapt dat ze hiervoor nooit naar het ziekenhuis zou zijn gegaan als haar zwangerschap niet als een 'geriatrische zwangerschap' werd beschouwd.

Die term kende Hope van haar verpleegopleiding, maar als traumaverpleegkundige op de spoedeisende hulp zag ze niet veel zwangere vrouwen en was het haar helemaal ontschoten.

'Ik vind dat een walgelijke term,' had Hope gezegd. 'Het is niet alsof je oud bent of zo.'

'Nee, maar neem maar van mij aan dat het heel anders is dan als je ergens in de twintig zwanger bent,' had de vrouw glimlachend gezegd. 'Ik heb drie jongens, maar we wilden graag nog een meisje.'

'En?'

'Weer een jongen.' Ze sloeg haar ogen ten hemel. 'Hoeveel kinderen heb jij?'

'O,' had Hope geantwoord. 'Geen een. Ik ben niet getrouwd.'

'Maak je niet druk, je hebt nog tijd genoeg. Hoe oud ben je? Achtentwintig?'

Hope had zichzelf tot een glimlach gedwongen en opnieuw aan de term 'geriatrische zwangerschap gedacht'. 'Zo ongeveer,' had ze gezegd.

Moe van haar gedachten – en helemaal moe van al het zelfmedelijden – besloot Hope dat ze een afleiding nodig had. Aangezien ze geen boodschappen had gedaan toen ze was aangekomen en ze een poosje naar buiten wilde, ging ze eerst naar een groentekraampje dat langs de weg stond. Het bevond zich net niet op het eiland en was er al zo lang zij zich kon herinneren. Ze vulde een strooien mand met courgettes, pompoenen, sla, tomaten, uien en paprika's en daarna reed ze naar een naburig eiland waar ze wat gevlekte koningsmakreel kocht. Maar toen ze weer thuis was, merkte ze dat ze geen honger had.

Nadat ze de ramen had opengezet borg ze de etenswaren op, schonk zichzelf een glas wijn in en zocht daarna nog een paar dozen uit. Ze probeerde kritisch te zijn (maar wel rekening houdend met Robin en Joanna) en bracht de inhoud terug tot een klein stapeltje aandenkens dat ze bij elkaar in een doos stopte, die ze vervolgens terugzette in de kast. De rest bracht ze naar de vuilnisbakken beneden, tevreden met het werk dat ze die dag had verricht. Scottie was achter haar aan naar buiten gelopen, en ze bleef een tijdje met hem in de voortuin, omdat ze geen zin had om hem weer achterna te zitten over het strand.

Ze keek hoe laat het was en overwoog even om Josh te bellen. Hij logeerde in het Ceasar's Palace, maar ze hield zich voor dat hij haar kon bellen als hij haar wilde spreken, tenslotte kende hij het telefoonnummer van de cottage. Ze kon net zo goed wat tijd voor zichzelf nemen, vond ze. Ze had dringend behoefte aan een dutje, want het slaapgebrek van de afgelopen nacht begon haar parten te spelen. Ze ging op de bank in de woonkamer liggen...

en voor ze het wist was het halverwege de middag. Door de open ramen hoorde ze zachte klanken van iemand die gitaar speelde en zong.

Ze wierp een blik door het raam en zag door het hek heen een gedeeltelijke glimp van Tru. Ze luisterde een paar minuten naar de muziek terwijl ze de keuken opruimde en ondanks haar eerdere sombere gedachten, moest ze glimlachen. Ze kon zich niet herinneren wanneer ze zich voor het laatst vanaf het allereerste moment tot iemand aangetrokken had gevoeld. En vervolgens had ze hem zelfs uitgenodigd om koffie te komen drinken! Ze kon nog altijd niet geloven dat ze dat had gedaan.

Nadat ze het aanrechtblad had afgeveegd vond ze dat het hoog tijd was om lekker lang in bad te gaan. Ze nam graag een heerlijk bubbelbad. Door het jachtige leven van alledag was douchen meestal eenvoudiger, waardoor een bad een grote luxe was. Nadat ze het bad had laten vollopen, bleef ze er een hele tijd in liggen, en ze voelde de spanning langzaam uit haar lichaam wegebben.

Na afloop trok ze een badjas aan en pakte een boek van de plank, een oude detective van Agatha Christie. Ze wist nog dat ze als tiener dol was geweest op die boeken, dus waarom niet? Ze ging op de bank zitten en begon aan het verhaal. Het las makkelijk weg, maar het mysterie was minstens zo goed als wat ze tegenwoordig op televisie zag, en ze was al halverwege het boek toen ze het weglegde. Ondertussen was de zon al aan het zakken bij de horizon en ze merkte dat ze honger had. Ze had de hele dag nog niets gegeten, maar ze had geen zin om te koken. Ze wilde de ontspannen sfeer van die middag nog een poosje voortzetten. Daarom trok ze snel een spijkerbroek en een mouwloze blouse aan, maakte zich licht op en deed haar haar in een slordige paardenstaart. Ze gaf Scottie te eten en liet hem in de voortuin – hij was zichtbaar teleurgesteld dat hij niet met haar mee mocht – en deed de voordeur op slot. Daarna verliet ze het huis via de veranda bij de keuken, liep over het vlonderpad en daalde de trap af naar het strand. Elke keer dat ze met haar familie naar Sunset Beach was gegaan, waren ze minstens één keer bij Clancy's gaan eten, en op een avond als deze leek het een goed idee om die traditie in ere te houden.

Diner op het terras

Clancy's lag op een paar minuutjes lopen voorbij de pier en Tru vond het restaurant al leuk voordat hij vanaf het strand het trapje naar het grote terras was opgelopen. Hij hoorde flarden van muziek vermengd met gesprekken en gelach. Boven aan de trap was een houten boog die was versierd met witte kerstlichtjes en een vervaagde belettering die de naam van het restaurant weergaf.

Het terras was verlicht met groepjes tuinfakkels waarvan de vlammen flakkerden in de bries. Langs de balustrade vormden afbladderende bartafels met een mengelmoes aan barkrukken de omlijsting voor een groep houten tafels in het midden, waarvan de helft onbezet was. In het restaurant waren nog meer zitplaatsen. De keuken lag aan de linkerkant en in het bargedeelte, waar weinig mensen zaten, stond een jukebox waar Tru een belangstellende blik op wierp. Ook was er een open haard, met op de schoorsteenmantel een kanonskogel, en de muur eromheen was versierd met maritieme spullen: een antiek houten stuurwiel, een eerbetoon aan een piraat en maritieme seinvlaggen. Terwijl Tru de omgeving in zich opnam, kwam een serveerster van in de vijftig door een stel klapdeuren met een dienblad met eten.

'U mag gaan zitten waar u wilt, binnen of buiten,' riep ze. 'Ik kom u zo de menukaart brengen.'

De avond was te mooi om binnen te zitten, dus koos Tru een van de bartafels bij de balustrade, zodat hij de oceaan kon zien. De maan zweefde net boven de horizon en liet het water glinsteren.

Opnieuw werd Tru getroffen door het contrast tussen deze plek en de wereld die hij kende, ook al waren er fundamentele overeenkomsten. 's Nachts was de wildernis donker en mysterieus, vergeven van verborgen gevaren. De zee wekte dezelfde indruk bij hem. Hoewel hij er overdag in kon zwemmen, zou hij er niet over peinzen om dat 's nachts te doen.

De serveerster overhandigde hem een menukaart en haastte zich daarna weer terug naar de keuken. Uit de jukebox klonk een lied dat hij niet kende. Daar was hij wel aan gewend. Op safari's met gasten hoorde hij vaak verwijzingen naar films en televisieprogramma's waar hij nog nooit van had gehoord, en hetzelfde gold voor bands en liedjes. Hij kende de Beatles – uiteraard – en speelde het liefst hun liedjes op de gitaar, samen met een paar nummers van Bob Dylan, Bob Marley, Johnny Cash, Kris Kristofferson, de Eagles, en hier en daar wat van Elvis Presley als hij in de juiste stemming was. Het lied uit de jukebox had een pakkend melodietje, maar leunde naar zijn smaak te veel op een synthesizer.

Hij las de menukaart snel door en was aangenaam verrast door de ruime keuze aan visgerechten, naast de te verwachten hamburgers en patat. Helaas waren de meeste visgerechten gefrituurd. Hij bracht zijn beslissing terug tot een keuze tussen gegrilde tonijn en gebakken baars waarna hij de menukaart dichtsloeg en zijn aandacht weer op de oceaan richtte.

Een paar minuten later kwam de serveerster naar buiten met een dienblad vol drankjes die ze naar een aantal tafeltjes in zijn buurt bracht, waarna ze weer naar binnen ging zonder zelfs maar zijn kant op te hebben gekeken. In gedachten haalde hij zijn schouders op. Hij hoefde tenslotte nergens naartoe.

Toen hij uit zijn ooghoek een beweging bij de poort zag, keek hij even op en zag hij tot zijn verbazing Hope het terras op komen. Ze hadden waarschijnlijk tegelijkertijd over het strand gelopen en heel even vroeg hij zich af of ze hem had zien vertrekken en hem was gevolgd. Die gedachte zette hij snel van zich af, zich afvragend waarom die überhaupt bij hem was opgekomen. Hij richtte zijn blik opnieuw naar het water omdat hij niet wilde dat ze hem naar haar zou zien staren, maar merkte toen dat hij in gedachten hun ontmoeting van die ochtend opnieuw afspeelde.

Het was haar glimlach, bedacht hij. De manier waarop ze glimlachte vond hij echt heel erg leuk.

Het verbaasde Hope hoe weinig het restaurant leek te zijn veranderd. Dat was een van de redenen waarom haar vader zo van Clancy's hield. Hij zei vaak tegen haar dat hoe meer de wereld veranderde, hoe prettiger Clancy's aanvoelde. Maar ze wist dat hij er eigenlijk graag naartoe ging omdat ze daar de lekkerste citroenmeringue taart ter wereld hadden. Naar verluidt had Clancy's moeder het recept daarvoor tientallen jaren geleden geperfectioneerd, ze had er prijzen mee in de wacht gesleept en er werd beweerd dat haar recept ook de inspiratie was geweest voor het recept van Marie Callender, een restaurantketen in Californië. Wat daar ook van waar was, Hope moest toegeven dat een stuk van die taart vaak de ideale manier was om een avond aan het strand mee te besluiten. Op de een of andere manier was die mengeling van zoet en friszuur steevast precies goed.

Ze keek rond op het terras. In alle jaren dat ze hier al kwam, had ze nog nooit binnen gegeten, en die gedachte kwam nu ook niet bij haar op. Bij de balustrade aan de rechterkant waren drie bartafels vrij, en aan de linkerkant waren er nog meer vrij. Ze liep automatisch die kant op, maar bleef plotseling staan toen ze Tru zag.

Nu ze hem alleen aan de tafel zag zitten, vroeg ze zich af waarom hij naar Sunset Beach was gekomen. Hij had gezegd dat hij de man die hij zou ontmoeten niet kende, maar het was een lange reis vanuit Zimbabwe, en zelfs zij wist dat Sunset Beach bepaald geen populaire vakantiebestemming was voor buitenlandse toeristen. Ze vroeg zich af wie er zo belangrijk voor hem was dat hij helemaal hiernaartoe was gekomen.

Op dat moment stak hij zijn handen op ten teken van begroeting. Na een korte aarzeling dacht ze: ik moet hem toch in elk geval even gedag zeggen, waarna ze naar zijn tafel liep. Terwijl ze dichterbij kwam, viel haar blik opnieuw op zijn versleten leren armband en op zijn overhemd waarvan de bovenste knoopjes open waren. Het kostte haar geen enkele moeite om zich voor te stellen dat hij in dergelijke kleding de wildernis in trok.

'Hallo, Tru. Ik had jou hier niet verwacht.'

'Ik jou ook niet.'

Ze had verwacht dat hij meer zou zeggen, maar dat deed hij niet. In plaats daarvan hield hij haar blik een fractie van een seconde te lang vast, waardoor ze een onverwachte steek van nervositeit voelde. Hij had duidelijk minder last van de stilte tussen hen dan zij, en ze gooide haar paardenstaart over haar schouder in een poging om zich kalmer voor te doen dan ze was. 'Hoe was de rest van je dag?' vroeg ze.

'Vrij rustig. Ik ben gaan zwemmen. En de jouwe?'

'Ik heb wat boodschappen gedaan en wat klusjes in het huis opgeknapt. Volgens mij heb ik je vanmiddag gitaar horen spelen.'

'Ik hoop dat je het niet vervelend vond.'

'Helemaal niet,' zei ze. 'Ik vond dat je leuke dingen speelde.'

'Dat komt goed uit, aangezien je dezelfde liedjes waarschijnlijk keer op keer voorbij zult horen komen.'

Ze keek naar de andere tafels en knikte toen naar zijn menukaart. 'Zit je al lang te wachten?'

'Valt wel mee. De serveerster schijnt het druk te hebben.'

'De bediening is hier altijd al een beetje traag geweest. Vriendelijk, maar traag. Net als alle andere dingen in dit deel van de wereld.'

'Dat heeft zijn charme.' Hij gebaarde naar de kruk tegenover zich. 'Heb je zin om bij me te komen zitten?'

Zodra hij het had gevraagd, realiseerde ze zich dat ze hiermee een nieuwe stap zetten na hun kennismaking. Een buurman een kop koffie aanbieden nadat hij haar hond had gered was nog tot daaraan toe. Samen met hem eten was iets heel anders. Spontaan of niet, dit had alle schijn van een afspraakje, en ze vermoedde dat Tru precies wist wat ze op dat moment dacht. Maar ze gaf niet meteen antwoord. In plaats daarvan sloeg ze hem aandachtig gade in het flikkerende licht. Ze dacht terug aan hun wandeling en hun gesprek bij haar op het terras. Ze dacht aan Josh en Las Vegas en aan de ruzie die ervoor had gezorgd dat ze nu alleen aan het strand was.

'Dat lijkt me leuk,' zei ze na enige tijd, en ze besefte dat ze het oprecht meende. Hij ging staan terwijl ze haar kruk naar achteren trok en hielp haar om die weer aan te schuiven. Tegen de tijd dat hij weer op zijn eigen kruk had plaatsgenomen, had zij het gevoel dat ze een geheel ander persoon was geworden. De gedachte aan wat ze deed, bracht haar enigszins uit balans, en ze pakte de menukaart alsof ze daarmee haar evenwicht zou hervinden. 'Mag ik?'

'Ga je gang.'

Toen ze de menukaart opende, voelde ze dat Tru naar haar keek. 'Wat ga jij bestellen?' vroeg ze, in de hoop dat een gesprek over ditjes en datjes de vlinders in haar buik tot bedaren zou brengen.

'De tonijn of de baars. Ik wilde aan de serveerster vragen welke van de twee het lekkerst is, maar misschien weet jij dat.'

'De tonijn hier is heerlijk. Die bestelt mijn moeder altijd. Ze hebben een afspraak met een paar vissers hier uit de buurt, dus het restaurant krijgt elke dag verse vis aangeleverd.'

'Dan houd ik het op tonijn,' zei hij instemmend.

'Dat zou ik ook moeten doen. Maar de krabbeignets zijn ook ontzettend lekker. Helaas zijn die gefrituurd.'

'En?'

'Die zijn niet goed voor me. Vooral niet voor mijn dijen.'

'Volgens mij hoef jij je nergens zorgen over te maken. Je ziet er prachtig uit.'

Daar reageerde ze niet op, maar ze voelde wel het bloed naar haar wangen stijgen, en ze was zich ervan bewust dat er opnieuw een grens was overschreden. Hoe gevleid ze ook was, het leek nu beslist op een afspraakje. Dit had ze met geen mogelijkheid kunnen voorzien, en ze probeerde zich op het menu te concentreren, maar de woorden leken door elkaar te dwarrelen. Ten slotte legde ze de menukaart opzij.

'Ik denk dat je toch voor de krabbeignets hebt gekozen,' zei hij.

'Hoe wist je dat?'

'Gewoonte en traditie leiden er vaak toe dat verandering onwenselijk is.'

Zijn antwoord deed haar denken aan een aristocratische Engelsman die behaaglijk in de met hout gelambriseerde bibliotheek van zijn landhuis zat – een beeld dat totaal niet overeenkwam met de man die tegenover haar zat.

'Je hebt echt een unieke manier van formuleren,' zei ze met een glimlach.

'O ja?'

'Je kunt duidelijk merken dat je geen Amerikaan bent.'

Dat leek hij amusant te vinden. 'Hoe gaat het met Scottie? Loopt hij nog goed?'

'Die is zijn oude onstuimige zelf weer. Maar volgens mij is hij kwaad op me dat ik niet nog een keer met hem naar het strand ben gegaan. En anders is hij in elk geval teleurgesteld.'

'Hij lijkt het leuk te vinden om achter vogels aan te zitten.'

'Zolang hij ze maar niet vangt. Als hij er wel eentje te pakken zou krijgen, weet hij waarschijnlijk niet wat hij ermee moet doen.'

De serveerster kwam naar hen toe en zag er minder gehaast uit dan eerder. 'Weten jullie al wat jullie willen drinken?' vroeg ze.

Tru keek Hope aan, en ze knikte. 'Volgens mij zijn we klaar om te bestellen,' zei hij. Hij gaf hun bestelling op en vroeg aan de serveerster of het restaurant ook plaatselijke bieren van de tap had.

'Het spijt me,' zei de serveerster. 'We hebben hier geen luxebiertjes of bier van de tap. We hebben alleen Budweiser, Miller en Coors, maar de flesjes zijn wel ijskoud.'

'Dan probeer ik een Coors,' zei hij.

'En jij?' vroeg de serveerster terwijl ze Hope aankeek.

Het was jaren geleden dat ze voor het laatst bier had gedronken, maar vreemd genoeg leek dat nu toepasselijk. Bovendien had ze beslist iets nodig om haar zenuwen te kalmeren. 'Voor mij hetzelfde,' zei ze, waarna de serveerster knikte en hen achterliet. Hope pakte haar servet en legde het op haar schoot.

'Hoe lang speel je al gitaar?' vroeg ze.

'Ik ben ermee begonnen tijdens mijn opleiding tot gids. Een van de mannen met wie ik samenwerkte speelde vaak 's avonds als we in het kamp waren. Hij bood aan om me een paar lessen te geven. De rest heb ik door de jaren heen bijgeleerd. Speel jij gitaar?'

'Nee. Ik heb als kind een paar pianolessen gehad, maar dat is ook alles. Mijn zus kan trouwens wel pianospelen.'

'Heb je een zus?'

'Twee,' zei ze. 'Robin en Joanna.'

'Zie je ze vaak?'

Ze knikte. 'Dat proberen we wel. De hele familie woont in Raleigh, maar tegenwoordig is het lastiger om iedereen bij elkaar te krijgen, behalve dan tijdens de vakantie of op verjaardagen. Robin en Joanna zijn allebei getrouwd en hebben een baan, en hun kinderen houden hen constant bezig.'

'Mijn zoon, Andrew, is precies zo.'

De serveerster pakte twee flesjes bier van een dienblad vol met drankjes en zette die bij hen neer. Hope hield haar hoofd verrast schuin.

'Ik wist niet dat je een zoon had.'

'Hij is tien. Vanwege mijn werkrooster woont hij het merendeel van de tijd bij zijn moeder.'

'Vanwege je werkrooster?'

'Ik werk zes weken aaneen, en daarna ben ik twee weken thuis.'

'Dat moet moeilijk zijn voor jullie allebei.'

'Soms is het inderdaad moeilijk,' beaamde hij. 'Maar aan de andere kant weet hij niet beter, dus houd ik mezelf voor dat hij eraan gewend is. En als we samen zijn, hebben we veel lol. Hij was niet blij toen ik hem vertelde dat ik een week hiernaartoe moest.'

'Heb je al met hem gesproken sinds je hier bent?'

'Nee, maar ik wil hem morgen bellen.'

'Wat is het voor jongen?'

'Hij is nieuwsgierig. Intelligent. Knap. Vriendelijk. Maar ik ben bevooroordeeld.' Met een grijns nam hij een slok van zijn bier.

'Terecht. Hij is je zoon. Wil hij later ook gids worden?'

'Hij zegt van wel, en hij lijkt even graag als ik in de wildernis te zijn. Maar hij zegt ook dat hij autocoureur wil worden. Of dierenarts. En misschien wel een waanzinnige wetenschapper.'

Ze glimlachte. 'Wat denk jij dat hij later wordt?'

'Uiteindelijk zal hij zelf moeten kiezen, net als iedereen. Gids worden houdt in dat je een ongeregeld bestaan leidt, en niet iedereen is daar geschikt voor. Het is ook een van de redenen dat mijn huwelijk is gestrand. Ik was er gewoon niet vaak genoeg. Kim verdiende beter.'

'Zo te horen kunnen jij en je ex goed met elkaar opschieten.'

'Dat is waar. Maar ze is dan ook makkelijk in de omgang en ze is een fantastische moeder.'

Hope pakte haar biertje en was onder de indruk van de manier waarop hij over zijn ex sprak, want ze vond dat het evenveel over hem zei als over haar. 'Wanneer vlieg je weer terug?'

'Maandagochtend. En wanneer vertrek jij?'

'In de loop van de zondag. Ik moet maandag weer werken. Wanneer heb jij die ontmoeting van je?'

'Zaterdagmiddag.' Hij nam een slok en zette toen het flesje langzaam terug op de tafel. 'Het moet een ontmoeting met mijn vader worden.'

'Bedoel je dat je op bezoek gaat bij je vader?'

'Nee,' zei hij. 'Ik bedoel dat ik hem voor het eerst ga ontmoeten. Volgens de brief die hij me heeft gestuurd, is hij voor mijn geboorte uit Zimbabwe vertrokken en is hij pas sinds kort op de hoogte van mijn bestaan.'

Hope opende haar mond en sloot die toen weer. Na een korte stilte waagde ze een poging: 'Ik kan me niet voorstellen hoe het zou zijn om mijn vader niet te kennen. Je hoofd duizelt vast van alle gedachten die erin omgaan.'

'Ik moet toegeven dat het ongewone omstandigheden zijn.'

Hope schudde haar hoofd terwijl ze nog steeds probeerde te bevatten wat hij haar zonet had verteld. 'Ik zou niet weten hoe ik zo'n gesprek zou moeten beginnen. Of zelfs wat ik aan hem zou moeten vragen.'

'Ik wel.' Voor de eerste keer keek Tru van haar weg. Toen hij opnieuw sprak, ging zijn stem bijna verloren in het geluid van de branding. 'Ik wil hem graag naar mijn moeder vragen.'

Dat had ze niet verwacht, en ze peinsde even over wat hij daarmee kon bedoelen. Ze meende even een flits van verdriet op zijn gezicht te zien, maar toen hij haar weer aankeek, was die verdwenen.

'Het lijkt erop dat we allebei een gedenkwaardig weekend tegemoet gaan,' merkte hij op.

Zijn verlangen om van onderwerp te veranderen was onmiskenbaar, dus ze ging erin mee, ondanks haar groeiende nieuwsgierigheid. 'Ik hoop maar dat het niet gaat regenen. Dan barst Ellen vast in tranen uit.'

'Je zei toch dat jij een bruidsmeisje bent?'

'Ja. Godzijdank is de jurk behoorlijk stijlvol.'

'De jurk?'

'De bruidsmeisjes dragen allemaal dezelfde jurk, die de bruid heeft uitgekozen. En soms heeft de bruid geen geweldig gevoel voor stijl.'

'Zo te horen spreek je uit ervaring.'

'Dit is de achtste keer dat ik bruidsmeisje ben.' Ze zuchtte. 'Voor zes van mijn vriendinnen en voor mijn beide zussen. En van al die keren heb ik de jurk hoogstens twee keer mooi gevonden.'

'Wat gebeurt er als je een jurk niet mooi vindt?'

'Niets. Behalve dan dat je waarschijnlijk de rest van je leven een hekel zult hebben aan de trouwfoto's. Als ik ooit ga trouwen, kies ik misschien wel lelijke jurken uit om het sommigen van hen betaald te zetten.'

Hij lachte, en ze besefte dat ze het een leuk geluid vond – diep en bulderend, als het begin van een aardbeving.

'Dat ga je toch niet écht doen?'

'Misschien wel, hoor. Een van die jurken was limoen-groen. Met pofmouwen. Dat was de jurk voor het huwelijk van mijn zus Robin. Joanna en ik plagen haar er nog steeds mee.'

'Hoe lang is ze al getrouwd?'

'Negen jaar,' zei ze. 'Haar man Mark is assurantiemakelaar, hij is een beetje stil, maar wel heel aardig. Ze hebben drie zoontjes. Joanna is nu zeven jaar met Jim getrouwd. Hij is advocaat en zij hebben twee dochtertjes.'

'Zo te horen zijn jullie erg hecht met elkaar.'

'Dat is ook zo,' zei ze. 'En we wonen ook bij elkaar in de buurt. Nou ja, als het verkeer tegenzit, duurt het alsnog twintig minuten voordat ik bij hen ben. Maar dat stelt waarschijnlijk niets voor in vergelijking met waar jij vandaan komt.'

'De grote steden zoals Harare en Bulawayo hebben ook verkeersproblemen, hoor. Je zou ervan opkijken.'

Ze probeerde zich de steden voor te stellen, maar slaagde daar niet in.

'Ik schaam me een beetje om het te bekennen, maar wanneer ik aan Zimbabwe denk, zie ik alleen maar de natuurdocumentaires op televisie voor me. Olifanten en giraffen, dat soort dingen. Zaken die jij elke dag ziet. Ik weet dat er daar steden zijn, maar elke voorstelling die ik daarvan probeer te maken klopt waarschijnlijk niet.'

'Ze zijn net zoals andere steden, neem ik aan. Er zijn mooie wijken, en andere waar je beter niet naartoe kunt gaan.'

'Is het een cultuurschok voor je als je van de wildernis naar de stad gaat?'

'Telkens opnieuw. Het kost me een dag of twee om te wennen aan het lawaai, het verkeer en het aantal mensen. Maar dat komt ook gedeeltelijk omdat ik op een boerderij ben opgegroeid.'

'Was je moeder boerin?'

'Nee, mijn grootvader was boer.'

'Hoe wordt een jongen die is opgegroeid op een boerderij een gids?'

'Dat is een lang en ingewikkeld verhaal.'

'Dat zijn mooie verhalen meestal. Wil je het me vertellen?'

Op het moment dat ze het vroeg kwam de serveerster hun maaltijden brengen. Tru had zijn bier op en bestelde een tweede. Hope volgde zijn voorbeeld. Het eten rook heerlijk, en ditmaal was de serveerster snel met de drankjes. Ze bracht de biertjes al voordat Tru en Hope zelfs maar een hap hadden genomen. Tru hief zijn flesje op en gebaarde dat zij hetzelfde moest doen.

'Op betoverende avonden,' zei hij eenvoudig, waarna hij met zijn flesje tegen de hare stootte.

Misschien kwam het door de formaliteit van een toast te midden van de informele sfeer in Clancy's, maar ze besefte dat haar zenuwen waren verdwenen zonder dat ze er erg in had gehad. Ze vermoedde dat dat door Tru's oprechtheid kwam, en het versterkte haar idee dat te veel mensen een rol speelden in het leven, in de overtuiging dat ze die moesten spelen, in plaats van dat ze gewoon zichzelf waren.

'Om op je vraag terug te komen, ik vind het niet erg om erover te praten, maar ik vraag me af of het een geschikt onderwerp is voor tijdens de maaltijd. Later misschien?'

‘Prima.’ Ze haalde haar schouders op. Ze sneed een stukje van haar krabbeignet af en nam een hap. Heerlijk, zoals altijd. Nadat ze had gezien dat Tru een hap van zijn tonijn had genomen, vroeg ze: ‘Hoe smaakt het?’

‘Lekker,’ zei hij. ‘En de krabbeignet?’

‘Het zal moeilijk worden om ze niet allebei op te eten. Maar ik moet dit weekend nog in die jurk passen.’

‘En dan is het ook nog zo’n stijlvolle.’

Ze was gevleid dat hij zich alles leek te herinneren wat ze hem had verteld. Tijdens de maaltijd voerden ze een gesprek vol met bekende verhalen. Ze vertelde hem wat dingen over Ellen, waarbij ze de wat-kan-mij-het-schelen-escapades van haar vriendin beschreef, maar de ergste dingen uit Ellens verleden vergoelijkte, zoals haar drugsdealende ex. Ze vertelde ook over haar andere vriendinnen uit het dispuut, waarna het gesprek uiteindelijk op Hopes familie kwam. Ze vertelde hoe het was om op te groeien als kind van twee leraren, die er allebei op stonden dat hun dochters zouden leren hoe ze hun tijd moesten indelen en dat ze hun huiswerk zelf maakten, zonder hulp. Ze vertelde over veldlopen en over hardlopen op de sintelbaan, waarbij ze haar bewondering uitsprak over de kundige manier waarop haar vader zijn drie dochters had gecoacht. Ze haalde herinneringen op aan het bakken van koekjes met haar moeder. Ze had het ook over haar werk; de dagen op de spoedeisende hulp, en de patiënten en families die haar hart hadden beroerd. Hoewel er ook momenten waren dat beelden van Josh haar gedachten binnendrongen, gebeurde dat eigenlijk verrassend weinig.

Terwijl ze spraken, verspreidden de sterren zich langzaam aan de hemel. De golven van de branding glinsterden in het maanlicht, en de wind trok iets aan en nam de zilte geur van de zee met zich mee. De fakkels flakkerden in de bries en wierpen een oranje gloed over de tafels terwijl andere gasten naar binnen gingen of naar buiten liepen. Naarmate de avond vorderde, werd de sfeer rustiger en ingetogener. De gesprekken werden alleen onderbroken door gedempt gelach terwijl op de jukebox dezelfde liedjes voorbijkwamen.

Nadat hun borden waren weggehaald, bracht de serveerster twee punten citroen-meringuetaart, en al na één hap begreep Tru dat Hope niet had overdreven toen ze er zo lovend over had gesproken. Terwijl ze langzaam hun dessert aten, voerde Tru voornamelijk het woord. Hij vertelde over de verscheidene kampen waar hij had gewerkt, over zijn beste vriend Romy die soms bleef aandringen om gitaar te spelen wanneer hun lange dag erop zat. Hij gaf haar wat meer bijzonderheden over zijn scheiding van Kim, en hij sprak een hele tijd over Andrew. Aan de verlangende klank in zijn stem hoorde ze dat Tru hem nu al miste, en dat deed haar eraan denken hoe graag ze zelf een kind wilde.

Ze merkte dat Tru tot op zekere hoogte tevreden was met wie hij was en met het leven dat hij had gekozen, maar dat werd in balans gehouden door een oprechte twijfel of hij wel goed genoeg was als vader. Dat was waarschijnlijk heel normaal, maar zijn eerlijkheid leek de intimiteit tussen hen beiden te verdiepen. Daar was ze niet aan gewend, vooral niet met een vreemde. Meer dan eens merkte ze dat ze zich onbewust verder over de tafel had gebogen om hem beter te kunnen verstaan om weer rechtop te gaan zitten wanneer ze besefte wat ze had gedaan. Later, toen hij lachend vertelde hoe bang hij was geweest toen ze Andrew na zijn geboorte uit het ziekenhuis mee naar huis hadden genomen, voelde ze een onverwachte golf van warmte voor hem. Het leed geen twijfel dat hij knap was om te zien, maar heel even kon ze zich zonder moeite voorstellen dat hun gesprek tijdens de maaltijd het begin zou vormen van een heel leven van oneindige gesprekken tussen hen beiden.

Met een beschaamd gevoel zette ze die gedachte van zich af. Ze waren tijdelijk buren, anders niet. Maar het warme gevoel bleef en met het verstrijken van de avond werd ze zich ervan bewust dat ze meer bloosde dan anders.

Toen de rekening werd gebracht, pakte Tru die automatisch aan. Hope bood aan om hem te delen, maar Tru schudde zijn hoofd en zei eenvoudigweg: 'Alsjeblieft, laat mij betalen.' Tegen die tijd had zich in het oostelijke deel van de hemel een groep wolken samengetrokken die de maan gedeeltelijk afdekten. Maar ze bleven praten terwijl de laatste tafels werden afgeruimd. Toen ze uiteindelijk opstonden, wierp Hope een korte blik op Tru en ze verbaasde zich erover hoe ontspannen ze zich voelde. Ze liepen tussen de tafels door naar het hek, en terwijl Hope toekeek toen hij dat voor haar openhield, was ze er ineens zeker van dat deze maaltijd met Tru de volmaakte afsluiting was van een van de opmerkelijkste dagen van haar leven.

Een wandeling in het donker

Doordat Tru door de jaren heen duizenden gasten had begeleid, had hij veel mensenkennis opgedaan. Toen Hope eenmaal op het strand was en zich naar hem omdraaide, bemerkte hij een aura van tevredenheid bij haar die er niet was geweest op het moment dat hun blikken elkaar in het restaurant voor het eerst hadden ontmoet. Toen had hij behoedzaamheid en onzekerheid, misschien zelfs bezorgdheid gevoeld en hoewel hij hun beleefde begroeting gemakkelijk had kunnen besluiten op een manier die geen vervelende gevoelens zou achterlaten, had hij dat niet gedaan. Vreemd genoeg had hij vermoed dat ze de demonen die haar op dat moment plaagden niet zou overwinnen door in haar eentje te gaan eten.

'Waar denk je aan?' Haar lijzige accent kwam hem melodieus voor. 'Je had even een blik in je ogen alsof je heel ver weg was.'

'Ik dacht aan ons gesprek.'

'Ik heb waarschijnlijk te veel gekletst.'

'Nee, helemaal niet.' In navolging van die ochtend liepen ze naast elkaar over het strand, maar nu in een zo mogelijk nog trager tempo. 'Ik vond het leuk om dingen over jouw leven te horen.'

'Ik zou niet weten waarom. Zo spannend is het bepaald niet.'

Omdat jij me interesseert, dacht hij, maar dat zei hij niet. In plaats daarvan richtte hij zich op wat ze de hele avond niet had gezegd. 'Wat voor type is je vriend?'

Bij het zien van haar gezichtsuitdrukking wist hij dat die vraag haar van haar stuk bracht. 'Hoe weet jij dat ik een vriend heb?'

'Je vertelde me dat je Scottie van hem hebt gekregen.'

'O... ja. Dat heb ik inderdaad gezegd, hè?' Ze tuitte haar lippen heel even. 'Wat wil je weten?'

'Wat je maar wilt vertellen.'

Ze voelde haar sandalen wegzakken in het zand. 'Hij heet Josh, en hij is orthopedisch chirurg. Hij is slim, succesvol en... aardig.'

'Hoe lang hebben jullie al een relatie?'

'Zes jaar.'

'Zo te horen is het menens.'

'Ja,' beaamde ze, hoewel hij het idee kreeg dat ze zichzelf probeerde te overtuigen.

'Ik neem aan dat hij naar de bruiloft komt?'

Ze liep een paar passen verder voor ze antwoord gaf. 'Nou, eigenlijk niet. Dat was wel de bedoeling, maar in plaats daarvan is hij met een stel vrienden naar Las Vegas gegaan.' Ze wierp hem een flauw glimlachje toe dat haar droefheid verried. 'Op dit moment hebben we een beetje ruzie met elkaar, maar ik weet zeker dat het wel weer goed komt.'

Dat verklaarde waarom ze tijdens de maaltijd niets over die man had gezegd. Maar ja... 'Het spijt me om dat te horen en het spijt me dat ik erover ben begonnen.'

Terwijl ze knikte, zag Tru recht voor hem iets over het zand rennen. 'Wat was dat?' vroeg hij.

'Een spookkrab,' zei ze, en ze klonk opgelucht vanwege de afleiding. 'Die komen 's nachts uit hun holletjes in het zand. Ze doen geen kwaad.'

'Zijn er veel van?'

'Het zou me niets verbazen als we er vanaf hier tot aan het huis een stuk of honderd tegenkomen.'

'Goed om te weten.' Voor hen lag de pier, die er in het donker troosteloos en verlaten uitzag. Op zee zag Tru in de verte de lichten van een trawler, die door een breed stuk zwart water van het strand werd gescheiden.

'Mag ik jou nu een persoonlijke vraag stellen?' vroeg ze.

'Natuurlijk,' zei hij.

'Waarom wil jij je vader naar je moeder vragen? Heeft het iets te maken met de reden dat je gids bent geworden?'

Hij glimlachte vanwege haar opmerkzaamheid. 'Ja, inderdaad.' Hij stak een hand in zijn zak terwijl hij zich afvroeg waar hij moest beginnen, waarna hij besloot om maar gewoon het hele verhaal te vertellen. 'Ik wil mijn vader over mijn moeder vragen omdat ik besef dat ik haar nooit echt heb gekend. Wat ze leuk vond, wat haar blij of verdrietig maakte, waar ze over droomde. Ik was nog maar elf toen ze stierf.'

'Wat afschuwelijk,' mompelde ze. 'Je was nog zo jong.'

'Dat was zij ook,' wierp hij tegen. 'Ze was nog een tiener toen ze mij kreeg. Als ze een paar jaar later zwanger was geworden, zou het waarschijnlijk een groter schandaal zijn geworden. Maar het was vrij kort na de oorlog en ze was niet de enige jonge vrouw die verliefd werd op een ex-soldaat nadat de oorlog was afgelopen. Bovendien waren we vanwege de plek waar we woonden enigszins afgesneden van de rest van de beschaving, dus naar verluidt heeft er een hele tijd niemand van mijn bestaan geweten, afgezien van de arbeiders op de boerderij. Mijn grootvader gaf er de voorkeur aan om het stil te houden. Uiteindelijk zijn de mensen erachter gekomen, maar tegen die tijd was het al oud nieuws. Bovendien was mijn moeder nog jong en knap, en als dochter van een welgestelde man werd ze als behoorlijk begerenswaardig beschouwd. Maar zoals ik al zei, heb ik niet het gevoel dat ik haar heb gekend. Ze heette Evelyn, maar na haar overlijden heb ik ze nooit over haar horen praten of zelfs maar haar naam horen noemen.'

'Ze?'

'Mijn grootvader. En Rodney, mijn stiefvader.'

'Waarom niet?'

Tru keek naar nog een spookkrab die voorbijsnelde. 'Nou... om die vraag goed te beantwoorden zal ik je wat achtergrondinformatie en een stukje geschiedenis moeten vertellen.' Hij slaakte een zucht terwijl ze hem vol verwachting aankeek. 'Toen ik nog een klein jongetje was, lag er naast onze boerderij een boerderij met veel goede en vruchtbare grond en met directe toegang tot water. Toentertijd ontwikkelde tabak zich razendsnel als hét gewas om veel mee te verdienen, en mijn grootvader wilde per se zo veel mogelijk van de productie ervan in handen krijgen. Wat zaken betrof, was hij meedogenloos. De buurman ondervond hoe meedogenloos toen mijn grootvader een bod uitbracht op diens boerderij en de buurman dat bod afsloeg. Daarop liet mijn grootvader het water van het land van de buurman grotendeels omleiden naar het zijne.'

'Dat klinkt onwettig.'

'Dat was het waarschijnlijk ook, maar mijn grootvader kende de juiste mensen in de regering, dus hij slaagde in zijn opzet. En hoewel dat alles onmetelijk veel moeilijker maakte voor de buurman, was de terreinbeheerder van de buurman vrij geniaal. En het was ook algemeen bekend dat hij een oogje op mijn moeder had. Dus uiteindelijk deed mijn grootvader die man een aanbod dat hij niet kon weigeren – een aandeel in onze boerderij en de kans om dagelijks bij mijn moeder in de buurt te zijn – en is hij voor ons komen werken. Hij heette Rodney.'

'De man die jouw stiefvader is geworden.'

Tru knikte. 'Nadat hij voor ons kwam werken, verdubbelde onze tabaksoogst bijna meteen. Tegelijkertijd kwam de boerderij van de buurman in problemen en mijn grootvader bood hem een lening aan toen niemand anders dat wilde doen. Dat was alleen maar uitstel van executie en uiteindelijk liet mijn grootvader beslag leggen op die boerderij, wat inhield dat hij het hele terrein voor een habbekrats in handen kreeg. Daarna leidde hij het water weer terug naar de oorspronkelijke bedding waardoor hij nog rijker werd dan hij al was. Dat hele gedoe heeft een aantal jaar geduurd, en ondertussen was mijn moeder gevallen voor Rodneys charmes. Ze trouwden en kregen een tweeling: Allen en Alex, mijn halfbroers. Alles was precies zo gegaan als mijn grootvader en Rodney het hadden gepland... maar niet lang daarna gingen de woningen op ons terrein in vlammen op. Ik ben uit een raam op de eerste verdieping gesprongen, en Rodney heeft de tweeling in veiligheid kunnen brengen, maar mijn moeder is er niet in geslaagd om het huis uit te komen.'

Hij hoorde haar scherp inademen. 'Dus je moeder is om het leven gekomen bij een brand?'

'De onderzoekers vermoedden dat het om brandstichting ging.'

'De buurman,' zei ze.

'Die geruchten deden de ronde. Die zijn mij pas een paar jaar later ter ore gekomen, maar ik denk dat mijn grootvader en Rodney het wel wisten, en dat ze zich schuldig voelden over wat er was gebeurd. Tenslotte bestaat de kans dat zij indirect verantwoordelijk waren voor mijn moeders dood. Daarna was het alsof er een stilte over haar nagedachtenis viel, en zowel Rodney als mijn grootvader leken niets meer met mij te maken te willen hebben, dus ging ik steeds meer mijn eigen weg.'

'Ik kan me niet voorstellen hoe moeilijk dat moet zijn geweest. Het moet een ongelooflijk verdrietige en eenzame periode voor je zijn geweest.'

'Inderdaad.'

'Is de buurman ermee weggekomen?'

Tru bleef staan om een schelp op te rapen, een gedeeltelijk kapot huisje van een zeeslak, dat hij bestudeerde en toen wegwierp.

'Een jaar na de dood van mijn moeder is de buurman om het leven gekomen bij een woningbrand. Toentertijd woonde hij in een houten hut in Harare en was hij straatarm. Maar dat heb ik pas jaren later gehoord. Mijn grootvader bracht het op een avond heel terloops ter sprake toen hij had gedronken. Hij zei dat de man zijn verdiende loon had gekregen. Tegen die tijd werkte ik al als safarigids.'

Hij wierp een korte blik op Hope en zag dat ze de puzzelstukjes in elkaar paste.

'Heeft niemand je grootvader ooit verdacht?'

'O, vast wel. Maar als je in die tijd in Rhodesië blank en rijk was, kon je gerechtigheid kopen. Tegenwoordig lukt dat misschien minder goed, maar destijds ging dat prima. Mijn grootvader is gestorven als vrij man. Tegenwoordig wordt de boerderij geleid door Rodney en mijn halfbroers, en ik ontloop hen zo veel mogelijk.'

Hij zag dat Hope haar hoofd schudde terwijl ze probeerde alles tot zich door te laten dringen.

'Wauw,' zei ze. 'Ik geloof niet dat ik ooit zo'n verhaal heb gehoord... ik kan me heel goed voorstellen dat je bent weggegaan. En ook waarom je me dit niet direct hebt verteld. Het is nogal wat om te laten bezinken.'

'Ja, dat is het ook,' beaamde hij.

'Weet je zeker dat de man die je dit weekend gaat ontmoeten echt je vader is?'

'Nee, maar ik denk dat er een goede kans bestaat dat hij het wel is.' Hij vertelde haar over de brief en de foto die hij samen met de vliegtickets had gekregen.

'Lijkt die foto op je moeder?'

'Voor zover ik me haar herinner wel, maar... ik kan het niet met honderd procent zekerheid zeggen. Alle foto's van haar zijn verloren gegaan bij de brand, en ik wilde Rodney er niet naar vragen.'

Ze nam hem aandachtig en met een nieuw respect op. 'Jij hebt al een zwaar leven achter de rug.'

'In bepaalde opzichten wel.' Hij haalde zijn schouders op. 'Maar aan de andere kant heb ik Andrew.'

'Heb je ooit overwogen om nog een kind te nemen? Wanneer zijn jullie getrouwd?'

'Kim wilde meer kinderen, maar ik kreeg de bof waardoor ik onvruchtbaar ben geworden, dus kón ik geen kinderen meer krijgen.'

‘Heeft dat nog een rol gespeeld bij jullie scheiding?’

Hij schudde zijn hoofd. ‘Nee. We waren gewoon te verschillend. Eigenlijk hadden we nooit met elkaar moeten trouwen, maar zij werd zwanger en ik wist hoe het was om zonder vader op te groeien. Dat wilde ik Andrew niet aandoen.’

‘Je zei dat je niet veel herinneringen aan je moeder hebt, maar is er nog iets wat je je wel herinnert?’

‘Ik weet nog dat ze vaak op de veranda aan de achterkant van het huis zat te tekenen. Maar de enige reden dat ik dat nog weet is omdat ik niet lang na haar dood, zelf ook ben gaan tekenen.’

‘Teken jij?’

‘Als ik geen gitaar speel.’

‘Zijn je tekeningen goed?’

‘Andrew vindt ze mooi.’

‘Heb je er hier een paar?’

‘Ik ben er vanochtend aan eentje begonnen. En in mijn schetsboek staan er nog een aantal.’

‘Die wil ik graag zien. Als je dat niet vervelend vindt.’

Ondertussen hadden ze de pier een heel stuk achter zich gelaten en kwamen ze steeds dichter bij de cottage en het huis waar hij logeerde. Naast hem was Hope stil geworden, en hij wist dat ze alles wat hij haar had verteld tot zich door liet dringen. Het lag helemaal niet in zijn aard om zo veel te vertellen. Meestal liet hij heel weinig over zijn verleden los, en hij vroeg zich af waarom hij vanavond zo spraakzaam was geweest.

Maar diep vanbinnen wist hij al dat zijn reactie alles te maken had met de vrouw die naast hem liep. Toen ze bij de trap naar het vlonderpad van de cottage kwamen, drong tot hem door dat hij wilde dat ze zijn ware ik zou leren kennen, al was het alleen maar omdat hij het gevoel had dat hij haar al kende.

Na alles wat hij haar over zijn jeugd had verteld, voelde het verkeerd om het gesprek zo abrupt te beëindigen. Ze gebaarde naar de cottage. 'Heb je zin om mee naar boven te gaan en een glaasje wijn te drinken? Het is zo'n mooie avond, en ik was van plan om nog even op de veranda te gaan zitten.'

'Een glas wijn klinkt goed,' zei hij.

Hope ging voorop en toen ze op de achterveranda van de cottage kwamen wees ze naar twee schommelstoelen bij het raam. 'Is chardonnay goed? Ik heb eerder vandaag een fles opengemaakt.'

'Elke wijn is goed. Het maakt me niet uit.'

'Ik ben zo terug,' zei ze. Waar ben ik mee bezig, vroeg ze zich af toen ze naar binnen ging en de deur op een kier liet staan. Ze had nog nooit van haar leven een man gevraagd om een slaapmutsje te komen drinken en ze hoopte dat ze geen dubbelzinnige signalen afgaf of de verkeerde indruk bij hem wekte. De gedachte aan wat híj nu zou kunnen denken, bezorgde haar een ongewoon licht gevoel in haar hoofd.

Scottie was kwispelend achter haar aan het huis in gelopen en popelde om haar te begroeten. Ze bukte zich om hem te aaien.

'Zo veel stelt het in feite toch ook weer niet voor?' fluisterde ze. Hij weet dat ik me gewoon vriendelijk opstel. Toch? En ik heb hem niet echt gevraagd om binnen te komen.'

Scottie wierp haar een slaperige blik toe.

'Aan jou heb ik niks.'

Ze haalde twee glazen met lange stelen uit de kast, pakte de wijn en schonk de glazen allebei halfvol. Ze overwoog om de buitenlamp aan te doen, maar besloot dat die te fel zou zijn. Kaarsen zouden volmaakt zijn, maar daarmee zou ze zeker de verkeerde indruk wekken. Dus deed ze de lamp in de keuken aan zodat de zachte gloed ervan de veranda verlichtte. Dat was beter.

Omdat ze de glazen in haar handen hield, duwde ze de deur open met haar voet. Scottie rende voor haar uit naar buiten en snelde naar het hek, klaar om naar het strand te gaan.

'Niet nu, Scottie. Morgen gaan we weer, goed?'

Hope liep naar de schommelstoelen terwijl Scottie haar zoals gewoonlijk negeerde. Toen ze Tru zijn glas overhandigde, raakten hun vingers elkaar even waardoor er een lichte schok door haar arm trok.

'Dank je wel,' zei hij.

'Graag gedaan,' mompelde ze, nog steeds het effect van zijn aanraking voelend.

Terwijl ze ging zitten, bleef Scottie bij het hek staan alsof hij haar duidelijk wilde maken wat haar echte doel in het leven was. Hope was blij met de afleiding die hij bood.'Ik heb je al gezegd dat we morgen weer gaan wandelen. Waarom ga je niet even liggen?'

Scottie keek naar haar op terwijl zijn staart vol verwachting kwispelde.

'Ik geloof niet dat hij me begrijpt,' zei ze tegen Tru. 'En anders probeert hij waarschijnlijk om me van gedachten te laten veranderen.'

Tru glimlachte. 'Het is een schattig hondje.'

'Behalve wanneer hij wegloopt en door auto's wordt aangereden. Nietwaar, Scottie?'

Toen hij zijn naam voor de tweede keer hoorde, begon zijn staart nog harder te kwispelen.

'Ik heb ook een keer een hond gehad,' zei Tru. 'Weliswaar niet lang, maar hij was prettig gezelschap voor zolang het duurde.'

'Wat is er met hem gebeurd?'

'Dat wil je waarschijnlijk niet weten.'

'Vertel het me nou maar gewoon.'

'Hij is gedood en opgegeten door een luipaard. Wat er nog van hem over was heb ik tussen de takken van een boom teruggevonden.'

Ze staarde hem aan. 'Je had gelijk. Dat wilde ik niet weten.'

'Andere werelden.'

'Zeg dat wel.' Geamuseerd schudde ze haar hoofd. Een hele tijd nipten ze alleen zwijgend van hun wijn. Bij het keukenraam begon een mot te fladderen. Een windzak wapperde in de zachte bries.

De golven rolden het strand op waarbij ze het geluid maakten van een glazen pot vol kiezelstenen die werd geschud. Hoewel hij zijn blik op de oceaan gericht hield, had ze het gevoel dat hij haar ook gadesloeg. Niets leek zijn ogen te ontgaan, dacht ze.

'Zul je het hier missen?' vroeg hij ten slotte.

'Wat bedoel je?'

'Wanneer je ouders de cottage hebben verkocht. Ik zag het bordje met TE KOOP erop toen ik hier gisteren werd afgezet.'

Uiteraard had hij dat gezien. 'Ja, ik zal het missen. Volgens mij zal iedereen het missen om hier niet meer naartoe te kunnen gaan. De cottage is al een hele tijd in de familie en ik heb er nooit bij stilgestaan dat daar ooit verandering in zou komen.'

'Waarom hebben je ouders hem in de verkoop gedaan?'

Zodra hij de vraag had gesteld, voelde ze haar zorgen weer opkomen. 'Mijn vader is ziek,' zei ze. 'Hij heeft ALS. Weet je wat dat is?' Toen Tru zijn hoofd schudde, legde ze het uit en vertelde ze dat de regering en de zorgverzekering de kosten slechts in beperkte mate zouden dekken. 'Daarom verkopen ze nu wat ze kunnen zodat ze geld hebben om hun woning te laten aanpassen of om thuishulp te kunnen bekostigen.' Ze draaide het glas rond voordat ze verderging. 'Het ergste is de onzekerheid... ik maak me vreselijke zorgen om mijn moeder. Ik weet niet wat ze zonder hem moet beginnen. Op dit moment doet ze net alsof mijn vader niets mankeert, maar ik ben bang dat het daardoor later extra erg voor haar zal worden. Daarentegen lijkt mijn vader vrede te hebben met de diagnose, maar het kan ook zijn dat hij doet alsof om het voor ons allemaal iets makkelijker te maken. Soms heb ik het idee dat ik de enige ben die zich zorgen maakt.'

Tru zei niets. In plaats daarvan zakte hij achterover in zijn schommelstoel terwijl hij haar aandachtig bekeek.

'Je denkt na over wat ik heb gezegd,' waagde Hope.

'Ja,' gaf hij toe.

'En?'

Zijn stem klonk kalm. 'Ik weet dat het moeilijk is, maar jij noch zij hebben er iets aan als jij je zorgen maakt. Winston Churchill heeft ooit gezegd dat je zorgen maken is alsof er een klein stroompje angst door je hoofd sijpelt dat, als je het erger maakt, zich insnijdt tot een kanaal waarin alle andere gedachten verdrinken.'

Ze was onder de indruk. 'Churchill?'

'Een van mijn grootvaders helden. Hij citeerde die man voortdurend. Maar Churchill zei daarmee wel iets zinnigs.'

'Is jouw relatie met Andrew zo? Zorgeloos?'

'Je weet inmiddels best dat ik niet zo ben.'

Ondanks zichzelf lachte ze. 'In elk geval ben je er eerlijk over.'

'Soms is het gemakkelijker om eerlijk te zijn tegen vreemden.'

Ze wist dat hij het net zozeer over zichzelf als over haar had. Terwijl ze langs hem heen naar het strand keek, viel het haar op dat alle andere huizen donker waren, alsof Sunset Beach in een spookstad was veranderd. Ze nam een slok wijn en merkte dat er een gevoel van vredigheid door haar ledematen stroomde dat als de gloed van een lamp naar buiten straalde.

'Ik snap wel waarom je deze plek zult missen,' zei hij in de stilte. 'Het is hier behoorlijk vredig.'

Haar gedachten gingen terug naar het verleden. 'Ons gezin was vrijwel elke zomer hier. Toen we nog jong waren, lagen mijn zussen en ik bijna de hele tijd in het water. Ik heb daarginds bij de pier leren surfen. Ik ben er weliswaar nooit heel goed in geworden, maar ik kon het toen best aardig. Ik heb daar urenlang gedobberd, wachtend op een goede golf. Ik heb daar een paar verbazingwekkende dingen gezien – haaien, dolfijnen, zelfs een stel walvissen. Nooit van dichtbij, hoor. Maar toen ik een jaar of twaalf was, heb ik een keer iets gezien waarvan ik dacht dat het een drijvend houtblok was, tot het een paar meter voor me ineens omhoogkwam. Ik zag zijn kop en zijn snorharen, en mijn hele lichaam verstijfde. Ik was te bang om zelfs maar te schreeuwen omdat ik niet wist hoe lang het daar al was geweest of wat voor beest het was. Het leek wel een nijlpaard of misschien een walrus. Maar toen het tot me doordrong dat het dier me geen kwaad wilde doen, ben ik het gewoon gaan... observeren. Ik heb zelfs met mijn handen gepeddeld om het bij te houden. Volgens mij ben ik toen zeker een paar uur op zee gebleven. Dat is nog altijd een van de wonderbaarlijkste dingen die ik ooit heb meegemaakt.'

'Wat was het?'

'Een zeekoe. Die komen in Florida veel vaker voor. Af en toe worden ze hier voor de kust waargenomen, maar ik heb er daarna nooit meer een gezien. Mijn zus, Robin, gelooft me nog steeds niet. Volgens haar heb ik het verzonnen om aandacht te krijgen.'

Tru glimlachte. 'Ik geloof je wel, en ik vind het een mooi verhaal.'

'Zo'n vermoeden had ik al. Aangezien er een dier in voorkomt. Maar er is hier nog iets leuks dat je eigenlijk moet zien terwijl je hier bent. Voordat het gaat regenen.'

'Wat dan?'

'Ik vind dat je morgen even naar Kindred Spirit moet gaan. Het ligt iets voorbij de pier, op het volgende eiland, maar met eb kun je ernaartoe lopen. Als je de Amerikaanse vlag ziet, moet je naar de duinen lopen. Je kunt het niet missen.'

'Ik weet nog steeds niet wat het is.'

'Het is leuker als je je erdoor laat verrassen. Je begrijpt vanzelf wat je moet doen.'

'Ik volg je niet.'

'Dat komt nog wel.'

Ze zag aan zijn gezichtsuitdrukking dat ze zijn nieuwsgierigheid had geprikkeld. 'Ik wilde morgen gaan vissen. Als ik wat aas kan vinden, tenminste.'

'Ze verkopen aas in de winkel bij de pier, maar je kunt het allebei doen,' verzekerde ze hem. 'Volgens mij is het rond vier uur 's middags eb.'

'Ik zal erover nadenken. Wat heb jij morgen op het programma staan?'

‘Ik moet mijn haar en mijn nagels laten doen voor de bruiloft. En ik wil op zoek naar een nieuw paar schoenen. Vrouwendingen.’

Hij knikte en nam nog een slok wijn. Opnieuw daalde er een eenvoudige rust neer. Ze schommelden een tijdje in een aangenaam gelijk ritme terwijl ze bewonderend naar de prachtige nachtelijke hemel keken. Maar toen ze zichzelf betrapte op het onderdrukken van een gaap, wist ze dat het tijd werd dat hij opstapte. Ondertussen had hij zijn wijn op, en weer leek hij precies te weten wat ze dacht.

‘Ik moest maar eens gaan,’ zei hij. ‘Het is een lange dag geweest. Bedankt voor de wijn.’

Ze wist dat dit het verstandigst was, maar toch voelde ze een vage steek van teleurstelling. ‘Jij bedankt voor de maaltijd.’

Hij reikte haar zijn lege glas aan voordat hij naar het hek liep. Ze zette de glazen op tafel en liep achter hem aan. Bij het hek bleef hij staan en draaide zich om. Ze kon de energie die hij uitstraalde bijna voelen, maar toen hij begon te praten, klonk zijn stem zacht.

‘Je bent een ongelooflijke vrouw, Hope,’ zei hij. ‘En ik ga ervan uit dat Josh en jij alles wel zullen oplossen. Hij boft maar met jou.’

Zijn woorden verrasten haar, maar ze wist dat hij ze vriendelijk bedoelde, zonder vooringenomenheid of verwachting.

‘We zullen het vast wel redden,’ zei ze, net zozeer tegen zichzelf als tegen hem.

Nadat hij het hek had opengedaan, ging hij de trap af. Hope volgde hem, maar bleef halverwege staan. Ze sloeg haar armen over elkaar en zag dat hij het vlonderpad bereikte en op weg ging naar het strand. Toen hij een kwart van de afstand had afgelegd, draaide hij zich om en wuifde. Ze zwaaide terug en toen hij nog wat verder weg was, keerde ze terug naar de veranda. Ze pakte de glazen, bracht die naar de gootsteen en ging vervolgens naar de slaapkamer.

Nadat ze zich had uitgekleed, ging ze voor de spiegel staan. De eerste gedachte die bij haar opkwam, was dat ze echt een paar pond moest afvallen, maar over het algemeen was ze tevreden met haar uiterlijk. Natuurlijk zou het geweldig zijn om zo'n slank lichaam te hebben zoals je ze in fitness-tijdschriften tegenkwam, maar zo was ze nou eenmaal niet gebouwd. Zelfs als klein meisje had ze al graag een paar centimeter groter willen zijn, of minstens zo lang als haar twee zussen.

Maar toch, kijkend naar haar spiegelbeeld, dacht ze aan de manier waarop Tru naar haar had gekeken, aan zijn belangstelling voor alles wat ze zei en aan de complimenten die hij haar over haar uiterlijk had gemaakt. Ze miste het om zich te koesteren in de duidelijke bewondering van een man, zonder dat het slechts een opmaat was tot seks. Al op het moment dat ze haar gevoelens op een rijtje probeerde te zetten, wist ze dat dat een gevaarlijke gedachte was.

Ze keerde zich af van de spiegel en ging naar de badkamer om haar gezicht te wassen. Nadat ze het elastiekje van haar paardenstaart had gehaald, borstelde ze haar haren zodat die de volgende ochtend niet in de klit zouden zitten. Ze liep naar haar koffer, haalde er een pyjama uit en aarzelde toen. Nadat ze de pyjama had teruggestopt, liep ze naar de kast en haalde er een extra deken uit.

Ze had er een hekel aan om het 's nachts koud te hebben en nadat ze bloot onder de dekens was gekropen deed ze haar ogen dicht, terwijl ze zich sensueel en op een vreemde manier ook tevreden voelde.

Zonsopkomst en verrassingen

Met de viskoffer in zijn hand en een hengel over zijn schouder slenterde Tru de volgende ochtend langs Hopes cottage. Hij zag dat de verf op veel van het houtwerk begon af te bladderen en dat een aantal balustrades aan het rotten waren, maar toch vond hij opnieuw dat het beter bij hem paste dan het huis waarin hij verbleef. Dat was hem te groot en zeker te modern, en hij wist nog steeds niet hoe het koffiezetapparaat werkte. Zelfs één kopje koffie zou al fijn zijn geweest, maar waarschijnlijk mocht het gewoon niet zo zijn.

De zon was al een uur op, en hij vroeg zich af of Hope wakker was. In het felle ochtendlicht was het onmogelijk te zien of er lampen brandden, maar er was geen spoor van haar te bekennen op de veranda. Hoofdschuddend dacht hij aan haar vriend en vroeg zich af wat de man bezielde. Tru mocht dan meestal in de wildernis te vinden zijn, maar zelfs hij wist dat een vriend eigenlijk verplicht was om acte de présence te geven op de bruiloft van een goede vriendin. Het deed er niet toe hoe goed ze het met elkaar konden vinden, en ook niet of de relatie meer uit dan aan was, zoals zij het had genoemd.

Onwillekeurig stelde hij zich voor hoe ze er 's ochtends uit zou zien, voordat ze zich klaarmaakte voor de dag. Zelfs met verwarde haren en wallen onder haar ogen zou ze mooi zijn. Sommige dingen konden nou eenmaal niet verborgen worden. Als ze glimlachte, was het alsof ze een zacht licht uitstraalde, en het was heel eenvoudig om helemaal op te gaan in haar tongval. Die had iets zachts en rollends, als een slaapliedje, en toen ze hem verhalen had verteld over Ellen en over de zeekoe had gesproken, had hij het gevoel gehad dat hij eeuwig naar haar kon blijven luisteren.

Ondanks de bewolking was het die ochtend warmer en benauwder dan de dag ervoor. Bovendien was de wind aangewakkerd, wat al met al betekende dat Hope gelijk had wat betreft de kans op onweer en storm in het weekend. Als het in Zimbabwe ging regenen kreeg de lucht een paar dagen van tevoren ook een elektrische lading die bijna hetzelfde aanvoelde als dit.

Er stonden al ongeveer zes mannen te vissen op de pier toen hij bij de trap kwam, en hij keek toe toen een van hen iets begon binnen te halen. Tru was te ver weg om bijzonderheden te kunnen onderscheiden, maar hij vatte het wel op als een gunstig teken. Hij betwijfelde of hij iets zou houden van wat hij eventueel zou vangen, want er lagen toch al te veel etenswaren in de koelkast. Bovendien was hij niet in de stemming om iets schoon te maken, vooral niet omdat het mes in de viskoffer bot leek. Maar het was altijd opwindend om iets te vangen.

Toen hij de winkel binnenging, zag hij dat de schappen aan weerszijde van het middenpad vol snacks en drankjes lagen en tegen de achtermuur stond een barbecue waar warme gerechten verkrijgbaar waren. Allerlei visgerei lag op planken en hing aan haken, en op een koelbox bij de deur zat een bordje waarop stond dat er aas in zat. Tru haalde er een paar bakjes garnalen uit en liep ermee naar de kassa. Je moest ook betalen om te mogen vissen vanaf de pier en nadat Tru zijn wisselgeld had gekregen, verliet hij de winkel en liep naar de pier, waarbij hij langs een telefooncel kwam. Ondanks de bewolkte hemel kwam de zon even door de wolken heen en wierp ze een felle schittering op het water.

De meeste mensen stonden bij elkaar aan het einde van de pier, en omdat hij ervan uitging dat zij meer wisten dan hij, ging hij bij hen in de buurt staan. In tegenstelling tot de viskoffer was de hengel zo goed als nieuw en nadat hij aas en lood aan de lijn had gedaan, wierp hij de hengel uit.

Aan het einde van de pier stond een radio die een country-and-westernnummer liet horen. Vreemd genoeg was Andrew fan van Garth Brooks en George Strait, al had Tru geen flauw idee hoe de jongen ooit met hun muziek in aanraking was gekomen. Toen Andrew een paar maanden terug hun namen had genoemd, had Tru hem niet-begrijpend aangekeken, waarna Andrew erop had aangedrongen dat Tru naar 'Friends in Low Places' zou luisteren. Het was een aanstekelijk nummer, maar niets kon Tru's loyaliteit aan The Beatles verminderen.

Bewust of onbewust, Tru was aan de kant van de pier gaan staan vanaf waar hij Hopes cottage in de verte kon zien liggen. Hij dacht terug aan hun maaltijd en wandeling en besefte dat hij zich dankzij haar de hele avond op zijn gemak had gevoeld. Hoe heftig de aantrekkingskracht tussen Kim en hem ook was geweest, bij haar had hij zich zelden op zijn gemak gevoeld, vaak had hij juist het idee gehad dat hij haar teleurstelde, vooral wanneer het aankwam op de tijd die hij met Andrew doorbracht.

Ook was hij blij met de manier waarop Hope over haar familie en vrienden had gepraat. Het was duidelijk dat ze oprecht om hen allemaal gaf. Ze was van nature niet alleen meelevend, maar ook empathisch, en volgens hem gold dat voor slechts weinig mensen. Hij had het zelfs bemerkt toen ze over Andrew hadden gesproken.

Nu hij aan zijn zoon moest denken, wenste hij dat hij later was vertrokken, vooral omdat de ontmoeting met zijn vader pas op zaterdagmiddag zou plaatsvinden. Het was vreemd dat de man niet even had gebeld om het uit te leggen, maar eigenlijk irriteerde het Tru alleen in verband met Andrew. Toen Tru die ochtend wakker was geworden, had hij zijn zoon gemist en hij nam zich voor om Andrew later te bellen vanuit de telefooncel die hij net was gepasseerd. Het zou een gesprek op kosten van Kim worden en het tarief zou aanzienlijk zijn, maar Kim zou het goed vinden dat hij haar zou terugbetalen als hij terug was. Vanwege het tijdsverschil en de wetenschap dat Andrew op school was en daarna huiswerk moest maken, leek het Tru beter om nog een paar uur te wachten. Hij keek nu al uit naar zijn vlucht naar huis op maandag.

Behalve dan...

Weer richtte hij zijn blik op het huis van Hope en hij glimlachte toen hij haar achter Scottie aan zag lopen terwijl het hondje over het vlonderpad trippelde en daarna het trapje af ging. Op het strand bukte ze zich en maakte ze Scotties riem los, waarna de hond wegstoof. Er waren geen zeemeeuwen in de buurt, maar Tru wist zeker dat het hondje ze zou vinden. Terwijl hij naar hen keek, vroeg hij zich af of Hope aan hem dacht, en hij hoopte dat ze net zo van hun avondje samen had genoten als hij.

Met elke stap liep ze verder bij de pier vandaan en haar gestalte werd steeds kleiner. Toch bleef hij naar haar kijken, tot hij een lichte beweging aan zijn lijn voelde. Toen hij een ruk voelde, trok hij de punt van de hengel met een ruk omhoog, waardoor de lijn plotseling onder veel meer spanning kwam te staan. Hij liet de punt zakken en draaide aan het molentje, waarbij hij precies genoeg spanning op de lijn hield en het viel hem op hoe sterk vissen waren, ongeacht hun formaat. Hun lijf bestond uit louter spieren. Maar hij speelde het spelletje mee, in de wetenschap dat de vis uiteindelijk moe zou worden.

Terwijl hij langzaam aan het molentje draaide, zag hij na een poosje een vreemd uitziende vis aan het einde van zijn lijn boven water komen. Hij bracht hem met een zwaai naar de pier, en had geen flauw benul wat hij ervan moest maken. Het beest was plat en ovaal, met twee ogen op zijn rug. Met de punt van zijn schoen voorkwam hij dat de vis begon te flapperen en hij pakte een handschoen en een buigtang uit de koffer en verwijderde de haak, waarbij hij zijn best deed om de bek van de vis niet te beschadigen. Terwijl hij bezig was, hoorde hij een stem naast zich.

'Dat is een flinke bot. Groot genoeg om te houden.'

Tru keek op en zag een oudere man met een honkbalpet op, in kleren die verschillende maten te groot voor hem waren. Op de plek waar zijn voortanden hoorden te zitten zat een gat, en zijn accent, veel zwaarder dan dat van Hope, was moeilijk te verstaan.

'Is dit een bot?'

'Je gaat me toch niet vertellen dat je er nog nooit een hebt gezien?'

'Dit is voor het eerst.'

De man keek hem met samengeknepen ogen aan. 'Waar kom je vandaan?'

Omdat hij betwijfelde of de man ooit van Zimbabwe had gehoord, zei hij simpelweg: 'Afrika.'

'Afrika! Je ziet er niet uit alsof je uit Afrika komt.'

Ondertussen had Tru de haak verwijderd en de tang op de grond gelegd. Hij pakte de vis en wilde hem net weer in het water gooien toen hij de stem van de man weer hoorde.

'Wat doe je nou?'

'Ik ga hem weer teruggooien.'

'Mag ik hem dan hebben? Ik heb gisteren en vanochtend niet veel geluk gehad. Ik zou vanavond best bot willen eten.'

Tru dacht even na en haalde toen zijn schouders op. 'Mij best.'

De man stak zijn hand uit en pakte de vis, waarna hij naar de andere kant van de pier liep, waar het beest in een kleine koelbox verdween.

'Dank je,' riep de man.

'Graag gedaan.'

Tru maakte zijn lijn weer klaar en wierp hem voor de tweede keer uit. Tegen die tijd was Hope niet meer dan een vlekje in de verte.

Toch herkende hij haar en het duurde heel lang voordat hij zijn blik van haar kon afwenden.

Hope hield Scottie goed in het oog en elke keer dat hij naar de duinen ging, riep ze hem bij zich, al leek hij nooit te luisteren. Erop hopen dat Scottie plotseling goed zou gaan gehoorzamen was verspilde moeite. Wat op zich perfect paste bij de manier waarop haar ochtend tot dan toe was verlopen.

Vlak nadat ze wakker was geworden had ze de telefoon in de keuken horen rinkelen. Hope had snel een deken om zich heen moeten slaan en had haar teen gestoten toen ze ernaartoe was gerend om op te nemen. Ze had verwacht dat het Josh zou zijn, maar op het moment dat het tijdsverschil haar te binnen schoot, had ze Ellen aan de andere kant van de lijn horen huilen. Of eigenlijk had haar vriendin hard gesnikt, en in eerste instantie had Hope geen flauw idee wat Ellen haar probeerde te vertellen. Het lukte Ellen alleen om af en toe een paar verstikte woorden uit te brengen. Aanvankelijk meende Hope dat de bruiloft was afgelast, en het duurde een tijdje voordat ze erachter kwam dat Ellen van streek was vanwege het weer. Tussen haar gesnik door zei Ellen tegen Hope dat het die dag zou gaan regenen en dat het bijna zeker was dat er in het weekend een storm zou opsteken.

Hope vond het nogal overdreven, maar Ellen bleef ontroostbaar, wat Hope ook tegen haar zei. Niet dat Hope de kans kreeg om veel te berde te brengen. Het telefoontje bestond meer uit het luisteren naar een huilerige monoloog van veertig minuten over hoe oneerlijk het leven was. Terwijl haar vriendin maar doorjammerde, leunde Hope tegen het aanrecht, haar benen gekruist en nog altijd met een zere teen. Zou Ellen het doorhebben als ze de telefoon zou neerleggen en naar het toilet zou gaan? Ze moest vreselijk nodig plassen en tegen de tijd dat ze eindelijk een einde wist te maken aan het gesprek, moest ze vlug de deken neergooien en strompelen zo snel ze kon.

Daarna, alsof de een of andere god het op Tru en Hope voorzien had, begaf haar koffiezetapparaat het. Het lampje ging wel aan, maar het water werd niet warm en Hope overwoog om water te koken en op de filterkoffie te gieten. Maar tegen die tijd stond Scottie al bij de deur en ze wist dat zij de rotzooi zou moeten opruimen als ze hem niet snel naar buiten zou laten. Dus kleedde ze zich haastig aan en ging met haar hond naar het strand, in de hoop nog iets van de ochtend goed te maken met een ontspannende wandeling. Daar stak Scottie echter een stokje voor. Twee keer rende hij naar de top van de duinen, en schoot hij iemands vlonderpad op – óf om opnieuw achter die kat aan te gaan óf met de uitdrukkelijke bedoeling haar een hartaanval te bezorgen – en moest ze achter hem aan klauteren. Ze kon hem natuurlijk weer aanlijnen, maar dan zou Scottie waarschijnlijk afwisselend haar arm uit de kom proberen te trekken of lopen mokken, en voor geen van beide was ze in de stemming.

Maar ondanks dat alles...

Terwijl ze aan de telefoon had gezeten, had ze Tru met zijn visgerei langs haar huis naar de pier zien lopen, en ze had onwillekeurig moeten glimlachen. Het kostte haar nog steeds moeite om te geloven dat ze de avond ervoor echt samen met hem had gegeten. Haar gedachten dwaalden terug naar hun gesprek... Het was verbazingwekkend hoe aangenaam de avond was geweest en hoe moeiteloos ze het met elkaar leken te kunnen vinden.

Ze vroeg zich af of hij haar raad zou opvolgen en naar Kindred Spirit zou gaan als hij klaar was met vissen. Omdat het zou gaan stormen, zou het morgen waarschijnlijk te laat zijn, maar dat gold ook voor haar. Na haar afspraken zou ze wellicht wat tijd hebben om langs de brievenbus op het strand te gaan, en terwijl ze over het strand liep, nam ze zich voor om dat inderdaad te doen.

Maar nu moest ze op pad gaan, anders kwam ze te laat. Om negen uur had ze een afspraak bij een kapper in Wilmington en om elf uur moest ze bij de nagelstudio zijn. Ook wilde ze kijken of ze geschikte schoenen kon vinden voor de bruiloft. De bordeauxrode pumps die Ellen voor de bruidsmeisjes had uitgezocht knelden verschrikkelijk, en ze weigerde om de hele avond pijn te lijden. Omdat het ongetwijfeld druk zou zijn op de weg maakte ze een einde aan de wandeling; ze riep Scottie en begon toen terug te lopen. Even later stormde Scottie langs haar heen met zijn tong uit zijn bek. Terwijl ze zijn rennende gestalte nakeek, wierp ze een blik op de pier. Daar zag ze een groep mensen, maar het waren slechts silhouetten en ze vroeg zich af of Tru ook daadwerkelijk iets ving.

In de cottage droogde ze Scottie af met een handdoek en daarna nam ze vlug een douche. Toen ze klaar was, trok ze een spijkerbroek, een blouse en sandalen aan. Dat was bijna dezelfde outfit als ze de dag ervoor had gedragen, maar toen ze in de spiegel keek, had ze toch het idee dat ze er anders uitzag. Knapper misschien, wellicht zelfs begeerlijker. En ze begreep dat ze zichzelf zag zoals een vreemde haar zou zien. Zoals Tru haar gisteravond had gezien, toen ze tegenover elkaar hadden gezeten aan het tafeltje.

Dat bracht haar tot een nieuw besluit. Hope zocht in de lade onder de telefoon en vond alles wat ze nodig had. Nadat ze het briefje had geschreven, ging ze de achterdeur uit en liep ze omlaag naar het strand. Met behulp van het trapje en het vlonderpad van het buurhuis, prikte ze het briefje met een punaise naast de klink van het hek, waar Tru het niet kon missen.

Ze liep op dezelfde manier terug, pakte thuis haar handtas en ging de voordeur uit. Toen ze in haar auto stapte, slaakte ze een diepe zucht en vroeg ze zich af wat er nu zou gebeuren.

Tru wist niet precies wat Hope had gedaan.

Ongeveer veertig minuten nadat ze terug was van haar wandeling met Scottie had hij haar op de achterveranda zien stappen, waarna ze naar het huis was gegaan waar hij logeerde. Hij voelde een steek van teleurstelling bij het idee dat ze hem wilde spreken terwijl hij niet thuis was, maar ze was voor het hek blijven staan. Misschien had ze geaarzeld of ze al dan niet naar de achterdeur moest lopen, maar ze was slechts een paar tellen blijven staan waarna ze weer was teruggelopen en in de cottage van haar ouders was verdwenen. Sindsdien had hij haar niet meer gezien.

Vreemd.

Hij kon haar niet uit zijn gedachten zetten. Het zou heel eenvoudig zijn om zijn gevoelens toe te schrijven aan een verliefdheid, of zelfs aan wanhoop. Dat zou Kim ongetwijfeld beamen. Na hun scheiding vroeg zijn ex hem af en toe of hij iemand had ontmoet. Als hij dan zei van niet, grapte ze dat hij het dusdanig was verleerd dat hij waarschijnlijk halsoverkop verliefd zou worden op de eerste de beste vrouw die hem zelfs maar een blik toewierp.

Dat speelde hier echter niet. Hij was niet verliefd op Hope en hij was evenmin wanhopig, maar hij durfde wel aan zichzelf te bekennen dat hij haar fascinerend vond. Ironisch genoeg had dat enigszins met Kim te maken. Al in het begin van hun relatie had hij gemerkt dat Kim precies wist hoe aantrekkelijk ze was en dat ze haar hele leven had geleerd hoe ze daar haar voordeel mee kon doen. Voor Hope leek precies het tegenovergestelde te gelden, zelfs al was ze even knap, en dat trok hem aan op dezelfde intuïtieve wijze als wanneer hij klaar was met een tekening en dacht: *Dit is precies zoals het moet zijn.*

Hij wist dat het ongepast was om dergelijke dingen te denken, al was het alleen maar omdat er niets goeds van kon komen. Niet alleen vertrok hij maandag weer, maar Hope zou zondag terugkeren naar haar eigen leven, en daarbij hoorde de man met wie ze dacht te zullen gaan trouwen, zelfs al verkeerde hun relatie op dat moment in zwaar weer. Bovendien was hij er niet van overtuigd dat hij Hope ooit nog eens zou zien, gezien het weekend dat voor beiden in het verschiet lag.

Hij voelde weer een ruk aan de lijn, speelde het spel, zorgde dat de timing klopte en sloeg aan. Na een worsteling die hem verbaasde, haalde hij uiteindelijk een andere vis dan de bot boven, maar het was er opnieuw een die hij niet herkende. De oudere man met de honkbalpet slenterde weer naar Tru toe en sloeg hem gade toen hij de haak begon te verwijderen.

'Dat is een verdomd grote wijting,' zei de man.

'Wijting?'

'Ja. Groot genoeg om te houden. Het zou leuk zijn om die klaar te maken. Mocht je van plan zijn om hem terug te gooien, natuurlijk.'

Tru overhandigde hem de vis en zag die ook in de koelbox verdwijnen.

De rest van de ochtend had hij niet veel geluk, maar toen was het tijd om Andrew te bellen. Hij pakte zijn spullen in, liep naar de winkel om wat kleingeld te halen, en ging vervolgens naar de telefooncel. Het duurde een halve minuut en kostte flink wat munten om verbonden te worden met een centrale voor internationaal telefoonverkeer, maar uiteindelijk hoorde hij de vertrouwde overgangstoon toen het telefoontje werd doorgeschakeld.

Kim nam op en stemde erin toe om de kosten te accepteren, en even later kwam Andrew aan de lijn. Zijn zoon had allerlei vragen over Amerika, waarvan de meeste te maken hadden met verscheidene films die hij had gezien. Hij leek teleurgesteld om te horen dat er geen eindeloze schietpartijen op straat waren, of mensen met cowboyhoeden of filmsterren op elke straathoek. Daarna ging het gesprek over normalere zaken en Tru luisterde terwijl Andrew hem bijpraatte over wat hij de afgelopen dagen had gedaan. Door het horen van zijn stem voelde Tru een steek in zijn hart bij de gedachte dat ze een halve aardbol bij elkaar vandaan waren. Zelf vertelde Tru aan Andrew over het strand en hij beschreef de twee vissen die hij had gevangen. Hij vertelde hem ook over Scottie, en hoe Tru het hondje te hulp was geschoten. Ze praatten langer dan Tru had verwacht – bijna twintig minuten – tot hij Kim tegen Andrew hoorde zeggen dat hij nog huiswerk moest maken. Toen Andrew wegging, kwam zij aan de lijn.

'Hij mist je,' zei ze.

'Ik weet het. Ik mis hem ook.'

'Heb je je vader al gezien?'

'Nee,' antwoordde hij. Hij vertelde haar dat de ontmoeting zaterdagmiddag zou plaatsvinden. Toen hij was uitgesproken, schraapte Kim haar keel. 'Wat hoorde ik net over een hond? Was die aangereden door een auto?'

'Het viel nogal mee,' zei Tru, waarna hij het hele verhaal nog een keer vertelde. Hij beging de vergissing om Hope bij naam te noemen, iets waar Kim direct op doorging.

'Hope?'

'Ja.'

'Een vrouw?'

'Dat is wel duidelijk.'

'Ik neem aan dat jullie het goed met elkaar konden vinden.'

'Waarom neem je dat aan?'

'Omdat je haar naam kent, wat betekent dat jullie een poosje met elkaar gepraat moeten hebben. En dat doe je tegenwoordig nooit meer. Vertel eens wat meer over haar.'

'Er valt niet veel te vertellen.'

'Zijn jullie met zijn tweetjes uit geweest?'

'Wat doet dat er nou toe?'

In plaats van antwoord te geven, begon Kim te lachen. 'Ongelooflijk! Eindelijk ontmoet je een vrouw, en dat nota bene in Amerika! Is ze wel eens in Zimbabwe geweest?'

'Nee...'

'Ik wil alles over haar weten. In ruil daarvoor zal ik je niet vragen om me de kosten voor het telefoongesprek terug te betalen...'

Kim bleef nog tien minuten aan de lijn, en hoewel Tru zijn best deed om zijn gevoelens voor Hope te bagatelliseren, kon hij Kim bijna horen glimlachen aan de andere kant. Hij hing weer op, maar het telefoontje had hem van zijn stuk gebracht en hij nam de tijd om het stuk over het strand terug te lopen. Onder een hemel vol wolken, die loodgrijs werden, vroeg hij zich af hoe Kim zo snel zo veel conclusies had kunnen trekken. Zelfs als hij het idee accepteerde dat ze hem beter kende dan wie dan ook, vond hij het alsnog griezelig.

Vrouwen waren inderdaad raadselachtig.

Even later liep hij de trap naar de achterveranda op, waar hij tot zijn verbazing een stukje wit papier zag dat naast de klink van het hek was geprikt. Omdat hij besefte dat Hope het voor hem moest hebben achtergelaten – en dat ze daarom naar zijn huis was gekomen – trok hij de punaise eruit en las het briefje.

Hallo! Ik ga vandaag naar Kindred Spirit. Als je met me mee wilt, kom dan om drie uur naar het strand.

Hij trok een wenkbrauw op. Ja, vrouwen waren zonder meer niet te doorgronden.

In het huis vond hij een pen en schreef een reactie. Omdat hij nog wist dat ze had gezegd dat ze een paar afspraken had, ging hij naar buiten via de voordeur, liep naar haar cottage en duwde het briefje tussen de deur en de stijl, ter hoogte van de deurknop. Hij zag dat haar auto niet op de oprit stond.

Weer thuis deed hij wat oefeningen en at toen een hapje. Terwijl hij aan de tafel zat, keek hij door het raam naar een hemel die langzaam dreigender werd, en hij hoopte dat de regen nog een tijdje zou uitblijven, in elk geval tot het avond was.

Ellen had niet alleen de kapsalon in Wilmington aanbevolen, maar ook de kapster, Claire. Toen Hope ging zitten, keek ze in de spiegel naar een vrouw die een hele reeks aan piercings in haar oren had, een zwarte halsband met metalen punten droeg, en zwart haar met paarse strepen had. Ze droeg een strakke zwarte broek en het geheel werd vervolmaakt door een zwart mouwloos topje. In stilte vroeg Hope zich af wat Ellen had bezield.

Al snel bleek dat Claire in Raleigh had gewerkt voordat ze eerder dit jaar naar Wilmington was verhuisd en dat Ellen daar een trouwe klant van haar was geweest. Hope was nog steeds niet overtuigd, maar nadat ze inwendig een schietgebedje had gedaan, probeerde ze ontspannen in haar stoel te gaan zitten. Nadat Claire had gevraagd welk model Hope wilde en hoeveel eraf moest, babbelde de kapster aan een stuk door. Hope hapte geschrokken naar adem toen ze zag dat er bijna tien centimeter van haar haar werd afgeknipt, maar Claire verzekerde haar dat ze het prachtig zou vinden, waarna ze verder babbelde.

Hope bleef nerveus gedurende de transformatie, maar na de coupe soleil, het droogföhnen en in model brengen, moest ze toegeven dat Claire talent had. Hopes van nature kastanjebruine haar had nu wat lichtere lokken, alsof ze de afgelopen zomer veel tijd in de zon had doorgebracht, en het model zelf leek haar gezicht te omlijsten op een manier die ze nooit voor mogelijk had gehouden. Ze gaf Claire een extra gulle fooi, waarna ze de kapsalon verliet en de straat overstak naar de nagelstudio, waar ze de deur opende precies op het moment dat haar afspraak hoorde te beginnen. De nagelstyliste, een Vietnamese vrouw van middelbare leeftijd, sprak slecht Engels, dus wees Hope op een diepe rozerode kleur die bij de bruidsmeisjesjurk zou passen en las ze een tijdschrift terwijl haar teennagels werden gedaan.

Na afloop ging Hope naar Wal-Mart om een nieuw koffiezetapparaat te kopen. Ze koos het goedkoopste model. Het leek nutteloos, aangezien ze de cottage gingen verkopen, maar een kop koffie hoorde nou eenmaal bij Hopes ochtendritueel. Ze bedacht dat ze het ding op zaterdagochtend kon inpakken om als huwelijkscadeau aan Ellen te geven, met een briefje erbij waarop stond dat hij licht gebruikt was. *Geintje.* Maar bij het idee moest ze giechelen. Daarna ging ze wat winkels af op zoek naar schoenen en ze was dolblij toen ze een paar lekker zittende hooggehakte sandalen met bandjes vond die mooi bij haar bruidsmeisjesjurk stonden. Ze waren weliswaar een beetje aan de dure kant, maar toch vond ze dat ze had geboft dat ze geschikte schoenen had gevonden, vooral omdat ze het op het laatste moment had laten aankomen. Als extraatje kocht ze nog een paar witte sandalen met kraaltjes ter vervanging van het afdragen paar dat ze nu droeg. Daarna bracht ze een bezoekje aan de kledingboetiek naast de schoenenwinkel en bekeek op haar gemak wat er in de rekken hing. Per slot van rekening had een beetje winkeltherapie nog nooit iemand kwaad gedaan. Uiteindelijk kocht ze een gebloemd zomerjurkje dat toevallig in de aanbieding was. Het had een vrij lage hals, een riempje om de taille en de zoom kwam tot vlak boven haar knieën. Niet het soort jurk dat ze meestal kocht, maar hij was leuk en vrouwelijk en ze kon hem niet weerstaan, zelfs al had ze geen flauw idee waar of wanneer ze hem ooit zou dragen.

De terugtocht was gemakkelijker, omdat het veel minder druk op de weg was en ze bofte een paar keer met verkeerslichten die op groen stonden. Op de snelweg reed ze door laagliggend landbouwgebied totdat ze bij de afslag naar Sunset Beach kwam. Een paar minuten later reed ze haar oprit op. Ze verzamelde haar aankopen, liep de trap op naar de voordeur en zag een stukje papier bij de deurknop. Ze trok het los en herkende het briefje dat zij eerder aan Tru had geschreven. Haar eerste vermoeden was dat hij het gewoon aan haar had teruggeven zonder commentaar, en pas toen ze het omdraaide, zag ze dat hij een reactie had geschreven.

Ik zal om drie uur op het strand zijn. Ik verheug me op warme gesprekken en het ontdekken van het raadsel dat Kindred Spirit omhult. Ik kijk uit naar verrassingen met jou als mijn gids.

Ze knipperde met haar ogen en bedacht dat de man wist hoe hij een briefje moest schrijven. De woordkeuze kwam haar vaag romantisch over, wat de roes die ze voelde omdat hij er zowaar in had toegestemd haar te vergezellen extra versterkte.

Toen ze de deur opende, draaide Scottie kwispelstaartend rondjes om haar benen. Ze nam het oude koffiezetapparaat, gooide het in de vuilnisbak die buiten stond terwijl Scottie ondertussen deed wat hij moest doen, en daarna zette ze het nieuwe apparaat op de vrijgekomen plek. Ze legde de andere tassen in haar slaapkamer en toen ze keek hoe laat het was, zag ze dat ze een uur had om zich klaar te maken. Omdat haar haar al gedaan was, hoefde ze alleen een dunne jas uit haar koffer te halen en die binnen handbereik te leggen tot ze de deur uit moest.

Dat betekende dat ze verder niets te doen had, behalve dan om te proberen ontspannen op de bank te gaan zitten, afgewisseld met regelmatig overeind komen om in de spiegel te kijken hoe ze eruitzag, zich er ten volle van bewust hoe langzaam de tijd leek verstrijken.

Een liefdesbrief

Om tien voor drie verliet Tru het huis en liep over het vlonderpad naar het strand. Hij merkte dat de temperatuur een stuk was gedaald sinds die ochtend. De lucht was grijs en een gestage wind liet de oceaan kolken. Schuim werd het strand op geblazen en rolde daar als tuimelkruid uit de westerns die hij als kind af en toe op televisie had gezien.

Hij hoorde Hope eerder dan hij haar zag. Ze riep tegen Scottie dat hij niet zo hard moest trekken. Toen ze afdaalde naar het strand zag hij dat ze een dun jack droeg en dat haar kastanjebruine haar niet alleen korter was, maar her en der ook leek te glanzen. Hij keek toe toen Scottie haar naar hem toe trok.

'Hallo,' zei ze toen ze vlak bij hem was. 'Heb je een leuke dag gehad?'

'Vooral een rustige,' antwoordde Tru, terwijl hij dacht dat haar normaal blauwgroene ogen nu het grijs van de lucht weerkaatsten, waardoor ze bijna iets etherisch kregen. 'Ik ben wezen vissen.'

'Dat weet ik. Ik zag je vanochtend die kant op lopen. Nog wat gevangen?'

'Een paar,' zei hij. 'En jij? Heb jij alles gedaan wat je wilde doen?'

'Jazeker, maar ik heb wel het gevoel dat ik me sinds het wakker worden heb lopen haasten.'

'Je haar ziet er trouwens prachtig uit.'

'Dank je. Ze heeft meer afgeknipt dan ik had verwacht, maar ik ben blij dat je me nog herkent.' Ze ritste haar jack dicht en boog zich voorover om Scotties riem los te maken. 'Denk je niet dat jij ook een jas nodig zult hebben? Het is behoorlijk fris en we moeten een flink stuk lopen.'

'Nee, ik red me wel.'

'Dat komt vast door je Zimbabwaanse bloed.'

Zodra Scottie vrij was, rende hij ervandoor, waarbij er zand bij zijn poten opvloog. Samen liepen ze achter hem aan.

'Je denkt vast dat hij volledig losgeslagen is,' zei ze. 'Maar ik heb een gehoorzaamheidscursus met hem gevolgd. Hij is te koppig om te leren.'

'Vast wel.'

'Geloof je me soms niet?'

'Waarom zou ik dat niet doen?'

'Ik weet het niet. Volgens mij vind jij dat ik gewoon niet streng genoeg ben voor mijn hond.'

'Ik geloof niet dat er een goede manier is om op die opmerking te reageren.'

Ze lachte. 'Waarschijnlijk niet. Heb je nog kans gezien om met Andrew te praten?'

'Jazeker. Maar ik weet bijna zeker dat ik hem erger mis dan hij mij.'

'Zo gaat dat toch met kinderen? Elke keer dat ik op kamp ging, had ik het veel te veel naar mijn zin om zelfs maar aan mijn ouders te denken.'

'Fijn om te weten.' Hij wierp haar aan zijdelingse blik toe. 'Heb je ooit overwogen om kinderen te nemen?'

'Voortdurend,' gaf ze toe. 'Ik kan me niet voorstellen dat ik geen kinderen zal krijgen.'

'Nee?'

'Ik denk dat ik het hele idee van trouwen en een gezin stichten gewoon leuk vind. Begrijp me niet verkeerd, ik hou van mijn werk, maar dat is voor mij niet het allerbelangrijkste. Toen mijn zus haar eerste kindje had gekregen en ik haar vast mocht houden… smolt ik gewoon. Alsof ik opeens wist wat mijn doel was in het leven. Maar ach, eigenlijk heb ik dat altijd geweten.' Haar ogen glansden. 'Toen ik een klein meisje was, stopte ik vaak een kussen van de bank onder mijn T-shirt, omdat ik zogenaamd zwanger was.' Ze lachte bij de herinnering. 'Ik heb mezelf altijd voorgesteld als moeder… op de een of andere manier vind ik het een heel… diepzinnig idee dat er een mensje in je groeit dat jij ter wereld brengt en van wie je houdt met een soort natuurlijke intensiteit. Ik ga niet meer zo vaak naar de kerk, maar over dit onderwerp heb ik bijna spirituele gevoelens, zou je kunnen zeggen.'

Hij zag dat ze een haarlok achter haar oor stopte alsof ze een pijnlijke waarheid probeerde te verdringen, en hij voelde de aandrang om zijn armen om haar heen te slaan bij het zien van haar kwetsbaarheid.

'Maar ja, de dingen gaan niet altijd zoals je graag zou willen, hè?' Het was een retorische vraag, dus gaf hij geen antwoord. Na een paar stappen ging Hope verder: 'Ik weet dat het leven niet eerlijk is en ik ken het aloude gezegde dat de mens wikt, maar God beschikt, maar ik had nooit verwacht om op mijn leeftijd nog alleenstaand te zijn. Het is net alsof mijn leven tot stilstand is gekomen of zo. Alles leek precies volgens plan te verlopen. Ik had een fantastische man ontmoet, we maakten plannen, en toen… niks. We bevinden ons nog in precies dezelfde situatie als zes jaar geleden. We wonen niet samen, we zijn niet getrouwd of zelfs maar verloofd. We hebben alleen verkering.' Ze schudde haar hoofd. 'Het spijt me. Dit kan jou onmogelijk interesseren.'

'Dat is niet waar.'

'Waarom zou jij je daarom bekommeren?'

Omdat ik om jou geef, dacht hij. In plaats daarvan zei hij: 'Omdat een mens soms alleen een ander nodig heeft die naar hem luistert.'

Daar leek ze over na te denken terwijl ze door het zand liepen. Scottie was hen ver vooruit, al voorbij de pier, de ene zwerm vogels na de andere opjagend, even energiek als anders.

'Ik had beter niets kunnen zeggen,' zei ze, hulpeloos haar schouders ophalend. 'Ik ben op dit moment gewoon teleurgesteld in Josh, en daardoor vraag ik me af wat de toekomst voor ons in petto heeft. En zelfs of we eigenlijk wel een toekomst hebben. Maar dat komt gewoon doordat ik kwaad ben. Als je me dit had gevraagd toen alles goed tussen ons was, zou ik aan een stuk hebben doorgekletst over hoe geweldig hij is.'

Toen haar stem wegstierf, keek Tru haar even aan. 'Weet je ook of hij wil trouwen? En kinderen wil krijgen?'

'Dat is het hem nou juist... hij zegt van wel. Althans, vroeger. We hebben het er de laatste tijd niet veel meer over gehad, en toen ik het onderwerp na een hele poos weer ter sprake probeerde te brengen, draaide het al snel uit op een woordenwisseling. Daarom is hij nu niet hier. Omdat we een knallende ruzie hebben gehad, is hij niet met mij naar de bruiloft gegaan, maar met zijn vrienden naar Las Vegas vertrokken.'

Tru kromp even ineen. Zelfs in Zimbabwe kenden de mensen Las Vegas en de reputatie van die stad. Ondertussen praatte Hope verder: 'Ik weet het niet. Misschien ligt het aan mij. Ik had het waarschijnlijk anders moeten aanpakken en ik laat het nu klinken alsof hij een grote egoïst is. Maar dat is hij niet. Alleen... heb ik soms het gevoel dat hij nog niet helemaal volwassen is.'

'Hoe oud is hij?'

'Bijna veertig. Zeg, hoe oud ben jij eigenlijk?'

'Tweeënveertig.'

'En wanneer voelde jij je eindelijk volwassen?'

'Toen ik op mijn achttiende de boerderij verliet.'

'Dat verbaast me niets. Met alles wat jij hebt meegemaakt, moest je wel vroeg volwassen worden.'

Tegen die tijd waren ze bij de pier en zag Tru dat veel van de palen niet meer onder water stonden. Eb, precies zoals ze had gezegd.

'Wat ga je nu doen?' vroeg hij.

‘Ik weet het niet,’ zei ze. ‘Op dit moment denk ik dat het uiteindelijk weer goed zal komen en we zullen proberen om de draad weer op te pakken.’

‘Wil je dat graag?’

‘Ik hou van hem,’ gaf ze toe. ‘En hij van mij. Ik weet dat hij zich momenteel nogal lullig gedraagt, maar meestal is hij... echt geweldig.’

Hoewel hij de woorden had verwacht, wenste hij ergens dat ze die niet hardop had gezegd. ‘Daar twijfel ik niet aan.’

‘Waarom zeg je dat?’

‘Omdat,’ reageerde hij, ‘je ervoor hebt gekozen om zes jaar bij hem te blijven. En voor zover ik jou ken, zou je dat nooit hebben gedaan als hij niet talrijke bewonderenswaardige eigenschappen had.’

Ze bleef even staan om een kleurrijke zeeschelp op te rapen, maar die bleek gebroken te zijn. ‘Ik vind het leuk hoe je dingen verwoordt. Je klinkt vaak heel Brits. Ik heb nog nooit over iemand horen zeggen dat hij “talrijke bewonderenswaardige eigenschappen” heeft.’

‘Dat is jammer.’

Ze gooide de schelp weg en lachte. ‘Zal ik je eens wat zeggen?’

‘Nou?’

‘Ik denk dat het een vergissing van Kim was om jou te laten gaan.’

‘Het is lief van je om dat te zeggen. Maar dat was niet zo. Ik betwijfel of ik ooit geschikt ben geweest als echtgenoot.’

‘Wil dat zeggen dat je nooit meer zult trouwen?’

‘Daar heb ik nog nooit over nagedacht. Vergeleken met mijn werk en tijd doorbrengen met Andrew staat iemand ontmoeten nogal laag op mijn lijstje met prioriteiten.’

‘Hoe zijn de vrouwen in Zimbabwe?’

‘In mijn wereld, bedoel je? Alleenstaande vrouwen?’

‘Tuurlijk.’

'Die zijn er niet veel. De meeste vrouwen die ik tegenkom op de lodge zijn al getrouwd en logeren daar met hun man.'

'Misschien moet je naar een ander land verhuizen.'

'Zimbabwe is mijn thuis. En Andrew woont er. Ik zou hem nooit achter kunnen laten.'

'Nee,' zei ze. 'Natuurlijk kun je dat niet.'

'En hoe zit het met jou? Heb jij wel eens overwogen om de Verenigde Staten te verlaten?'

'Nooit,' zei ze. 'En nu is dat helemaal onmogelijk, want mijn vader is ziek. Maar ik betwijfel zelfs of ik het in de toekomst zou kunnen. Mijn familie en vrienden wonen hier. Maar op een dag hoop ik een keer naar Afrika te gaan. En een safari te maken.'

'Als je dat ooit doet, pas dan op voor de gidsen. Sommigen kunnen buitengewoon charmant zijn.'

'Ja, dat weet ik.' Ze duwde speels haar schouder tegen de zijne. 'Ben je klaar voor Kindred Spirit?'

'Ik weet nog steeds niet wat het is.'

'Het is een brievenbus op het strand,' zei ze.

'Van wie is die brievenbus?'

Ze haalde haar schouders op. 'Van iedereen en van niemand, denk ik.'

'Word ik geacht een brief te schijven?'

'Als je daar zin in hebt,' zei ze. 'Ik heb het wel gedaan de eerste keer dat ik ernaartoe ging.'

'Wanneer was dat?'

Ze dacht even na. 'Misschien vijf jaar terug?'

'Ik ging ervan uit dat je hier al kwam toen je nog klein was.'

'Zo lang staat die er nog niet. Ik geloof dat mijn vader heeft verteld dat die brievenbus hier in 1983 is neergezet, maar ik kan me vergissen. Ik ben er maar een paar keer geweest. Onder meer vorig jaar, de dag na Kerstmis, wat een beetje geschift was.'

'Hoezo?'

'Omdat er bijna veertig centimeter sneeuw was gevallen. Dat

is de enige keer dat ik sneeuw op het strand heb gezien. Toen we weer thuiskwamen, hebben we bij de trap een sneeuwpop gemaakt. Volgens mij moet daar ergens in de cottage een foto van zijn.'

'Ik heb nog nooit sneeuw gezien.'

'Nooit?'

'In Zimbabwe sneeuwt het nooit en ik ben alleen in de zomer in Europa geweest.'

'Het sneeuwt ook bijna nooit in Raleigh, maar mijn ouders gingen 's winters met ons skiën op de Snowshoe in West Virginia.'

'Kun je het een beetje?'

'Best aardig. Ik vond het nooit leuk om snel te gaan. Ik ben niet iemand die risico's neemt. Ik wil me gewoon amuseren.'

Ver voor hen, aan de horizon, zag hij flitsen tussen de wolken. 'Is dat bliksem?'

'Waarschijnlijk wel.'

'Houdt dat in dat we terug moeten gaan?'

'Het is op zee,' zei ze. 'De storm komt vanuit het noordwesten.'

'Weet je het zeker?'

'Redelijk zeker,' zei ze. 'Ik ben bereid het erop te wagen, als jij dat ook bent.'

'Goed dan,' zei hij met een knikje, en ze liepen verder. Achter hen werd de pier steeds kleiner. Uiteindelijk kwamen ze aan het einde van Sunset Beach en lag Bird Island recht voor hen. Ze moesten langs de rand van de duinen lopen om te voorkomen dat hun voeten nat werden en Tru merkte dat zijn gedachten teruggingen naar de manier waarop ze hem speels had aangestoten. Het leek alsof hij de aanraking nog kon voelen, een tinteling langs zijn hele arm.

'Het is echt een brievenbus,' zei Tru.

Ze waren bij Kindred Spirit en Hope keek naar Tru, die er enkel naar staarde.

'Dat had ik je toch gezegd.'
'Ik dacht dat het misschien een metafoor was.'
'Nee,' zei ze. 'Hij is echt.'
'Wie zorgt ervoor?'
'Ik zou het niet weten. Mijn vader zou het je vast kunnen vertellen, maar ik neem aan dat het iemand uit de buurt is. Kom mee.'
Ze zette koers naar de brievenbus en keek nog even naar Tru, waarbij haar blik op het kuiltje in zijn kin en zijn verwaaide haar viel. Over zijn schouder heen zag ze Scottie rondsnuffelen aan de voet van de duinen, terwijl zijn tong uit zijn bek hing omdat hij moe was van zijn eindeloze pogingen om de vogels in de lucht te houden. 'Je neemt dit idee vast mee terug naar Zimbabwe en dan zet je ergens in de wildernis een brievenbus neer. Zou dat niet leuk zijn?'
Hij schudde zijn hoofd. 'De termieten zouden de paal binnen een maand hebben opgegeten. Bovendien zou niemand er een brief in kunnen leggen of lekker gaan zitten om er een te lezen. Veel te gevaarlijk.'
'Trek je wel eens in je eentje de wildernis in?'
'Alleen als ik gewapend ben. En alleen als ik kan voorspellen dat me niets zal overkomen, omdat ik weet welke dieren er in de buurt zijn.'
'Welke dieren zijn het gevaarlijkst?'
'Dat ligt aan de tijd, de plaats en de stemming van het dier,' antwoordde hij. 'Als je in, op of bij het water bent, zijn het meestal krokodillen en nijlpaarden. Overdag in de wildernis zijn het olifanten, vooral in de paringstijd. 's Nachts zijn het de leeuwen. En een zwarte mamba kun je op elk tijdstip tegenkomen. Dat is een slang. Bijzonder giftig. De beet is bijna altijd fataal.'
'In North Carolina hebben we watermoccasinslangen. En koperkoppen. We hebben een keer een kind op de spoedeisende hulp gehad die er door een was gebeten. Maar we hadden tegengif

in het ziekenhuis en hij is er weer bovenop gekomen. En hoe kwamen we ook alweer op dit onderwerp?'

'Jij suggereerde dat ik midden in de wildernis een brievenbus zou neerzetten.'

'O, ja,' zei ze. Ondertussen had ze haar hand al op het handvat van de klep gelegd. 'Ben je er klaar voor?'

'Hoort er nog een bepaald protocol bij?'

'Ja, natuurlijk,' zei ze. 'Eerst moet je tien *jumping jacks* doen, daarna moet je 'Auld Lang Syne' zingen en je hoort een red-velvettaart mee te nemen als offergift en die moet je op het bankje plaatsen.'

Toen hij haar aanstaarde begon ze te giechelen. 'Gefopt. Nee, er hoort geen protocol bij. Je hoeft alleen te... lezen wat er in de brievenbus ligt. En als je wilt, kun je iets schrijven.'

Hope trok de bus open, pakte de hele stapel post die erin lag en nam die mee naar het bankje. Ze legde de stapel naast zich neer en Tru ging aan haar andere kant zitten, zo dichtbij dat ze zijn lichaamswarmte kon voelen.

'Zal ik als eerste lezen en ze dan aan jou doorgeven?'

'Ik volg jouw voorbeeld,' zei hij. 'Handel naar eigen goeddunken.'

Ze sloeg haar ogen ten hemel. 'Handel naar eigen goeddunken,' herhaalde ze. 'Je mag ook gewoon oké zeggen, hoor.'

'Oké.'

'Ik hoop dat er een mooie bij zit. Ik heb hier eerder een aantal indrukwekkende brieven gelezen.'

'Welke is je het meest bijgebleven?'

Daar dacht ze een paar seconden over na. 'Ik heb een keer gelezen over een man die op zoek was naar een vrouw die hij heel kort in een restaurant had ontmoet. Ze zaten aan de bar en hebben een paar minuten met elkaar gepraat, tot haar vrienden kwamen en ze naar haar tafeltje ging. Maar hij wist dat ze de ware voor hem was. Er stond een prachtige regel in over sterren die met elkaar in botsing komen waardoor er flonkeringen van licht door zijn ziel schoten. Maar goed, die man had een brief geschreven omdat hij hoopte dat iemand wist wie ze was en tegen haar zou zeggen dat hij haar graag nog een keer wilde ontmoeten. Hij had zelfs zijn naam en telefoonnummer achtergelaten.'

'Nadat hij zo kort met haar had gesproken? Dat klinkt nogal obsessief.'

'Je had moeten lezen hoe hij het had opgeschreven,' zei ze. 'Het was heel romantisch. Soms weet iemand het gewoon.'

Hij keek toe toen ze een ansichtkaart die boven op de stapel lag pakte, met een afbeelding van de USS North Carolina erop, een slagschip uit de Tweede Wereldoorlog. Toen ze klaar was met lezen, overhandigde ze hem zonder iets te zeggen aan Tru.

Tru las hem snel, waarna hij zich naar haar toe draaide. 'Dit is een boodschappenlijst voor iemand die een barbecue gaat geven.'

'Dat weet ik.'

'Ik snap niet goed waarom ik hier belangstelling voor moet hebben.'

'Dat hoeft ook niet,' zei ze. 'Daarom is dit zo spannend. Omdat we die ruwe diamant hopen te vinden, en wie zal het zeggen,' zei ze, terwijl ze een brief van de stapel nam. 'Misschien is dit hem wel.'

Tru legde de ansichtkaart naast zich neer en toen ze de brief uit had, gaf ze die aan hem. Hij was van een klein meisje, een gedicht over haar ouders, dat hem deed denken aan iets wat Andrew geschreven had kunnen hebben toen hij jonger was. Onder het lezen voelde hij Hopes been langs het zijne bewegen en toen hij klaar was, overhandigde Hope hem een bundel pagina's die van een notitieblok waren gescheurd. Hij vroeg zich af of ze besefte dat ze elkaar aanraakten, of dat ze zo opging in de woorden van anonieme schrijvers dat het haar niet eens opviel. Af en toe zag hij haar even opkijken om zich ervan te overtuigen dat Scottie nog in de buurt was. Omdat er vogels waren was de hond wat dichter bij de waterkant op het zand gaan zitten.

Er kwam nog een ansichtkaart, en een handvol foto's met opmerkingen op de achterkant. Die werden gevolgd door een brief van een vader aan zijn kinderen, met wie hij nauwelijks sprak. In de brief klonk meer verbittering en verwijt door dan verdriet over de verbroken relatie. Tru vroeg zich af of de man enige verantwoordelijkheid voor de gebeurtenissen op zich nam.

Toen hij de brief naast zich legde, was Hope nog verdiept in de volgende brief van de stapel. In de stilte zag hij een pelikaan laag over het water vliegen, vlak achter de branding. Daarachter werd de zee steeds donkerder tot die aan de horizon bijna zwart was geworden. Het gladde, harde zand lag bezaaid met gebroken zeeschelpen die waren achtergelaten door het afnemende tij. Hopes haar bewoog licht omhoog in de wind. In het grijzer wordende licht leek zij het enige kleurelement.

Ze had hem nog steeds geen nieuwe brief gegeven en pas toen besefte hij dat ze de brief in haar hand voor de tweede keer las. Hij hoorde haar zacht snuffen.

'Wauw,' zei ze uiteindelijk.

'Schreef hij over sterren die botsten en flonkeringen van licht door zijn ziel lieten schieten?'

'Nee. En bij nader inzien heb je waarschijnlijk gelijk. Die andere vent was zeker obsessief.'

Hij begon te lachen toen ze hem de brief aanreikte. Ze pakte zelf geen nieuwe, maar hield haar blik op hem gericht.

'Je gaat toch niet zitten kijken terwijl ik hem lees?' vroeg hij.

'Ik heb een beter idee,' zei ze. 'Waarom lees je hem niet hardop voor?'

Op die suggestie was hij niet voorbereid, maar hij nam de brief aan, waarbij hij haar hand langs de zijne voelde strijken. Hij bedacht hoe ontspannen ze zich altijd in elkaars gezelschap leken te voelen en hoe gemakkelijk het zou zijn om voor iemand als zij te vallen. En dat hij misschien, heel misschien, al bezig was om te vallen, en dat hij niets kon doen om dat tegen te gaan.

In de stilte voelde hij haar dichter naar hem toe schuiven. Hij rook haar haar, de geur schoon en zoet, fris als bloemen, en hij moest zich inhouden om zijn arm niet om haar heen te slaan. In plaats daarvan haalde hij diep adem, richtte zijn blik omlaag en begon het beverige handschrift te lezen.

Lieve Lena

Het zand in de zandloper is mijn hele leven genadeloos doorgegaan met vallen, maar ik probeer mezelf te laten denken aan de gelukkige jaren die we hebben gedeeld, zeker omdat ik nu verdrink in een vloedgolf van verdriet en verlies.
Ik vraag me af wie ik zonder jou ben. Zelfs toen ik oud en moe was, was jij degene die me hielp om de dag aan te kunnen. Soms had ik het idee dat je mijn gedachten kon lezen. Je leek altijd te weten wat ik wilde en nodig had. Hoewel we meningsverschillen hebben gehad, kijk ik terug op de ruim vijftig jaar die we samen zijn geweest in de wetenschap dat ik de geluksvogel was. Jij inspireerde en fascineerde me, en ik liep altijd net iets rechter omdat ik jou aan mijn zij had. Elke keer dat ik je vasthield, had ik gevoel dat ik verder niets nodig had. Ik zou er alles voor over hebben om jou nog een keer in mijn armen te houden.
Ik wil je haar ruiken en samen met jou aan de eettafel zitten. Ik wil toekijken terwijl je kip frituurt, wat mij altijd deed watertanden, het gerecht dat mijn arts me verboden had om te eten. Ik wil je je armen in de blauwe trui zien steken die ik je voor je verjaardag heb gegeven, de trui die je meestal 's avonds droeg als je naast me kwam zitten in de zitkamer. Ik wil bij onze kinderen zitten, en bij onze kleinkinderen en bij Emma, ons enige achterkleinkind. Hoe kan ik zo oud zijn, denk ik als ik haar knuffel. Maar als ik wacht tot jij me daarmee plaagt, hoor ik nooit je stem. En dan breekt keer op keer mijn hart.
Ik ben hier heel slecht in. Elke dag alleen zijn. Ik mis je alwe-

tende glimlach en ik mis het geluid van je stem. Soms beeld ik me in dat ik je nog steeds hoor roepen uit de tuin, maar als ik naar het raam loop, zijn daar alleen de kardinalen, de vogels waarvoor ik van jou de voedersilo moest ophangen.

Voor jou zorg ik dat die altijd gevuld is. Ik weet dat je dat zou willen. Je keek altijd graag naar die vogels. Ik snapte nooit waarom, tot de man in de dierenwinkel zei dat kardinalen levenslang bij elkaar blijven.

Ik weet niet of dat waar is, maar ik wil geloven van wel. En als ik naar ze kijk, zoals jij vroeger deed, denk ik bij mezelf dat jij altijd mijn kardinaal bent geweest en ik altijd die van jou. Ik mis je zo.

Gefeliciteerd met onze trouwdag.
Joe

Toen hij klaar was bleef Tru naar de pagina kijken, meer ontroerd door de woorden dan hij wilde bekennen. Hij wist dat Hope hem gadesloeg en toen hij zijn gezicht naar haar draaide, werd hij getroffen door haar open, ongedwongen schoonheid.

'Die brief,' zei ze zacht, 'is de reden dat ik graag naar Kindred Spirit ga.'

Hij vouwde het vel papier op, stopte het terug in de envelop en legde die op het stapeltje dat naast hem lag. Hij zag dat zij haar hand uitstak naar het ongelezen stapeltje, maar had het vermoeden dat de resterende boodschappen zouden tegenvallen, en dat bleek ook het geval. De meeste waren oprecht en ernstig, maar geen van hen raakte een gevoelige snaar zoals Joe's brief had gedaan. Ook toen ze opstonden van de bank en alles teruglegden in de brievenbus moest hij aan de man denken: waar hij woonde, wat hij deed en hoe hij, ondanks zijn duidelijk gevorderde leeftijd, erin was geslaagd om naar dit afgelegen stuk strand te komen op een eiland dat bijna compleet ontoegankelijk was.

Ze begonnen aan de terugtocht, waarbij ze af en toe iets tegen elkaar zeiden, maar zich voornamelijk tevreden stelden met zwijgen. De ontspannen sfeer tussen hen beiden deed Tru opnieuw denken aan Joe en Lena, een relatie die geworteld was in genegenheid en vertrouwen en een permanent verlangen om bij elkaar te zijn. Hij vroeg zich af of Hope hetzelfde dacht.

Voor hen zigzagde Scottie van de duinen naar de waterkant en weer terug. De wolken werden nog altijd donkerder en namen andere vormen aan door de wind, en een paar minuten later begon het te spetteren. Het was vloed geworden en ze moesten op de duinen stappen om te voorkomen dat de golven over hen heen zouden spoelen, maar Tru besefte al snel dat alle pogingen om droog te blijven zinloos waren. Er waren twee bliksemflitsen, gevolgd door twee harde donderslagen en opeens werd de wereld donker.

Hope slaakte een gil en begon te rennen, maar aangezien de pier nog steeds een heel stuk verderop lag, verviel ze uiteindelijk weer in een wandeltempo. Ze draaide zich om en hief haar handen op.'Nou, blijkbaar hadden we veel minder tijd dan ik dacht,' riep ze. 'Sorry.'

'Dat geeft niet,' zei hij terwijl hij naar haar toe liep. 'Het is nat, maar niet erg koud.'

'Niet zomaar nat, maar kletsnat,' zei ze. 'Maar het was wel een avontuur, vind je niet?'

In de stortregen zag hij een veeg mascara op haar wang, een kleine onvolmaaktheid bij een vrouw die hem verder in alle opzichten volmaakt voorkwam. Hij vroeg zich af hoe ze in zijn leven was beland en hoe hij zo veel om haar kon zijn gaan geven. Al zijn gedachten draaiden om haar. Hij dacht niet aan zijn leven in Zimbabwe of de reden dat hij naar North Carolina was gekomen, in plaats daarvan verbaasde hij zich over haar schoonheid en dacht terug aan de tijd die ze samen hadden doorgebracht: een filmrol vol levendige beelden. Het was een vloedgolf van emoties, en opeens had hij het idee dat alle stappen die hij in zijn leven had gezet op een pad naar haar hadden geleid, alsof zij zijn eindbestemming was.

Hope leek als aan de grond genageld. Hij vermoedde dat ze wist wat hij voelde, en vroeg zich af of zij hetzelfde voelde. Dat kon hij niet zien, maar ze bewoog zich niet, zelfs niet toen hij zijn hand uitstak en die op haar heup legde.

Zo bleven ze heel lang staan, terwijl de energie van die ene eenvoudige aanraking van hem naar haar en weer terug schoot. Hij staarde haar aan en zij staarde terug en het moment leek eeuwig te duren, totdat hij uiteindelijk heel langzaam naar voren bewoog. Hij hield zijn hoofd schuin en bracht zijn gezicht langzaam naar het hare, maar voelde toen dat Hope haar hand zacht op zijn borstkas legde.

'Tru...' fluisterde ze.

Haar stemgeluid was voldoende voor hem om niet verder te gaan. Hij wist dat hij achteruit moest stappen, ruimte tussen hen moest creëren, maar hij leek niet staat zich te bewegen.

Ook zij ging niet naar achteren. In plaats daarvan bleven ze met hun gezicht naar elkaar toe staan in de plensbui en voelde Tru zijn aloude intuïtie de kop opsteken, een intuïtie die hij niet in de hand had. Met een plotselinge helderheid wist hij dat hij verliefd was geworden – en dat hij misschien zelfs wel zijn hele leven had gewacht op iemand als zij.

Hope staarde Tru aan terwijl haar gedachten als een bezetene door haar hoofd schoten en ze haar best deed om geen acht te slaan op de kracht die ze in zijn hand voelde. Een deel van haar wilde dat hij haar zou kussen, terwijl een ander deel, dat sterker was, haar daarvoor waarschuwde, waardoor ze haar hand tussen hen had gelegd.

Ze was hier niet klaar voor...

Na een hele poos wendde ze haar blik met tegenzin af, waarbij ze zowel zijn teleurstelling als acceptatie voelde. Toen hij ten lange leste een stap naar achteren deed, had ze eindelijk het gevoel dat ze weer vrijelijk kon ademen, zelfs al liet hij zijn hand op haar heup liggen.

'We kunnen maar beter teruggaan,' mompelde ze.

Hij knikte en toen hij zijn hand van haar heup liet glijden, pakte zij hem beet, met de bedoeling er even in te knijpen. Toevallig draaide hij zijn hand op hetzelfde moment om, waardoor hun vingers zich met elkaar verstrengelden alsof het zo was gechoreografeerd. Voordat ze goed en wel besefte wat er gebeurde, liepen ze naast elkaar.

Het was een bedwelmend gevoel, al wist ze dat elkaars hand vasthouden niet veel voorstelde in het grote geheel. Vaagjes herinnerde ze zich dat ze dit ook met Tony had gedaan, de jongen die ze in de cottage had gezoend, toen ze de dag na hun kus samen naar de bioscoop waren gegaan. In die tijd had ze dat simpele gebaar waarschijnlijk heel volwassen gevonden, alsof ze eindelijk geen kind meer was, maar op dit moment kwam het handen vasthouden op haar over als een van de intiemste dingen die haar ooit was overkomen. In zijn aanraking lag de mogelijkheid besloten van een grotere intimiteit in de toekomst, en ze richtte haar aandacht op Scottie, zodat ze er niet al te diep over na hoefde te denken.

Uiteindelijk passeerden ze Clancy's en toen de pier en kort daarna kwamen ze bij de trap van de cottage. Pas toen ze stil bleef staan, liet Tru haar hand los. Ze keek hem aan en wist dat ze nog niet wilde dat er een einde zou komen aan hun tijd samen.

'Heb je zin om vanavond samen te eten? In de cottage? Ik heb gisteren verse vis gekocht op de markt.'

'Ja,' zei hij. 'Dat wil ik heel graag.'

Het moment van de waarheid

Zodra ze de deur van haar cottage had opengemaakt, schoot Scottie als een pijl uit een boog naar binnen en schudde zich toen energiek uit, waarbij er op alles in zijn nabijheid een nevel van waterdruppeltjes belandde. Hope haastte zich weg om een handdoek te pakken, maar Scottie schudde zich nogmaals uit voordat ze weer bij hem was. Ze trok een gezicht. Als hij droog was, zou ze de meubels en muren moeten droogwrijven. Maar eerst stond er een bad op het programma.

Ze hadden afgesproken over anderhalf uur, dus ze had meer dan genoeg tijd. Ze draaide de kraan van de badkuip alvast open, trok haar natte kleren uit en stopte die in de droger. Toen ze terugkwam, was de kuip halfvol en ze goot er wat badschuim in. Ineens merkte ze dat er iets ontbrak. Ze sloeg een handdoek om zich heen, ging naar de keuken en schonk een glas wijn in uit de fles die ze de vorige dag had geopend. Op de terugweg naar de badkamer pakte ze snel kaarsen en een doosje lucifers uit de kast.

Eerst stak ze de kaarsen aan en daarna liet ze zich in het warme schuim zakken en nam ze een slok wijn. Ze liet haar hoofd achterover zakken en bedacht dat de belevenis anders leek dan de dag ervoor, betekenisvoller op de een of ander manier. Terwijl ze zich ontspande, liet ze in gedachten het moment op het strand nogmaals de revue passeren waarop Tru haar bijna had gekust. Zelfs al had ze hem op het laatste moment tegengehouden, toch had de hele situatie iets dromerigs gehad, en dat wilde ze opnieuw beleven. Het ging er niet alleen om dat ze zich weer aantrekkelijk voelde; in een bepaald opzicht was haar band met Tru prettig en ongedwongen, bijna vredig. Tot ze hem had leren kennen, had ze geen flauw benul gehad hoezeer ze naar zoiets snakte.

Toch kon ze niet bepalen of dat gevoel nieuw was of altijd al in haar onderbewustzijn verborgen had gezeten, verscholen tussen haar zorgen en frustraties en haar boosheid op Josh. Het enige wat ze zeker wist was dat ze door de emotionele beroering van de afgelopen maanden weinig energie had gehad om goed voor zichzelf te zorgen. Periodes van rust of eenvoudige ontspanning waren tegenwoordig schaars en tot haar verdriet besefte ze dat ze zich niet eens verheugde op de aanstaande bruiloft van haar vriendin. Op een gegeven moment had ze haar levenslust verloren.

Door de tijd die ze met Tru had doorgebracht was ze gaan beseffen dat ze de persoon die ze de laatste tijd was geworden niet wilde zijn. Ze wilde de persoon zijn die ze zich nog herinnerde van vroeger – iemand die het leven omarmde, die hield van zowel de gewone als de ongewone dingen. En die wilde ze niet in de toekomst worden, maar vanaf dit moment zijn.

Ze schoor haar benen en bleef daarna nog een tijdje weken, totdat het water afkoelde. Nadat ze zich had afgedroogd, pakte ze de bodylotion van het planchet. Ze smeerde de vloeistof over haar benen, borsten en buik, genietend van het zijdeachtige gevoel waarmee haar huid tot leven werd gewekt.

Ze haalde het nieuwe zomerjurkje uit de kast en trok het aan, samen met haar nieuwe sandalen. Even overwoog ze om een beha aan te trekken, maar ze besloot dat het niet nodig was. Met een gevoel dat ze iets schandaligs deed, maar zonder erbij stil willen staan wat dat voor later kon betekenen, liet ze ook een slipje achterwege.

Ze föhnde haar haar en bracht het in model, waarbij ze zich probeerde te herinneren hoe Claire dat precies had gedaan. Toen ze tevreden was, maakte ze zich op. Als oogschaduw koos ze blauwgroen dat ze licht aanbracht, in de hoop dat het de kleur van haar ogen zou accentueren. Ze deed wat parfum op en koos een stel kristallen oorbellen in de vorm van druppels die ze van Robin had gekregen voor haar verjaardag.

Toen ze klaar was, ging ze voor de spiegel staan. Ze herschikte de bandjes van haar jurkje en frutselde aan haar haar tot ze tevreden was. Ze was regelmatig vrij kritisch over haar uiterlijk, maar deze avond kon ze niet anders dan blij zijn met hoe ze eruitzag.

Ze nam het glas waar nog een restje wijn in zat mee naar de keuken. Aan de andere kant van de ramen werd de wereld steeds donkerder. In plaats van aan het eten te beginnen, ruimde ze bij de ingang Scotties rommel op en bracht ze de huiskamer vlug op orde door de kussens op te kloppen en het boek dat ze had zitten lezen terug te zetten op de plank. In de zitkamer deed ze een paar lampen aan en op de radio zocht ze een station dat klassieke jazz speelde. Volmaakt.

In de keuken opende ze nog een fles wijn, maar zette die in de koelkast om koud te worden. Daarna pakte ze een paar gele zomerpompoenen, courgettes en uien, liep ermee naar het aanrecht en sneed ze in stukjes, en zette ze toen aan de kant. Daarna ging ze aan de slag met de salade; tomaten, komkommer, wortel en romainesla, wat ze net allemaal in een houten kom had gegooid toen er op de voordeur werd geklopt.

Het geluid veroorzaakte vlinders in haar buik.

'Kom binnen!' riep ze terwijl ze naar de gootsteen liep. 'Hij is open.'

Het geluid van regen werd plotseling harder toen de deur openging, maar nam al snel weer af.

'Een momentje, alsjeblieft.'

'Neem de tijd.' Zijn stem weerkaatste in de gang.

Ze waste en droogde haar handen en pakte daarna de wijn. Terwijl ze twee glazen volschonk, bedacht ze dat ze eigenlijk voor wat hapjes moest zorgen. In de kasten stond niet veel, maar in de koelkast vond ze kalamata-olijven. Dat voldeed. Ze deed snel een handvol in een stenen kommetje en zette dat op de eettafel. Nadat ze het lampje boven het fornuis had aangedaan, deed ze de plafondlamp uit en pakte de glazen. Ze haalde een keer diep adem en liep toen de hoek om naar de huiskamer.

Hij zat op zijn hurken om Scottie te aaien, met zijn rug naar haar toe. Hij droeg een blauw overhemd met lange mouwen en ze zag hoe strak zijn spijkerbroek om zijn dijen spande. Halverwege een pas bleef ze staan en kon ze alleen maar staren. Dat was zo ongeveer de meest sexy aanblik die ze ooit had gezien.

Kennelijk had hij haar gehoord, want hij kwam overeind en draaide zich om met een werktuiglijke glimlach en pas toen drong haar uiterlijk echt tot hem door. Zijn ogen werden groot toen hij probeerde te bevatten hoe ze eruitzag en zijn mond viel een stukje open. Hij stond als aan de grond genageld terwijl hij zijn best deed om zijn stem te vinden, maar daar niet in slaagde.

'Je bent... onbeschrijflijk mooi,' fluisterde hij uiteindelijk. 'Eerlijk waar.'

Hij was verliefd op haar, drong het ineens krachtig tot haar door. In weerwil van zichzelf koesterde ze zich in het gevoel, en ergens was ze ervan overtuigd dat zij tweeën al de hele tijd naar dit moment toe hadden gewerkt. Sterker nog, nu wist ze dat ze wilde dat dit zou gebeuren, omdat ze besefte dat zij ontegenzeggelijk ook verliefd op hem was.

Toen Tru eindelijk zijn blik neersloeg, liep Hope naar hem toe en overhandigde hem een van de glazen wijn.

'Dank je,' zei hij, waarna hij haar nogmaals van top tot teen opnam. 'Als ik dit had geweten zou ik een jasje hebben aangetrokken. Als ik er tenminste een had meegenomen.'

'Je ziet er perfect uit,' zei ze, want ze wist dat ze niet zou willen dat dat hij iets anders zou dragen. 'Het is niet dezelfde wijn als gisteravond. Ik hoop dat dat niet erg is.'

'Ik ben niet kieskeurig,' zei hij. 'Hij is ongetwijfeld prima.'

'Ik ben nog niet begonnen met koken. Ik wist niet zeker of je nu al wilde eten.'

'Dat is aan jou.'

'Ik heb wat olijven neergezet als je iets te knabbelen wilt.'

'Oké.'

'Ze staan op de eettafel.'

Ze wist dat ze allebei om het echte onderwerp heen draaiden, maar omdat ze helemaal van slag was, had ze al haar aandacht nodig om te voorkomen dat ze haar wijn zou morsen. Na een diepe zucht liep ze naar het eetgedeelte. Buiten flikkerde de horizon alsof er in de diepten een stroboscooplamp schuilging.

Ze trok een stoel bij en ging zitten. Tru deed hetzelfde, allebei met hun gezicht naar het raam. Haar keel voelde droog aan en ze nam een slokje wijn, waarbij het haar opviel dat ze onbewust elkaars handelingen spiegelden. Toen Tru zijn glas op tafel neerzette, liet hij de vingers van beide handen op de voet rusten. Ze wist dat hij even zenuwachtig was als zij, en vreemd genoeg putte ze daar troost uit.

'Ik ben blij dat je vandaag met me mee bent gegaan.'

'Ik ook,' zei hij.

'Ik ben blij dat je hier bent.'

'Waar zou ik anders moeten zijn?'

De telefoon ging.

De toestel hing aan de muur, vlak naast Tru, maar een paar tellen lang bleven ze elkaar aankijken. Pas toen de telefoon voor de tweede keer rinkelde, draaide Hope zich naar het geluid. Ergens had ze zin om het antwoordapparaat te laten aanslaan, maar toen dacht ze aan haar ouders. Ze stond op en liep langs Tru heen, waarna ze de hoorn oppakte.

'Hallo,' zei Josh. 'Met mij.'

Haar maag verkrampte. Ze had totaal geen zin om met hem te praten. Niet in het bijzijn van Tru, niet nu.

‘Hoi,’ zei ze kortaf.

‘Ik was bang dat je niet thuis zou zijn. Ik dacht dat je misschien ergens naartoe zou zijn.’

Ze hoorde dat hij nogal onduidelijk sprak en besefte dat hij had gedronken.

‘Ik ben er wel.’

‘Ik ben even een paar minuutjes weg bij het zwembad. Het is daar nogal warm. Hoe gaat het met je?’

Tru zat onbeweeglijk en zwijgend aan tafel. Hij was zo dichtbij… Ze zag hoe strak zijn overhemd om zijn bovenlichaam zat en ze was zich bewust van de spieren onder de stof, net zoals ze zich herinnerde hoe het had gevoeld toen hij zijn handen op haar heupen had gelegd.

‘Met mij is alles goed.’ Ze probeerde nonchalant te klinken. ‘En met jou?’

‘Geweldig,’ zei hij. ‘Ik heb gisteravond wat geld gewonnen met eenentwintigen.’

‘Fijn voor je.’

‘Hoe staat de cottage erbij? Mooi weer aan het strand?’

‘Op dit moment regent het, en dat blijft het waarschijnlijk doen tot en met zondag.’

‘Dan is Ellen zeker behoorlijk overstuur?’

‘Ja,’ antwoordde Hope, en een ongemakkelijk moment lang bleef het stil aan beide kanten van de lijn.

‘Weet je zeker dat alles in orde is?’ vroeg hij. Ze kon zijn frons bijna voor zich zien. ‘Je lijkt zo stil.’

‘Ik zei toch dat alles goed met me is.’

‘Zo te horen ben je nog steeds boos op me.’

‘Wat denk je zelf?’ Ze moest haar best doen om haar ergernis te bedwingen.

‘Vind je niet dat je nogal overdreven reageert?’

‘Ik wil dit liever niet over de telefoon bespreken,’ zei ze.

‘Waarom niet?’

'Omdat dit iets is dat we onder vier ogen moeten bespreken.'

'Ik snap niet waarom je zo doet,' zei hij.

'Dan ken je me misschien helemaal niet.'

'O, toe nou. Doe niet zo melodramatisch...' Ze hoorde de ijsklontjes in zijn glas rinkelen toen hij een slok nam.

'Ik kan maar beter ophangen,' zei ze. 'Dag.'

Ze hoorde Josh nog steeds tegensputteren toen ze de hoorn weer op de haak legde.

Hope staarde nog even naar de telefoon, waarna ze haar hand langs haar zij liet vallen. 'Sorry,' zei ze met een zucht tegen Tru. 'Ik had beter niet op kunnen nemen.'

'Wil je erover praten?'

'Nee.'

Op de radio eindigde het ene nummer en begon het volgende. De muziek was klaaglijk, rusteloos, en ze zag dat Tru opstond. Hij was nu heel dichtbij en ze voelde haar rug tegen de muur drukken terwijl hij haar indringend aankeek.

Zonder schroom keek ze hem aan. Hij kwam nog dichterbij.

Ze wist wat er gebeurde. Woorden waren overbodig. Weer kreeg ze het gevoel dat dit onmogelijk echt kon zijn, maar toen zijn lichaam tegen het hare drukte, leek het plotseling echter dan alles wat ze ooit had gekend.

Ze kon dit nog een halt toe roepen. Misschien moest ze dat doen. Over een paar dagen zou hij een halve aardbol van haar verwijderd zijn. De lichamelijke en emotionele band tussen hen beiden was voorbestemd om verbroken te worden. Hij zou verdriet hebben en zij zou verdriet hebben, maar desondanks...

Ze kon zichzelf niet bedwingen. Niet meer.

De regen kletterde tegen de ruiten en de wolken bleven flikkeren. Tru sloeg zijn arm om haar rug, zonder zijn blik ook maar een moment van de hare af te wenden. Hij liet zijn duimen kleine cirkeltjes draaien en de stof van haar jurk was dun en licht genoeg om dat te voelen alsof ze helemaal geen kleren aan had. Ze vroeg zich af of hij merkte dat ze geen slipje droeg en ze voelde zich nat worden.

Hij trok haar dicht tegen zich aan, waardoor zijn lichaamswarmte haar huid deed gloeien. Terwijl ze zacht naar adem snakte, sloeg ze haar armen om zijn hals. Ze hoorde de muziek en ze begonnen in een klein kringetje rond te draaien, waarbij zijn lichaam heel licht wiegde. Toen hij daarna glimlachte alsof hij haar uitnodigde om zijn wereld te betreden, stortte haar laatste verdedigingsmuur in. Ze wist dat ze dit wilde. Toen ze zijn adem tegen haar hals voelde, begon ze te trillen.

Hij kuste haar teder op haar oorlellen en haar wang, waarbij hij een vochtig spoor achterliet, en toen zijn lippen eindelijk de hare beroerden, voelde ze dat hij zich inhield, alsof hij haar een laatste kans bood om er een einde aan te maken. Dat besef was opwindend, bijna bevrijdend, en toen hij zijn handen in haar haar verstrengelde, opende ze haar mond. Ze hoorde een zachte kreun, die ze nauwelijks als van zichzelf herkende, toen hun tongen elkaar raakten. Hij liet zijn handen eerst over haar rug en armen gaan en daarna over haar buik, waarmee hij een gevoel veroorzaakte dat leek op een spoor van piepkleine elektrische schokjes. Hij liet een vinger onder de zwelling van haar borsten glijden en haar tepels werden hard.

Ze voelde haar lichaam tegen het zijne. Ze bracht een hand naar zijn wang en streek met haar vingertoppen over de baardstoppels terwijl hij zijn aandacht op haar nek richtte en daar heel zacht in beet terwijl zij zijn borstkas liefkoosde. Uiteindelijk pakte ze zijn hand en nam hem mee naar de slaapkamer.

In de spiegel daar zag ze dat hij naar haar keek terwijl ze de kaarsen en lucifers vond en ze aanstak. Ze zette er eentje op een bijzettafeltje en de andere op de ladekast. Het gedempte licht zorgde voor dansende schaduwen op de muren en toen Hope zich omdraaide, ontmoetten hun blikken elkaar en konden ze niet anders doen dan elkaar gadeslaan.

Ze voelde zijn begeerte en stond zich toe om zich erin te koesteren voordat ze eindelijk naar hem toe liep. Hij deed hetzelfde, en de wereld tussen hen leek te krimpen, en toen zoende ze hem, genietend van zijn vochtige, warme tong. Ze trok zijn overhemd uit zijn broek en knoopte het langzaam los, en toen het openhing, liet ze haar vingernagel over zijn buik en heupbeen gaan. Zijn lichaam was hard en lenig, met zichtbare buikspieren, en ze trok het overhemd van zijn schouders en liet het op de grond vallen.

Ze bracht haar mond naar zijn hals en beet er zacht in terwijl ze zijn riem beetpakte. Die maakte ze los en daarna maakte ze de knoop van zijn spijkerbroek open. Terwijl ze de rits omlaagtrok, voelde ze dat hij zijn handen over haar borsten liet gaan. Ze trok aan zijn broek zodat die omlaaggleed en Tru ging iets achteruit. Hij maakte de veters van zijn schoenen los en trok die uit, waarna hij hetzelfde met zijn sokken deed. Daarna volgde zijn broek en uiteindelijk zijn boxershort.

Hij stond bloot voor haar, zijn lichaam volmaakt, als een klassiek uit marmer gehouwen beeld. Hope zette eerst haar ene en toen haar andere voet op het bed en trok haar sandalen uit met een verlokkende traagheid. Tru kwam naar haar toe en nam haar opnieuw in zijn armen. Zijn tong gleed langs haar oorlel toen hij zijn hand naar het bandje van haar jurkje bracht. Dat liet hij van haar schouder glijden en vervolgens herhaalde hij het proces met het andere bandje. De jurk viel omlaag en belandde als een hoopje aan haar voeten, waarna hun naakte lichamen samenkwamen. Zijn huid was warm tegen de hare toen hij zijn vinger teder langs haar ruggengraat liet gaan. Ze ademde hoorbaar uit toen zijn hand nog lager ging en met een soepele beweging tilde hij haar op en kuste haar terwijl hij haar naar het bed droeg.

Hij ging naast haar liggen en liefkoosde haar borsten en buik. Zij beet zachtjes in zijn onderlip terwijl ze met haar vingers hard tegen zijn onderrug drukte, en ze voelde zich mooi in het kaarslicht en begeerd in zijn armen. Langzaam liet hij zijn tong tussen haar borsten door gaan, omlaag over haar buik, waarna hij weer naar boven bewoog. De keer daarna ging zijn mond nog lager en ze klauwde met haar vingers in zijn haar terwijl zijn tong haar plaagde en opwond. Het ging maar door tot ze het niet langer kon verdragen en ze hem naar zich toe trok, zich aan hem vastklampend, waardoor hij nog dichter bij haar kwam.

Hij kwam op haar liggen, een en al hitte uitstralend, en pakte haar hand zodat hij haar vingertoppen een voor een kon kussen. Daarna kuste hij haar wang en haar neus en nogmaals haar mond en toen hij eindelijk bij haar binnenkwam, kromde ze haar rug en kreunde, in de wetenschap dat ze heftiger naar hem verlangde dan ze ooit naar een man had verlangd.

Ze bewogen samen, allebei volledig afgestemd op de behoeften van de ander, allebei hun best doend om de ander genot te bezorgen, en ze voelde haar lichaam rillen door een toenemend verlangen. Toen de enorme golf van genot haar overspoelde, gilde ze het uit, maar zodra het gevoel wegebde, zwol het weer aan. Ze beleefde hoogtepunt na hoogtepunt, in een eindeloze cyclus van wellust en toen hij zijn eigen hoogtepunt beleefde, was Hope uitgeput, haar lichaam nat van transpiratie. Hijgend lag ze in Tru's armen. Zelfs toen bleven zijn handen over haar huid bewegen en terwijl de kaarsen verder opbrandden, liet ze zich meedrijven op de vloed van wat ze net hadden gedeeld.

Later bedreven ze opnieuw de liefde, ditmaal langzamer, maar met dezelfde intensiteit. Ze beleefde een zelfs nog heftigere climax dan eerst en ze beefde van vermoeidheid toen hij klaar was. Ze was volledig uitgeput, maar terwijl buiten de storm nog altijd woedde, voelde ze tot haar verbazing haar verlangen opnieuw de kop op steken. Een derde keer was niet mogelijk, dacht ze, maar dat was het wel, en pas nadat ze nogmaals was klaargekomen, slaagde ze erin om in een droomloze slaap te vallen.

’s Morgens werd Hope wakker terwijl er grijs licht door de ramen naar binnen viel en de geur van koffie uit de keuken zweefde. Ze pakte een kamerjas uit de badkamer en liep de gang door, zich bewust van een razende honger. Pas toen schoot haar te binnen dat ze de avond ervoor niet hadden gegeten.

Tru zat aan de tafel en ze zag dat hij al roerei en gesneden fruit had klaargezet. Hij droeg dezelfde kleren als de avond ervoor. Toen hij haar zag, stond hij op en sloeg hij zijn armen om haar heen.

‘Goedemorgen,’ zei hij.

‘Goedemorgen,’ zei ze. ‘Maar je moet me niet kussen. Ik heb mijn tanden nog niet gepoetst.’

‘Ik hoop dat je het niet erg vindt dat ik het ontbijt heb klaargemaakt.’

‘Het ziet er heerlijk uit.’ Bewonderend keek ze naar alles wat er op tafel stond. ‘Hoe lang ben je al op?’

‘Een paar uur.’

‘Heb je niet geslapen?’

‘Ik heb lang genoeg geslapen.’ Hij haalde zijn schouders op. ‘En ik heb ontdekt hoe jouw koffiezetapparaat werkt. Zal ik een beker voor je inschenken?’

‘Graag,’ zei ze. Ze gaf hem een zoen op zijn wang en ging zitten, waarna ze wat eieren en fruit op haar bord schepte. Ze keek door het raam en zag dat de regen was opgehouden, maar te oordelen naar de hemel was die onderbreking slechts tijdelijk.

Tru zette een beker bij haar neer. ‘Melk en suiker staan op tafel,’ zei hij.

‘Ik ben onder de indruk dat je alles hebt kunnen vinden.’

‘Ik ook,’ zei hij terwijl hij naast haar ging zitten.

Ze bedacht hoeveel ze om hem gaf en hoe natuurlijk deze ochtend nu al voelde. ‘Wat heb je nog meer gedaan, behalve voor het ontbijt gezorgd?’

‘Ik ben even naar hiernaast gegaan en heb wat handdoeken gehaald. En een paar andere dingen.’

'Waarom heb je handdoeken gehaald?'

'Ik wilde de stoelen op de veranda afdrogen,' zei hij.

'Die worden toch weer nat.'

'Dat weet ik,' zei hij. 'Maar ik hoop dat ik wat tijd krijg voordat dat weer gebeurt.'

Ze nam hem aandachtig op terwijl ze haar koffie pakte. 'Je doet heel mysterieus. Wat is er aan de hand?'

Hij nam haar hand in de zijne en drukte een zoen op de rug. 'Ik hou van je,' zei hij eenvoudigweg.

Bij het horen van de hardop uitgesproken woorden voelde ze zich plotseling duizelig, en ze wist dat zij precies dezelfde gevoelens voor hem had.

'Ik hou ook van jou,' bekende ze.

'Wil je dan iets voor me doen?'

'Wat je maar wilt.'

'Wil je na het ontbijt buiten voor me gaan zitten?'

'Waarom dan?'

'Ik wil je tekenen.'

Verbluft knikte Hope.

Na het ontbijt liep ze voor hem uit naar buiten, en Tru wees naar de stoel. Ze nam plaats, met een vreemd onbehaaglijk gevoel, en hield haar handen om haar koffiebeker geklemd.

'Moet ik deze neerzetten?' vroeg ze met een knikje naar de beker.

'Dat maakt niet uit.'

'Hoe moet ik poseren?'

Hij sloeg het schetsboek open. 'Wees gewoon jezelf en doe net alsof ik er niet ben.'

Dat viel niet mee. Niemand had haar ooit getekend. Ze sloeg het ene been over het andere, en daarna andersom. Maar wat moest ze met de koffie doen? Weer overwoog ze om de beker neer te zetten, maar in plaats daarvan nam ze een slok. Ze boog zich voorover en probeerde daarna om achterover te zakken. Ze draaide zich naar het huis waar Tru logeerde, en toen naar de oceaan, en toen terug naar Tru. Niets voelde goed, maar ze zag dat hij met een kalme concentratie naar haar keek.

'Hoe moet ik nou doen alsof jij er niet bent als je zo naar me kijkt?'

'Dat weet ik niet,' zei hij lachend. 'Niemand heeft mij ooit getekend.'

'Mooie hulp ben jij,' zei ze plagend, en ze trok een been onder zich in een poging lekker te gaan zitten. Dat is beter, dacht ze. Gelukkig was Scottie hen naar buiten gevolgd en ze besloot om haar aandacht op hem te richten terwijl hij opgekruld onder het keukenraam lag.

Ondertussen was Tru vervallen in stilzwijgen en ze keek toe terwijl hij het potlood pakte. Zijn ogen gingen van haar naar de schets en weer terug, en ze zag de zelfverzekerde beweging van zijn hand terwijl hij tekende met een bedreven gemak en de lijntjes vervaagde met zijn vinger. Af en toe kneep hij zijn ogen tot spleetjes of fronste hij zijn voorhoofd, en ze wist dat hij zich daar niet eens van bewust was. Vreemd genoeg wakkerde die flits van ongekunsteldheid onder zijn zelfverzekerde houding haar verlangen naar hem extra aan.

Toen de wolken weer donkerder werden, wisten ze allebei dat het tijd was om op te houden.

'Wil je het zien? Het is nog niet af, maar er staat inmiddels genoeg op papier om je een globale indruk te geven.'

'Misschien als ik heb gedoucht,' wimpelde ze af terwijl ze opstond. Tru pakte het schetsblok en de potloden, waarna hij vlak achter de deur bleef staan om haar heel teder te kussen. Hij trok haar dicht naar zich toe en ze leunde tegen hem aan. Terwijl ze zijn geur opsnoof, vroeg ze zich opnieuw af welke mysterieuze krachten hen samen hadden gebracht.

Samen

Nadat Hope had gedoucht ging ze naast Tru op de bank zitten terwijl hij haar de tekening liet zien die hij van haar had gemaakt, en andere die al in zijn schetsboek stonden. Ze nam de tijd om ze te bewonderen. Later, toen het geleidelijk was opgehouden met regenen, waagden ze zich naar buiten om te gaan lunchen in een café in Ocean Isle Beach terwijl ze door de ramen zagen dat de storm buiten toenam tot razernij.

Toen ze zich uiteindelijk klaar moest maken voor het oefendiner voor de bruiloft, ging Tru op de rand van het bed zitten terwijl hij zijn blik op haar gericht hield. Hij had het altijd sexy gevonden om naar een vrouw te kijken die zich opmaakte, en hij merkte dat zij ervan genoot om hem als toeschouwer te hebben.

Toen het tijd voor haar was om te vertrekken, bleven ze elkaar een hele tijd kussen bij de deur. Hij hield haar stevig tegen zich aan zodat hij de druk van haar lichaam in zijn geheugen kon prenten. Daarna ging hij op de veranda staan en zwaaide haar na terwijl ze wegreed. Ze had hem gevraagd om Scottie later nog even uit te laten en erbij gezegd dat hij gerust in de cottage mocht blijven als hij dat wilde.

Hij ging even naar het huis ernaast om een steak en wat andere etenswaren op te halen, waarna hij zijn maaltijd klaarmaakte in Hopes keuken. Onder het eten probeerde hij zich Hope samen met haar vrienden voor te stellen, terwijl hij zich afvroeg of die aan haar gezicht konden zien wat er de afgelopen dagen allemaal was gebeurd.

Daarna bracht hij wat tijd zoet met het toevoegen van extra details aan de tekening van haar, waar hij pas mee ophield toen hij helemaal tevreden was. Omdat hij nog steeds geen zin had om de potloden opzij te leggen, begon hij aan een nieuwe tekening, ditmaal een zijaanzicht van hen samen terwijl ze tegenover elkaar op het strand stonden. Voor die tekening hoefde ze niet aanwezig te zijn, want het kostte hem geen enkele moeite om zich het tafereel voor te stellen, en de tekening vorderde snel. Toen hij er voor die avond mee ophield, waren er uren verstreken, en voelde hij Hopes afwezigheid als een pijn.

Rond middernacht was ze weer terug in de cottage. Ze bedreven de liefde, maar zij was nog steeds uitgeput van de nacht ervoor, en al snel hoorde hij haar ademhaling veranderen terwijl ze in zijn armen in slaap viel. Hij kon de slaap echter niet vatten. Aan hun tijd hier samen zou spoedig een einde komen, en toch wist hij dat zij de vrouw was met wie hij de rest van zijn leven wilde delen.

Hij staarde naar het plafond en probeerde uit alle macht die twee feiten met elkaar te verzoenen.

's Ochtends was Tru stiller dan gewoonlijk. In plaats van te praten, hield hij haar heel lang vast terwijl ze in bed lagen, en ze voelde de diepe gevoelens die ze voor hem koesterde door haar hele wezen stromen.

Dat beangstigde haar, en ze vermoedde dat het Tru ook beangstigde. Het enige wat ze wilde, was dat dit alles, deze tijd met elkaar, eeuwig zou blijven duren terwijl de tijd op alle andere plaatsen zou blijven stilstaan. Maar met elke minuut die verstreek, leek de klok sneller te gaan tikken.

Het regende nog altijd gestaag toen ze opstonden, maar toch besloten ze om nog een strandwandeling te gaan maken. In de kast vond Hope regenjassen, en ze namen Scottie mee naar buiten. Ze liepen hand in hand, en als bij stilzwijgende afspraak bleven ze staan op de plek waar ze elkaar voor het eerst hadden ontmoet. Hij kuste haar, en toen ze zich van hem losmaakte, nam hij haar handen in de zijne.

'Volgens mij heb ik gewild dat dit allemaal zou gebeuren vanaf het moment dat ik je ontmoette.'

'Wat precies? Met me naar bed gaan of verliefd op me worden?'

'Allebei,' gaf hij toe. 'Wanneer wist jij het?'

'Volgens mij wist ik dat de kans bestond dat we met elkaar naar bed zouden gaan toen we na ons dinertje wijn dronken op de veranda.' Ze kneep in zijn hand. 'Het spijt me dat ik me wegdraaide toen je me voor het eerst wilde kussen.'

'Dat hoeft je niet te spijten.'

Ze aanvaardden de terugweg en gingen even het huis in waar Tru logeerde. Op het antwoordapparaat stond een boodschap van zijn vader met de mededeling dat hij tussen twee en drie bij het huis hoopte te zijn. Dat kwam prima uit, dacht Hope. Rond die tijd zou zij vertrekken om naar de bruiloft te gaan. Hoewel de plechtigheid pas om zes uur zou zijn, moest zij eerder aanwezig zijn voor de foto's.

Tru liet haar het huis snel zien terwijl Scottie zelf op verkenning ging. Hope moest toegeven dat het huis smaakvoller was dan ze had gedacht. Ondanks haar aanvankelijke vooroordelen, kon ze zich best voorstellen dat haar vriendinnen en zij dit huis een week zouden huren en het er heel gezellig zouden hebben. Toen ze in de grote slaapkamer kwamen, wees Hope naar het grote bubbelbad.

'Zullen we?' stelde ze voor. Voor ze het wist, hadden ze zich allebei uitgekleed en hun kleren en regenjassen in de wasdroger gegooid. Eenmaal tot haar hals in het schuimende water, leunde ze met haar rug tegen Tru en zuchtte terwijl hij zijn ingezeepte handen teder over haar borsten, haar buik en haar armen en benen liet gaan.

Ze lunchten vroeg, gekleed in een kamerjas terwijl hun kleren droogden. Na afloop trok Hope haar kleren weer aan die nog warm waren van de wasdroger en bleven ze aan tafel zitten praten tot zij terug moest naar de cottage om zich klaar te maken.

Net als de vorige dag keek hij toe vanaf de rand van het bed terwijl ze haar haren deed en zich opmaakte. Daarna trok ze de bruidsmeisjesjurk en haar nieuwe schoenen aan en toen ze klaar was, maakte ze een snelle pirouette voor hem.

'Kan ik ermee door?'

'Je ziet er fantastisch uit,' zei hij, waarbij zijn bewonderende blik zijn oprechtheid benadrukte. 'Ik kom zwaar in de verleiding om je te kussen, maar ik wil je lippenstift niet verpesten.'

'Dat risico wil ik wel nemen.' Ze boog zich naar hem toe om hem te kussen. 'Als jij vandaag geen ontmoeting met je vader had, zou ik je vragen om met me mee te gaan.'

'Dan had ik geschikte kleding moeten aanschaffen.'

'Ik durf te wedden dat jij er geweldig uitziet in een pak.' Ze gaf een tikje op zijn borst en ging naast hem op het bed zitten. 'Ben je zenuwachtig om je vader te ontmoeten?'

'Niet echt.'

'En als hij zich nou weinig over je moeder kan herinneren?'

'Dan zal het een heel korte ontmoeting worden.'

'Wil je echt niet weten wie hij is? Hoe hij is? En waar hij al die jaren is geweest?'

'Nee, eigenlijk niet.'

'Ik snap niet dat je hier zo afstandelijk over kunt doen. Ik heb het idee dat hij misschien een soort van relatie met je wil. Al is het maar een beperkte.'

'Dat idee is ook bij mij opgekomen, maar ik betwijfel of dat echt zo is.'

'Maar hij heeft je hiernaartoe laten vliegen.'

'Maar toch heb ik nog altijd geen kennis met hem gemaakt. Als hij echt een relatie had gewild, dan zou hij toch al eerder in de week zijn langsgekomen?'

'Waarom denk je dan dat hij wilde dat je kwam?'

'Ik denk,' zei Tru na een tijdje, 'dat hij me wil vertellen waarom hij mijn moeder heeft verlaten.'

Een paar minuten later liep Tru met Hope naar haar auto, waarbij hij twee paraplu's omhooghield zodat ze niet nat zou worden.

'Ik weet dat het raar klinkt, maar volgens mij ga ik je missen,' zei ze.

'Ik jou ook,' reageerde hij.

'Vertel je me straks hoe het met je vader is gegaan?'

'Natuurlijk. En ik zal Scottie een keer uitlaten.'

'Ik weet niet hoe lang het gaat duren. Misschien wordt het laat. Je mag best in de cottage op me wachten. Ik zal me niet beledigd voelen als je al slaapt wanneer ik terugkom.'

'Veel plezier.'

'Dank je wel,' zei ze terwijl ze achter het stuur ging zitten.

Hoewel ze opgewekt naar hem wuifde, had hij toch een onheilspellend voorgevoel toen ze uit zicht verdween, en hij vroeg zich af wat dat had veroorzaakt.

Vadertijd

Het leek hem beter om Scottie in de cottage te laten, dus pakte Tru zijn schetsboek en zijn potloden en ging terug naar het huis in afwachting van zijn vader.

Hij ging verder met de tekening van Hope en hemzelf, en het werk ging gemakkelijk. Al snel bereikte hij het punt waarop hij zich op de details ging richten, het teken dat de tekening bijna klaar was. Omdat hij helemaal in zijn werk opging, duurde het even tot hij besefte dat er iemand op de deur klopte.

Zijn vader.

Hij stond op en liep door de woonkamer. Met zijn hand al op de deurknop wachtte hij heel even om zich mentaal voor te bereiden. Toen hij opendeed, zag hij voor de allereerste keer het gezicht van zijn vader. Tot zijn verbazing herkende hij een paar van zijn eigen gelaatstrekken in die van de oude man die voor hem stond: dezelfde donkerblauwe ogen en het ondiepe kuiltje in de kin. Het haar van zijn vader was dun geworden, en het weinige dat hij nog had was spierwit, met een paar grijze lokken. De man stond iets voorovergebogen en zag er bleek en ietwat broos uit. Zijn jack slobberde om hem heen, alsof het voor iemand was gekocht die veel groter was. Boven het geluid van de storm uit hoorde Tru hem piepend ademhalen.

'Dag, Tru,' zei hij ten slotte, terwijl de woorden er moeilijk uit kwamen. In zijn ene hand hield hij een paraplu, en Tru zag dat er een aktetas op de veranda stond.

'Dag, Harry.'
'Mag ik binnenkomen?'
'Vanzelfsprekend.'
Zijn vader boog zich voorover om zijn aktetas te pakken, maar verstijfde plotseling en kromp zichtbaar ineen. Tru stak een hand uit naar de tas.
'Zal ik die voor je pakken?'
'Graag,' zei Harry. 'Hoe ouder ik word, hoe verder weg de grond lijkt te zijn.'
'Kom binnen.'
Tru pakte de aktetas terwijl zijn vader langs hem heen liep. De oude man sjokte traag de woonkamer in en liep door naar de ramen. Tru kwam naast zijn vader staan en keek zijdelings naar hem.
'Het stormt hier behoorlijk,' zei Harry. 'Maar landinwaarts is het nog erger. Het duurde een eeuwigheid voor we hier waren omdat er zo veel water op de snelweg stond. Mijn chauffeur heeft flink wat omwegen moeten maken.'
Omdat het meer een opmerking dan een vraag was, zweeg Tru. Hij bestudeerde zijn vader en vond dat het net leek alsof hij zijn eigen toekomst zag. *Als ik zo oud word als hij zal ik er zo ook uitzien*, dacht Tru.
'Is het huis naar je zin?'
'Het is groot,' zei Tru, denkend aan de manier waarop Hope het in het begin had omschreven. 'Maar: ja. Het is een prachtig huis.'
'Ik heb het een paar jaar geleden laten bouwen. Mijn vrouw wilde een plekje aan het strand, maar we zijn er bijna nooit geweest.' Hij haalde twee keer piepend adem waarna hij verder sprak. 'Lag er genoeg eten in de koelkast?'
'Te veel,' zei Tru. 'Waarschijnlijk is lang niet alles op als ik weer vertrek.'
'Geeft niet. Ik zal het laten opruimen door de schoonmaakdienst. Ik had er niet aan gedacht om die spullen hier te laten brengen tot jij al in het vliegtuig zat, en toen kon ik niet veel uitrichten. Ik lag

op de intensive care en daar mag je niet telefoneren, dus heb ik mijn dochter gevraagd om alles te regelen. Zij heeft ervoor gezorgd dat de beheerder de bestelling in ontvangst zou nemen.'

De woorden bleven door Tru's hoofd gaan, zelfs nadat zijn vader was uitgesproken. *Vrouw, intensive care, dochter...* Het kostte Tru moeite om zijn concentratie niet te verliezen. Hope had gelijk gehad toen ze had gezegd dat deze ontmoeting een beetje surrealistisch zou aanvoelen.

'Ik begrijp het,' was het enige wat Tru kon bedenken.

'Ik wil ook graag mijn excuses aanbieden dat ik je heb laten ophalen door een chauffeur en niet voor een huurauto heb gezorgd. Dat was misschien gemakkelijker voor je geweest.'

'Ik heb er geen last van gehad. Bovendien had ik toch niet geweten waar ik naartoe had moeten gaan. Zei je nou dat je op de intensive care lag?'

'Ik ben gisteren uit het ziekenhuis ontslagen. Mijn kinderen hebben geprobeerd om me te overreden hier niet naartoe te gaan, maar ik wilde deze kans om jou te ontmoeten niet mislopen.'

'Wil je niet even gaan zitten?' vroeg Tru.

'Ja, laat ik dat maar doen.'

Ze liepen naar de eettafel, waar Harry op een stoel ineenzakte. In het grijze licht dat door de ramen naar binnen viel, leek hij zo mogelijk nog uitgeputter dan bij zijn aankomst.

Tru nam plaats op een stoel naast hem. 'Mag ik vragen waarom je op de intensive care lag?'

'Longkanker. Stadium vier.'

'Ik weet niet veel over kanker.'

'Het is terminaal,' zei Harry. 'De artsen hebben me nog een paar maanden gegeven, misschien minder. Misschien iets meer. Ik denk dat mijn lot in Gods handen ligt. Ik weet het sinds de lente.'

Tru voelde een steek van verdriet, hoewel het om het soort verdriet ging dat je associeert met slecht nieuws over een vreemde, niet over een familielid. 'Wat naar voor je.'

‘Dank je,’ zei Harry. Ondanks de informatie die hij net had gedeeld, glimlachte hij. ‘Ik heb nergens spijt van. Ik heb een goed leven gehad en in tegenstelling tot sommige mensen, heb ik de kans gekregen om afscheid te nemen. Of in jouw geval zelfs om hallo te zeggen.’ Hij haalde een zakdoek uit de zak van zijn jas en hoestte erin. Toen hij daarmee klaar was, haalde hij een paar keer moeizaam adem met vochtig klinkende ademteugen. ‘Ik wil je graag bedanken dat je zo’n lange reis hebt gemaakt,’ voegde hij eraan toe. ‘Toen ik je dat vliegticket opstuurde, wist ik niet zeker of je wel zou willen komen.’

‘Dat wist ik in eerste instantie ook niet.’

‘Maar je was nieuwsgierig.’

‘Ja,’ bekende Tru.

‘Ik ook,’ zei hij. ‘Al vanaf het moment dat ik hoorde van je bestaan. Tot vorig jaar wist ik dat niet eens.’

‘Maar toch heb je gewacht om me te ontmoeten.’

‘Ja.’

‘Waarom?’

‘Ik wilde jouw leven niet onnodig compliceren. En het mijne ook niet.’

Dat was een eerlijk antwoord, maar Tru wist niet precies wat hij ervan moest denken.

‘Hoe ben je achter mijn bestaan gekomen?’

‘Dat is een lang verhaal, maar ik zal mijn best doen om het kort te houden. Frank Jessup, een man die ik ken van lang geleden, was toevallig in de stad. Ik had hem bijna veertig jaar niet gezien, en in die tijd hebben we slechts minimaal contact met elkaar gehouden. Kerstkaarten, af en toe een brief, maar dat is het dan wel. Maar goed, toen we met elkaar lunchten, bracht hij je moeder ter sprake en hij vertelde dat er geruchten de ronde deden dat ze, nog geen jaar nadat ik het land had verlaten, een zoon had gekregen. Hij zei er niet bij dat het kind van mij was, maar volgens mij vroeg hij zich dat wel af. Na dat gesprek vroeg ik me het ook af, dus toen heb ik een privédetective in de arm genomen en die is aan het werk gegaan. Dat heeft tijd in beslag genomen. Er zijn nog steeds een heleboel mensen die niet over je grootvader durven te praten, ook al leeft hij niet meer, en we weten allebei dat het land een grote puinhoop is geworden, waardoor de archieven chaotisch zijn. Maar om een lang verhaal kort te maken, die privédetective verstond zijn vak, en uiteindelijk heb ik iemand naar de lodge in Hwange gestuurd. Hij heeft foto's van je genomen, en toen ik die zag, wist ik het meteen. Je hebt mijn ogen, maar de gezichtsstructuur van je moeder.'

Harry draaide zich om naar het raam en liet de stilte voortduren. Tru dacht aan iets wat de man nog maar even daarvoor had gezegd. 'Wat bedoelde je toen je zei dat je mijn leven niet onnodig wilde compliceren?' vroeg hij.

Het duurde even voordat zijn vader antwoord gaf.

'Mensen spreken over de waarheid alsof het de oplossing is voor alle problemen des levens. Ik ben oud genoeg om te weten dat dat niet zo is, en ik weet ook dat de waarheid soms meer kwaad dan goed doet.'

Tru zweeg. Hij wist dat zijn vader naar iets toe werkte.

'Dat was de afweging die ik moest maken. Vanaf het moment dat jij erin had toegestemd om te komen, heb ik mezelf afgevraagd hoeveel ik je moest vertellen. Er zijn bepaalde… aspecten van het verleden die misschien pijnlijk voor je zijn, en ook delen waarvan je, na afloop, misschien zou wensen dat ik je die niet had verteld. Dus je zou kunnen zeggen dat het aan jou is wat ik hierna ga vertellen. Wil je de hele waarheid of geselecteerde delen ervan? Denk er wel om dat ik niet degene ben die nog jaren met die wetenschap moet leven. Mijn spijtgevoelens zullen van veel kortere duur zijn. Om voor de hand liggende redenen.'

Tru drukte zijn handen tegen elkaar en dacht na over de vraag. De ondoorgrondelijke verwijzingen en behoedzame formuleringen maakten hem nieuwsgierig, maar over de waarschuwing moest hij even nadenken. Hoeveel wilde hij écht weten? In plaats van meteen antwoord te geven, stond hij op. 'Ik ga wat water halen. Wil jij ook een glas?'

'Ik heb liever hete thee, als je het niet erg vindt.'

'Helemaal niet,' zei Tru. Hij vond een fluitketel in een van de kastjes, vulde die met water en zette hem op een pit van het fornuis. In weer een ander kastje vond hij theezakjes. Hij vulde een glas met water voor zichzelf, dronk het leeg en vulde het toen opnieuw. Het duurde niet lang voordat de ketel begon te fluiten. Hij maakte een kopje thee klaar en bracht het naar de tafel. Daarna ging hij weer zitten.

Al die tijd had zijn vader geen woord gezegd. Net als Tru leek de man niet de neiging te hebben om de stilte op te vullen met gebabbel over koetjes en kalfjes. Interessant.

'Weet je al wat je hebt besloten?' vroeg zijn vader.

'Nee,' antwoordde Tru.

'Zijn er specifieke dingen die je graag wilt weten?'

Ik wil dingen over mijn moeder horen, dacht Tru opnieuw. Maar nu hij naast de oude man aan de tafel zat, kwam er een heel andere vraag bij hem op.

'Vertel me eerst eens wat over jezelf,' zei hij.

Zijn vader krabde aan een ouderdomsvlek op zijn wang. 'Goed,' zei hij. 'Ik ben in 1914 geboren, in Colorado, in een plaggenhut, geloof het of niet. Ik had drie oudere zussen. In mijn tienerjaren sloeg de Grote Depressie toe en dat was een zware tijd, maar mijn moeder was onderwijzeres, en zij benadrukte altijd dat het belangrijk was om een goede opleiding te hebben. Ik ben naar de universiteit van Colorado gegaan en daar heb ik een paar titels behaald. Daarna ben ik in dienst gegaan. Ik had toch ik in mijn brief geschreven dat ik bij het korps genietroepen heb gezeten?'

Tru knikte.

'In eerste instantie werkte ik voornamelijk in de Verenigde Staten, maar toen brak de oorlog uit. Ik heb een tijd in Noord-Afrika gezeten, toen in Italië en uiteindelijk in Noordwest-Europa. In het begin blies ik vooral dingen op, maar eind 1944 en in de lente van 1945 bestond het werk hoofdzakelijk uit het bouwen van bruggen, onder bevel van Montgomery. Tegen die tijd rukten de geallieerden snel op door Duitsland, en er waren veel water-hindernissen waaronder de Rijn. Maar goed, tijdens de oorlog raakte ik bevriend met een genist uit het Britse leger. Hij was opgegroeid in Rhodesië en had daar veel contacten. Hij vertelde me over de mijnen, en over de mineralen die daar gewoon lagen te wachten om gewonnen te worden. Dus na de oorlog ben ik hem gevolgd naar Rhodesië. Hij heeft me aan een baan geholpen bij de Bush-tick-mijn. Toen ik daar een paar jaar werkte, heb ik je moeder leren kennen.'

Hij nam een slok thee, maar Tru wist dat hij ook overwoog hoeveel hij moest vertellen.

'Na een tijd ben ik teruggekeerd naar de Verenigde Staten. Daar ben ik voor Exxon gaan werken en op een kerstfeestje van het bedrijf heb ik mijn vrouw Lucy ontmoet. Ze was de zus van een van de directeuren en we konden het goed met elkaar vinden. We kregen verkering, zijn getrouwd en hebben kinderen gekregen. In de loop van de jaren heb ik in veel landen gewerkt, waarvan sommige veilig waren, maar andere een stuk minder. Soms gingen Lucy en de kinderen met me mee, andere keren bleven ze in de VS terwijl ik overzee aan het werk was. Het perfecte bedrijfsgezin, zeg maar, iets wat mijn loopbaan zeker geen windeieren heeft gelegd. Ik ben opgeklommen in het bedrijf en ben daar tot mijn pensionering blijven werken. Ik ben geëindigd als een van de onderdirecteuren en heb tijdens mijn loopbaan een fortuin vergaard. Elf jaar geleden zijn we in North Carolina gaan wonen. Daar is Lucy opgegroeid en ze wilde terug naar huis.'

Tru keek hem aandachtig aan en dacht aan het nieuwe gezin – en leven – dat zijn vader na zijn vertrek uit Afrika had gekregen. 'Hoeveel kinderen heb je?'

'Drie. Twee jongens en een meisje. Die zijn nu allemaal in de dertig. In november zijn mijn vrouw en ik veertig jaar getrouwd. Als ik dat haal.'

Tru nam een slok water. 'Is er iets wat je over mij wilt weten?'

'Volgens mij heb ik al een behoorlijk goed idee van wie jij bent. Die privédetective heeft me op de hoogte gebracht.'

'Dus je weet dat ik een zoon heb. Jouw kleinzoon.'

'Ja.'

'Zou je hem willen ontmoeten?'

'Ja,' zei hij. 'Maar volgens mij is dat een slecht idee. Hij kent me niet en ik ben stervende. Ik zie niet in hoe hij daarbij gebaat zou zijn.'

Tru vond dat de man daar waarschijnlijk gelijk in had. Maar...

'Maar in mijn geval was je waarschijnlijk een andere mening toegedaan. Dezelfde werkelijkheid, maar een andere conclusie.'

'Jij bent mijn zoon.'

Tru nam een slok uit zijn glas water. 'Vertel me over mijn moeder,' zei hij ten slotte.

Zijn vader liet zijn kin zakken, en de woorden klonken zachter. 'Ze was beeldschoon,' zei hij. 'Een van de mooiste vrouwen die ik ooit heb gezien. Ze was een flink stuk jonger dan ik, maar ze was... intelligent en volwassen voor haar leeftijd. Ze kon het uitgebreid over poëzie en kunst hebben, zaken waarover ik niets wist, en sprak dan met hartstocht en deskundigheid. En ze had een prachtige lach, het soort lach waarin je gewoon wordt meegetrokken. Volgens mij ben ik op de avond dat ik haar voor het eerst ontmoette verliefd op haar geworden. Ze was... buitengewoon.'

Weer veegde hij zijn mond af met de zakdoek. 'Het jaar daarna hebben we veel tijd samen doorgebracht – zij studeerde aan de universiteit, en daar had de mijn een laboratorium. We zagen elkaar zo veel mogelijk. Ik draaide natuurlijk lange dagen, maar we maakten tijd voor elkaar. Ik weet nog dat ze altijd een gedichtenbundel van Yeats bij zich had, en ik kan je niet vertellen hoe vaak we die gedichten hardop aan elkaar hebben voorgelezen.' Hij liet een stilte vallen terwijl zijn ademhaling onregelmatig werd. 'Ze hield van tomaten. Die at ze bij elke maaltijd die we samen hebben gedeeld. Altijd met een beetje suiker erop. Ze was dol op vlinders, en ze vond dat Humphrey Bogart in *Casablanca* de meest sexy man was die ze ooit had gezien. Ik rookte al voordat ik het leger in ging, maar nadat ze me over Bogart had verteld, ben ik mijn sigaretten net zo gaan vasthouden als hij in die film deed. Tussen wijsvinger en duim.'

Hij draaide het kopje rond, ogenschijnlijk in gedachten verzonken.

'Ik heb haar leren autorijden, weet je. Dat kon ze nog niet toen we elkaar leerden kennen en ik weet nog dat ik dat vreemd vond aangezien ze op een boerderij was opgegroeid. Na verloop van tijd merkte ik ook andere dingen aan haar op. Onder de oppervlakte, hoe intelligent en volwassen ze ook was, voelde ik een diepe onzekerheid bij haar die ik niet kon plaatsen. Voor mijn gevoel had ze alles en was ze alles wat ik me ooit maar zou kunnen wensen. Maar hoe beter ik haar leerde kennen, hoe meer ik erachter kwam dat ze eigenlijk heel geheimzinnig deed. Ik heb heel lang ontzettend weinig over haar vader geweten, of over de macht die hij bezat. Ze had het bijna nooit over hem. Maar tegen het einde van onze relatie liet ze me vaak beloven dat ik haar zou meenemen als ik terugging naar de Verenigde Staten, en door de manier waarop ze daarom smeekte, kreeg ik de indruk dat haar verlangen meer te maken had met het ontsnappen aan haar omstandigheden dan met haar gevoelens voor mij. Ze heeft me ook nooit aan haar vader willen voorstellen en ik mocht ook nooit op bezoek komen op de boerderij. We moesten elkaar altijd op afgelegen plekken treffen. En vreemd genoeg noemde ze hem nooit haar vader of pa. Als ze over hem sprak, was hij altijd de Kolonel. En door al die zaken ben ik me uiteindelijk dingen gaan afvragen.'

'Wat vroeg je je dan af?'

'Volgens mij is dit het moment waarop jij jezelf opnieuw de vraag moet stellen hoeveel je écht wilt weten. Laatste kans.'

Tru drukte zijn lippen op elkaar en knikte. 'Vertel maar.'

'Toen ze ten slotte wel dingen begon te vertellen over je grootvader was het alsof ze twee totaal verschillende mensen beschreef. De ene keer zei ze dat ze hem aanbad en benadrukte ze hoezeer ze elkaar nodig hadden, maar de volgende keer dat ze het over hem had zei ze dat ze hem haatte. Ze zei vaak dat hij kwaadaardig was, dat ze zo ver mogelijk bij hem uit de buurt wilde komen en hem nooit meer wilde zien. Ik heb geen idee wat zich in dat huis heeft afgespeeld toen ze opgroeide, en ik weet ook niet of ik dat wil weten. Maar je moeder was vreselijk in paniek toen haar vader erachter kwam dat ze iets met mij had. Op een dag stond ze bij me op de stoep. Ze was volledig overstuur en ratelde aan een stuk door dat we meteen het land moesten verlaten omdat de Kolonel woedend was. Er was niet eens tijd om mijn spullen te pakken. Ik kon haar niet kalmeren, maar toen ze besefte dat ik niet van plan was om te doen wat ze vroeg, is ze weggerend. Dat was de laatste keer dat ik haar heb gezien. Toentertijd wist ik niet dat ze zwanger was. Misschien was alles anders gelopen als ze me dat had verteld. Ik mag graag denken dat ik dan achter haar aan was gegaan en haar zou hebben geholpen om weg te komen. Maar die kans heb ik nooit gekregen.'

Hij drukte zijn handen tegen elkaar en kneep erin alsof dat hem kracht zou geven.

'Die nacht kwamen ze naar mijn huis, toen ik al sliep. Een groepje mannen. Nadat ze me flink in elkaar hadden geslagen, trokken ze een kap over mijn hoofd en gooiden ze me in de kofferbak van een auto. Ze reden me naar een woning met een kelder, en sleepten me uit de auto. Voor ik het goed en wel besefte werd ik van een trap gegooid. Ik raakte bewusteloos en toen ik weer bijkwam, rook ik een muffe, schimmelige geur en zat ik met handboeien aan een stel leidingen geketend. En dat deed verdomd veel pijn omdat mijn schouder bij de val ontwricht was geraakt.'

Hij haalde een paar keer diep adem alsof hij kracht verzamelde voor het laatste deel.

'Toen ze die kap uiteindelijk van mijn hoofd trokken, schenen ze met een zaklamp in mijn ogen. Ik kon geen moer zien. Maar hij was er. De Kolonel. Hij zei tegen me dat ik kon kiezen: of ik kon Rhodesië de volgende ochtend verlaten of ik kon sterven in die kelder, geboeid aan de leidingen zonder eten of water.'

Hij keek Tru aan. 'Ik had een oorlog meegemaakt. Ik had afschuwelijke dingen gezien. Ik ben een keer geraakt – daar heb ik een Purple Heart voor gekregen – en er zijn momenten geweest waarop ik me afvroeg hoe ik het moest overleven. Maar ik was nog nooit zo bang geweest als op dát moment omdat ik wist dat die vent een ijskoude moordenaar was. Je kon het horen aan zijn stem. De volgende dag ben ik in mijn auto gestapt en ben ik zonder ook maar één keer te stoppen naar Zuid-Afrika gereden. Daar heb ik het vliegtuig genomen naar de Verenigde Staten. Je moeder heb ik nooit meer gezien of gesproken.'

Hij slikte.

'Ik heb mijn hele leven doorgebracht in de wetenschap dat ik een lafaard was vanwege wat ik had gedaan. Dat ik haar bij hem had achtergelaten. Dat ik volledig uit haar leven was verdwenen. En er is geen dag voorbijgegaan dat ik daar geen spijt van heb gehad. Ik bedoel... ik hou van mijn vrouw, maar voor haar heb ik nooit de diepe, brandende hartstocht gevoeld die ik voor je moeder voelde. Ik heb Evelyn bij die vent achtergelaten en in mijn hart weet ik dat dat het ergste is wat ik ooit heb gedaan. Maar begrijp me goed, ik ben hier niet naartoe gekomen om jou om vergeving te vragen. Sommige dingen vallen niet te vergeven. Maar je moet weten dat de zaken anders waren gelopen als ik toen van jouw bestaan had geweten. Ik begrijp dat het maar woorden zijn en dat je mij niet kent, maar dat is de waarheid. En het spijt me hoe alles is gelopen.'

Tru zei niets, maar bedacht dat het niet moeilijk was om het verhaal dat hij zonet had gehoord in overeenstemming te brengen met de grootvader die hij had gekend. Hij vond het walgelijk, maar wat de boventoon voerde was een snijdend verdriet vanwege zijn moeder, en medelijden met de man die naast hem aan tafel zat.

Zijn vader gebaarde naar de aktetas. 'Kun je me die even aangeven?'

Tru pakte de tas, zette hem op de tafel en keek toe terwijl zijn vader hem openmaakte.

'Ik wilde je ook een paar dingen geven,' zei hij. 'Op de dag dat ik uit Rhodesië vertrok heb ik ze in mijn hutkoffer gestopt en in de loop der jaren ben ik ze volkomen vergeten. Maar nadat ik jouw foto had gezien, heb ik een van mijn zoons gevraagd om naar zolder te gaan en die hutkoffer te zoeken en hem mee naar beneden te nemen. Als je niet was gekomen, zou ik die spullen naar je hebben opgestuurd.'

In de aktetas lag een envelop, boven op een stapel tekenpapier met vergeelde randen. Zijn vader overhandigde Tru de envelop.

'Ik had toen een vriend die fotograaf was en hij nam zijn camera overal mee naartoe. Er zitten een paar foto's bij van ons samen, maar het zijn voornamelijk foto's van je moeder. Hij heeft geprobeerd om haar te overtuigen fotomodel te worden.'

Tru liet de foto's uit de envelop glijden. Het waren er acht in totaal. De eerste die hij bekeek, was er een van zijn moeder en vader, zittend bij een rivier terwijl ze allebei lachten. De tweede was er ook een van hen beiden, terwijl ze elkaar en profil aankeken, net als de tekening die Tru van Hope en zichzelf had gemaakt. De andere foto's waren allemaal van zijn moeder in verschillende kleding en poses, tegen een lege achtergrond, een stijl van fotograferen die eind jaren veertig heel gewoon was. Hij kreeg een brok in zijn keel toen hij haar zag, en ervoer plotseling een gevoel van verlies dat hij niet had verwacht.

Daarna overhandigde zijn vader hem de tekeningen. De eerste was een zelfportret van zijn moeder terwijl ze in een spiegel keek. Hoe knap ze ook was, de donkere schaduw die over haar gezicht viel gaf haar iets gekwelds. Daaronder lag een tekening van zijn moeder, van achteren bekeken. Ze had een laken om zich heen geslagen terwijl ze over haar schouder keek waardoor Tru zich afvroeg of ze een soortgelijke foto als inspiratie had gebruikt. Er waren nog drie zelfportretten en verscheidene tekeningen van landschappen die leken op de tekeningen die hij voor Andrew had gemaakt. Maar op één ervan stond het hoofdgebouw van de boerderij, het woonhuis van vóór de brand, waarvan de veranda werd gesierd met indrukwekkende zuilen. Tru besefte dat hij helemaal was vergeten hoe dat huis eruit had gezien.

Toen Tru de tekeningen opzijlegde, schraapte zijn vader zijn keel.

'Ik vond dat ze goed genoeg was om een eigen atelier te hebben en om haar werk te verkopen, maar daar had ze geen belangstelling voor. Ze zei dat ze tekende om zichzelf in het proces te verliezen. Toentertijd wist ik niet precies wat ze daarmee bedoelde, maar ik heb vele middagen toegekeken terwijl zij tekende. Ze had de schattige gewoonte om haar lippen te likken wanneer ze aan het werk was, en ze was nooit helemaal tevreden met het resultaat. In haar ogen waren die tekeningen nooit écht af.'

Tru nam een slok water en dacht na. 'Was ze gelukkig?' vroeg hij ten slotte.

Zijn vader hield Tru's blik vast. 'Ik weet niet hoe ik daar een antwoord op moet geven. Ik mag graag denken dat ze gelukkig was wanneer we samen waren. Maar...'

Hij maakte de zin niet af, en Tru dacht na over de implicaties van wat zijn vader hem eerder had verteld, de woorden die onuitgesproken waren gebleven. Over wat zich echt in dat huis had afgespeeld toen zijn moeder opgroeide.

'Als je het goed vindt, wil ik jou graag iets vragen,' zei zijn vader.

'Ja?'

'Is er verder nog iets wat je van me wilt?'

'Ik geloof niet dat ik de vraag begrijp.'

'Wil je een communicatielijn openhouden? Of heb je liever dat ik voorgoed uit je leven verdwijn als ik hier straks wegga? Ik heb al gezegd dat ik niet veel tijd meer heb, maar na al die jaren lijkt het mij het beste om die beslissing aan jou te laten.'

Tru keek naar de oude man die naast hem zat en dacht na over de vraag.

'Ja,' zei hij uiteindelijk, tot zijn eigen verbazing. 'Ik wil graag de mogelijkheid hebben om nog eens met je te praten.'

'Goed.' Zijn vader knikte. 'En mijn andere kinderen?' vroeg hij. 'Of mijn vrouw? Wil je ook een keer met hen spreken?'

Tru dacht erover na, maar schudde toen zijn hoofd. 'Nee,' zei hij. 'Tenzij ze mij willen spreken. Wij zijn vreemden, en net als jij heb ik geen zin om onze levens onnodig te compliceren.'

Na die woorden wierp zijn vader hem een flauw glimlachje toe. 'Prima. Maar ik wil je wel om een gunst vragen. Daar mag je natuurlijk nee op zeggen.'

'Vertel.'

'Heb je toevallig een foto van mijn kleinzoon die ik mag zien?'

Zijn vader bleef nog veertig minuten. Hij zei dat zijn vrouw en zijn kinderen achter zijn besluit stonden om contact op te nemen met Tru. Hoe verbaasd ze ook waren dat er een familielid was dat ze nog nooit hadden ontmoet, iemand van ver voordat zij in beeld waren gekomen. Toen hij eraan toevoegde dat de rit terug naar Charlotte lang was en dat hij hen niet nog ongeruster wilde maken, wist Tru dat zijn vader wilde zeggen dat het tijd werd om op te stappen. Tru droeg de aktetas en hield de paraplu boven zijn vader terwijl ze het trapje af liepen naar de auto die op de oprit was blijven wachten.

Tru keek de auto na terwijl die wegreed. Daarna liep hij naar de cottage om Scottie uit te laten. Ondanks de storm wilde hij over het strand wandelen, want hij had open ruimte nodig en tijd om na te denken.

Het was een verrassende ontmoeting geweest, om het maar zachtjes uit te drukken. Hij had zich zijn vader nooit voorgesteld als een huisvader, iemand die al tientallen jaren met dezelfde vrouw getrouwd was. Of dat hij het land was ontvlucht omdat hij voor zijn leven vreesde vanwege Tru's grootvader. Terwijl Tru over het zand liep, voelde hij onwillekeurig walging voor de persoon die de belangrijkste man was geweest in zijn jeugd.

En dan was er nog de familie waar hij geen weet van had gehad – twee halfbroers en een halfzus – en hoewel hij het aanbod om hen te ontmoeten had afgeslagen, was hij wel nieuwsgierig naar hen. Wie waren ze? Wat voor soort mensen waren het? Hij betwijfelde of zij op hun achttiende de behoefte hadden gehad om het huis te verlaten zoals hij. Hun leven had beslist in niets op het zijne geleken. Even probeerde hij zich voor te stellen hoe het leven zou zijn geweest wanneer zijn moeder en zijn vader een manier hadden gevonden om samen te blijven, maar dat voelde te vergezocht, dus hield hij daar al snel mee op.

Terwijl hij naar de ruwe branding keek, dacht hij bij zichzelf dat er nog steeds te veel onbeantwoorde vragen waren, te veel zaken die hij nooit te weten zou komen. Zelfs over zijn moeder. Hij wist alleen dat haar korte leven nog tragischer was geweest dan hij had gedacht, en als zijn vader haar ook maar een beetje gelukkig had gemaakt, was hij daar blij om.

Tru merkte dat hij deze ontmoeting met zijn vader graag jaren eerder zou hebben gehad zodat ze meer tijd hadden gehad om elkaar te leren kennen. Maar sommige dingen waren nou eenmaal niet voorbestemd, en terwijl de zon langzaam onderging, draaide Tru zich om en liep terug naar het huis. Hij liep langzaam, terwijl hij afwezig Scottie in de gaten hield, gedeprimeerd door de onthullingen van die middag en vervuld van een onuitsprekelijk gevoel van spijt. Toen hij weer bij het huis kwam, was het bijna donker. Hij liet Scottie op de achterveranda terwijl hij zelf een douche nam en droge kleren aantrok, waarna hij de foto's en tekeningen verzamelde die zijn vader had achtergelaten.

In het huis van Hope ging hij op een stoel aan de keukentafel zitten en bekeek de afbeeldingen. Hij wenste dat Hope er was. Zij zou wel weten hoe ze hem moest helpen om uit dit alles wijs te worden, en zonder haar voelde hij zich gespannen. Om tot rust te komen, ging hij weer verder met de tekening van hen samen terwijl het buiten bleef regenen. Aan de andere kant van de ramen bliksemde het als een weerspiegeling van zijn eigen roerige emoties, en hij dacht aan de vreemde parallellen tussen zichzelf en zijn vader.

Harry had zijn moeder in Afrika achtergelaten en was teruggekeerd naar Amerika. Over een paar dagen zou Tru terugkeren naar Afrika en Hope hier in de Verenigde Staten achterlaten. Zijn vader en moeder waren er niet in geslaagd om samen te zijn, maar Tru wilde graag geloven dat het voor Hope en hem anders zou verlopen. Hij wilde samen met haar een leven opbouwen, en onder het tekenen vroeg hij zich af hoe hij dat kon bewerkstelligen.

Omdat hij uitgeput was, merkte Tru pas dat Hope terug was van de bruiloft toen ze naast hem in bed kwam liggen. Het was na middernacht, ze had zich al uitgekleed en haar huid voelde heet aan. Zonder een woord te zeggen begon ze hem te kussen. Op zijn beurt liefkoosde hij haar en toen ze de liefde met elkaar bedreven, proefde hij de zilte frisheid van haar tranen. Maar hij zei niets. Het kostte hem de grootste moeite om niet zelf te gaan huilen bij de gedachte aan wat de volgende dag zou kunnen brengen. Na afloop ging ze dicht tegen hem aan liggen, en hij hield haar vast terwijl ze met haar hoofd op zijn borstkast in slaap viel.

Tru luisterde naar haar ademhaling in de hoop dat hij daardoor tot rust zou komen, maar dat gebeurde niet. In plaats daarvan staarde hij in het donker naar het plafond en had hij het vreemde gevoel volkomen alleen te zijn.

Morgen zal niets meer hetzelfde zijn

Tru werd wakker tegen de dageraad, precies op het moment dat het ochtendlicht door het raam begon te schijnen. Hij voelde of Hope naast hem lag, maar het bed was leeg. Nadat hij zichzelf op een elleboog omhoog had gedrukt, veegde hij de slaap uit zijn ogen, verbaasd en een beetje teleurgesteld. Hij had vanochtend nog een tijdje met Hope in bed willen doorbrengen, al fluisterend en de liefde bedrijvend, terwijl hij zijn best zou doen om er niet aan te denken dat dit hun laatste dag samen zou zijn.

Hij stapte uit bed en trok de spijkerbroek en het overhemd aan die hij ook de dag ervoor had gedragen. Toen hij de mascaravlekken op het kussensloop zag, een overblijfsel van de tranen van afgelopen nacht, voelde hij een golf van paniek opkomen bij het idee dat hij Hope zou kwijtraken. Hij wilde nog een dag, nog een week, nog een jaar met haar. Hij wilde een heel leven aan jaren en was bereid om alles te doen wat zij nodig had om voor altijd bij elkaar te kunnen blijven.

In gedachten oefende hij op wat hij tegen Hope zou zeggen terwijl hij naar de keuken liep. Hij rook koffie, maar tot zijn verbazing was Hope nergens te bekennen. Hij schonk een kop voor zichzelf in en zocht daarna verder, waarbij hij eerst in de eetkamer keek en toen in de woonkamer, beide keren tevergeefs. Uiteindelijk vond hij haar op de veranda aan de achterkant van de cottage, waar hij haar door het raam op een schommelstoel zag zitten. Het was opgehouden met regenen, en ze staarde naar de oceaan. Opnieuw bedacht Tru dat ze de mooiste vrouw was die hij ooit had gezien.

Hij bleef heel even staan voordat hij de deur openduwde.

Hope draaide zich om bij het geluid. Hoewel ze hem een aarzelende glimlach toewierp, waren haar ogen roodomrand. Bij het zien van het intense verdriet op haar gezicht vroeg hij zich af hoe lang ze daar alleen met haar gedachten had gezeten, terwijl ze de onmogelijkheden van hun omstandigheden de revue liet passeren.

'Goedemorgen,' zei ze zachtjes.

'Goedemorgen.'

Toen ze elkaar kusten, voelde hij een twijfel aan haar kant die hij niet had verwacht. Ineens waren alle pleidooien waarop hij had geoefend waardeloos. Zelfs al zou hij de woorden nu zeggen, hij had het idee dat ze er niet meer ontvankelijk voor zou zijn. Er was iets veranderd, besefte hij met een akelig voorgevoel, ook al wist hij niet precies wat.

'Ik heb je toch niet wakker gemaakt, hè?' vroeg ze.

'Nee,' zei hij. 'Ik heb je de slaapkamer niet uit horen gaan.'

'Ik heb geprobeerd om het zachtjes te doen.' De woorden klonken mechanisch.

'Het verbaast me dat je al op bent aangezien je pas zo laat bent thuisgekomen.'

'Slapen zat er kennelijk niet in.' Ze nam een slok van haar koffie en vroeg: 'Heb jij goed geslapen?'

'Nee, eigenlijk niet,' bekende hij.

'Ik ook niet. Ik ben al sinds vier uur wakker.' Ze gebaarde met haar kopje naar de schommelstoel. 'Ik heb je stoel drooggemaakt, maar misschien moet je dat voor alle zekerheid nog een keer doen.'

'Goed.'

Hij pakte de handdoek die ze op de stoel had laten liggen en wreef ermee over de houten planken, waarna hij op de rand van de schommelstoel ging zitten. Zijn ingewanden waren onrustig. Voor het eerst in dagen waren er stukjes blauw te zien aan de hemel, hoewel er nog steeds een deken van witte wolken boven het water lag, het staartje van de storm die zich in de verte terugtrok. Hope richtte haar blik weer op de oceaan, alsof ze niet in staat was om hem aan te kijken, en ze zei niets.

'Regende het nog toen je wakker werd?' vroeg hij, de stilte doorbrekend. Prietpraat, dat wist hij, maar hij wist niet wat hij anders moest doen.

Ze schudde haar hoofd. 'Nee. Op een bepaald moment vannacht is het opgehouden. Waarschijnlijk kort nadat ik weer thuis was.'

Hij draaide zijn schommelstoel in de richting van de hare en wachtte of zij misschien hetzelfde met de hare zou doen. Dat deed ze niet. En ze bleef ook zwijgen. Hij schraapte zijn keel. 'Hoe was de bruiloft?'

'Prachtig,' zei ze nog altijd weigerend om hem aan te kijken. 'Ellen straalde helemaal en ze was veel minder gespannen dan ik had verwacht. Vooral als je dat telefoontje van een paar dagen geleden in aanmerking neemt.'

'Dus de regen heeft geen roet in het eten gegooid?'

'Uiteindelijk hebben ze de plechtigheid op de veranda gehouden. De mensen moesten er schouder aan schouder staan, maar gek genoeg werd het daardoor intiemer. En de receptie is zonder problemen verlopen. Het eten, de band, de bruidstaart... iedereen heeft zich uitstekend vermaakt.'

'Ik ben blij dat alles goed is gegaan.'

Ze leek even diep in gedachten verzonken, maar toen keek ze hem aan. 'Hoe ging het met je vader? Dat vraag ik me al af sinds ik gisteren ben weggegaan.'

'Het was...' Tru aarzelde terwijl hij naar het juiste woord zocht. 'Interessant.'

'Wie is hij? Wat voor man is het?'

'Hij is heel anders dan ik me had voorgesteld.'

'Waarom?'

'Ik denk dat ik meer een soort schavuit had verwacht. Maar dat is hij helemaal niet. Hij is halverwege de zeventig en hij is al bijna veertig jaar getrouwd met dezelfde vrouw. Hij heeft drie volwassen kinderen en hij heeft voor een van de grote olieconcerns gewerkt. Hij deed me denken aan veel van de gasten uit Amerika die de lodge bezoeken.'

'Heeft hij je verteld wat er tussen hem en je moeder is gebeurd?'

Tru knikte en begon bij het begin. Voor de eerste keer die ochtend leek Hope uit haar schulp te kruipen en even te ontsnappen uit de gevangenis van haar duistere gedachten. Ze ging helemaal op in zijn verslag en kon haar ontzetting niet verbergen nadat hij was uitgesproken.

'En hij weet zeker dat jouw grootvader hem heeft ontvoerd?' vroeg ze. 'Hij had hem nog nooit ontmoet, dus het was niet zo dat hij zijn stem kende.'

'Het wás mijn grootvader,' zei Tru. 'Daar twijfel ik geen seconde aan. Net zomin als hij eraan heeft getwijfeld.'

'Maar dat is... afschuwelijk.'

'Mijn grootvader kon een afschuwelijke man zijn.'

'Hoe sta jij ertegenover?' informeerde Hope met tedere stem.

'Het is een hele tijd geleden.'

'Dat is niet echt een antwoord.'

'Maar het is wel waar.'

'Ben je hierdoor anders over je vader gaan denken?'

'Ergens wel,' zei hij. 'Ik heb altijd aangenomen dat hij er gewoon vandoor was gegaan zonder rekening te houden met mijn moeder. Maar dat had ik mis.'

'Zou ik de foto's en de tekeningen mogen zien?'

Tru ging naar binnen en pakte ze van het bijzettafeltje. Nadat hij haar de stapel had overhandigd, ging hij in zijn schommelstoel zitten en sloeg Hope gade terwijl ze de foto's en de tekeningen bekeek.

'Je moeder was heel knap,' merkte ze op.

'Ja, inderdaad.'

'Je kunt wel zien dat ze verliefd op hem was. En hij op haar.'

Tru knikte, maar was met zijn gedachten meer bij Hope dan bij de gebeurtenissen van de dag ervoor. Hij probeerde om alles van haar uiterlijk in zijn geheugen te prenten, elk eigenaardigheidje en elk gebaar. Toen ze klaar was met het bekijken van de foto's, pakte ze de eerste tekening, die van zijn moeder die naar haar spiegelbeeld keek.

'Ze was erg getalenteerd,' zei ze. 'Maar ik vind jouw werk beter.'

'Ze was nog jong. En zij had meer natuurlijke aanleg dan ik.'

Toen ze de hele stapel tekeningen had bekeken, nam ze nog een slok koffie, waarna haar kopje leeg was.

'Ik weet dat je nog maar net op bent, maar heb je zin om een strandwandeling te maken?' vroeg ze. 'Ik moet Scottie uitlaten.'

'Tuurlijk,' zei hij. 'Wacht even, dan haal ik mijn schoenen.'

Tegen de tijd dat hij klaar was, stond Scottie al kwispelstaartend bij het hek. Tru maakte het open en liet Hope voorop gaan. Eenmaal op het strand aangekomen, ging Scottie ervandoor en racete op een groep vogels af. Tru en Hope liepen langzaam achter hem aan. Deze ochtend was het koeler dan de afgelopen ochtenden. Een tijdje leken ze geen van beiden de stilte te willen verbreken. Toen Tru zijn hand in de hare liet glijden, leek ze even te aarzelen voordat haar hand zich uiteindelijk ontspande. Haar verdedigingsmechanismen traden in werking en dat bezorgde hem een pijnscheut.

Ze liepen nog een heel eind door zonder iets te zeggen, waarbij Hope hem alleen af en toe een zijdelingse blik toewierp. Ze leek haar aandacht vooral te richten op iets in de verte of iets op het water. Zoals al bijna de hele week het geval was geweest, was het strand verlaten en stil. Er waren geen boten, en zelfs de meeuwen en de sternen leken te zijn weggevlogen. Als bevestiging van zijn eerdere angstige vermoedens, voelde hij nu met zekerheid dat er iets was gebeurd, dat er iets was wat ze hem niet goed durfde te vertellen. Hij had het donkerbruine vermoeden dat hetgeen waar ze aan dacht hem zowel zou verbazen als kwetsen, en hij voelde zich neerslachtig worden. Wanhopig ging hij in gedachten opnieuw alles na wat hij haar wilde vertellen, maar voordat hij de woorden kon uitspreken, keek ze hem aan.

'Het spijt me dat ik zo stil ben,' zei ze met een gemaakte glimlach. 'Ik ben vanochtend geen goed gezelschap.'

'Geeft niet,' zei hij. 'Je lag pas laat in bed.'

'Dat is het niet,' zei ze. 'Het is...' Ze maakte haar zin niet af, en Tru voelde een vlaag waterdruppeltjes van de golven, waardoor hij vochtig en koud werd.

Ze schraapte haar keel. 'Je moet me geloven als ik zeg dat ik geen flauw idee had dat dit zou gebeuren.'

'Ik begrijp niet helemaal waar je het over hebt.'

Haar stem werd zachter, haar vingers verstrakten in zijn greep. 'Josh is naar de bruiloft gekomen.'

Tru voelde zijn maag verstrakken, maar hij zei niets.

Hope ging verder: 'Na ons telefoontje van een paar dagen geleden, heeft hij een vlucht naar Wilmington geboekt. Ik denk dat hij het niet prettig vond hoe ik klonk. Hij arriveerde vlak voordat de plechtigheid begon... Opeens stond hij er, en hij merkte dat ik daar niet blij mee was.' Ze liep een stukje door terwijl ze naar het zand voor zich keek. 'In eerste instantie was het niet zo moeilijk om hem te ontlopen. Na de plechtigheid moest het bruidsgezelschap poseren voor een hele reeks foto's, en daarna zat ik bij Ellen aan de tafel van de bruid en bruidegom. Ik ben steeds bij mijn vriendinnen blijven zitten, maar tegen het einde van de receptie ging ik even naar buiten om wat af te koelen, en toen heeft hij me gevonden.' Ze slaakte een diepe zucht alsof ze haar best moest doen om de juiste woorden te vinden. 'Nadat hij zijn excuses had aangeboden, zei hij dat hij met me wilde praten, en...'

Terwijl ze sprak, voelde Tru dat alles tussen zijn vingers door begon te glippen. 'En?' drong hij behoedzaam aan.

Ze bleef staan, draaide zich naar hem toe en keek hem aan. 'Toen hij ineens kwam opdagen, kon ik alleen maar aan deze week denken, en hoeveel die voor me heeft betekend. Vorige week kende ik je niet eens, dus een deel van me vraagt zich af of ik gek ben geworden. Want ik wéét dat ik van je houd.'

Tru slikte moeizaam, en het viel hem op dat haar ogen glansden van de tranen.

'En zelfs nu ik hier bij jou ben, kan ik alleen maar denken aan hoe goed dit voelt. En ik wil niet bij je weg.'

'Blijf dan bij me,' zei hij smekend. 'We verzinnen er wel iets op.'

'Zo simpel ligt het niet, Tru. Ik houd ook van Josh. Ik weet dat het pijnlijk voor je moet zijn om dat te horen, en de waarheid is dat ik niet hetzelfde voor hem voel als voor jou.' Ze keek hem smekend aan. 'Jullie zijn zo verschillend...' Ze leek iets te willen grijpen dat buiten haar bereik lag. 'Ik heb het gevoel dat ik een strijd tegen mezelf voer... alsof ik twee verschillende personen ben die volledig andere dingen willen. Maar...'

Toen ze niet in staat leek om verder te gaan, pakte Tru haar bij de armen.

'Een leven zonder jou kan ik me niet meer voorstellen, Hope. En zo'n leven wil ik ook niet. Ik wil jou, alleen jou, voor altijd. Kun je wat wij hebben werkelijk zonder enige spijt opgeven?'

Ze stond als versteend, haar gezicht een masker van angst. 'Nee. Ik weet dat ik ergens altijd spijt zal houden.'

Hij staarde haar aan en probeerde haar te peilen, hoewel hij al wist wat ze hem duidelijk wilde maken. 'Je bent niet van plan om hem over ons te vertellen, of wel soms?'

'Ik wil hem niet kwetsen...'

'En toch ben je bereid om geheimen voor hem te hebben?' Nog voor hij zijn zin had afgemaakt, betreurde hij zijn woorden al.

'Dat is niet eerlijk,' riep ze uit, terwijl ze zijn handen van zich afschudde. 'Denk je soms dat ik dit wil? Ik ben hier niet naartoe gegaan om mijn leven nog ingewikkelder te maken dan het al was. Ik ben hier niet naartoe gekomen omdat ik verliefd wilde worden op een andere man. Maar welk besluit ik ook neem, er zal altijd iemand gekwetst worden, en dat is nooit, echt nooit, mijn bedoeling geweest.'

'Je hebt gelijk,' mompelde hij. 'Dat had ik niet mogen zeggen. Dat was niet eerlijk van me, en ik bied je mijn excuses aan.'

Ze liet haar schouders zakken terwijl haar boosheid langzaam weer plaats maakte voor verwarring. 'Josh leek deze keer zo anders. Bang. Ernstig...' zei ze peinzend, bijna alsof ze het tegen zichzelf had. 'Ik weet gewoon niet of...'

Het was nu of nooit, besefte Tru plotseling, en hij pakte haar hand weer vast. 'Ik had het hier al eerder met je over willen hebben, maar afgelopen nacht, toen ik niet kon slapen, heb ik veel liggen nadenken. Over jou en mij. Over ons. En misschien ben je er nog niet helemaal klaar voor om dit te horen, maar...' Hij slikte even en keek haar aan. 'Ik wil graag dat je met me meegaat naar Zimbabwe. Ik weet dat het veel gevraagd is, maar dan kun je Andrew leren kennen en wij zouden er samen een leven kunnen opbouwen. Als je het vervelend vindt dat ik zo veel in de wildernis zit, kan ik ander werk zoeken.'

Hope knipperde zwijgend met haar ogen terwijl ze zijn woorden probeerde te laten bezinken. Ze deed haar mond open om te reageren, maar deed die toen weer dicht en liet zijn hand los. Ze draaide zich om, staarde naar de oceaan en schudde ten slotte haar hoofd. 'Ik wil niet dat jij jezelf voor mij gaat veranderen,' zei ze gedecideerd. 'Je werk als gids is belangrijk voor je...'

'Jij bent belangrijker.' Hij hoorde de wanhoop in zijn eigen stem. Hij voelde de toekomst en al zijn hoop wegglippen. 'Ik houd van je. Houd je dan niet van mij?'

'Natuurlijk wel.'

'Zou je, voor je nee zegt, er tenminste over willen nadenken?'

'Dat heb ik al gedaan,' zei ze zo zacht dat hij haar stem nauwelijks boven het geluid van de branding uit hoorde. 'Dat is precies waar ik over heb nagedacht toen ik gisteren na de bruiloft teruggreed. Er gewoon... vandoor gaan met jou. Naar Afrika. Me nergens druk om maken en gewoon gaan. En een deel van me wilde niets liever. Ik heb me zelfs voorgesteld dat ik de situatie aan mijn ouders zou uitleggen, en ik ben ervan overtuigd dat ze hun goedkeuring zouden geven. Maar...'

Ze keek hem recht in de ogen, met een van angst vertrokken gezicht. 'Hoe kan ik mijn vader achterlaten terwijl ik weet dat hij nog maar een paar jaar te leven heeft? Ik moet die laatste paar jaar bij hem zijn, niet alleen voor hem maar ook voor mezelf. Want ik weet dat ik het mezelf nooit zou vergeven als ik dat niet doe. En mijn moeder zal me nodig hebben, ook al denkt ze zelf van niet.'

'Ik kan je zo vaak je maar wilt naar huis laten vliegen. Een keer per maand als je denkt dat dat nodig is. Of nog vaker. Geld speelt geen rol.'

'Tru...'

Hij voelde een golf van paniek opkomen. 'En als ik hier ga wonen?' bood hij aan. 'Naar North Carolina?'

'Maar Andrew dan?'

'Dan zou ik elke maand terugvliegen. Dan zou ik hem nog vaker zien dan nu het geval is. Ik ben bereid om alles te doen, wat je ook van me vraagt.'

Ze staarde hem aan met een gekweld gezicht, haar hand samengebald in de zijne.

'Maar als je dat nou niet kúnt?' vroeg ze bijna fluisterend. 'Stel je voor dat ik iets nodig heb wat jij me niet kúnt geven?'

Hij kromp ineen alsof ze hem een klap had gegeven. Plotseling begreep hij wat ze uit alle macht probeerde om niet tegen hem te zeggen. Dat een relatie met hem het einde zou zijn van haar kans om zelf kinderen te krijgen. Had ze hem niet verteld over de droom die ze al haar hele leven koesterde? Het beeld van dat ze een baby in haar armen hield die ze net zelf ter wereld had gebracht, dat ze een nieuw leven wilde creëren met de man die haar dierbaar was? Bovenal wilde ze moeder worden – ze wilde een kind krijgen – en dat was het enige wat hij haar niet kon geven. Op haar gezicht was de stille smeekbede om vergeving even duidelijk te zien als haar pijn.

Hij wendde zich van haar af, niet in staat om haar aan te kijken. Hij had altijd geloofd dat alles mogelijk was waar het liefde betrof, dat elke hindernis overwonnen kon worden. Ging iedereen daar niet voetstoots vanuit? Terwijl hij worstelde met de onverzoenlijkheid van wat Hope zojuist had gezegd, sloeg zij haar armen strak om haar lichaam heen.

'Hierdoor haat ik mezelf,' riep ze uit, en haar stem brak. 'Dat ik gewoon een kind móét krijgen. Ik zou me graag een leven zonder kind kunnen voorstellen, maar dat lukt me niet. Ik weet dat adoptie een mogelijkheid is, en tegenwoordig staat de medische technologie voor niets, maar...' Ze schudde haar hoofd en slaakte een diepe zucht. 'Het zou gewoon niet hetzelfde zijn. Ik vind het afschuwelijk dat ik er zo over denk, maar dat is nou eenmaal zo.'

Een hele poos keken ze allebei zwijgend naar de golven. Ten slotte zei Hope met schorre stem: 'Ik wil nooit het idee krijgen dat ik mijn droom heb opgegeven voor jou. Ik wil nooit een reden hebben om een hekel aan je te krijgen... die gedachte maakt me doodsbang.' Ze schudde haar hoofd. 'Ik wéét hoe egoïstisch ik klink en hoe erg ik jou hiermee kwets. Maar vraag me alsjeblieft niet om met je mee te gaan, want ik zou het zo doen.'

Hij pakte haar hand, bracht hem naar zijn lippen en drukte er een kus op. 'Je bent niet egoïstisch,' zei hij.

'Maar toch veracht je me.'

'Nooit.' Hij nam haar in zijn armen en trok haar dicht tegen zich aan. 'Ik zal altijd van je blijven houden. Wat je ook doet of zegt, daar zal nooit verandering in komen.'

Hope schudde haar hoofd terwijl ze tevergeefs probeerde om te verhinderen dat de tranen over haar wangen zouden stromen.

‘Er is nog iets anders,’ zei ze met een dikke stem terwijl ze echt begon te huilen. ‘Iets wat ik je nog niet heb verteld.’

Innerlijk zette hij zich schrap. Op de een of andere manier wist hij wat ze zou gaan zeggen.

‘Josh heeft me gisteravond ten huwelijk gevraagd,’ zei Hope. ‘Hij zei dat hij er klaar voor is om een gezin te stichten.’

Tru zei niets. Hij voelde zich duizelig worden en zakte in haar armen ineen, alsof zijn ledematen ineens van lood waren. Hoewel hij háár wilde troosten, merkte hij dat er een verdoofd gevoel door zijn lichaam trok.

‘Het spijt me, Tru,’ zei ze. ‘Ik wist vannacht niet hoe ik je dat moest vertellen. Maar ik heb hem nog geen antwoord gegeven. Ik wil dat je dat weet. En ik wil ook dat je begrijpt dat ik absoluut niet wist dat hij me een aanzoek zou doen.’

Hij slikte en probeerde zijn emoties in bedwang te houden. ‘Doet het er iets toe dat je niet had verwacht dat hij je een aanzoek zou doen?’

‘Dat weet ik niet,’ zei ze. ‘Op dit moment heb ik het gevoel dat ik helemaal niets begrijp. Ik weet alleen dat ik nooit heb gewild dat dit zo zou eindigen. Ik heb jou nooit willen kwetsen.’

Er leek een lichamelijke pijn door hem heen te trekken, die begon in zijn borstkas en zich daarna verspreidde tot zelfs zijn vingertoppen begonnen te tintelen.

‘Ik kan je niet dwingen om bij me te blijven,’ fluisterde hij. ‘Hoe graag ik dat ook zou willen, dat gaat niet. En dat zal ik ook niet proberen, zelfs al betekent dat dat ik je nooit meer zal zien. Maar ik wil je wel één ding vragen.’

‘Jij mag alles vragen,’ fluisterde ze.

Hij slikte. ‘Wil je proberen om me niet te vergeten?’

Ze liet een verstikt geluidje horen, en hij wist dat ze geen woord kon uitbrengen. In plaats daarvan perste ze haar lippen opeen en knikte. Tru trok haar naar zich toe en voelde dat ze tegen hem aan zakte alsof haar benen haar niet langer konden dragen. Toen ze begon te snikken, voelde Tru zichzelf ook instorten. Achter hen bleven de golven komen, onverschillig voor de wereld tussen hen, die langzaam tot stilstand kwam.

Hij wilde haar, enkel en alleen haar, voor altijd. Maar dat was niet mogelijk. Niet meer, want ondanks de liefde die ze voor elkaar voelden, wist Tru al wat Hopes antwoord op het aanzoek van Josh zou zijn.

Weer terug in de cottage, haalde Hope de bederfelijke etenswaren uit de koelkast en deed ze in een vuilniszak. Toen ze naar de douche liep, deed Tru de vuilniszak in de vuilnisemmers die buiten stonden. Zijn hoofd tolde, en toen hij weer terugkwam in de keuken, hoorde hij in de badkamer de douche lopen. Hij zocht in laden tot hij pen en papier had gevonden. Omdat hij helemaal ontdaan was, probeerde hij zijn gevoelens te ordenen door woorden op papier te zetten. Maar er was zo veel wat hij wilde zeggen.

Toen hij klaar was, ging hij terug naar het huis van zijn vader en pakte hij twee tekeningen. Die legde hij, samen met de brief, in het handschoenenkastje van haar auto, in de wetenschap dat hun tijd samen al lang achter hen zou liggen wanneer ze die zou vinden.

Toen Hope eindelijk weer tevoorschijn kwam, droeg ze haar koffer. Gekleed in een spijkerbroek, een witte blouse en de sandalen die ze een paar dagen eerder had gekocht, zag ze er adembenemend knap uit. Hij zat weer aan de tafel, en nadat Hope alle lampen uit had gedaan, ging ze bij hem op schoot zitten. Ze sloeg haar armen om hem heen en zo hielden ze elkaar een hele tijd vast. Toen ze zich van hem losmaakte, lag er een berustende uitdrukking op haar gezicht.

'Ik moest maar eens gaan,' zei ze ten slotte.

'Dat weet ik,' fluisterde hij.

Ze stond op en nadat ze Scottie had aangelijnd, liep ze langzaam naar de deur.

Het was tijd. Tru pakte haar koffer en de doos vol aandenkens die ze eerder die week had verzameld. Hij liep achter haar aan naar de voordeur en bleef buiten even naast haar staan toen ze de deur op slot deed. Hij snoof de bloemengeur van haar shampoo op.

Hij laadde haar spullen in de kofferbak terwijl zij Scottie op de achterbank neerzette. Nadat ze de portieren van de auto had gesloten, liep ze langzaam naar Tru. Hij nam haar opnieuw in zijn armen en geen van beiden waren ze in staat om een woord uit te brengen. Toen ze zich eindelijk van hem losmaakte, probeerde hij naar haar te glimlachen, ook al stierf hij vanbinnen.

'Als je ooit een safari wilt maken, laat het me dan weten. Ik kan je vertellen welke lodges je moet bezoeken. Het hoeft niet eens in Zimbabwe te zijn. Ik heb contacten in de hele regio. Je kunt mij altijd bereiken via de lodge in Hwange.'

'Goed,' zei ze met trillende stem.

'En als je me ooit wilt spreken of wilt zien, dan zal ik dat regelen. Dankzij luchtvaartmaatschappijen is de wereld klein geworden. Als je me nodig hebt, kom ik. Afgesproken?'

Ze knikte, niet in staat om hem recht in de ogen te kijken terwijl ze de schouderband van haar handtas iets verschoof. Hij wilde haar smeken om met hem mee te gaan. Hij wilde tegen haar zeggen dat een liefde zoals die tussen hen nooit geëvenaard kon worden. Hij voelde dat de woorden zich vormden, maar sprak ze niet uit.

Nadat hij haar een laatste zachte, tedere kus had gegeven, hield hij het autoportier voor haar open. Toen ze achter het stuur zat, sloot hij de deur. Al zijn hoop en al zijn dromen spatten uiteen bij dat geluid. Hij hoorde de motor starten en zag dat ze het raampje naar beneden deed.

Ze stak een arm naar buiten en nam zijn hand in de hare. 'Ik zal je nooit vergeten,' zei ze. Ineens liet ze hem weer los. Ze zette de auto in de achteruit en reed de oprit af.

Als in een trance liep Tru achter haar aan.

Een straal zonlicht brak door het wolkendek en verlichtte haar auto als een schijnwerper toen die uiteindelijk vooruit begon te rollen. Bij hem vandaan. Ze keek niet in zijn richting. Hij bleef achter haar aan lopen, als vanzelf meegetrokken naar de straat.

Ondertussen werd de auto al kleiner in de verte. Hij zag haar niet meer door de achterruit, maar Tru bleef kijken. Hij voelde zich uitgehold, als een leeg omhulsel.

De remlichten flitsten een keer op en bleven daarna gloeiend rood branden. De auto kwam tot stilstand, hij zag het portier aan de chauffeurskant opengaan. Hope stapte uit, draaide zich om en keek zijn kant op. Ze leek zo ver weg, en toen ze hem een laatste, tedere kushand toe blies, kon hij het niet opbrengen om het gebaar te beantwoorden. Ze bleef even staan, maar stapte toen weer in en trok het portier achter zich dicht. De auto reed weer verder.

'Kom terug bij mij,' fluisterde hij terwijl hij haar nakeek tot ze de hoek om ging en de straat in reed die op de hoofdweg uitkwam die van het eiland af leidde.

Maar ze kon hem niet horen. Ver voor hem minderde de auto vaart, maar stopte niet. Niet langer in staat om te blijven kijken, boog Tru zich voorover, met zijn handen op zijn knieën. Zijn tranen veroorzaakten donkere vlekken op het asfalt onder hem.

Toen hij weer opkeek, was de auto helemaal uit het zicht verdwenen en lag de weg er verlaten bij.

Nasleep

Van de terugweg naar Raleigh zou Hope zich nooit veel herinneren. En dat gold ook voor de lunch met Josh, die zondagmiddag. Sinds de bruiloft had hij haar talloze malen gebeld, boodschappen achtergelaten bij haar appartement, waarin hij haar om een ontmoeting had gesmeekt. Met tegenzin sprak ze met hem af in een eetcafé in de buurt, maar terwijl Josh aan de andere kant van de tafel tegen haar praatte, kon zij alleen denken aan Tru, die midden op straat had gestaan en haar had nagekeken. Abrupt zei ze tegen Josh dat ze een paar dagen nodig had om alles op een rijtje te zetten en ze verliet het eethuis nog voordat het eten was geserveerd. Terwijl ze zich naar buiten haastte, voelde ze zijn stomverbaasde blik op haar rug.

Een paar uur later kwam hij naar haar appartement en praatten ze een poosje met elkaar bij de voordeur. Hij bood nogmaals zijn verontschuldigingen aan en Hope slaagde erin om haar inwendige beroering te verhullen. Nadat ze erin had toegestemd om hem op donderdag te ontmoeten deed ze de deur dicht en leunde er volkomen uitgeput tegen aan. Ze ging op de bank in haar woonkamer liggen om een dutje te doen, maar sliep vervolgens tot de volgende ochtend. Toen ze wakker werd was haar eerste gedachte dat Tru al op de terugweg was naar Zimbabwe en dat de kloof tussen hen met de minuut groter werd.

Het kostte haar de grootste moeite om op haar werk te functioneren. Ze deed alles op de automatische piloot, en met uitzondering van een tienermeisje dat een vreselijk auto-ongeluk had gehad, bleef geen van de patiënten haar bij. Als het de andere verpleegkundigen al opviel hoe afstandelijk ze was, dan zeiden ze er niets van.

Op woensdag wilde ze na haar werk bij haar ouders langsgaan. Haar moeder had een paar dagen eerder een bericht ingesproken op haar antwoordapparaat om te vertellen dat ze runderstoofpot zou maken, en Hope besloot om onderweg even naar de bakker te gaan om een blauwe bessentaart te kopen. Het probleem was echter dat er bij de bakkerij alleen met contant geld kon worden afgerekend en in haar verdoofde staat van de afgelopen dagen was ze vergeten om naar de bank te gaan. Er schoot haar te binnen dat er wat geld voor noodgevallen in de auto lag, dus ging ze terug naar de auto en maakte het handschoenenkastje open. Terwijl ze erin graaide naar geld, viel een deel van de inhoud op de vloer. Toen ze die spullen weer opborg, herkende ze de tekening van zichzelf die Tru had afgemaakt.

Toen ze die zag, snakte ze naar adem. Hij moest hem in het kastje hebben gelegd op de ochtend dat ze was vertrokken. Ze staarde naar haar beeltenis en haar handen begonnen te trillen, tot ze zich herinnerde dat ze de taart nog moest betalen. Ze legde de tekening voorzichtig op de bijrijdersstoel en ging snel terug naar de winkel om haar aankoop af te ronden.

Toen ze weer in de auto zat, startte ze de motor niet, maar pakte ze de tekening weer op. Ze bestudeerde de afbeelding van zichzelf en zag een vrouw die hopeloos verliefd was op de man die haar had getekend, en ze voelde een intense hunkering om nog een keer in zijn armen te liggen. Ze wilde zijn geur opsnuiven, het ruwe schuren van zijn baardstoppels voelen, naar het gezicht kijken van de man die haar intuïtief beter begreep dan ooit iemand had gedaan. Ze wilde bij de man zijn die haar hart had gestolen.

Terwijl ze de tekening op haar schoot liet zakken, zag ze nog een vel tekenpapier in het openstaande dashboardkastje. Dat was zorgvuldig opgevouwen en erbovenop lag een envelop waar haar naam op stond. Met bevende handen pakte ze de twee voorwerpen.

Als eerste vouwde ze de tekening uit en zag hen tweeën op het strand staan terwijl ze elkaar en profil aankeken. Die aanblik benam haar de adem en ze merkte slechts vaagjes op dat er een auto, waarin de radio keihard aan stond, op de plek naast haar kwam staan. Ze staarde naar de afbeelding van Tru en werd overspoeld door verlangen. Ze dwong zichzelf om hem aan de kant te leggen.

De envelop voelde zwaar aan. Ze wilde hem niet openen, niet hier. Ze moest wachten tot later, als ze thuis was en weer alleen zou zijn.

Maar de brief leek haar te roepen. Ze maakte de flap los, haalde de brief uit de envelop en begon te lezen.

Lieve Hope,

Ik weet niet zeker of je dit wilt lezen, maar in mijn verwarring klamp ik me vast aan elke strohalm. Bij deze brief zul je twee tekeningen aantreffen. Misschien heb je die al gezien. De eerste herken je waarschijnlijk. De tweede heb ik gemaakt toen jij het oefendiner had en je de bruiloft bijwoonde. Ik heb zo het idee dat ik je nog een paar keer zal tekenen wanneer ik weer thuis ben, maar die tekeningen wil ik graag zelf houden, als jij dat goed vindt tenminste. Als je dat niet prettig vindt, laat het me dan even weten. Ik kan ze naar jou sturen of ze vernietigen, en daarna zal ik geen nieuwe poging meer ondernemen. Ik hoop dat je weet dat ik iemand ben die je kunt vertrouwen, en dat zal ook altijd zo blijven.

Hoewel het vooruitzicht van een leven zonder jou ondraaglijk is, wil ik dat je weet dat ik je redenen begrijp. Ik heb je stralende gezicht gezien toen je vertelde hoe graag je kinderen wilt, en die aanblik zal me altijd bijblijven. Ik weet hoe pijnlijk deze keuze voor jou is geweest. Het is hartverscheurend voor mij, maar ik kan het niet over mijn hart verkrijgen om het je kwalijk te nemen. Per slot van rekening heb ik een zoon en kan ik me geen leven zonder hem voorstellen.

Na je vertrek zal ik vermoedelijk over het strand gaan lopen, zoals ik sinds mijn komst hier elke dag heb gedaan, maar niets zal nog hetzelfde zijn. Want met elke stap die ik zet, zal ik aan jou moeten denken. Ik zal je naast me voelen, en in me. Je bent immers al deel van me geworden, en ik weet heel zeker dat daar nooit verandering in zal komen.

Ik had nooit verwacht dat ik me zo zou voelen. Hoe had ik dat ook kunnen weten? Bijna mijn hele leven, en met uitzondering van de aanwezigheid van mijn zoon, heb ik gedacht dat ik was voorbestemd om alleen te zijn. Ik wil niet de indruk wekken dat ik als kluizenaar heb geleefd, want dat is niet zo, en je weet al dat mijn baan een zekere vlotheid met andere mensen vereist. Maar ik ben nooit iemand geweest die zich onvolledig voelde zonder iemand naast me in bed. Ik heb nooit het idee gehad dat ik slechts de helft was van iets beters. Totdat jij in mijn leven kwam. En toen begreep ik dat ik mezelf voor de gek had gehouden, en dat jij eigenlijk degene bent die ik al die jaren heb gemist.

Ik weet niet wat dit voor mijn toekomst betekent. Ik weet wel dat ik niet langer dezelfde zal zijn die ik vroeger was, want dat gaat niet meer. Ik ben ook niet zo naïef om te geloven dat herinneringen zullen volstaan, en op rustige momenten zal ik misschien tekenpapier pakken in een poging om vast te leggen wat ik nog weet. Ik hoop dat je me dat niet zult ontzeggen.

Ik had graag gezien dat de zaken anders voor ons waren gelopen, maar het noodlot lijkt andere plannen te hebben gehad. Ik wil dat je één ding beseft: de liefde die ik voor je voel is echt, en al het verdriet dat die nu met zich meebrengt is een prijs die ik wel duizend keer zou willen betalen. Want jou kennen, en van je houden, hoe kort dat ook duurde, heeft mijn leven een nieuwe betekenis gegeven, en ik weet dat dat voor altijd zo zal blijven.

Ik vraag niet hetzelfde van jou. Ik weet wat er voor jou in het verschiet ligt. In het nieuwe leven dat je zult krijgen is geen ruimte voor een derde persoon. Dat accepteer ik. De Chinese filosoof Lao-tse heeft ooit gezegd: 'als iemand jou innig liefheeft, geeft dat je kracht en als jij iemand innig liefhebt, geeft dat je moed.' Nu begrijp ik wat hij bedoelde. Omdat jij in mijn leven bent gekomen, kan ik de jaren die komen onder ogen zien met een moed waarvan ik niet wist dat ik hem bezat. Door jou lief te hebben ben ik meer geworden dan ik was.

Je weet waar ik ben en waar ik zal zijn, mocht je ooit contact met me willen opnemen. Dat kan tijd kosten. Ik heb al gezegd dat de tijd in de wildernis langzamer verstrijkt. En sommige zaken komen nooit op hun bestemming aan. Maar ik ben er heilig van overtuigd dat jij en ik iets hebben gedeeld wat zo bijzonder was dat, mocht je contact met me opnemen, het universum me dat zal laten weten. Want tenslotte is het aan jou te danken dat ik nu in wonderen geloof. Ik mag graag geloven dat alles altijd mogelijk zal zijn voor ons.

Ik hou van je,
Tru

Hope las de brief een tweede keer, en toen nog eens, waarna ze hem eindelijk weer in de envelop deed. In gedachten zag ze Tru de brief schrijven terwijl hij in de keuken zat, en hoewel ze hem eigenlijk nog een keer wilde lezen, betwijfelde ze of ze ooit bij haar ouders aan zou komen als ze dat deed.

Ze borg de tekeningen en de brief op in het handschoenenkastje, maar draaide het contactsleuteltje nog niet om. In plaats daarvan legde ze haar hoofd tegen de hoofdsteun en probeerde ze haar kolkende emoties tot bedaren te brengen. Eindelijk, na wat een eeuwigheid leek, dwong ze zichzelf om de weg op te gaan.

Haar benen voelden onvast aan toen ze naar de deur van het huis van haar ouders liep. Met een gemaakte glimlach ging ze naar binnen en keek toe hoe haar vader met moeite uit zijn fauteuil kwam om haar te begroeten. De geuren uit de keuken vulden het huis, maar Hope kon geen eetlust opbrengen.

Aan tafel vertelde ze een paar verhalen over de bruiloft. Toen haar naar de rest van de week werd gevraagd, zei ze niets over Tru. Ook vertelde ze haar ouders niet dat Josh haar ten huwelijk had gevraagd.

Na het toetje zocht ze haar toevlucht op de veranda aan de voorkant van het huis, met het smoesje dat ze frisse lucht nodig had.

Ondertussen stond de hemel vol sterren en toen ze de hordeur piepend hoorde opengaan, zag ze het silhouet van haar vader in het schijnsel van de schemerlamp. Met een glimlach raakte hij even haar schouder aan terwijl hij voorzichtig naar de stoel naast de hare schuifelde. Hij had een kop cafeïnevrije koffie in zijn hand en nadat hij was gaan zitten nam hij een slok.

'Je moeder maakt nog altijd de lekkerste stoofpot die ik ooit heb gegeten.'

'Het was vanavond heerlijk,' beaamde Hope.

'Voel je je wel goed? Je leek een beetje stil tijdens het eten.'

Ze trok een been onder zich. 'Ja. Ik denk dat ik nog bezig ben om bij te komen van het weekend.'

Hij zette het kopje op het tafeltje dat tussen hen in stond. In de hoek van de veranda fladderde een mot om de lamp en krekels waren aan hun avondserenade begonnen.

'Ik hoorde dat Josh naar de bruiloft is gekomen.' Toen ze zich naar hem toe draaide, haalde hij zijn schouders op. 'Dat heeft je moeder me verteld.'

'Hoe weet zij dat nou?'

'Ik heb geen idee. Iemand zal het haar wel hebben verteld.'

'Ja,' zei Hope. 'Hij was er.'

'En hebben jullie gepraat?'

'Heel kort,' zei ze. Tot de week ervoor had ze nooit kunnen denken dat ze een huwelijksaanzoek zou verzwijgen voor haar vader, maar op die benauwde, zwoele avond in september kon ze de woorden niet vormen. Daarom zei ze: 'We gaan morgenavond uit eten.'

Hij keek naar zijn dochter en zijn zachte ogen probeerden haar te doorgronden. 'Ik hoop dat het goed gaat,' zei hij. 'Wat dat ook inhoudt voor jou.'

'Ik ook.'

'Ik vind dat hij het een en ander heeft uit te leggen.'

'Dat weet ik,' zei ze. Binnen hoorde ze de staande klok slaan. Eerder die dag had ze thuis een stoffige atlas van een plank gepakt en gekeken hoe groot het tijdsverschil met Zimbabwe was. Ze rekende uit dat het daar nu midden in de nacht was. Ze nam aan dat Tru in Bulawayo was met Andrew en ze vroeg zich af wat ze gingen doen als ze 's ochtends wakker werden. Zou hij met Andrew de wildernis in gaan om de dieren te bekijken of zouden ze een balletje gaan trappen, of gewoon een stukje gaan lopen? Ze was benieuwd of Tru nog aan haar dacht, op dezelfde manier waarop zij niet kon ophouden met aan hem te denken. In de stilte probeerden de woorden uit zijn brief zich een weg naar de oppervlakte te banen.

Ze wist dat haar vader wachtte tot ze iets zou zeggen. Elke keer dat ze problemen of zorgen had, was ze naar hem toe gegaan. Hij had een manier van luisteren waar ze altijd troost uit putte. Hij was van nature meelevend en zei zelden 'je moet dit of dat doen'. In plaats daarvan vroeg hij wat zij dacht dat ze moest doen en moedigde haar stilzwijgend aan om te vertrouwen op haar eigen intuïtie en oordeel.

Maar in dit geval, na het lezen van Tru's brief, kon ze het gevoel niet van zich afzetten dat ze een vreselijke vergissing had begaan.

Terwijl ze naast haar vader zat, beleefde ze haar laatste ochtend met Tru nogmaals in slowmotion. Ze herinnerde zich hoe Tru had gekeken toen hij de veranda was opgestapt, het gevoel van zijn hand in de hare toen ze over het strand hadden gelopen. Ze dacht aan de verslagen uitdrukking die op zijn gezicht was verschenen nadat ze hem had verteld dat Josh haar ten huwelijk had gevraagd.

Dat waren echter niet de herinneringen die het meest pijn deden. In plaats daarvan dacht ze aan de manier waarop hij haar had gesmeekt om met hem mee te gaan naar Zimbabwe en zag ze hem in gedachten dubbel gebogen staan toen zij die laatste hoek was omgeslagen, weg van een eventueel leven samen.

Ze wist dat ze de situatie kon veranderen. Het was nog niet te laat. Ze kon morgen een vliegticket naar Zimbabwe kopen en naar hem toe gaan. Dan zou ze zeggen dat ze nu besefte dat zij tweeën waren voorbestemd om samen oud te worden. Ze konden de liefde bedrijven in een vreemde omgeving, en zij zou een nieuw persoon worden, een vrouw die een leven leidde waarover ze slechts had gefantaseerd.

Die dingen wilde ze tegen haar vader zeggen. Ze wilde hem alles vertellen. Ze wilde dat hij zou zeggen dat haar geluk het enige was wat voor hem telde, maar voor ze haar mond kon openen, voelde ze een zwak briesje, en opeens zag ze Tru in gedachten naast haar zitten bij Kindred Spirit terwijl de wind zijn dikke haardos verwarde.

Ze had toch het juiste gedaan?

Of juist niet?

De krekels bleven tjirpen en de avond viel als een zware deken, een bijna verstikkend gewicht. Maanlicht scheen in straaltjes tussen de takken van de bomen door. Op straat reed een auto langs, met de raampjes omlaag en de radio aan. Ze dacht aan de jazzmuziek op de radio toen Tru haar in de keuken in zijn armen had gehouden.

'Ik wilde je nog iets vragen,' zei haar vader na een tijdje. 'Ik weet dat het bijna de hele week heeft gestormd, maar heb je nog kans gezien om naar Kindred Spirit te gaan?'

Bij het horen van zijn vraag brak de dijk plotseling en Hope slaakte een gesmoorde kreet, die al snel plaatsmaakte voor gesnik.

'Wat heb ik gezegd?' hoorde ze hem paniekerig vragen, maar ze kon hem nauwelijks verstaan. 'Wat is er aan de hand, schat? Toe, vertel het me maar...'

Ze schudde haar hoofd, niet in staat om antwoord te geven. Als door een waas voelde ze dat haar vader een hand op haar knie legde. Zelfs zonder dat ze haar ogen opendeed, wist ze dat hij geschrokken en bezorgd naar haar keek. Maar ze kon alleen aan Tru denken en ze was niet in staat om haar tranen te bedwingen.

Deel II

Als zand in een zandloper

Oktober 2014

Herinneringen zijn een deur naar het verleden, en hoe meer je de herinneringen koestert, hoe verder die deur zich opent. Althans, dat had Hopes vader altijd gezegd, en zoals met veel dingen die hij haar had verteld, leek het verstrijken van de tijd de wijsheid van die woorden te versterken.

Aan de andere kant kon de tijd ook alles veranderen, dacht ze. Terwijl ze nadacht over haar leven, kon ze haast niet geloven dat er bijna een kwarteeuw was verstreken sinds die dagen in Sunset Beach. Sindsdien was er zo veel gebeurd dat ze vaak het gevoel had dat ze een volledig ander persoon was geworden dan ze toen was geweest.

Op dit moment was ze alleen. Het was vroeg in de avond, en in de frisse lucht was al een eerste aanzet van de winter te bemerken terwijl ze op de veranda aan de achterkant van haar huis in Raleigh, North Carolina zat. Het maanlicht wierp een spookachtige gloed over het gazon en gaf de bladeren, die bewogen in de wind, een zilverachtige kleur. Door het ruisende geluid leek het alsof stemmen uit het verleden haar riepen, zoals ze de laatste tijd zo vaak deden. Ze dacht aan haar kinderen, en terwijl ze de schommelstoel langzaam heen en weer liet gaan, tuimelden de herinneringen voort in een caleidoscoop van beelden. In het donker voelde ze opnieuw het ontzag dat ze had ervaren toen ze hen in het ziekenhuis had vastgehouden. Ze glimlachte toen ze hen als peuters naakt door de gang zag rennen nadat ze in bad waren geweest. Ze dacht terug aan hun glimlach met ontbrekende tanden nadat hun melktanden waren uitgevallen, en ze beleefde opnieuw de mengeling van trots en bezorgdheid die ze had ervaren toen haar kinderen zich door hun tienerjaren hadden geworsteld. Het waren lieve kinderen. Geweldige kinderen. Tot haar verbazing besefte ze dat ze zelfs aan Josh kon terugdenken met een genegenheid die ze ooit voor onmogelijk had gehouden. Acht jaar geleden waren ze van elkaar gescheiden, maar nu ze zestig was mocht Hope graag denken dat ze het punt had bereikt waarop ze gemakkelijk vergiffenis kon opbrengen.

Jacob was afgelopen vrijdagavond langsgekomen en op zondagochtend was Rachel op bezoek gekomen met bagels voor het ontbijt. Ze waren geen van beiden nieuwsgierig geweest toen Hope had gezegd dat ze net als het jaar ervoor een cottage aan zee wilde huren. Hun gebrek aan belangstelling was niet ongewoon. Zoals zo veel jongelui hadden ze het te druk met hun eigen leven. Rachel was in mei afgestudeerd en Jacob het jaar daarvoor. Ze hadden allebei, nog voor hun buluitreiking, een baan weten te vinden. Jacob verkocht reclamezendtijd bij een lokaal radiostation, en Rachel werkte voor een internetmarketingbedrijf. Ze hadden ieder hun eigen appartement en ze betaalden hun eigen rekeningen, en Hope wist dat zoiets tegenwoordig vrij zeldzaam was. De meeste vrienden en vriendinnen van haar kinderen waren na het afronden van hun studie weer bij hun ouders ingetrokken, en stiekem beschouwde Hope de onafhankelijkheid van haar kinderen als nog noemenswaardiger dan hun afstuderen.

Voordat ze eerder die dag haar koffer had gepakt, was Hope naar de kapper gegaan. Sinds ze twee jaar geleden met pensioen was gegaan, ging ze naar een dure kapsalon vlak bij een stel chique warenhuizen. Dat was tegenwoordig haar enige uitspatting. Een paar van de vrouwen die met dezelfde regelmaat hun haar lieten doen als zij had ze beter leren kennen, en terwijl ze in de stoel zat had ze geluisterd naar gesprekken die uiteenliepen van echtgenoten en kinderen tot de vakantiebestemmingen van de afgelopen zomer. De ongedwongen gesprekken waren als een balsem voor Hope, en terwijl ze daar zat, had ze gemerkt dat haar gedachten afdreven naar haar ouders.

Die waren inmiddels al een hele tijd overleden. Achttien jaar geleden was haar vader aan ALS gestorven, en haar moeder had hem nog vier trieste jaren overleefd. Hope miste hen nog altijd, maar de pijn van het verlies was in de loop der jaren vervaagd en draaglijker geworden, een dof verdriet dat alleen de kop opstak op momenten dat ze zich bijzonder neerslachtig voelde.

Nadat haar haren waren gedaan, had Hope de kapsalon verlaten. Haar oog was gevallen op alle BMW's en Mercedessen, en op de vrouwen die met uitpuilende tassen uit de warenhuizen kwamen. Zouden hun aankopen echt nodig zijn of was winkelen een soort verslaving waarbij een artikel van de plank nemen een kortstondige verlichting bood van psychische angst of depressie? Er was een tijd in Hopes leven geweest dat ze om dezelfde redenen was gaan winkelen, maar dat was inmiddels lang geleden, en onwillekeurig bedacht ze dat de wereld in de afgelopen decennia was veranderd. De mensen leken materialistischer te zijn geworden, meer gericht op het niet willen onderdoen voor de buren, maar Hope had geleerd dat een zinvol leven zelden om dergelijke dingen draaide. Het ging om ervaringen opdoen en relaties met anderen, het draaide om gezondheid en familie en om houden van iemand die ook van jou hield. Ze had haar best gedaan om haar kinderen die waarden bij te brengen, maar wie kon zeggen of ze daarin was geslaagd?

Tegenwoordig had ze op veel vragen geen antwoorden en merkte ze dat ze bij veel zaken steeds vaker de vraag *waarom* stelde, en hoewel er mensen waren die beweerden alle antwoorden te hebben – de programma's die overdag op tv waren zaten vol met dergelijke deskundigen – konden ze Hope slechts zelden overtuigen. Als er één vraag was waarop ze graag antwoord wilde hebben van die deskundigen was het deze: *Waarom lijkt het alsof liefde altijd opofferingen vereist?*

Ze wist het niet. Wél wist ze dat ze dat had waargenomen in haar huwelijk, als ouder, en als volwassen kind van een vader die gedoemd was om langzaam weg te kwijnen. Maar hoe vaak ze ook over die vraag nadacht, ze kon nog steeds niet zeggen wat de reden was. Was opoffering een noodzakelijke component van liefde? Waren die woorden eigenlijk synoniemen van elkaar? Was het eerste een bewijs van het laatste en omgekeerd? Ze wilde niet geloven dat er voor liefde een intrinsieke prijs betaald moest worden – dat die teleurstelling, pijn of angst vereiste – maar toch kwam die gedachte soms onwillekeurig bij haar op.

Ondanks de onvoorziene gebeurtenissen in haar leven was Hope niet ongelukkig. Ze begreep dat het leven voor niemand gemakkelijk was en ze putte voldoening uit het feit dat ze haar best had gedaan. Desondanks had ze, zoals iedereen, spijt van bepaalde zaken, en juist aan die dingen was ze de afgelopen jaren steeds vaker gaan denken. Die gedachten staken onverwacht en vaak op de vreemdste momenten de kop op: als ze geld in de collectemand van de kerk deed bijvoorbeeld, of wanneer ze de suiker opveegde die ze op de vloer had gemorst. Wanneer dat gebeurde, merkte ze dat ze terugdacht aan zaken die ze achteraf gezien graag had veranderd, ruzies die vermeden hadden kunnen worden, woorden van vergeving die nooit waren geuit. Een deel van haar wenste dat ze de klok terug kon zetten zodat ze andere beslissingen kon nemen, maar als ze heel eerlijk was, betwijfelde ze of er echt iets was wat ze had kunnen veranderen. Fouten maken was nou eenmaal onvermijdelijk, en ze was tot de slotsom gekomen dat je uit spijt achteraf belangrijke levenslessen kon putten, als je tenminste bereid was om die tot je te nemen. In dat verband had haar vader slechts voor de helft gelijk gehad wat betreft het hebben van herinneringen. Die bleken toch niet alleen deuren naar het verleden te zijn. Zij wilde geloven dat ze ook deuren naar een nieuwe en andere toekomst konden zijn.

Hope huiverde even toen er een koude windvlaag over de achterveranda blies, en ze wist dat het tijd werd om naar binnen te gaan.

Ze woonde al ruim twintig jaar in dit huis. Josh en zij hadden het kort na hun trouwen gekocht, en terwijl ze de bekende omgeving genietend in zich opnam, bedacht ze opnieuw hoe dol ze altijd op dit huis was geweest. Het was gebouwd in georgiaanse stijl, met grote zuilen aan de voorkant en lambrisering in de meeste kamers op de begane grond. Toch werd het waarschijnlijk tijd om het te verkopen. Het werd haar te veel, het was te groot, en het was vrijwel onbegonnen werk om alle kamers stofvrij te houden. Ook de trap begon een uitdaging te worden, maar toen ze had geopperd om het huis te verkopen, hadden Jacob en Rachel geprotesteerd omdat ze geen afstand wilden doen van het huis uit hun kindertijd.

Of ze het nou zou verkopen of niet, het had dringend een opknapbeurt nodig. De hardhouten vloeren waren versleten en zaten onder de krassen, het behang in de eetkamer was flets geworden en moest worden vervangen. De keuken en de badkamers functioneerden weliswaar nog, maar ze waren gedateerd en moesten worden gemoderniseerd. Er moest zo veel worden gedaan dat ze zich afvroeg wanneer ze daartoe in staat zou zijn. Zou ze dat ooit zijn?

Ze liep het huis door en deed de lampen uit. Sommige lampen hadden een schakelaar die akelig zwaar ging en het duurde dan ook langer dan ze had verwacht.

Haar koffer stond bij de voordeur, naast de houten kist die ze van de zolder had gehaald. Bij de aanblik ervan moest ze aan Tru denken, maar goed, ze was eigenlijk nooit opgehouden met aan hem te denken. Hij moest nu zesenzestig zijn. Ze vroeg zich af of hij met pensioen was gegaan als safarigids en of hij nog steeds in Zimbabwe woonde. Zou hij zijn geëmigreerd naar Europa of Australië of naar een nog exotischer oord? Zou hij nog bij Andrew in de buurt wonen en zou hij grootvader zijn geworden in de tijd dat ze niet bij elkaar waren geweest? Ze was benieuwd of hij was hertrouwd, met wie hij een relatie had gehad en of hij zich haar überhaupt nog herinnerde. Zou hij eigenlijk nog in leven zijn? Ze mocht graag denken dat ze het instinctief zou hebben geweten als hij deze aarde had verlaten – dat ze op de een of andere manier met elkaar verbonden waren gebleven – maar ze moest toegeven dat zoiets heel goed ijdele hoop kon zijn. Ze vroeg zich echter vooral af of de laatste woorden in zijn brief waar konden zijn – dat, als het om hen ging, altijd alles mogelijk zou blijven.

In de slaapkamer trok ze de pyjama aan die ze afgelopen kerst van Rachel had gekregen. Die was zacht en warm: precies wat Hope wilde. Ze stapte in bed, trok de dekens recht en hoopte op de slaap die ze de laatste tijd zo vaak niet leek te kunnen vatten.

Afgelopen jaar, aan het strand, had ze vaak wakker gelegen terwijl ze aan Tru dacht. Ze had hem met haar geestkracht naar haar willen laten terugkomen, en ze had de dagen die ze samen hadden doorgebracht in gedachten opnieuw intens beleefd. Ze dacht terug aan hun ontmoeting op het strand en aan de koffie die ze samen hadden gedronken op die allereerste ochtend. Voor de honderdste keer haalde ze zich hun maaltijd in Clancy's en de wandeling terug naar de cottage voor de geest. Ze voelde zijn blik op haar terwijl ze wijn dronken op de veranda en ze hoorde zijn stem terwijl hij haar de brief voorlas op het bankje bij Kindred Spirit. Maar ze herinnerde zich vooral de tedere en sensuele manier waarop ze de liefde hadden bedreven. De intense uitdrukking op zijn gezicht, de woorden die hij in haar oor had gefluisterd.

Het verbaasde haar hoe kortgeleden dat nog leek – de tastbare herinnering aan zijn gevoelens voor haar, zelfs haar meedogenloze schuldgevoel. Er was die ochtend toen ze vertrok daadwerkelijk iets in haar gebroken, maar ze deed haar best om te geloven dat er bij die breuk uiteindelijk een sterker element wortel had geschoten. In de nasleep, elke keer dat het leven ondraaglijk moeilijk leek, dacht ze vaak aan Tru en hield ze zichzelf voor dat hij zou komen als ze ooit een punt zou bereiken dat ze hem echt nodig had. Dat had hij op hun laatste ochtend samen immers tegen haar gezegd, en die belofte was voldoende voor haar om door te gaan.

Die avond aan het strand, terwijl ze de slaap niet kon vatten, had ze geprobeerd om de geschiedenis te herschrijven op een manier die haar rust schonk. Ze stelde zich voor dat ze de auto bij de hoek had omgekeerd en hard naar hem was teruggereden. Ze beeldde zich in dat ze tegenover Josh aan tafel zat en hem vertelde dat ze iemand anders had leren kennen. In gedachten zag ze dromerige taferelen van een latere hereniging op de luchthaven waar ze was om Tru af te halen nadat hij was teruggevlogen uit Zimbabwe. In deze fantasie omhelsden en kusten ze elkaar bij de bagagecarrousel te midden van drommen mensen. Hij sloeg zijn arm om haar heen terwijl ze naar haar auto liepen, en in gedachten zag ze de achteloze manier waarop hij zijn plunjezak in de kofferbak gooide, alsof het echt was gebeurd. Ze stelde zich voor dat ze de liefde bedreven in het appartement waar zij indertijd had gewoond.

Maar daarna waren de droombeelden vaag geworden. Ze kon zich niet voorstellen wat voor soort huis ze zouden hebben uitgekozen. Wanneer ze hen samen in de keuken zag, was dat in de cottage die haar ouders zo lang geleden hadden verkocht of in het huis van Josh en haar. Ze kon zich ook geen beeld vormen van wat Tru voor de kost zou doen. Als ze dat probeerde, zag ze hem altijd aan het einde van de dag thuiskomen in dezelfde kleding die hij had gedragen in de week dat ze hem had ontmoet, alsof hij net een safaririt had gemaakt. Ze wist dat hij regelmatig naar Bulawayo zou zijn gegaan om Andrew te zien, maar het ontbrak haar aan een referentiekader om zich zelfs maar een voorstelling te maken van zijn huis of zijn omgeving daar. En steevast bleef Andrew een jongen van tien jaar, zijn gelaatstrekken voor altijd versteend in de tijd, net zoals Tru voor altijd tweeënveertig bleef.

Hoe vreemd het ook was, in haar fantasieën over een leven met Tru waren Jacob en Rachel ook altijd aanwezig. Als Tru en zij aan tafel zaten te eten, weigerde Jacob om zijn patat met zijn zus te delen. Als Tru op de achterveranda van de cottage van haar ouders aan het tekenen was, zat Rachel te vingerverven aan de picknicktafel. In de aula van de school zat ze naast Tru terwijl Jacob en Rachel in het koor zongen. Met Halloween liep ze samen met Tru achter haar kinderen aan die waren verkleed als Woody en Jessie uit *Toy Story 2*. Altijd, altijd waren haar kinderen aanwezig in haar fantasieën over haar leven met Tru, en ook Josh kwam erin voor, hoewel ze zich aan zijn aanwezigheid ergerde. Vooral Jacob leek sprekend op zijn vader en Rachel was groot geworden met het idee dat ze later misschien net als hij arts zou worden.

Uiteindelijk was Hope opgestaan. Het was kil aan het strand, en nadat ze een jas had aangetrokken, was ze op de achterveranda gaan zitten met de brief die Tru haar lang geleden had geschreven. Ze wilde hem lezen, maar kon de moed niet opbrengen om dat te doen. In plaats daarvan had ze naar de donkere oceaan gestaard met de versleten envelop in haar hand en werd ze overweldigd door een golf van eenzaamheid.

Ze had bij zichzelf gedacht dat ze alleen aan het strand zat, ver van iedereen die ze kende. Alleen Tru was bij haar, behalve dan natuurlijk dat hij er nooit echt was.

Het jaar ervoor was Hope van haar strandvakantie teruggekeerd met een mengeling van hoop en vrees. Dit jaar zou het anders gaan, hield ze zich voor. Ze had besloten dat dit haar laatste bezoek aan de cottage zou worden en die ochtend, nadat ze de kist op de achterbank had gezet, rolde Hope haar koffer gedecideerd naar de auto. Haar buurman Ben, die op zijn gazon gras bijeen harkte, kwam naar haar toe en legde de koffer in de kofferbak. Ze was dankbaar voor zijn hulp. Op haar leeftijd liep ze gemakkelijker blessures op, die vaak langzamer genazen. Vorig jaar was ze een keer uitgegleden in de keuken en hoewel ze niet was gevallen, had haar schouder wekenlang pijn gedaan door de kracht waarmee ze zich had vastgegrepen.

In gedachten liep ze haar checklist na voordat ze in de auto stapte: de deuren zaten op slot, ze had alle lampen uitgedaan, de vuilnisemmers stonden op de stoep en Ben had toegezegd om haar post en de kranten voor haar te bewaren. De rit zou net geen drie uur duren, maar ze had geen reden om zich te haasten. Het ging tenslotte om de dag van morgen. Als ze daaraan dacht, werd ze al zenuwachtig.

Gelukkig was het bijna de hele reis rustig op de weg. Ze kwam langs akkerland en kleine stadjes terwijl ze een constante snelheid aanhield tot ze de buitenwijken van Wilmington bereikte. Daar lunchte ze in een bistro die ze zich nog van het jaar ervoor herinnerde. Daarna deed ze boodschappen bij een supermarkt zodat de koelkast gevuld zou zijn en haalde ze de sleutels van de cottage op bij het verhuurkantoor, waarna ze aan de laatste etappe van haar reis kon beginnen. Ze vond de dwarsstraat die ze zocht, sloeg een paar keer af en reed ten slotte de oprit op.

Het huis leek op de cottage die haar ouders vroeger hadden gehad, met flets geworden verf, een trapje naar de voordeur en een verweerde veranda aan de voorkant. Bij het zien ervan miste ze het oude huis van haar ouders ineens vreselijk. Zoals ze al had gedacht, hadden de kopers de cottage onmiddellijk laten afbreken en een nieuwer, groter huis laten bouwen dat leek op de woning waar Tru in had gelogeerd.

Daarna was ze nog maar zelden naar Sunset Beach gegaan, aangezien het niet meer aanvoelde als thuis. Zoals veel van de stadjes die verspreid lagen langs de kust, was Sunset Beach in de loop der tijd veranderd. De pontonbrug was vervangen door een modernere brug, grotere huizen waren tegenwoordig de norm en ook Clancy's was verdwenen. Het oude restaurant had in de nieuwe eeuw nog een paar jaar een kwakkelend bestaan geleid. Van haar zus Robin had ze gehoord dat het restaurant was dichtgegaan. Tien jaar geleden toen ze naar Myrtle Beach gingen voor een vakantie, hadden Robin en haar man een omweg gemaakt naar het familie-eiland omdat ook zij nieuwsgierig was geweest naar de veranderingen die de tijd met zich had meegebracht.

Tegenwoordig ging Hope liever naar Carolina Beach, een eiland dat iets noordelijker en dichter in de buurt van Wilmington lag. De eerste keer dat ze ernaartoe was gegaan was in december 2005 geweest, op aanraden van haar therapeute. Toen was het hele echtscheidingsproces van Josh op zijn naarst geweest. Josh had plannen gemaakt om in de kerstvakantie een week met Jacob en Rachel naar het westen van het land te gaan. Indertijd waren de kinderen jonge tieners geweest, die toch al bijna de hele de tijd sikkeneurig waren. Het stuklopen van het huwelijk van hun ouders had hun stress nog eens verergerd. Hoewel Hope had onderkend dat de vakantie een heilzame afleiding voor de kinderen kon zijn, had haar therapeute tegen haar gezegd dat alleen thuiszitten tijdens de feestdagen haar geestelijke gezondheid geen goed zou doen. Ze had het idee geopperd dat Hope naar Carolina Beach zou gaan. 's Winters, zo had ze gezegd, was het eiland kalm en rustgevend.

Hope had een huisje geboekt zonder het vooraf te zien, en de kleine cottage aan het strand bleek precies te zijn wat ze nodig had. Op die plek was Hope begonnen met het genezingsproces, daar had ze het juiste perspectief gevonden om aan de volgende fase van haar leven te beginnen.

Ze had geweten dat ze zich niet met Josh zou verzoenen. Ze had jarenlang om hem gehuild, en hoewel zijn laatste verhouding de druppel was geweest die de emmer deed overlopen, was zijn eerste verhouding nog steeds het pijnlijkst om aan terug te denken. De kinderen zaten nog niet op school en hadden constant aandacht gevraagd en bovendien was de toestand van Hopes vader niet lang daarvoor verergerd. Toen Hope achter de verhouding was gekomen, had Josh zijn verontschuldigingen aangeboden en beloofd om de relatie te beëindigen. Hij had echter contact gehouden met de vrouw, zelfs toen Hopes vader almaar zieker was geworden. Ze had maandenlang het gevoel dat ze op het punt stond om een paniekaanval te krijgen, en in die tijd had ze voor het eerst overwogen om een einde aan hun huwelijk te maken. Maar omdat ze opzag tegen alle daarmee gepaard gaande ellende en ze vreesde dat een scheiding een vernietigend effect op haar kinderen zou hebben, hield ze het vol en deed ze haar best om Josh te vergeven. Maar daarna waren er andere verhoudingen gevolgd. Er waren meer tranen geplengd en te veel ruzies geweest, en toen ze eindelijk tegen Josh had gezegd dat ze van hem wilde scheiden, sliepen ze al bijna een jaar in aparte slaapkamers. Op de dag dat hij het huis verliet, zei hij tegen haar dat ze de grootste vergissing van haar leven beging.

Hoezeer ze ook haar best had gedaan om het te voorkomen, tijdens de scheiding waren er verbittering en wrok boven komen drijven. Ze schrok ontzettend van de woede en het verdriet dat ze voelde, en Josh was even boos en defensief. Hoewel de zorgregeling voor de kinderen tamelijk eenvoudig was geweest, was het financiële gesteggel op een nachtmerrie uitgedraaid. Hope was gestopt met werken toen Jacob en Rachel klein waren en pas toen ze allebei naar school gingen, had ze weer een baan gezocht, maar niet meer als verpleegster op de spoedeisende hulp. In plaats daarvan was ze parttime bij een huisartsenpraktijk gaan werken zodat ze thuis was als de kinderen uit school kwamen. Hoewel de uren prettiger waren, had ze minder verdiend, en Josh' advocaat had nadrukkelijk gesteld dat de alimentatie drastisch kon worden teruggeschroefd aangezien zij de juiste vaardigheden bezat om meer te gaan verdienen. Daar kwam nog bij dat Josh, zoals zo veel mannen, niet geloofde in een eerlijke verdeling van de bezittingen. In die tijd hadden Josh en zij eigenlijk alleen nog via hun advocaten gecommuniceerd.

Ze had het idee dat ze murw was gebeukt door emoties – gevoelens van mislukking, verlies, boosheid, vastberadenheid en angst – maar toen ze tijdens die kerstvakantie over het strand had gelopen, had ze zich vooral zorgen gemaakt om de kinderen. Ze wilde de best mogelijke moeder zijn, maar haar therapeute had er voortdurend op gehamerd dat ze de kinderen niet de stevige steun zou kunnen geven die ze verdienden als ze niet éérst voor zichzelf zorgde.

Diep in haar binnenste wist ze dat haar therapeute gelijk had, maar het idee voelde bijna godslasterlijk aan. Ze was inmiddels al zo lang moeder dat ze eigenlijk niet goed meer wist wie ze zelf was. Maar op Carolina Beach was ze langzaam gaan aanvaarden dat haar emotionele gezondheid even belangrijk was als die van de kinderen. Niet belangrijker, maar ook niet minder belangrijk.

Ze begreep ook hoe ernstig de gevolgen konden worden als ze de raad van haar therapeute niet ter harte nam. Ze kende vrouwen die tijdens hun scheiding ontzettend waren vermagerd of juist vreselijk waren aangekomen. Ze had die vrouwen horen vertellen dat ze op vrijdag- of zaterdagavonden naar cafés gingen, en ze had hen horen opbiechten dat ze onenightstands met vreemden hadden gehad, mannen die ze zich later nauwelijks meer konden herinneren. Sommige vrouwen hertrouwden heel snel, wat bijna altijd een vergissing bleek te zijn. Zelfs de vrouwen die zich bandeloos gedroegen, ontwikkelden vaak zelfvernietigende gewoonten. Hope had gescheiden vriendinnen die van twee wijntjes in het weekend tot verschillende keren per week drie of vier glazen waren overgegaan. Een van die vrouwen had botweg gezegd dat drank de enige manier was geweest om haar scheiding te doorstaan.

Hope wilde niet in dezelfde valkuil belanden en haar tijd aan het strand werkte verhelderend. Toen ze weer terug was in Raleigh was ze lid geworden van een sportschool en had ze spinninglessen genomen. Ze was ook aan yoga gaan doen, ze had gezonde maaltijden voor zichzelf en de kinderen bereid, en zelfs op nachten dat ze de slaap niet kon vatten, had ze zichzelf gedwongen om in bed te blijven liggen, diep ademhalend en proberend haar gedachten onder controle te krijgen. Ze had leren mediteren en ze deed haar best om vriendschappen met mensen die ze de afgelopen jaren uit het oog was verloren nieuw leven in te blazen.

Ze had ook gezworen om nooit iets naars over Josh te zeggen. Dat was niet makkelijk geweest, maar het had waarschijnlijk de grondslag gelegd voor hun huidige relatie. Vandaag de dag begrepen de meeste van haar vrienden en vriendinnen niet waarom ze nog steeds tijd voor hem maakte, na al het verdriet dat hij haar had aangedaan. Daar had ze allerlei redenen voor, maar die waren háár geheim. Wanneer iemand haar ernaar vroeg, zei ze simpelweg dat hij weliswaar een vreselijke echtgenoot was geweest, maar wel een goede vader. Toen de kinderen klein waren had Josh veel tijd met hen doorgebracht. Hij was naar hun buitenschoolse activiteiten gekomen, had hun jeugdteams gecoacht en had de weekenden doorgebracht met zijn gezin in plaats van met vrienden. Dat laatste was een van haar eisen geweest voordat ze erin had toegestemd om met hem te trouwen.

Toch had ze niet meteen ja gezegd op Josh' aanzoek. Laten we het eerst een poosje aankijken, had ze tegen hem gezegd. Toen hij was vertrokken, was hij bij de deur nog even blijven staan.

'Er is iets aan je veranderd,' had hij gezegd.

'Daar heb je gelijk in,' had ze tegen hem gezegd. 'Ik ben veranderd.'

Er gingen acht weken voorbij voordat ze zijn aanzoek accepteerde. En in tegenstelling tot al haar vriendinnen, had ze per se een eenvoudige bruiloft gewild, die al een paar maanden later plaats zou moeten vinden, slechts bijgewoond door een paar goede vrienden en familieleden. Voor het bruiloftsdiner nam iedere gast een gerecht mee, een van haar zwagers maakte de foto's en tot besluit van de avond waren de gasten naar een plaatselijke nachtclub gegaan om te dansen. De korte verlovingsperiode en de bescheiden bruiloft verrasten Josh. Hij snapte niet waarom zij geen grootse bruiloft wilde, iets waar al haar vriendinnen op hadden gestaan. Ze zei tegen hem dat ze geen geld wilde verspillen, maar in werkelijkheid vermoedde ze toen al dat ze in verwachting was. Dat bleek ook zo te zijn – van Jacob – en heel even had ze gedacht dat het kind misschien van Tru was, maar dat was onmogelijk. De timing was verkeerd en bovendien kon Tru geen kinderen meer verwekken, maar op dat moment wist ze dat ze niet wilde glimlachen gedurende een nep-romantische sprookjesbruiloft. Per slot van rekening kende ze inmiddels de aard van romantiek, en wist ze dat die weinig te maken had met de poging om een fantasie te creëren. Echte romantiek was spontaan en onvoorspelbaar, en kon zo eenvoudig zijn als het luisteren naar een man die op een stormachtige middag in september een liefdesbrief uit een afgelegen brievenbus voorlas.

In de cottage maakte Hope het zich langzaam gemakkelijk. Ze had de houten kist op de keukentafel gezet, de boodschappen opgeborgen en haar spullen in de laden gelegd zodat ze niet de hele week uit een koffer hoefde te leven. Daarna had ze haar kinderen een sms gestuurd om te laten weten dat ze veilig was aangekomen. Ze trok een jas aan, liep de achterveranda op en daalde toen langzaam de trap af naar het strand. Haar rug en benen waren stijf van de rit, en hoewel ze graag een wandeling zou maken, wist ze dat ze beter niet ver kon gaan. Ze wilde haar energie sparen voor de volgende dag.

De hemel was kobaltblauw, maar de bries was kil en ze stopte haar handen in de zakken van haar jas. In de lucht hing de frisse, zilte oergeur van de zee. Bij een pick-up die aan de waterkant geparkeerd stond, zat een man in een tuinstoel met aan weerszijden een rij hengels waarvan de lijnen in zee verdwenen. Hij was aan het kustvissen en Hope vroeg zich af of hij iets zou vangen.

Ze had nog nooit gezien dat iemand vanaf het strand een vis uit het ondiepe water binnenhaalde, maar het leek een populair tijdverdrijf.

Ze voelde haar telefoon trillen in haar jaszak. Ze hoopte dat het een van de kinderen was, maar ze zag dat ze een telefoontje van Josh had gemist. Ze stopte het toestel weer in haar zak. In tegenstelling tot Jacob en Rachel was hij wel nieuwsgierig geweest naar haar redenen om naar het strand te gaan. Hij had gedacht dat ze er een hekel aan had, aangezien ze tijdens hun huwelijk nooit zin had gehad in een strandvakantie. Als Josh voorstelde om met het hele gezin een huisje aan zee te huren, was Hope altijd met een alternatief op de proppen gekomen: Disney World, Williamsburg, kamperen in de bergen. Ze waren gaan skiën in West Virginia en Colorado, ze hadden tijd doorgebracht in New York City, Yellowstone en de Grand Canyon en uiteindelijk hadden ze in de buurt van Ashville een chalet gekocht dat Josh na de scheiding had gehouden. Jarenlang was het idee om naar het strand te gaan te pijnlijk voor haar geweest. In haar hoofd waren het strand en Tru voor altijd onlosmakelijk met elkaar verbonden.

Niettemin had ze de kinderen wel op zomerkamp bij Myrtle Beach en op surfkamp bij Nags Head gestuurd. Zowel Jacob als Rachel hadden aanleg voor surfen en ironisch genoeg waren Josh en Hope begonnen met het genezen van de wonden van de scheiding na één van Rachels surfkampen. Tijdens het kamp had Rachel geklaagd dat ze moeilijk kon ademhalen en dat ze hartkloppingen had. Toen ze weer thuis was, hadden Josh en Hope haar meegenomen naar een kindercardioloog. Binnen een dag was er een voorheen onopgemerkte aangeboren afwijking bij haar vastgesteld die alleen met een openhartoperatie kon worden verholpen.

Op dat moment hadden Hope en Josh elkaar bijna vier maanden niet gesproken, maar omwille van hun dochter hadden ze hun wrok jegens elkaar opzijgezet. Ze hadden om de beurt 's nachts in het ziekenhuis gezeten en hadden niet een keer tegen elkaar geschreeuwd. De eensgezindheid die hun gedeelde lijden teweeg had gebracht was voorbij geweest zodra Rachel uit het ziekenhuis was ontslagen, maar het was voldoende geweest om een relatie te bewerkstelligen waarin ze op een vriendschappelijke manier over de kinderen konden praten. Na een tijdje was Josh hertrouwd met een vrouw die Denise heette, en tot Hopes verbazing was er tussen Josh en haar langzaamaan weer iets ontstaan wat op vriendschap leek.

Dat kwam gedeeltelijk door het huwelijk van Josh en Denise. Toen die relatie op de klippen liep, ging Josh steeds vaker met Hope bellen. Ze probeerde hem zo veel mogelijk steun te bieden, maar uiteindelijk werd Josh' scheiding van Denise zelfs nog onverkwikkelijker dan zijn scheiding van Hope was geweest.

De stress van zijn echtscheidingen had een hoge tol van Josh geeist, en hij leek in niets meer op de man met wie ze was getrouwd. Hij was veel aangekomen en zijn huid was bleek en vlekkerig geworden. Hij had bijna al zijn haar verloren en waar hij vroeger een atletisch postuur had gehad, liep hij tegenwoordig voorovergebogen. Een keer, toen ze hem een aantal maanden niet had gezien, had het een paar tellen geduurd voordat Hope hem had herkend toen hij naar haar zwaaide vanaf de andere kant van de eetzaal van hun country club. Ze vond hem niet aantrekkelijk meer en in verscheidene opzichten had ze medelijden met hem.

Kort voordat hij met pensioen was gegaan had hij ineens bij haar op de stoep gestaan, gekleed in een sportjasje en een geperste broek. Dat hij zich net had gedoucht was een teken geweest dat dit geen normaal bezoekje was, en ze had gebaard dat hij op de bank moest gaan zitten. Ze had er wel voor gezorgd dat zij aan het andere uiteinde ervan was gaan zitten.

Het had even geduurd voordat hij ter zake kwam. Hij was begonnen over koetjes en kalfjes, daarna had hij het gesprek op de kinderen gebracht en vervolgens had hij nog even over zijn werk gepraat. Hij had gevraagd of zij nog altijd de kruiswoordpuzzel van de *New York Times* maakte, een gewoonte waarmee ze was begonnen toen de kinderen net naar school waren gegaan en die langzaam maar zeker op een lichte verslaving was uitgedraaid. Ze vertelde dat ze er een paar uur geleden nog eentje had afgemaakt. Daarna had hij zijn handen tegen elkaar gedrukt, en zij had hem gevraagd wat er aan de hand was.

'Een tijdje geleden bedacht ik me dat jij eigenlijk de enige echte vriend bent die ik nog heb,' zei hij ten slotte. 'Op mijn werk heb ik partners, maar met geen van hen kan ik zo goed praten als met jou.'

Ze zweeg en wachtte af.

'We zijn toch vrienden, nietwaar?'

'Ja,' zei ze. 'Ik denk het wel.'

'En we hebben samen heel wat meegemaakt, toch?'

Ze knikte. 'Ja.'

'Daar heb ik de laatste tijd veel aan gedacht... aan jou en mij. Aan het verleden. Aan hoe lang we elkaar al kennen. Weet je wel dat het dertig jaar geleden is? Dat we elkaar voor het eerst hebben ontmoet?'

'Ik moet eerlijk zeggen dat ik daar niet zo bij stil heb gestaan.'

'Ja... oké.' Hoewel hij knikte, wist ze dat hij een andere reactie had gewild. 'Maar wat ik eigenlijk wil zeggen is dat ik veel fouten heb gemaakt als het om ons tweeën gaat. Ik heb spijt van de dingen die ik heb gedaan. Ik weet niet wat me toentertijd bezielde.'

'Daar heb je je excuses al voor gemaakt,' zei ze. 'En bovendien ligt dat allemaal achter ons. We zijn al een hele tijd gescheiden.'

'Maar we waren wel gelukkig, toch? Toen we nog getrouwd waren?'

'Soms,' gaf ze toe. 'Niet altijd.'

Hij knikte opnieuw, en dat had iets smekends. 'Denk je dat we het ooit nog eens zouden kunnen proberen? Een nieuwe poging wagen?'

Ze wist niet zeker of ze hem wel goed had verstaan. 'Bedoel je een huwelijk?'

Hij hief zijn handen op. 'Nee, geen huwelijk. Meer iets van... samen een keer uitgaan. Ik bedoel... mag ik je op een zaterdagavond eens mee uit eten nemen? Gewoon om te kijken hoe het gaat. Misschien leidt het nergens toe, maar zoals ik al zei, ben jij tegenwoordig mijn enige goede vriend...'

'Dat lijkt me geen goed idee,' sneed ze hem de pas af.

'Waarom niet?'

'Volgens mij zit je nu in een dip,' zei ze. 'En dan kunnen zelfs slechte ideeën soms goed lijken. Voor de kinderen is het belangrijk om te weten dat we nog steeds goed met elkaar kunnen opschieten, en dat wil ik niet op het spel zetten.'

'Dat wil ik ook niet. Ik wilde gewoon weten of je bereid bent om ons nog een kans te geven. Om mij nog een kans te geven.'

Op dat moment vroeg ze zich af hoe goed ze hem ooit had gekend.

'Dat gaat niet,' zei ze uiteindelijk.

'Waarom niet?'

'Omdat ik verliefd ben op iemand anders,' zei ze tegen hem.

Terwijl ze over het strand liep, begon de vochtige, koude lucht pijn te doen aan haar longen, en ze besloot om te keren. Toen ze de cottage in de verte zag, moest ze ineens aan Scottie denken. Als hij nu bij haar was, zou hij teleurgesteld zijn en haar hebben aangekeken met die lieve, droeve ogen van hem.

De kinderen hadden maar weinig herinneringen aan Scottie. Hoewel hij deel had uitgemaakt van het gezin toen ze nog jong waren, had Hope ooit gelezen dat het hersengebied dat langetermijnherinneringen verwerkt pas volledig ontwikkeld is als een kind een jaar of zeven is, en tegen die tijd was Scottie al dood. In plaats daarvan herinnerden ze zich Junior, de Schotse terriër die deel had uitgemaakt van hun gezin tot zowel Jacob als Rachel was gaan studeren. Hoewel Hope dol was geweest op Junior, moest ze bekennen dat Scottie heimelijk altijd haar lieveling zou blijven.

Voor de tweede keer tijdens haar wandeling voelde ze haar telefoon trillen. Hoewel Jacob nog niet had gereageerd, had Rachel haar wel een tekstberichtje teruggestuurd waarin ze had geschreven: VL PLZR! NOG LEUKE KEREL GEZIEN? LIEFS met een smiley erbij. Hope wist dat jongeren tegenwoordig hun eigen taalgebruik hadden bij het versturen van berichtjes, compleet met korte antwoorden, acroniemen, verkeerde spelling en grammatica en veelvuldig gebruik van emoji's. Hope gaf de voorkeur aan de ouderwetse manier van communiceren – persoonlijk, per telefoon of brief – maar haar kinderen behoorden tot een andere generatie, en ze had geleerd om te doen wat voor hen het makkelijkst was.

Ze vroeg zich af wat ze zouden denken van haar echte reden om naar Carolina Beach te gaan. Ze had vaak het gevoel dat haar kinderen zich niet konden voorstellen dat ze meer van het leven wilde dan kruiswoordpuzzels maken, af en toe naar de kapper gaan en te wachten tot zij op bezoek kwamen. Aan de andere kant moest Hope bekennen dat haar kinderen nooit haar ware ik hadden gekend, de vrouw die ze zo lang geleden in Sunset Beach was geweest.

Haar relatie met Rachel was anders dan die met Jacob. Jacob had meer gemeen met zijn vader, dacht ze. Die twee konden een hele zaterdagmiddag naar American football kijken. Ze gingen samen vissen, genoten van spannende films en schijfschieten op de schietbaan en konden urenlang praten over de aandelenmarkt en investeren. Met Hope had Jacob het voornamelijk over zijn vriendin, en vaak wist hij daarna niets meer te zeggen.

Met Rachel had ze een hechtere band, vooral nadat Rachel als tiener aan haar hart was geopereerd. Hoewel Rachels cardioloog hun had verzekerd dat het verhelpen van haar ingewikkelde afwijking een tamelijk veilige procedure was, was Rachel doodsbang geweest. Hope was net zo bang geweest als haar dochter, maar ze had haar best gedaan om vertrouwen uit te stralen in de nabijheid van Rachel. In de dagen voor de operatie had Rachel vaak gehuild bij de gedachte te zullen sterven, en zelfs nog bitterder bij het vooruitzicht dat ze een lelijk litteken op haar borst zou hebben als ze de operatie overleefde. Verteerd door angst had ze doorgekletst alsof ze in een biechtstoel had gezeten: ze had tegen Hope gezegd dat het vriendje met wie ze drie maanden verkering had haar onder druk zette om met hem naar bed te gaan en dat ze daar waarschijnlijk ja op zou zeggen, zelfs al wilde zij het nog niet. Ze gaf toe dat ze zich continu druk maakte over haar gewicht en dat ze al een paar maanden bezig was om zich vol te proppen en daarna over te geven. Ze zei dat ze voortdurend piekerde over van alles en nog wat – haar uiterlijk, haar populariteit, haar schoolcijfers en of ze zou worden toegelaten op de universiteit van haar keuze, ook al duurde het nog jaren voordat die keuze moest worden gemaakt. Ze pulkte onophoudelijk aan haar nagelriemen, net zo lang tot die begonnen te bloeden. Soms, zo biechtte ze op, dacht ze zelfs na over zelfmoord.

Hoewel Hope had geweten dat tieners heel bedreven waren in dingen geheimhouden voor hun ouders, was ze ontzettend geschrokken door alles wat ze voor en na de operatie had gehoord. Nadat Rachel uit het ziekenhuis was ontslagen, had Hope een goede therapeut voor haar gevonden, en uiteindelijk een psychiater die haar antidepressiva had voorschreven. Daardoor was Rachel langzaam maar zeker lekkerder in haar vel komen te zitten en waren haar angstaanvallen en haar depressie uiteindelijk verminderd.

Maar die vreselijke dagen waren ook het begin geweest van een nieuwe fase in hun relatie, eentje waarin Rachel leerde dat ze eerlijk tegen haar moeder kon zijn zonder het gevoel te krijgen door haar te worden veroordeeld en zonder bang te hoeven zijn dat Hope overdreven zou reageren. Tegen de tijd dat Rachel ging studeren, leek ze het idee te hebben dat ze haar moeder bijna alles kon vertellen. Hoewel Hope dankbaar was voor die eerlijkheid, waren er bepaalde onderwerpen – en dan vooral de hoeveelheid alcohol die studenten elk weekend achterover leken te slaan – waarbij iets minder eerlijkheid heel wat zorgen bij Hope had kunnen voorkomen.

Misschien was hun intimiteit de reden dat Rachel het sms'je had gestuurd. Zoals iedere trouwe vriendin zou doen had Rachel haar bezorgdheid over Hopes relationele status geuit door te informeren naar 'leuke kerels'.

'Heb je wel eens overwogen een partner te zoeken?' had Rachel haar iets meer dan een jaar geleden gevraagd.

'Niet echt.'

'Waarom niet? Heeft niemand je ooit mee uit gevraagd?'

'Ik ben door verscheidene mannen mee uit gevraagd, maar ik heb gewoon tegen ze gezegd dat ik geen zin had.'

'Omdat het klootzakken waren?'

'Niet allemaal. Sommigen leken erg aardig.'

Toen had Rachel haar wenkbrauwen opgetrokken. 'Waar ligt het dan aan? Was je soms bang? Door het gedoe tussen pa en Denise?'

'Ik had jullie tweeën en mijn werk, en dat was genoeg voor me.'

'Maar nu ben je met pensioen, wij zijn het huis uit en ik vind het geen prettig idee dat jij altijd alleen bent. Ik bedoel... stel je voor dat jouw ideale man gewoon ergens op je wacht.'

Hopes glimlach was een tikje melancholisch. 'Nou, dan zal ik mijn best moeten doen om hem te vinden, of niet soms?'

Hoe angstaanjagend Rachels hartoperatie voor Hope ook was geweest, de langzame dood van haar vader was in bepaalde opzichten nog moeilijker te verdragen.

De eerste jaren na Sunset Beach waren niet zo erg geweest. Haar vader kon toen nog lopen, en Hope herinnerde zich dat ze er met elke maand die verstreek meer van overtuigd raakte dat hij aan een vorm van ALS leed die zich langzaam ontwikkelde. Er waren zelfs periodes waarin hij wat leek op te knappen, maar toen, in een periode van zes of zeven weken, leek het alsof er plotseling een schakelaar werd omgezet: lopen ging haar vader moeilijker af, daarna werd hij onstabiel zonder ondersteuning en ten slotte kon hij het helemaal niet meer.

Samen met haar zussen hielp Hope zo veel mogelijk. Ze monteerden leuningen in de badkuip en in de gangen en ze vonden een tweedehands invalidebusje met een rolstoellift. Ze hoopten dat hun vader daar alsnog mee door de stad zou kunnen rijden, maar zijn vermogen tot autorijden duurde nog geen zeven maanden, en hun moeder was veel te nerveus om in het busje te durven rijden. Ze verkochten het met verlies en in het laatste jaar van zijn leven kwam haar vader niet verder buiten dan de veranda aan de voorkant of aan de achterkant, tenzij hij naar de dokter moest.

Maar hij was niet eenzaam. Omdat zijn familie van hem hield en zijn oud-leerlingen en voormalige collega's hem enorm bewonderden, kwamen de bezoekers in drommen naar het huis. En zoals gebruikelijk is in het zuiden van de VS, nam iedereen eten mee. Aan het einde van elke week smeekte Hopes moeder haar dochters om er ook wat van mee naar huis te nemen omdat de koelkast overvol zat.

Maar zelfs die ene betrekkelijk opbeurende periode was van korte duur en eindigde voorgoed toen haar vader langzaam zijn spraakvermogen verloor. In de laatste maanden van zijn leven zat hij aan een zuurstoftank en leed hij aan venijnige hoestaanvallen omdat zijn spieren te zwak waren geworden om het slijm weg te krijgen. Hope herinnerde zich de talloze keren nog dat ze op haar vaders rug had geklopt terwijl hij naar adem snakte. Hij was zo veel afgevallen dat ze soms bang was dat ze hem in tweeën zou breken, maar uiteindelijk wist haar vader het slijm op te hoesten en haalde hij na afloop adem met lange, raspende ademteugen met een gezicht dat zo bleek was als een vaatdoek.

De laatste weken leken op een langgerekte koortsdroom. Er werden verpleegkundigen ingehuurd om hem thuis te verzorgen, in eerste instantie voor halve dagen en daarna de klok rond. Haar vader kon alleen nog met een rietje drinken. Hij was zo verzwakt dat hij bijna een uur nodig had om een half glas te drinken. Daarna werd hij incontinent, terwijl zijn lichaam snel wegteerde.

Hope ging in die periode elke dag bij hem op bezoek. Omdat spreken heel moeilijk voor hem was geworden, voerde zij het woord. Dan vertelde ze hem over de kinderen of ze nam hem in vertrouwen over haar problemen met Josh. Ze bekende dat een buurman Josh in een hotel had gezien met een makelaar uit de buurt en ze zei dat Josh de affaire onlangs had toegeven, maar dat hij nog steeds contact had met de vrouw en dat Hope niet goed wist wat ze moest beginnen.

Ten slotte, tijdens een van zijn laatste heldere periodes, zes jaar na haar vakantie in Sunset Beach, vertelde Hope haar vader over Tru. Terwijl ze sprak, hield hij oogcontact met haar en toen ze bij het deel van het verhaal aankwam waarin ze bij haar vader op de veranda was ingestort, bewoog hij voor de eerste keer in weken zijn hand. Ze stak haar arm uit en nam zijn hand in de hare.

Hij ademde uit, lang en moeizaam, waarbij er geluiden achter uit zijn keel kwamen. Die waren onverstaanbaar, maar ze kende hem goed genoeg om te weten wat hij zei.

'Weet je zeker dat het te laat is?'

Zes dagen later overleed hij.

Honderden mensen woonden de begrafenis bij en na afloop kwam iedereen naar het huis. Toen ze later die avond weer vertrokken, werd het huis stil, alsof dat ook was overleden. Hope wist dat mensen verschillend op stress en verdriet konden reageren, maar toch schrok ze van de neerwaartse spiraal waarin haar moeder belandde: heftig in zijn intensiteit en ogenschijnlijk niet te stoppen. Haar moeder verviel in bittere en onvoorspelbare huilbuien en begon zwaar te drinken. Ze maakte niet meer schoon en liet haar vuile kleren overal op de vloer liggen. De planken raakten bedekt met stof en de borden bleven op het aanrecht staan tot Hope langskwam om ze af te wassen. Eten bedierf in de koelkast en de televisie stond doorlopend keihard aan. Daarna begon haar moeder te klagen over verscheidene kwalen: gevoeligheid voor licht, pijnlijke gewrichten, pijnscheuten in haar buik en moeilijkheden bij het slikken. Elke keer dat Hope op bezoek kwam, merkte ze dat haar moeder onrustig was en niet in staat was om haar gedachten af te maken. Op andere momenten trok haar moeder zich terug in haar verduisterde slaapkamer met de deur op slot. De stilte achter die deur was vaak verontrustender dan haar huilbuien.

Met het verstrijken van de tijd werd alles erger in plaats van beter. Uiteindelijk was haar moeder evenzeer aan huis gekluisterd als haar vader was geweest. Ze verliet het huis alleen maar om naar haar huisarts te gaan. Vier jaar na de begrafenis van haar man moest ze een liesbreukoperatie ondergaan. De ingreep werd als niet al te zwaar beschouwd en was volgens iedereen goed verlopen. De breuk was gerepareerd en haar moeders vitale functies waren stabiel gebleven tijdens de operatie. Maar op de verkoeverzaal kwam haar moeder niet meer bij uit de narcose. Twee dagen later overleed ze.

Hope kende de betrokken chirurg, de anesthesist en de verpleegkundigen. Ieder van hen had op de betreffende dag ook meegewerkt aan andere operaties, zowel voor als na die van Hopes moeder, en geen van de overige patiënten had nadelige gevolgen ondervonden. Hope liep lang genoeg mee in de medische wereld om te weten dat er soms rotdingen gebeurden en dat die niet altijd een duidelijke verklaring hadden. Ergens vroeg ze zich af of haar moeder gewoon had willen sterven en daar op de een of andere manier ook in was geslaagd.

De daaropvolgende week trok in een waas aan haar voorbij. Ze was als verdoofd en herinnerde zich weinig van de gelegenheid tot afscheid nemen of van de begrafenis zelf. In de weken daarna hadden zij noch haar zussen de emotionele reserves om de bezittingen van hun moeder uit te zoeken. In plaats daarvan liep Hope soms door het huis waarin ze was opgegroeid, niet in staat om het concept van leven zonder ouders te bevatten. Hoewel ze een volwassen vrouw was, zouden er jaren verstrijken voordat ze niet meer de neiging had om de telefoon te pakken om een van beiden te bellen.

Het verlies en de neerslachtigheid trokken langzaam weg en maakten plaats voor fijnere herinneringen. Ze dacht graag terug aan de vakanties met het hele gezin en aan de wandelingen die ze met haar vader had gemaakt. Ze herinnerde zich de etentjes, de verjaardagsfeestjes, de veldloopwedstrijden en de schoolprojecten waarmee haar moeder haar had geholpen. Het allerliefst dacht ze terug aan haar ouders als stel, en dan vooral aan de manier waarop ze met elkaar hadden geflirt wanneer ze dachten dat de kinderen niet keken. Maar vaak trok haar glimlach even snel weg als die was gekomen, want daardoor moest ze ook aan Tru denken en aan de kans die ze had verspeeld om samen met hem een leven op te bouwen.

Weer in de cottage nam Hope een paar minuten de tijd om haar handen op te warmen aan een van de pitten van het fornuis. Het was veel te koud voor oktober, dacht ze. In de wetenschap dat de temperatuur nog verder zou zakken zodra de zon onderging, overwoog ze om de haard aan te doen. Het was een gashaard met imitatiehoutblokken, dus met één druk op de knop brandde het ding. Maar in plaats daarvan besloot ze om de thermostaat hoger te zetten en warme chocolademelk voor zichzelf te maken. Als kind had ze niets lekkerder gevonden wanneer ze verkleumd was, maar als tiener had ze geen chocolademelk meer gedronken. Te veel calorieën, had ze toen bezorgd gedacht. Tegenwoordig maakte ze zich niet druk meer om dat soort dingen.

Dat deed haar denken aan haar leeftijd, iets wat ze liever niet deed. Eerlijk of niet, ze leefden in een maatschappij die bij vrouwen de nadruk legde op jeugd en schoonheid. Ze vond dat ze minder oud leek dan ze was, maar ze was eerlijk genoeg om te beseffen dat ze zichzelf daarmee misschien voor de gek hield.

Ach, eigenlijk deed er niet toe, dacht ze. Ze was naar de kust gekomen vanwege belangrijker zaken. Terwijl ze haar warme chocolademelk dronk, keek ze naar het spel van het wegstervende zonlicht op het water en dacht na over de afgelopen vierentwintig jaar. Had Josh ooit gemerkt dat zij gevoelens had voor een andere man? Hoezeer ze ook haar best had gedaan om dat te verbergen, toch vroeg ze zich af of haar geheime liefde voor een ander hun huwelijk op een bepaalde manier had ondermijnd. Zou Josh ooit intuïtief hebben aangevoeld dat Hope soms over Tru fantaseerde als ze samen in bed lagen? Had hij geweten dat een deel van haar altijd onbereikbaar voor hem zou zijn?

Dat vond ze geen prettig idee, maar kon dat een rol hebben gespeeld bij zijn talloze affaires? Niet dat ze bereid was om alle schuld voor zijn daden op zich te nemen, of zelfs maar een deel ervan. Josh was een volwassen man, die volledig de baas was over zijn eigen gedrag, maar *stel je toch eens voor dat…*

Met die vragen liep ze al rond sinds ze zijn eerste verhouding had ontdekt. Ze had van het begin af aan geweten dat zij hem niet volledig toegewijd was, net zoals ze nu wist dat hun huwelijk al ten dode opgeschreven was vanaf het moment dat ze zijn aanzoek had geaccepteerd. De afgelopen jaren probeerde ze dat goed te maken met vriendschap, zelfs al had ze er totaal geen behoefte aan om ook maar iets tussen hen nieuw leven in te blazen. Voor haar was het een manier om iets goed te maken, of om boete te doen, zelfs als Josh dat nooit echt zou begrijpen.

Ze zou haar schuldgevoelens nooit aan hem opbiechten – ze wilde nooit meer iemand kwetsen, echt nóóit. Maar niet opbiechten hield in dat er geen enkele kans op vergeving was. Dat aanvaardde ze, net zoals ze de schuldgevoelens aanvaardde voor andere dingen die ze verkeerd had gedaan in haar leven. Op rustige momenten hield ze zichzelf voor dat de meeste daarvan onbeduidend waren vergeleken met het geheim dat ze voor haar echtgenoot verborgen had gehouden, maar één van die dingen bleef in haar hoofd rondspoken.

Het was de reden dat ze naar het strand was gegaan. En het spiegelbeeld van de twee grote fouten die ze in haar leven had begaan vond ze zowel ironisch als diepzinnig.

Ze had Josh niets over Tru gezegd in de hoop zijn gevoelens te sparen.

Ze had Tru de waarheid verteld over Josh, in de wetenschap dat die woorden zijn hart zouden breken.

De kist

Toen Hope wakker werd, viel het daglicht net door de witte vitrage naar binnen. Terwijl ze uit het raam keek, zag ze dat de zon het strand een bijna witte gloed gaf. Het zou een prachtige dag worden, op de temperatuur na dan. Er kwam een koudefront vanuit de Ohio Valley naar het zuiden en de verwachting was dat het nog een paar dagen zou aanhouden, met windstoten die haar waarschijnlijk de adem zouden benemen wanneer ze over het strand wandelde. De afgelopen jaren was ze gaan begrijpen waarom Florida en Arizona zulke populaire bestemmingen waren voor mensen die met pensioen waren gegaan.

Nadat ze haar stijve benen had gestrekt, stond ze op en zette koffie. Daarna nam ze een douche en kleedde ze zich aan. Hoewel ze geen honger had, bakte ze een ei voor het ontbijt en dwong ze zichzelf om het op te eten. Daarna, nadat ze haar jas en haar handschoenen had aangetrokken, nam ze haar tweede koffie mee naar de veranda achter het huis en keek ze toe terwijl de wereld langzaam tot leven kwam.

Er waren maar een paar mensen op het strand: een man die langzaam achter een hond aan liep zoals zij Scottie vroeger had gevolgd, en in de verte een joggende vrouw die een spoor van voetafdrukken langs de waterkant had achtergelaten. De vrouw had een veerkrachtige pas die haar paardenstaart in een energiek ritme heen en weer liet gaan. Terwijl Hope naar haar keek, bedacht ze hoezeer ze vroeger zelf van hardlopen had genoten. Ze was ermee opgehouden toen de kinderen nog jong waren en was er om wat voor reden dan ook nooit meer mee begonnen. Iets wat ze nu als een vergissing beschouwde. Tegenwoordig was haar lichamelijke conditie een bron van voortdurende zorg, en soms verlangde ze naar de achteloze manier waarop ze haar lichaam ooit voor lief had genomen. Je leeftijd onthulde zo veel dingen over jezelf, mijmerde ze.

Ze nam een slok koffie en vroeg zich af hoe deze dag zou verlopen. Ze voelde zich al gespannen, ook al had ze zichzelf ingeprent om geen al te hoge verwachtingen te koesteren. Toen ze het jaar ervoor naar het strand was gegaan, was ze uitgelaten geweest vanwege haar plan, ook al had dat weinig kans van slagen gehad. Maar vorig jaar was het begin geweest en vandaag zou het eindigen… en zou ze voor eens en voor altijd antwoord krijgen op de vraag of wonderen echt bestonden.

Nadat Hope haar koffie had opgedronken, ging ze naar binnen en keek op de klok. Het werd tijd om aan de slag te gaan.

Op het aanrecht stond een radio en die zette ze aan. Muziek maakte altijd deel uit van het ritueel, en ze draaide net zo lang aan de knop tot ze bij een zender kwam die zachte, akoestische muziek speelde. Ze zette het volume hoger en herinnerde zich dat ze samen met Tru naar de radio had geluisterd op de avond dat ze voor het eerst de liefde hadden bedreven.

Uit de koelkast haalde ze de fles wijn die ze de vorige avond had geopend en ze schonk een klein glas voor zichzelf in, nauwelijks meer dan één slok. Net als de muziek was de wijn onderdeel van het ritueel waar ze zich aan hield wanneer ze de kist openmaakte, maar omdat ze later nog moest rijden, zou ze de inhoud van het glas waarschijnlijk niet opdrinken.

Ze nam het glas mee naar de tafel en ging zitten. De kist stond nog op de plek waar ze hem gisteren had neergezet. Ze zette haar glas neer en trok de kist naar zich toe. Die was verrassend zwaar.

Hij was gemaakt van compact hout, in zowel chocolade- als karamelkleur, en had enorme koperen scharnieren.

Zoals altijd nam ze de tijd om de ingewikkelde houtsneden op het deksel en de zijkanten te bewonderen – fantasierijk gestileerde olifanten, leeuwen, zebra's, neushoorns, giraffen en jachtluipaarden. Ze had de kist in een kraampje op een straatmarkt in Raleigh gezien, en toen ze erachter was gekomen dat hij in Zimbabwe was gemaakt, had ze geweten dat ze hem moest kopen.

Josh was beduidend minder onder de indruk geweest. 'Waarom wil je in hemelsnaam zo'n ding kopen?' had hij minachtend snuivend gevraagd. Op dat moment was hij bezig geweest om een hotdog te verorberen terwijl Jacob en Rachel op een springkussen speelden. 'En waar ga je hem neerzetten?'

'Dat weet ik nog niet,' had ze geantwoord. Eenmaal thuis had ze de kist naar de slaapkamer van Josh en haar gebracht en onder haar bed gezet tot Josh op maandag weer naar zijn werk was gegaan. Daarna, nadat ze de inhoud erin had gedaan, had ze hem op zolder verstopt onder in een doos met babykleren, een plek waarvan ze wist dat Josh er nooit zou kijken.

Sinds hun tijd in Sunset Beach had Tru nooit meer geprobeerd om contact met haar op te nemen. De eerste twee jaar was ze bang geweest dat ze een brief in de brievenbus zou vinden of dat ze zijn stem op het antwoordapparaat zou horen. Als de telefoon 's avonds overging, verstijfde ze soms en zette ze zich schrap voor het geval dát. Vreemd genoeg ging haar opluchting omdat hij het niet was altijd gepaard met een golf van teleurstelling. Maar goed, hij had geschreven dat er geen plaats was voor drie mensen in het leven dat ze zou gaan leiden en hoe pijnlijk het ook was, ze wist dat hij daarin gelijk had.

Zelfs tijdens de diepste dalen in haar huwelijk met Josh had ze geen poging gedaan om contact op te nemen met Tru. Ze had het wel overwogen en had het een paar keer ook bijna gedaan, maar ze was nooit bezweken voor de verleiding. Het zou makkelijk zijn geweest om naar hem toe te rennen, maar wat dan? De gedachte om voor een tweede keer afscheid te moeten nemen was onverdraaglijk, en ze wilde zeker niet dat haar gezin uit elkaar zou vallen. Ondanks Josh' tekortkomingen bleven haar kinderen bij haar op de eerste plaats staan, en zij hadden haar volledige aandacht nodig.

Dus hield ze Tru levend in haar herinneringen, de enige mogelijkheid die voor haar openstond. Ze bewaarde haar aandenkens in de kist en bekeek de inhoud om de zoveel tijd, wanneer ze wist dat ze niet zou worden gestoord. Telkens wanneer er een televisieprogramma over de majestueuze wilde dieren in Afrika werd uitgezonden, zorgde ze ervoor dat ze keek. Eind jaren negentig stuitte ze bij toeval op de romans van Alexander McCall Smith en ze raakte er meteen aan verslaafd, aangezien veel van de verhalen zich in Botswana afspeelden. Dat was natuurlijk geen Zimbabwe, maar het scheelde niet veel, vond ze, en dankzij die romans leerde ze een wereld kennen waar ze niets over wist. Door de jaren heen waren er ook af en toe artikelen over Zimbabwe in belangrijke opiniebladen en in de krant de Raleigh *News & Observer* verschenen. Ze las over de landonteigeningen door de regering en vroeg zich af wat er was gebeurd met de boerderij waar Tru was opgegroeid. Ze las ook over de hyperinflatie in het land, en de eerste gedachte die bij haar opkwam was dat die wellicht het toerisme nadelig kon beïnvloeden. Ze vroeg zich af of Tru als safarigids kon blijven werken. Af en toe kreeg ze reisbrochures via de post en dan bladerde ze naar het deel waarin verscheidene safari's werden beschreven. Hoewel de meeste daarvan in Zuid-Afrika waren, las ze af en toe ook iets over de lodge in Hwange. Als dat het geval was, bestudeerde ze de foto's en probeerde ze een beter idee te krijgen van zijn wereld. Als ze later dan in bed lag, moest ze aan zichzelf bekennen dat haar gevoelens voor hem nog even oprecht en sterk waren als al die tijd geleden, toen ze voor het eerst tegen hem had gefluisterd dat ze van hem hield.

In 2006, toen haar scheiding rond was, zou Tru achtenvijftig zijn geweest. Zij was tweeënvijftig. Jacob en Rachel waren tieners en Josh had al een relatie met Denise. Hoewel het zestien jaar geleden was sinds ze Tru had gezien, hoopte ze dat er nog tijd was om de zaken recht te zetten. Tegen die tijd was zo'n beetje alles op internet te vinden, maar bij de informatie over de lodges in Hwange stond niets vermeld over de safarigidsen, behalve dan dat die tot de meest ervaren in Zimbabwe behoorden. Wel stond er een e-mailadres bij en de vrouw die haar vraag beantwoordde, zei tegen Hope dat ze Tru niet persoonlijk kende en dat hij al jarenlang niet meer voor de lodge werkte. Dat gold ook voor Romy, de vriend over wie Tru haar had verteld. Desalniettemin gaf de vrouw Hope de naam van een voormalige manager, die een paar jaar daarvoor naar een ander kamp was overgeplaatst, samen met een ander e-mailadres. Hope nam contact op met de man, en hoewel die niet wist waar Tru tegenwoordig uithing, gaf hij haar de naam door van weer een andere kampmanager die in de jaren negentig in Hwange had gewerkt. Er was geen huidig telefoonnummer of e-mailadres bekend, maar hij gaf Hope een postadres met de waarschuwing dat ook dat verouderd kon zijn.

Hope schreef naar de manager en wachtte vol spanning op antwoord. Tru had haar gewaarschuwd dat de tijd in de wildernis trager verloopt en dat de postbezorging er niet altijd betrouwbaar is. Er gingen weken voorbij zonder dat er een antwoord kwam, en daarna maanden, en tegen die tijd had ze de hoop opgegeven dat ze ooit nog iets van hem zou horen. Maar toen lag er ineens een brief in de brievenbus.

De kinderen moesten nog uit school komen en ze scheurde de envelop open waarna ze gretig de handgeschreven woorden las. Ze kwam te weten dat Tru Hwange had verlaten, maar dat de manager via de tamtam had vernomen dat hij waarschijnlijk een andere baan had aangenomen in Botswana. De man wist echter niet precies in welk kamp. Hij voegde eraan toe dat hij ook tamelijk zeker wist dat Tru zijn huis in Bulawayo had verkocht zodra zijn zoon ergens in Europa was gaan studeren. Hij wist niet aan welke universiteit, noch in welk land die zich bevond.

Omdat Hope maar weinig aanknopingspunten had, nam ze contact op met lodges in Botswana. Dat waren er tientallen. Ze stuurde de ene e-mail na de andere, maar vond geen informatie over Tru.

Ze nam niet de moeite om contact op te nemen met universiteiten in Europa, aangezien dat gelijkstond aan het zoeken naar een speld in een hooiberg. Omdat ze door haar mogelijkheden heen raakte, besloot Hope om het te proberen via Air Zimbabwe, in de hoop om een werknemer te vinden die getrouwd was met iemand die Kim heette. Misschien kon Hope er via Tru's ex achter komen waar Tru was. Maar ook dat draaide op niets uit. Tot 2001 of 2002 had er weliswaar een man gewerkt die Ken heette, maar hij had het bedrijf verlaten en sindsdien had niemand meer iets van hem vernomen.

Daarna probeerde Hope het op een algemenere manier. Ze nam contact op met verscheidene overheidsinstanties in Zimbabwe om navraag te doen over een reusachtige boerderij die in het bezit was van een familie die Walls heette. Die mogelijkheid had ze bewaard als laatste redmiddel, aangezien ze vermoedde dat Tru het contact met zijn familie nog verder had beperkt na wat zijn biologische vader hem had verteld. De ambtenaren in Zimbabwe waren bepaald niet behulpzaam, maar na haar gesprekken vermoedde ze dat de boerderij in beslag was genomen door de regering en was herverdeeld onder de inheemse inwoners van het land. Over de familie was helemaal geen informatie bekend.

Omdat Hope door haar ideeën heen was, besloot ze om het dan maar gemakkelijker te maken voor Tru om haar te vinden mocht hij toevallig naar haar op zoek zijn. In 2009 was ze op Facebook gegaan, waar ze heel lang dagelijks op had gekeken. Ze hoorde van oude vrienden en nieuwe, familieleden en oud-collega's. Maar van Tru vernam ze taal noch teken.

Het besef dat Tru kennelijk was verdwenen – en dat ze elkaar nooit meer zouden zien – had haar in een maandenlange depressie doen belanden en ervoor gezorgd dat ze ging nadenken over alle andere verliezen in haar leven. Maar dit was een ander soort verdriet, dat met elk jaar dat verstreek sterker werd. Nu haar kinderen volwassen waren, bracht ze haar dagen en nachten in haar eentje door. Het leven ging voorbij en zou veel te snel eindigen. Onwillekeurig ging Hope zich afvragen of ze alleen zou zijn als ze haar laatste adem uitblies.

Soms had ze het gevoel dat haar huis langzaam maar zeker in haar graftombe veranderde.

In de cottage nam Hope een klein slokje wijn. Hoewel die licht en zoet was, smaakte het 's ochtends toch vreemd. Ze had nog nooit van haar leven zo vroeg wijn gedronken, en ze betwijfelde of ze het ooit nog eens zou doen. Maar vandaag had ze het verdiend, vond ze.

Hoeveel vreugde de herinneringen haar ook brachten en hoeveel kracht ze er ook uit had geput, toch was ze het zat om zich erdoor gevangen te voelen. Ze wilde de jaren die haar nog restten 's ochtends wakker worden zonder zich af te vragen of het Tru zou lukken om haar terug te vinden. Ze wilde zo veel mogelijk tijd met Jacob en Rachel doorbrengen. Boven alles verlangde ze naar rust. Ze wilde dat er eens een keer een maand voorbij zou gaan waarin ze niet de behoefte had om de inhoud te bekijken van de kist die nu op de tafel voor haar stond. In plaats daarvan wilde ze zich concentreren op het afstrepen van een aantal items op haar verlanglijstje. Een uitzending bijwonen van de *Ellen DeGeneres Show*. Het Biltmore Estate bezoeken met Kerstmis. Op een paard wedden tijdens de Kentucky Derby. Een basketbalwedstrijd bezoeken tussen de teams van North Carolina University en van Duke University in het Cameron Indoor Stadium. Dat laatste zou lastig worden, want het was bijna onmogelijk om aan kaartjes te komen, maar juist de uitdaging maakte het leuk.

Niet lang na haar strandvakantie van vorig jaar, op een dag dat ze zich bijzonder triest had gevoeld, had ze haar Facebookpagina verwijderd. Sinds die tijd had ze de kist ook op zolder laten staan, hoe erg ze er ook naar verlangde om de inhoud te bestuderen. Maar nu riep de kist naar haar, en ten slotte deed ze het deksel open.

Bovenop lag Ellens vervaagde huwelijksuitnodiging. Ze staarde naar de letters op het kaartje en dacht terug aan de vrouw die ze destijds was. Ze herinnerde zich de zorgen die haar hadden geplaagd toen ze die week bij het strandhuis was gearriveerd. Soms wenste ze dat ze kon praten met de vrouw die ze vroeger was geweest, maar ze wist niet goed wat ze dan zou moeten zeggen. Ze had de jongere versie van zichzelf kunnen verzekeren dat ze kinderen zou krijgen, maar zou ze er ook bij gezegd hebben dat het opvoeden van kinderen in niets leek op het ideaalbeeld dat ze zich had voorgesteld? Dat haar kinderen, hoeveel ze ook van hen hield, haar talloze malen woedend zouden maken of zouden teleurstellen? Dat haar zorgen om haar kinderen soms overweldigend waren? Of zou ze zelfs tegen de jongere versie van zichzelf zeggen dat er, als ze eenmaal kinderen had, ook momenten zouden komen waarop ze wenste dat ze weer helemaal vrij zou zijn?

En wat moest ze in vredesnaam over Josh zeggen?

Ach, dat was nu niet meer van belang, het was zelfs de tijd niet waard om over die vragen na te denken. Toch riep de trouwkaart het beeld bij haar op dat het leven leek op een oneindig aantal dominosteentjes die klaarstonden om te worden omgegooid op de grootste vloer ter wereld, waarbij het ene steentje onvermijdelijk het de volgende aantikte. Als die uitnodiging niet was gekomen, zou Hope misschien nooit ruzie hebben gemaakt met Josh, de week niet zonder hem in Sunset Beach hebben doorgebracht en zou ze Tru zelfs nooit hebben ontmoet. De uitnodiging, speculeerde ze, was het dominosteentje dat, nadat het omver was gegooid, de rest van haar leven in gang had gezet. De choreografie die had geleid tot de allerdiepste ervaring van liefde die ze ooit had meegemaakt, kwam haar voor als iets uit een filmscript en ook als iets onwaarschijnlijks. En ze vroeg zich opnieuw af welk doel het had gediend.

Nadat ze de trouwkaart opzij had gelegd, pakte Hope de eerste van de tekeningen. Tru had haar getekend op de ochtend nadat ze de liefde hadden bedreven, en Hope wist dat ze niet meer op de vrouw van de tekening leek. Op de tekening was haar huid zacht en zonder rimpels, stralend door het laatste vleugje jeugdigheid. Haar dikke haar had talloze lichtere lokken, haar borsten waren stevig en hingen niet, haar benen waren gespierd en hadden geen vlekken. Hij had haar vastgelegd op een manier waar geen foto ooit in was geslaagd, en terwijl ze de tekening bleef bestuderen, vond ze dat ze er nooit knapper uit had gezien. Want hij had haar getekend zoals hij haar zag.

Nadat ze de tekening op de trouwkaart had gelegd, pakte ze de tweede tekening. Die had hij gemaakt toen zij op de bruiloft was, en elke keer dat ze in de loop der jaren de inhoud van de kist had bekeken, was ze bij deze tekening blijven hangen. Daarop stonden ze samen op het strand aan de waterkant. De pier lag op de achtergrond en het zonlicht weerkaatste op de oceaan terwijl ze elkaar en profil aankeken. Ze had haar armen om zijn hals geslagen en zijn handen lagen op haar middel. Weer vond ze dat hij haar knapper had gemaakt dan ze in werkelijkheid was, maar ze werd vooral getroffen door het beeld van hem. Ze bestudeerde de lijntjes bij zijn ooghoeken en het kuiltje in zijn kin en volgde met haar vinger de vorm van zijn schouders onder de loshangende stof van zijn overhemd. Maar vooral stond ze versteld van de uitdrukking die hij zichzelf had gegeven terwijl hij haar aankeek – die van een man die tot over zijn oren verliefd is op de vrouw die hij in zijn armen houdt. Ze trok de tekening dichter naar zich toe en vroeg zich af of hij ooit op die manier naar een andere vrouw had gekeken. Ze zou het nooit weten, en hoewel een deel van haar hem geluk toewenste, wilde een ander deel van haar geloven dat de gevoelens die ze voor elkaar hadden gehad volledig uniek waren.

Ook die tekening legde ze opzij. Daarna kwam de brief die Tru haar had geschreven, de brief die ze in het handschoenenkastje had gevonden. Het papier was aan de randen gaan vergelen en in de vouwen zaten kleine scheurtjes. De brief was even broos geworden als zijzelf, dacht ze met een brok in haar keel. Ze liet haar wijsvinger van haar naam bovenaan naar de zijne onderaan glijden, hen opnieuw met elkaar werden verbindend. Ze las de woorden, die ze al uit haar hoofd kende, en raakte nooit verveeld door hun kracht.

Nadat ze van tafel was opgestaan, liep Hope naar het keukenraam. Terwijl haar gedachten afdwaalden, was het alsof ze Tru langs de cottage kon zien lopen met een hengel over zijn schouder en een doos visgerei in zijn andere hand, en ze zag dat hij zich omdraaide zodat hij haar aan kon kijken. Hij wuifde, en als reactie legde ze een hand tegen de ruit.

'Ik ben altijd van je blijven houden,' fluisterde ze, maar het glas was koud en de keuken was stil, en nadat ze met haar ogen had geknipperd, besefte ze dat het strand volkomen verlaten was.

Nog twintig minuten te gaan en er was nog een ding over. Een fotokopie van een brief die ze hem vorig jaar had geschreven. Tijdens haar vorige bezoek aan het strand had ze het origineel ervan in Kindred Spirit gelegd, en terwijl ze de kopie openvouwde, zei ze tegen zichzelf hoe stom haar gebaar was geweest. Een brief heeft niets te betekenen wanneer de bedoelde geadresseerde hem nooit zal ontvangen, en Tru zou die brief nooit krijgen. Maar in de brief had ze een belofte aan zichzelf gedaan waar ze zich aan wilde houden. Al zou de brief verder niets opleveren, dan hoopte ze dat hij haar in elk geval de kracht zou schenken die ze nodig had om eindelijk afscheid te nemen.

Dit is een brief aan God en het universum.

Ik heb uw hulp nodig bij iets wat waarschijnlijk mijn laatste poging zal zijn om mijn verontschuldigingen aan te bieden voor een beslissing die ik heel lang geleden heb genomen. Mijn verhaal is zowel simpel als ingewikkeld. Om precies uit de doeken te doen wat er is gebeurd, zou ik een boek moeten schrijven, dus daarom zal ik me beperken tot de grote lijnen:
Toen ik in september 1990 op vakantie was in Sunset Beach heb ik een man uit Zimbabwe ontmoet die Tru Walls heet. Toentertijd werkte hij als safarigids in een kamp in het Hwange-natuurreservaat. Hij had ook een huis in Bulawayo, maar hij is opgegroeid op een boerderij in de buurt van Harare. Hij was tweeënveertig, gescheiden en hij had een zoon van tien die Andrew heette. We hebben elkaar op een woensdagochtend ontmoet, en op donderdagavond was ik verliefd op hem.
U zult misschien wel denken dat zoiets niet kan, dat ik wellicht een bevlieging verwar met liefde. Ik kan alleen zeggen dat ik die mogelijkheid duizenden keren heb overwogen, om die daarna te verwerpen. Als u hem had ontmoet, zou u begrijpen waarom hij mijn hart heeft veroverd. Als u ons samen had gezien, zou u hebben geweten dat de gevoelens die we voor elkaar koesterden absoluut echt waren. Ik mag graag denken dat we in de korte periode die we samen waren zielsverwanten zijn geworden, voor altijd met elkaar verweven. Maar op zondag was het voorbij. En ik ben degene die er een einde aan heeft gemaakt, om redenen waarover ik tientallen jaren heb gepiekerd.
Toentertijd was het de juiste beslissing, en toch was het ook de verkeerde beslissing. Ik zou alles opnieuw zo hebben gedaan en ik zou alles volledig anders hebben gedaan. Die verwarring speelt me nog steeds parten, maar ik heb geleerd om te aanvaarden dat ik mezelf nooit van die vragen zal kunnen bevrijden.
Het is overbodig om te vermelden dat mijn beslissing zijn hart

brak. Ik word nog altijd achtervolgd door mijn schuldgevoel daarover. Ik ben nu aangekomen op een punt in mijn leven waarop het rechtzetten van allerlei dingen, waar ook maar mogelijk, aanvoelt als iets belangrijks. En dat is iets waarbij God en het universum me kunnen helpen, want ik heb slechts één eenvoudig verzoek.

Ik wil Tru graag nog een keer zien zodat ik hem mijn verontschuldigingen kan aanbieden. Ik wil dat hij mij vergeeft, als dat tenminste mogelijk is. In mijn dromen heb ik goede hoop dat dit me rust zal geven in mijn hoofd. Ik wil dat hij begrijpt hoeveel ik toen van hem hield, en nu nog steeds van hem houd. En ik wil dat hij weet hoeveel spijt ik heb.

Misschien vraagt u zich af waarom ik niet geprobeerd heb om op normalere manieren contact met hem op te nemen. Dat heb ik ook gedaan. Ik heb jarenlang geprobeerd om hem te vinden, maar zonder succes. Ik geloof ook niet echt dat deze brief hem zal bereiken, maar als dat wél het geval is dan wil ik vragen of hij zich de plek nog herinnert waar we op donderdagmiddag, samen naartoe zijn gegaan, vlak voor het begon te regenen.

Daar zal ik zijn op 16 oktober 2014. Als hij zich die plek herinnert met evenveel eerbied als ik, dan zal hij ook weten op welk tijdstip ik daar zal zijn.

Hope

Hope wierp een blik op de klok en zag dat Kindred Spirit op haar wachtte. Ze stopte alles terug in de kist en deed gedecideerd het deksel erop, ze wist nu al dat ze de kist niet meer op zolder zou zetten en dat ze de inhoud niet meer mee naar huis zou nemen. De kist zelf zou ze hier in de cottage achterlaten, op de schoorsteenmantel, en dan mocht de eigenaar van het huis ermee doen wat hij wilde. Behalve de huwelijksuitnodiging, zou ze de rest van de inhoud later die week in Kindred Spirit leggen. Ze had een dag of twee nodig om alle namen onherkenbaar te maken, maar ze hoopte dat andere bezoekers geboeid zouden raken door hun verhaal, op dezelfde manier waarop Tru en zij ooit Joe's brief aan Lena hadden gekoesterd. Ze wilde de mensen laten weten dat de liefde vaak op de loer ligt, gereed om in bloei te komen wanneer je dat het minst verwacht.

De rit was eenvoudig, een route die ze kende als haar broekzak. Ze stak de nieuwe brug bij Sunset Beach over, reed langs de pier naar de westrand van het eiland en vond een plek om te parkeren.

Nadat ze zich warm had ingepakt, ploeterde ze langzaam door de lage duinen. Ze was blij om te zien dat, hoeveel er ook op het eiland was veranderd, het strand nog hetzelfde was. Stormen en orkanen, maar ook de stromingen zorgden ervoor dat de eilanden voor de kust van North Carolina voortdurend veranderden. Sunset Beach leek daar redelijk immuun voor, zelfs al had ze vorig jaar gehoord dat je Bird Island tegenwoordig te voet kon bereiken, zelfs wanneer het geen eb was.

Het zand was sponsachtig waardoor ze buiten adem raakte en haar benen aanvoelden als lood. Toen ze aan de westkant van Sunset Beach kwam, keek ze over haar schouder achterom. Ze zag niemand die dezelfde kant op liep, alleen een stuk strand met golven die zacht tegen de kust klotsten. Een bruine pelikaan scheerde over de branding, en ze keek hem na tot hij slechts een stipje in de verte was geworden.

Nadat ze op adem was gekomen, liep ze verder en stak de geul met samengepakt zand over die een paar uur eerder nog onder water had gestaan. Zodra ze Bird Island had bereikt, ging de wind, die daarvoor nog gestaag had gewaaid, liggen alsof die haar welkom thuis heette. De lucht hier voelde ijler en dunner aan, en de zon, die inmiddels bezig was om op te komen, zorgde ervoor dat ze haar ogen tot spleetjes moest knijpen doordat de stralen weerkaatsten op het prisma van de zee. In de plotselinge stilte begreep Hope dat ze zichzelf had voorgelogen vanaf het moment dat ze was aangekomen. Ze maakte deze wandeling niet om afscheid te nemen. Ze was hiernaartoe gekomen omdat ze ergens diep vanbinnen zich irrationeel vastklampte aan de overtuiging dat Kindred Spirit de sleutel tot hun toekomst was. Ze was hier vandaag naartoe gegaan omdat ze met elke cel van haar lichaam wilde geloven dat Tru op de een of andere manier van haar brief had vernomen en hier op haar zou wachten.

Verstandelijk gezien begreep ze wel hoe idioot het was om dat te wensen, maar toch kon ze het gevoel dat Tru er zou zijn niet van zich af schudden. Met elke stap die ze zette, leek zijn aanwezigheid dichterbij. Ze hoorde zijn stem in het eindeloze gebulder van de oceaan en ondanks de kou voelde ze zich warmer worden. Het zand klauwde naar haar en hield haar bij elke stap vast, maar ze merkte dat ze haar tempo versnelde. Haar ademhaling ging in kleine pufjes, haar hartslag versnelde, maar toch liep ze door. Sternen en meeuwen zaten in groepjes bijeen terwijl strandlopers pijlsnel de zacht klotsende golven in en uit liepen. Ineens voelde ze een verwantschap met hen, want ze wist dat zij de enige getuigen zouden zijn van een hereniging die al vierentwintig jaar in de maak was. De vogels zouden toekijken wanneer ze zich in zijn armen zou storten. Zij zouden hem horen zeggen dat hij altijd van haar was blijven houden. Hij zou haar in de rondte draaien, haar kussen en daarna zouden ze zich terug haasten naar de cottage, hunkerend om de verloren tijd in te halen...

Een plotselinge windstoot haalde haar uit haar droom. Een harde windstoot, genoeg om haar het gevoel te geven dat ze niet stevig op haar benen stond.

Wie houd ik nou eigenlijk voor de gek? dacht ze.

Ze was een stommeling, iemand die in sprookjes geloofde, iemand die werd gegijzeld door haar herinneringen. Er stond niemand aan de waterkant en er kwam ook niemand in de verte aan lopen. Ze was hier alleen, en de zekerheid die ze had gevoeld omtrent Tru's aanwezigheid glipte even snel weer weg als die was gekomen. *Hij is er niet*, wees ze zichzelf terecht. Hij kón hier niet zijn omdat hij niets van de brief wist.

Zwaar ademend vertraagde Hope haar pas en ze concentreerde zich op haar voetstappen. Minuten verstreken. Eerst tien, daarna vijftien. Ze had het gevoel dat ze met elke stap slechts enkele centimeters vooruitgang boekte. Uiteindelijk kon ze de Amerikaanse vlag in de verte zien die wapperde in de bries, en wist ze dat het tijd was om landinwaarts te gaan.

Net iets voorbij de ronding van de duinen, zag ze de brievenbus en het bankje, even eenzaam en verlaten als altijd. Ze liep naar het bankje en viel er bijna op neer.

Tru was in geen velden of wegen te bekennen.

De hemel was steeds strakker blauw geworden, en ze schermde haar ogen af tegen het schelle licht. Toen ze hier vorig jaar was gekomen, was het bewolkt geweest, net als op de dag dat ze hier met Tru was geweest. Toen had ze een soort gevoel van déjà vu gehad, maar nu leek de hoog aan de hemel staande en onverstoorbaar schijnende zon haar te beschimpen vanwege haar dwaasheid.

De hoek die de duinenrij maakte ontnam haar het zicht op het stuk strand waar ze net overheen was gelopen, dus keek ze in de tegenovergestelde richting. Naar de vlag. De golven. De kustvogels en het zacht wuivende helmgras waarmee de duinen waren bedekt. Het verbaasde haar hoe weinig het landschap was veranderd sinds haar vader hier voor de eerste keer met haar naartoe was gegaan, dit in tegenstelling tot hoeveel er in haar was veranderd. Ze had bijna een heel leven geleid, zonder ook maar iets buitengewoons te bereiken. Ze had geen onuitwisbaar stempel op de wereld gedrukt, en dat zou ze ook nooit doen, maar als liefde het enige was wat ertoe deed, dan wist ze dat ze uitzonderlijk gezegend was.

Ze besloot om even uit te rusten alvorens weer terug te lopen. Maar eerst zou ze in de brievenbus kijken. Haar vingers tintelden toen ze de klep opentrok en de stapel brieven pakte. Ze liep ermee naar het bankje en legde haar sjaal als een presse-papier op de stapel.

In het half uur daarna ging ze helemaal op in de epistels die anderen hadden achtergelaten. Bijna alle brieven gingen over verlies, alsof iedereen zich aan een thema hield. Twee brieven waren van een vader en dochter aan hun echtgenote en moeder die vier maanden daarvoor was overleden aan eierstokkanker. Een andere brief was geschreven door een vrouw die Valentina heette en die rouwde om haar overleden echtgenoot. Weer een andere brief beschreef het verlies van een kleinkind aan een drugsoverdosis. Een bijzonder goed geschreven brief beschreef de angsten die het gevolg waren van het verlies van een baan, en uiteindelijk het kwijtraken van het huis in een executieverkoop. Drie brieven waren van vrouwen die onlangs weduwe waren geworden. En hoewel ze het graag anders zou zien, dienden al die brieven als herinnering aan het feit dat Tru ook voor altijd weg was.

Ze legde de stapel die ze had gelezen opzij. Er waren nog maar twee brieven over. Omdat ze dacht dat ze net zo goed alle brieven kon lezen, pakte ze de volgende envelop. Die was al geopend en ze haalde de brief eruit en vouwde hem open in de zon. Hij was geschreven op een vel geel papier, en toen ze de naam in de aanhef las, kon ze haar ogen niet geloven.

Hope.

Ze knipperde met haar ogen en bleef naar haar naam staren.

Hope.

Het kon gewoon niet waar zijn, maar... *toch was het zo*. Ze voelde een golf van duizeligheid. Ze herkende het handschrift, dat had ze eerder die ochtend nog gezien in de brief die Tru haar lang geleden had geschreven. Ze zou het uit duizenden hebben herkend, maar als dat het geval was... waar was hij dan?

Waarom was hij niet hier?

Er schoten allerlei gedachten door haar hoofd, ze leek niets meer te begrijpen, behalve dan de brief die ze in haar hand hield. Bovenaan stond een datum: 2 oktober. En dat was twaalf dagen geleden…

Twaalf dagen?

Was hij twaalf dagen te vroeg gekomen?

Ze begreep het niet, en haar verwarring leidde tot nog meer vragen. Had hij de datum verkeerd begrepen of was dit allemaal toeval? Was deze brief eigenlijk wel voor haar bestemd? Had ze het handschrift wel écht herkend? En als dat zo was…

Waar was hij dan?

Waar was hij dan?

Waar was hij dan?

Haar handen begonnen te trillen. Ze deed haar ogen dicht in een poging haar gedachten tot bedaren te brengen en de waterval aan vragen te laten afnemen. Ze haalde een paar keer diep adem en hield zich voor dat ze het zich allemaal maar had ingebeeld. Wanneer ze haar ogen weer opende, zou er een andere naam in de aanhef staan. Als ze de brief goed zou bekijken, zou ze zien dat het handschrift helemaal niet hetzelfde was.

Toen ze zichzelf weer enigszins in de hand had, keek ze opnieuw omlaag naar de pagina.

Hope.

Ze zag ook dat ze zich niet had vergist wat betreft het handschrift. Dat was van hem en van niemand anders. Ze kreeg een brok in haar keel toen ze uiteindelijk begon te lezen.

Hope,

Het lot dat het belangrijkst is in ieders leven is het lot met betrekking tot de liefde.

Ik schrijf deze woorden terwijl ik in een kamer zit waar ik al ruim een maand logeer. Het is een bed and breakfast dat het Stanley House heet en het ligt in het oude deel van Wilmington.

De eigenaars zijn heel vriendelijk, het is er meestal rustig en het eten is goed.
Ik weet dat deze details misschien onbelangrijk lijken, maar ik ben zenuwachtig, dus laat me beginnen met hetgeen het meest voor de hand ligt: op 23 augustus hoorde ik over je brief en twee dagen later ben ik naar North Carolina gevlogen. Ik wist waar je me wilde ontmoeten, en ik nam aan dat je met eb naar die plek zou komen, maar om redenen die ik het beste later kan vertellen, wist ik niet op welke datum je precies zou komen. Ik had alleen vage aanwijzingen om mee aan de slag te gaan en daarom heb ik ervoor gekozen om een kamer in een bed and breakfast te nemen. Als ik een tijdje in North Carolina moest blijven dan wilde ik een plekje dat comfortabeler was dan een hotel, maar ik had geen zin in al het gedoe dat bij het huren van een appartement komt kijken. Om je de waarheid te vertellen, wist ik niet eens hoe je zoiets moest regelen in een ander land. Ik wist alleen dat ik móést komen aangezien ik je had beloofd dat ik dat zou doen.
Ondanks het gebrek aan precieze informatie, ging ik ervan uit dat je een datum in september had gekozen. Dat is immers de maand waarin we elkaar hebben ontmoet. In de afgelopen maand ben ik elke dag naar Kindred Spirit gegaan. Ik heb naar je uitgekeken en op je gewacht, maar zonder resultaat, en ik heb me de hele tijd afgevraagd of ik je was misgelopen of dat je van gedachten was veranderd. Ik vroeg me af of het lot er opnieuw voor had gezorgd dat we niet samen zouden kunnen zijn. Toen september voorbij was en het oktober werd, heb ik besloten om een brief voor je achter te laten in de hoop dat jij op een dag van die brief zou horen op dezelfde onverklaarbare manier waarop jouw brief mij ter ore is gekomen.
Weet je, ik heb ook begrepen dat jij je verontschuldigingen wilde aanbieden om wat er tussen ons is gebeurd, vanwege de beslissing die je zo lang geleden hebt genomen. Destijds heb ik

je al verteld, en dat vind ik nog steeds, dat daar geen enkele verontschuldiging voor nodig is. Jou leren kennen en verliefd op je worden was een ervaring die ik nog wel duizend keer opnieuw wil beleven in duizend verschillende levens, als ik die kans ooit zou krijgen.

Je bent, en dat was je altijd al, vergeven.
Tru

Nadat ze de brief uit had, bleef Hope naar de pagina staren terwijl haar hart bonsde in haar borstkas. De wereld leek op haar af te komen. De brief bood geen aanwijzingen op de vraag of hij was gebleven, geen manier om contact met hem op te nemen voor het geval hij weer naar Afrika was gegaan…

'Ben je weer weggegaan?' riep ze hardop. 'Zeg alsjeblieft dat je niet bent vertrokken…'

Terwijl ze de woorden uitsprak, keek ze op van de brief en zag ze een man staan, op nog geen drie meter bij haar vandaan. De zon zette hem in een schaduw waardoor zijn gelaatstrekken moeilijk te onderscheiden waren, maar door de jaren heen had ze zich zijn beeltenis zo vaak voor de geest gehaald dat ze hem ogenblikkelijk herkende. Haar mond viel open en toen hij aarzelend een stap naar haar toe zette, zag ze dat er een glimlach op zijn gezicht was verschenen.

'Ik ben niet vertrokken,' zei Tru tegen haar. 'Ik ben er nog steeds.'

Hereniging

Hope staarde hem aan en had het gevoel dat ze vastgevroren zat aan de bank. Dit kon niet echt zijn – het bestond niet dat Tru echt hier was. Ze kon de lawine aan emoties die over haar heen denderde niet tegenhouden. Verbazing en vreugde gingen hand in hand met schrik en ontzetting waardoor ze geen woord kon uitbrengen, en diep vanbinnen was ze bang dat de illusie aan diggelen zou vallen als ze het wel deed.

Hij was hier. Ze zag hem. Ze had hem horen praten, en bij het horen van zijn stem keerden de herinneringen aan hun tijd samen in alle hevigheid terug. Haar eerste gedachte was dat hij niet veel was veranderd sinds ze hem voor het laatst had gezien. Hij was nog altijd slank, zijn brede schouders niet gekromd door ouderdom, en hoewel zijn haar dunner en zilvergrijs was geworden, zat het nog even achteloos en warrig als ze toen zo leuk had gevonden. Hij kleedde zich nog net als destijds, in een keurig ingestopt en dichtgeknoopt overhemd, een spijkerbroek en wandelschoenen. Ze wist nog dat hij ongevoelig was geweest voor kou, maar vandaag droeg hij een jack dat tot op zijn heupen viel, al had hij niet de moeite genomen om het dicht te ritsen.

Hij was niet naderbij gekomen en leek even verbijsterd als zij. Uiteindelijk verbrak hij de betovering.

'Dag, Hope.'

Toen ze hem haar naam hoorde zeggen, begon haar hart in haar borstkas te bonzen. 'Tru?' fluisterde ze.

Hij liep naar haar toe. 'Ik zie dat je de brief hebt gevonden die ik voor je heb achtergelaten.'

Pas toen besefte ze dat ze die nog altijd vasthield.

'Jazeker.' Ze knikte. Ze vouwde hem op en stak hem verstrooid in de zak van haar jack, terwijl het in haar brein een wirwar was van op elkaar botsende beelden, zowel uit het verleden als het heden. 'Was je achter me op het strand? Ik heb je niet gezien.'

Met zijn duim wees hij over zijn schouder. 'Ik ben vanaf Sunset Beach komen lopen, maar ik heb jou ook niet gezien. In elk geval niet voordat ik de brievenbus in het oog kreeg. Het spijt me als ik je heb laten schrikken.'

Ze schudde haar hoofd terwijl ze van de bank kwam. 'Ik kan nog steeds niet geloven dat je hier bent... Ik heb het gevoel dat ik droom.'

'Je droomt niet.'

'Hoe weet je dat?'

'Omdat,' antwoordde hij teder, en zijn tongval was nog precies hetzelfde als in haar herinnering, 'we niet allebei kunnen dromen. Het is lang geleden,' voegde hij eraan toe.

'Ja, dat is het zeker.'

'Je bent nog steeds beeldschoon,' zei hij, met een lichte verwondering in zijn stem.

Ze voelde het bloed naar haar wangen stijgen, een sensatie die ze bijna was vergeten. 'Niet echt...' Ze duwde een verwaaide haarlok uit haar gezicht. 'Maar bedankt.'

Hij overbrugde de afstand tussen hen en nam haar hand zacht in de zijne. De warmte van zijn aanraking verspreidde zich door haar heen en ofschoon hij dicht genoeg bij haar was om haar te kussen, deed hij dat niet. In plaats daarvan streek hij langzaam met zijn duim over haar huid, een tintelend gevoel.

'Hoe gaat het met je?' vroeg hij.

Al haar lichaamscellen leken te vibreren. 'Het gaat...' Ze drukte haar lippen even opeen voordat ze verder sprak. 'Eigenlijk weet ik niet precies hoe het met me gaat. Behalve dan dat ik me volslagen overdonderd voel.'

Zijn blik ving de hare en liet de jaren die ze hadden verloren ineenstorten. 'Er is zo veel dat ik je wil vragen,' zei hij.

'Ik ook,' fluisterde ze.

'Het is zo fijn om je weer te zien.'

Terwijl hij praatte voelde ze dat er in de wereld om haar heen niets anders was dan dit unieke moment: Tru die plotseling voor haar stond nadat ze zo veel jaren afzonderlijk hadden doorgebracht, en zonder nog een woord te zeggen, kwamen ze bij elkaar. Hij sloeg zijn armen om haar heen en trok haar dicht tegen zich aan, en onverwachts kreeg ze het gevoel dat ze weer zesendertig was, smeltend in de bescherming van zijn armen terwijl ze onder een stralende herfstzon stonden.

Zo bleven ze heel lang staan, tot zij wat naar achteren ging zodat ze hem kon aankijken. Echt goed kon aankijken. Hoewel de rimpels op zijn gezicht dieper waren geworden, waren het kuiltje in zijn kin en de kleur van zijn ogen nog precies zoals ze zich herinnerde. Ze voelde een absurde opluchting dat ze onlangs naar de kapper was geweest en dat ze die ochtend de tijd had genomen voor haar uiterlijk. Door de botsing van haar herinneringen en de sensatie van het huidige moment gingen haar gedachten alle kanten op en om onbegrijpelijke redenen voelden ze tranen opwellen in haar ogen. Beschaamd veegde ze die weg.

'Gaat het wel?' vroeg hij.

'Ja, prima.' Ze snoof even. 'Het spijt me dat ik huil, maar ik... ik heb gewoon... ik heb gewoon nooit geloofd dat je hier echt zou zijn.'

Hij liet een wrang glimlachje zien. 'Ik moet bekennen dat het een nogal uitzonderlijke reeks gebeurtenissen was die me naar jou terug heeft gevoerd.'

Ondanks de tranen moest ze stilletjes lachen om de manier waarop hij zich uitdrukte. Hij klonk zoals hij destijds had gedaan, waardoor het wat gemakkelijker voor haar werd om haar evenwicht te hervinden.

'Hoe heb je mijn brief gevonden?' wilde ze weten. 'Ben je hier het afgelopen jaar geweest?'

'Nee,' zei hij. 'En ik heb die brief ook niet zelf gevonden, ik heb hem zelfs niet gelezen. Er is me over verteld. Maar... wat belangrijker is, hoe gaat het met jou? Hoe is het jou in al die jaren vergaan?'

'Het gaat goed met me,' antwoordde ze automatisch. 'Ik...' Haar stem stierf weg en opeens was haar hoofd helemaal leeg. Wat zeg je na vierentwintig jaar tegen een vroegere minnaar? Terwijl ze al over dit moment had gefantaseerd sinds ze afscheid van elkaar hadden genomen? 'Er is veel gebeurd,' was het enige wat ze kon verzinnen.

'Echt?' Plagend trok hij zijn wenkbrauwen op en onwillekeurig moest ze glimlachen. Ze hadden zich altijd automatisch bij elkaar op hun gemak gevoeld en dat was in elk geval nog steeds zo.

'Ik heb geen idee waar ik moet beginnen,' bekende ze.

'Waarom niet vanaf het punt waar we zijn geëindigd?'

'Ik weet niet precies waar dat is.'

'Oké. Laten we hiermee beginnen: ik neem aan dat je het huwelijk hebt doorgezet?'

Dat moest hij hebben geraden, want ze had nooit contact met hem opgenomen. Maar hij klonk niet verdrietig of verbitterd, alleen nieuwsgierig.

'Inderdaad,' zei ze. 'Josh en ik zijn getrouwd, maar...' Ze was er nog niet klaar voor om in detail te treden. 'We hebben het niet gered. We zijn acht jaar geleden gescheiden.'

Hij liet zijn blik omlaaggaan naar het zand, en keek toen weer omhoog. 'Dat moet zwaar voor je zijn geweest. Het spijt me voor je.'

'Dat is niet nodig,' zei ze. 'Het huwelijk had zijn beste tijd gehad en het was tijd om er een einde aan te maken. Hoe zit het met jou? Ben jij nog een keer in het huwelijksbootje getreden?'

'Nee,' zei hij. 'In dat opzicht is het nooit echt iets geworden. Tegenwoordig ben ik alleen.'

Hoewel het egoïstisch van haar was, voelde ze een golf van opluchting. 'Maar je hebt Andrew toch zeker nog? Die moet ondertussen in de dertig zijn.'

'Hij is vierendertig,' zei Tru. 'Ik zie hem een paar keer per jaar. Hij woont nu in Antwerpen.'

'Is hij getrouwd?'

'Ja,' zei Tru. 'Al drie jaar.'

Verbazingwekkend, dacht ze. Het was moeilijk voorstelbaar. 'Heeft hij al kinderen?'

'Annette, zijn vrouw, is zwanger van hun eerste.'

'Dus binnenkort word je opa.'

'Ja, als alles goed gaat wel,' beaamde hij. 'En jij? Heb je de kinderen gekregen die je wilde?'

'Twee.' Ze knikte. 'Een jongen en een meisje. Of eigenlijk zijn het nu een man en een vrouw. Ze zijn allebei in de twintig. Jacob en Rachel.'

Hij gaf een zacht kneepje in haar hand. 'Wat fijn voor je.'

'Dank je. Dat is waar ik het meest trots op ben,' zei ze. 'Werk jij nog als gids?'

'Nee,' antwoordde hij. 'Ik ben drie jaar geleden met pensioen gegaan.'

'Mis je het?'

'Absoluut niet,' zei hij. 'Ik vind het tegenwoordig heel prettig om niet voor dag en dauw op te staan en me af te vragen of er ook leeuwen bij me op de stoep staan.'

Ze wist dat het gekeuvel was, dat ze niet de diepte in gingen, maar het voelde ongedwongen en gemakkelijk, zoals de gesprekken die ze voerde met haar dierbaarste vriendinnen. Soms sprak ze die maanden, of zelfs een jaar niet, maar als ze hen weer zag, gingen ze zo weer verder waar ze bij hun laatste gesprek waren gebleven. Ze had niet gedacht dat het met Tru net zo zou gaan, en dat aangename besef werd verstoord door een ijskoude windvlaag. Die sneed door haar jack en blies zand van de duinen. Over zijn schouder zag ze haar sjaal op de bank bewegen terwijl de randen van de brieven fladderden. 'Een moment. Ik kan die brieven beter terugleggen voordat ze wegwaaien.'

Ze haastte zich naar de brievenbus. Waar haar benen bij haar aankomst hadden aangevoeld als gelatine, voelden ze zich nu verjongd, alsof de tijd terugliep. Wat in zekere zin ook zo was.

Nadat ze de klep van de brievenbus had gesloten zag ze dat Tru achter haar aan was gelopen.

'Ik houd de brief die je aan mij hebt geschreven,' zei ze tegen hem. 'Tenzij je dat niet wilt.'

'Waarom zou ik dat niet willen? Ik heb hem voor jou geschreven.'

Ze wikkelde de sjaal om haar hals. 'Waarom heb je niet in de brief geschreven dat je hier nog was? Je had gewoon "wacht op me" kunnen schrijven.'

'Ik wist niet precies hoe lang ik in deze contreien zou blijven. Toen ik je schreef, wist ik niet op welke dag je hier zou zijn en de originele brief lag niet meer in de brievenbus toen ik hier kwam.'

Ze hield haar hoofd schuin. 'Hoe lang was je van plan om te blijven?'

'Tot na het einde van het jaar.'

In eerste instantie betwijfelde ze of ze hem goed had verstaan. Toen: 'Je wilde hier tot januari elke dag naartoe gaan? Om daarna terug te gaan naar Afrika?'

'Je hebt half gelijk. Ik was van plan om hier tot en met januari te blijven. Maar nee, zelfs daarna wilde ik niet teruggaan naar Afrika. In elk geval niet meteen.'

'Waar wilde je dan naartoe?'

'Ik was van plan om in de Verenigde Staten te blijven.'

'Waarom?'

Die vraag leek hem in verwarring te brengen. 'Om jou te zoeken,' zei hij na een tijdje.

Ze opende haar mond en probeerde te reageren, maar weer wilden er geen woorden naar buiten komen. Het sloeg nergens op, dacht ze. Deze toewijding verdiende ze niet. Zij had hem verlaten. Ze had hem zien instorten, maar was doorgereden, zij had ervoor gekozen om zijn wensen en dromen te vernietigen en een leven met Josh op te bouwen.

Maar toch, terwijl hij naar haar keek, besefte ze dat zijn liefde onveranderd was, zelfs al had hij nog helemaal niet door hoe erg ze hem had gemist. Of hoeveel ze ook nu nog om hem gaf. Ze hoorde een stemmetje in haar hoofd dat haar waarschuwde om voorzichtig te zijn, om overal volslagen eerlijk over te zijn zodat hij niet opnieuw gekwetst zou worden. Maar omdat ze helemaal in de greep was van hun hereniging leek dat stemmetje ver weg.

'Wat zijn je plannen voor vanmiddag?' vroeg ze.

'Die heb ik niet. Wat heb jij in gedachten?'

In plaats van antwoord te geven, glimlachte ze, want ze wist precies waar ze naartoe moesten gaan.

Ze liepen terug zoals ze waren gekomen, en bereikten na een poos de zanderige geul die Bird Island en Sunset Beach van elkaar scheidde. In de verte zagen ze de contouren van de pier, waarvan de kenmerken verloren gingen tegen de glinstering van het water. De golven waren lang en kalm en rolden gestaag het strand op. Voor hen zag Hope dat het drukker was geworden op het strand, kleine gestalten die langs de waterkant bewogen. De lucht was scherp en bracht de geuren van dennen en wind mee, en ze voelde dat haar vingers begonnen te tintelen door de kou.

Ze liepen in een kalm tempo, wat Tru niet erg leek te vinden. Ze zag dat hij enigszins mank liep, zichtbaar genoeg om zich af te vragen wat hem was overkomen. Misschien was het niets – een lichte artritis of gewoon het gevolg van een actieve levensstijl – maar het deed haar beseffen dat ze ondanks hun gedeelde verleden in veel opzichten vreemden voor elkaar waren. Zij had een herinnering gekoesterd, maar die hoefde niet van de man te zijn die hij tegenwoordig was.

Of toch?

Nu ze naast hem liep, wist ze het niet zeker. Ze wist alleen dat in zijn nabijheid verkeren even ongedwongen en opbeurend was als destijds, en na een korte blik op Tru had ze het vermoeden dat hij er ook zo over dacht. Net als zij had hij zijn handen in zijn zakken gestoken, waren zijn wangen rood van de kou en straalde hij een zekere tevredenheid uit, als een man die na een lange reis eindelijk weer thuis was gekomen. Omdat het langzaam vloed werd, liepen ze helemaal aan de rand van het natte, harde zand, waarbij ze allebei letten op golven die hun schoenen zouden kunnen doorweken.

Als vanzelf begonnen ze een gesprek, waarbij de woorden net als vroeger onbelemmerd stroomden. Zij was voornamelijk aan het woord. Ze vertelde hem over het overlijden van haar ouders, sprak kort over haar werk, net als over haar huwelijk en de daaropvolgende scheiding van Josh, maar ze had het vooral over Jacob en Rachel. Ze vertelde talloze verhalen over hun jeugd en puberteit en ze biechtte op hoe bang ze was geweest toen Rachel haar openhartoperatie had ondergaan. Vaak zag ze een warme of bezorgde reactie op Tru's gezicht, die geen twijfel over zijn medeleven liet bestaan. Natuurlijk kon ze zich niet alles herinneren, sommige details van haar leven was ze vergeten, maar ze voelde dat Tru automatisch de patronen en geweven draden van haar verleden begreep. Toen ze onder de pier door liepen, had ze het idee dat haar leven als moeder niet veel geheimen voor hem had.

Terwijl ze door het mullere zand liepen en afbogen naar het pad dat door de duinen voerde, ging zij voorop en besefte ze dat ze, in tegenstelling tot de zware wandeling naar Kindred Spirit, nauwelijks iets had meegekregen van de terugweg. Haar vingers waren warm en soepel in haar jaszakken en ze was niet buiten adem, zelfs al had zij bijna de hele tijd gepraat.

Nadat ze om het pad waren heen gelopen kwamen ze bij de weg en zag ze een auto naast de hare staan.

'Is die van jou?' vroeg ze, al wijzend.

'Een huurauto,' zei hij.

Ergens was het logisch dat hij een auto had gehuurd, dacht ze, maar toch viel haar op dat hun auto's dicht bij elkaar stonden, alsof ze door dezelfde magische krachten naar elkaar waren toe getrokken die de hereniging tussen Hope en Tru hadden bewerkstelligd. Dat vond ze op een vreemde manier ontroerend.

'Waarom rij je niet achter me aan?' stelde ze voor. 'Het is een behoorlijk eind.'

'Ga maar voor.'

Ze drukte op het knopje om de portieren te openen en ging achter het stuur zitten. De auto was koud en nadat ze de motor had gestart zette ze de verwarming op de hoogste stand. Door het raam zag ze Tru in zijn huurauto stappen. Ze reed achteruit de weg op en stopte daar om op hem te wachten. Toen hij klaar was, haalde ze haar voet van het rempedaal en de auto rolde vooruit, op weg naar een middag die ze niet had kunnen voorzien en een toekomst waarvan ze zich geen voorstelling kon maken.

Nu ze alleen in de auto zat, dwaalden haar gedachten af en ze keek voortdurend in de achteruitkijkspiegel om zich ervan te overtuigen dat Tru niet verdween. Om zeker te weten dat ze niet had gehallucineerd, omdat ze nog steeds niet helemaal kon geloven dat hij over haar brief had gehoord.

Maar hij had er wel over gehoord, wist ze nu.

Hij was hier. Hij was teruggekomen omdat zij dat had gewild. En hij gaf nog altijd om haar.

Ze haalde diep adem en bracht zichzelf tot bedaren toen de auto eindelijk warm begon te worden. Zo reden ze de hoofdweg op, waar de meeste verkeerslichten gelukkig op groen stonden, en na een poos namen ze de afslag naar Carolina Beach. Na een smalle brug en een paar afslagen reed ze de oprit op van de cottage die ze had gehuurd.

Ze zorgde dat Tru ruimte had om naast haar te komen staan en keek toe toen hij eindelijk tot stilstand kwam. Ze stapte uit, luisterend naar het tikken van haar afkoelende motor. Tru had zich omgedraaid in zijn auto om iets van de achterbank te pakken. Achter de ruit had zijn haar een zilveren gloed.

Terwijl ze stond te wachten dreven er dunne wolkenslierten boven haar langs die het felle licht verzachtten. Er stond een stevige bries en na de warmte in de auto begon ze plotseling te huiveren. Op het moment dat ze haar armen over elkaar sloeg, hoorde ze in de bomen een kardinaalsvogel roepen en toen ze hem zag, moest ze denken aan de brief van Joe aan Lena die Tru haar had voorgelezen toen ze lang geleden naar Kindred Spirit waren gegaan. *Kardinalen*, dacht ze, *blijven hun hele leven bij elkaar*. Die gedachte deed haar glimlachen.

Tru stapte de auto uit, waarbij hij even sierlijk bewoog als hij vroeger had gedaan. In zijn hand hield hij een canvas rugzak en hij keek met tot spleetjes geknepen ogen naar de cottage.

'Logeer je hier?'

'Ik heb het voor een week gehuurd.'

Weer bekeek hij het huis aandachtig en wendde zich daarna tot haar. 'Het doet me denken aan de cottage van je ouders.'

Ze glimlachte en kreeg een déjà vu-gevoel. 'Dat dacht ik nou ook toen ik hem voor het eerst zag.'

De herfstzon scheen schuin omlaag op hen toen Tru achter haar aan naar de voordeur liep. Binnen legde Hope haar muts, handschoenen en sjaal op het haltafeltje en hing ze haar jack in de kast. Tru hing het zijne ernaast. De rugzak werd op het tafeltje gezet, bij haar spullen. De vertrouwelijkheid waarmee ze het huis binnengingen had iets geruststellend huiselijks, dacht ze, alsof ze dat al hun hele leven samen deden.

Ze voelde tocht door de ramen komen. Hoewel ze de thermostaat eerder die dag hoger had gezet, worstelde het huis tegen de elementen en ze wreef over haar armen om het bloed te laten stromen. Ze keek naar Tru, die alles in zich opnam, en ze had het gevoel dat zijn ogen niets misten.

'Ik kan niet geloven dat je hier echt bent,' zei ze. 'Ik had in geen miljoen jaar kunnen denken dat je zou komen.'

'En toch zat je bij de brievenbus op me te wachten.'

Ze reageerde op zijn opmerking door schaapachtig te glimlachen en met haar vingers door haar verwaaide haren te gaan. 'Ik ben het meeste aan het woord geweest, dus nu wil ik over jou horen.'

'Mijn leven is niet erg interessant geweest.'

'Dat zeg jij,' zei ze met een sceptische blik. Ze raakte even zijn arm aan. 'Heb je honger? Kan ik iets te eten voor je maken?'

'Alleen als jij ook iets neemt. Ik heb laat ontbeten, dus ik heb nog niet heel veel trek.'

'Wil je soms een glas wijn? Volgens mij hebben we iets te vieren.'

'Dat lijkt me ook,' zei hij. 'Kan ik je ergens mee helpen?'

'Nee, maar zou jij de haard aan willen zetten? Je hoeft alleen op de knop bij de schouw te drukken. Het gaat automatisch. En maak het je gemakkelijk. Ik ben zo terug.'

Hope ging naar de keuken en keek in de koelkast. Ze pakte de fles wijn, schonk twee glazen vol en ging terug naar de woonkamer. Daar brandde de haard en Tru zat op de bank. Ze overhandigde hem een van de glazen en zette het hare op de salontafel.

'Wil jij een deken? Zelfs met het haardvuur heb ik het nog vrij koud.'

'Nee, dat is niet nodig,' zei hij.

Ze pakte een sprei van het bed in haar slaapkamer en ging op de bank zitten, legde de sprei over haar benen en pakte haar glas. De hitte van de haard verspreidde zich al door de kamer.

'Dit is fijn,' zei ze, bedenkend dat hij nog even knap was als toen ze elkaar voor het eerst hadden ontmoet. 'Totaal ongelofelijk, maar fijn.'

Hij lachte, een vertrouwd laag geluid. 'Het is meer dan fijn, het is wonderbaarlijk.' Hij hief zijn glas op en zei: 'Op Kindred Spirit.'

Nadat ze hadden geklonken, namen ze allebei een slokje. Vervolgens liet Tru zijn glas zakken en glimlachte flauwtjes. 'Het verbaast me dat je niet in Sunset Beach verblijft.'

'Daar is het niet meer hetzelfde,' zei ze. *En dat is het al niet meer sinds ik jou daar leerde kennen*, voegde ze er in stilte aan toe.

'Ben je hier al eens eerder geweest?'

Ze knikte. 'Ik ben hier voor het eerst geweest toen Josh en ik net uit elkaar waren.' Ze vertelde hem in het kort wat ze in die tijd had doorgemaakt en hoezeer haar verblijf had geholpen om alles op een rijtje te zetten, voordat ze verderging: 'Toentertijd slaagde ik er nauwelijks in om alle emoties die door me heen gingen in bedwang te houden. Maar de tijd alleen heeft me er ook aan herinnerd hoe moeilijk de scheiding voor de kinderen was, zelfs al lieten ze dat niet merken. Ze hadden me echt nodig, en het hielp me om me daarop te concentreren.'

'Zo te horen was je een geweldige moeder.'

'Ik heb mijn best gedaan.' Ze haalde haar schouders op. 'Maar ik heb ook fouten gemaakt.'

'Volgens mij hoort dat erbij. Zeker als je vader of moeder bent. Ik vraag me nog altijd af of ik meer tijd had moeten doorbrengen met Andrew.'

'Heeft hij daar iets over gezegd?'

'Nee, dat zou hij ook nooit doen. Maar toch, de jaren gingen veel te snel voorbij. De ene dag was hij nog een klein jongetje en voordat ik het wist ging hij naar Oxford.'

'Ben jij tot die tijd in Hwange gebleven?'

'Ja.'

'Maar toen ben je weggegaan.'

'Hoe weet je dat?'

'Ik heb je gezocht,' zei ze. 'Voordat ik de brief in de brievenbus heb gelegd, bedoel ik.'

‘Wanneer?’

‘In 2006. Na mijn scheiding van Josh, waarschijnlijk een jaar nadat ik voor het eerst in Carolina Beach ben geweest. Ik wist nog waar je werkte en ik heb contact opgenomen met de lodge. En met andere plaatsen. Maar ik kon je niet vinden.’

Dat leek hij te laten bezinken en zijn blik werd een paar tellen wazig. Ze kreeg het idee dat hij iets wilde zeggen, maar dat niet kon. In plaats daarvan glimlachte hij teder naar haar. ‘Ik wou dat ik het had geweten,’ zei hij uiteindelijk. ‘En dat je er wel in was geslaagd.’

Ja, ik ook, dacht ze. ‘Wat is er gebeurd? Ik dacht dat je het fijn vond om in Hwange te werken.’

‘Dat was ook zo,’ zei hij. ‘Maar ik ben er heel lang geweest en het was tijd om verder te gaan.’

‘Waarom?’

‘Het kamp had een nieuwe directie gekregen en veel van de andere gidsen waren vertrokken, onder wie mijn vriend Romy. Hij was een paar jaar eerder met pensioen gegaan. De lodge zat in een overgangsperiode en aangezien Andrew was gaan studeren, was er niets meer wat me aan die plek bond. Als ik echt ergens anders opnieuw wilde beginnen, leek het me beter om dat niet uit te stellen. Daarom heb ik mijn huis in Bulawayo verkocht en ben ik naar Botswana verhuisd. Ik had een baan gevonden bij een kamp dat interessant klonk.’

Dus hij is toch naar Botswana gegaan, dacht ze.

‘Ze komen mij allemaal interessant voor.’

‘Veel ervan zijn dat inderdaad,’ beaamde hij. ‘Heb je ooit nog een safari gemaakt? Je had gezegd dat je dat nog een keer wilde doen.’

‘Nee, nog niet. Maar ik houd hoop.’ Toen, terugkomend op wat hij eerder had gezegd en denkend aan de vele kampen waarmee ze contact had opgenomen, zei ze: ‘Wat was er zo interessant aan dat kamp in Botswana? Was het erg bekend?’

'Absoluut niet. Het is meer een middenmootkamp. De accommodaties zijn een beetje simpel. Verpakte lunches en geen vers bereide maaltijden, dat soort dingen. En het wild kan nogal sporadisch zijn. Maar ik had gehoord dat er leeuwen in de omgeving waren. Of liever gezegd, een specifieke troep.'

'Ik dacht dat jij voortdurend leeuwen zag.'

'Dat was ook zo,' zei hij. 'Maar deze waren anders. Ik had een gerucht gehoord dat ze hadden geleerd om op olifanten te jagen en ze neer te halen.'

'Hoe kunnen leeuwen nou een olifant neerhalen?'

'Ik had geen flauw idee en aanvankelijk geloofde ik het ook niet, maar toen ontmoette ik een gids die daar had gewerkt. Hij vertelde me dat hij weliswaar niet zelf getuige was geweest van zo'n aanval, maar dat hij een dag later wel het karkas van een olifant had gezien. En dat het voor hem geen twijfel leed dat leeuwen zich er bijna de hele nacht tegoed aan hadden gedaan.'

Met samengeknepen ogen keek ze hem aan, en de twijfel stond duidelijk op haar gezicht te lezen. 'Misschien was de olifant ziek en liepen de leeuwen hem toevallig tegen het lijf?'

'Dat dacht ik eerst ook. Er wordt altijd gezegd dat de leeuw de koning van de jungle is, en zelfs die Disneyfilm *The Lion King* benadrukte die mythe, maar uit ervaring wist ik dat dat niet het geval was. De olifant is de koning van de wildernis, en is dat altijd al geweest. Die beesten zijn gigantisch en eng, echt dominant. De honderden keren dat ik olifanten op leeuwen af heb zien gaan, hebben de leeuwen zich altijd teruggetrokken. Maar als die gids gelijk had, wist ik dat ik dat met eigen ogen wilde zien. Dat idee werd een soort obsessie voor me. En weer gold dat Andrew weg was, dus ik dacht: waarom niet?'

Hij nam een slok wijn voordat hij verderging. 'Toen ik daar ging werken, ontdekte ik dat geen van de gidsen het ooit met eigen ogen had gezien, maar dat ze er toch allemaal van overtuigd waren. Omdat er af en toe een karkas werd gevonden. Als het echt waar was, gebeurde het maar zelden, wat ook logisch is. Zelfs als een troep leeuwen een olifant kan neerhalen, geven ze ongetwijfeld de voorkeur aan gemakkelijkere prooidieren. En gedurende mijn eerste jaren daar was dat inderdaad het enige wat ik zag. De belangrijkste voedselbron voor de troep was alles wat ik al uit het verleden kende: impala's, wrattenzwijnen, zebra's en giraffen. Ik heb nooit het karkas van een olifant gezien. Maar halverwege mijn derde jaar kwam er een droogteperiode. Een hele erge. Die hield maanden aan en veel van de gewone prooidieren gingen dood of trokken naar de Okavangodelta. Maar de leeuwen waren er nog steeds en werden geleidelijk wanhopiger. En op een dag, laat in de middag terwijl ik een safaririt maakte, zag ik het gebeuren.'

'Echt waar?'

Hij knikte en ging in gedachten terug in de tijd. Ze zag dat hij zijn wijn liet ronddraaien in het glas voordat hij verder sprak. 'Het was een kleinere olifant, niet een van de grote bullen, maar de leeuwen dreven hem weg van de kudde en gingen aan de slag. Een voor een, bijna alsof het een militaire operatie was. Een van hen viel de poot aan, de tweede sprong op de rug van de olifant, terwijl de rest hem omringde. Ze waren hem min of meer aan het afmatten. Het verliep ook niet gewelddadig. Het ging heel rustig, heel systematisch. De troep was behoedzaam en de hele aanval duurde waarschijnlijk ongeveer een half uur. En toen, op het moment dat de olifant zwakker werd, bundelden ze hun krachten en vielen ze hem met een aantal tegelijk aan. De olifant ging neer en daarna was het zo voorbij.'

Hij haalde zijn schouders op en zijn stem werd zachter. 'Ik weet dat je waarschijnlijk medelijden hebt met de olifant. Maar aan het einde was ik diep onder de indruk van de leeuwen. Het was zonder meer een van de meest gedenkwaardige momenten uit mijn loopbaan als gids.'

'Ongelofelijk,' zei ze. 'Was je alleen toen het gebeurde?'

'Nee,' zei hij. 'Er zaten zes gasten in de jeep. Ik meen dat een van hen de filmbeelden die hij had geschoten aan CNN heeft verkocht. Ik heb die nooit gezien, maar in de jaren erna hebben veel mensen me verteld dat zij dat wel hadden gedaan. De lodge waar ik werkte is er een tijdje heel populair door geweest. Maar uiteindelijk ging het weer regenen en kwam er een einde aan de droogte. De dieren keerden terug en de leeuwen richtten zich weer op eenvoudiger te verschalken prooien. Ik heb het nooit meer gezien en ik ben ook nooit meer een karkas tegengekomen. Ik heb wel gehoord dat het een paar jaar daarna nog eens heeft plaatsgevonden, maar toen werkte ik er al niet meer.'

Ze glimlachte. 'Ik zal hetzelfde tegen je zeggen als ik heb gedaan toen we elkaar voor het eerst hebben ontmoet: ik ken niemand die interessanter werk heeft dan jij.'

'Het had zo zijn momenten.' Hij haalde zijn schouders op.

Ze hield haar hoofd schuin. 'En je zei dat Andrew naar Oxford is gegaan?'

Tru knikte. 'Hij bleek een veel betere leerling te zijn dan ik ooit ben geweest. Hij blonk uit in exacte vakken.'

'Je zult wel trots op hem zijn.'

'Jazeker. Maar geloof me, het had meer met hemzelf, en met Kim, te maken dan met mij.'

'Hoe gaat het met haar? Is ze nog steeds getrouwd?'

'Ja. Haar andere kinderen zijn ondertussen ook volwassen. Toevallig woont ze tegenwoordig weer bij me in de buurt. Nadat ik naar Bantry Bay was verhuisd, zijn haar man en zij in Kaapstad gaan wonen.'

'Ik heb gehoord dat het daar schitterend is.'

'Dat klopt. De kustlijn is adembenemend. Prachtige zonsondergangen.'

Ze staarde in haar glas. 'Ik kan je niet vertellen hoe vaak ik me in de loop der jaren heb afgevraagd hoe het met je ging. Hoe je je dagen doorbracht, wat je zag, hoe het met Andrew ging.'

'Mijn leven is heel lang min of meer hetzelfde geweest als het leven dat ik voor die tijd leidde. Het draaide vooral om werk en om Andrew. Ik maakte twee, soms drie safaritten per dag, en als ik in de wildernis was, speelde ik 's avonds op mijn gitaar of tekende ik, en als ik in Bulawayo was, zag ik mijn zoon opgroeien. Ik was erbij toen hij een periode geïnteresseerd raakte in modeltreinen, daarna in skateboarden, vervolgens in de elektrische gitaar, toen in scheikunde en nadien in meisjes. In die volgorde.'

Ze knikte, denkend aan de fasen die Jacob en Rachel hadden gehad.

'Hoe waren zijn tienerjaren?'

'Zoals de meeste tieners had hij tegen die tijd zijn eigen sociale leven. Vrienden, een jaar lang verkering met een meisje. Er is een periode geweest dat ik me een beetje een hotelier voelde als hij er was, maar ik begreep zijn verlangen naar onafhankelijkheid en accepteerde het meer dan Kim. Ik denk dat het voor haar moeilijker was om het kleine jongetje van vroeger los te laten. Ik denk dat ik het het moeilijkst heb gehad toen hij naar de universiteit ging. Hij was heel ver van huis en ik kon niet vaak bij hem op bezoek. Iets wat hij overigens ook niet wilde. Dus ik zag hem alleen tijdens de vakanties of tussen twee trimesters door. Maar dat was niet hetzelfde, vooral niet elke keer dat ik terugkeerde uit de wildernis. Ik voelde me rusteloos in Bulawayo. Ik wist niet goed wat ik met mezelf aan moest, dus toen ik de geruchten over de leeuwen hoorde, heb ik gewoon mijn boeltje gepakt en ben ik naar Botswana gegaan.'

'Is Andrew daar bij je op bezoek gekomen?'

'Ja, maar niet zo vaak. Soms denk ik dat ik het huis in Bulawayo beter niet had kunnen verkopen. Ik had een appartement in Gaborone, maar daar kende hij niemand en als hij vakantie had, wilde hij zijn vrienden zien. En Kim wilde natuurlijk ook tijd met hem doorbrengen. Soms ging ik terug naar Bulawayo en logeerde ik in een hotel, maar dat was ook niet hetzelfde. Tegen die tijd was hij volwassen. Weliswaar een jongvolwassene, maar ik kon zien dat hij zijn eigen leven ging leiden.'

'Wat heeft hij gestudeerd?'

'Hij is cum laude afgestudeerd in scheikunde en wilde ingenieur worden. Maar na zijn afstuderen, raakte hij geïnteresseerd in edelstenen, vooral gekleurde diamanten. Tegenwoordig is hij diamantair, wat inhoudt dat hij regelmatig naar New York en Beijing reist. Hij was een fijne knul en is een aardige jongeman geworden.'

'Ik wil hem graag een keer ontmoeten.'

'Dat zou ik ook leuk vinden,' zei hij.

'Gaat hij wel eens terug naar Zimbabwe?'

'Bijna nooit. Evenmin als Kim en ik. Zimbabwe heeft op het moment wat problemen.'

'Ik heb gelezen over de landonteigeningen. Hebben die ook de boerderij van je familie getroffen?'

Tru knikte. 'Ja. Je moet weten dat het land een lange geschiedenis heeft van onrecht, gepleegd door mensen als mijn grootvader. Maar desondanks was het een brute overgang. Mijn stiefvader kende veel mensen in de regering, en hij dacht dat dat hem zou beschermen. Maar op een ochtend verscheen er een groep soldaten en regeringsfunctionarissen, die het terrein omsingelden. De functionarissen hadden juridische documenten bij zich waarin stond dat er beslag was gelegd op de boerderij en alles wat erbij hoort. Alles. Mijn stiefvader en halfbroers kregen twintig minuten om hun persoonlijke eigendommen te pakken, en daarna zijn ze onder bedreiging van geweren van het terrein geleid. Sommige van onze arbeiders protesteerden en werden ter plekke doodgeschoten. En opeens was de boerderij met al het land niet langer van hen. Ze konden er niets tegen doen. Dat was in 2002. Ik zat toen al in Botswana en ik heb gehoord dat het vrij snel bergafwaarts is gegaan met mijn stiefvader. Hij begon zwaar te drinken en heeft ongeveer een jaar later zelfmoord gepleegd.'

Ze dacht aan de familiegeschiedenis van Tru. Die voelde groots en duister, bijna shakespeariaans. 'Wat afschuwelijk.'

'Zeg dat wel. En dat is het nog steeds, zelfs voor de mensen die het land toegewezen hebben gekregen. Zij wisten niet hoe ze dat moesten bewerken, hoe ze de apparatuur en irrigatiemethodes moesten onderhouden of wat wisselbouw is. Nu wordt er helemaal niets meer verbouwd. Onze boerderij is veranderd in een kamp voor daklozen, iets wat je overal in het land ziet. Tel daar de monetaire ineenstorting bij op, en...'

Toen zijn stem wegstierf, probeerde Hope er zich een voorstelling van te maken. 'Zo te horen ben je precies op tijd weggegaan.'

'Maar het maakt me wel verdrietig. Zimbabwe zal altijd mijn thuis zijn.'

'Hoe zit het met je halfbroers?'

Tru dronk zijn glas leeg en zette het op tafel. 'Die zitten allebei in Tanzania. Ze hebben allebei weer een boerderij, maar het is anders dan vroeger. Ze hebben niet veel land, en wat ze hebben is lang niet zo vruchtbaar als de oude boerderij. Maar dat weet ik alleen omdat ze geld van me moesten lenen en ze de aflossingen niet altijd kunnen betalen.'

'Dat was aardig van je. Om ze te helpen, bedoel ik.'

'Zij hebben net zomin kunnen kiezen in welke familie ze geboren wilden worden als ik. Bovendien denk ik dat mijn moeder zou hebben gewild dat ik het zou doen.'

'En je biologische vader? Heb je hem ooit nog eens gezien?'

'Nee,' zei Tru. 'Een paar weken nadat ik terug was in Zimbabwe hebben we elkaar telefonisch nog gesproken, maar kort daarna is hij overleden.'

'En zijn andere kinderen? Ben je ooit van gedachten veranderd over een ontmoeting met hen?'

'Nee,' antwoordde Tru. 'En ik weet vrijwel zeker dat ze mij ook niet willen leren kennen. Dat bleek duidelijk uit de brief van de advocaat waarin me werd meegedeeld dat mijn vader was overleden. Ik ken hun redenen niet, misschien was het omdat ik hen eraan herinnerde dat hun moeder niet de enige vrouw was van wie onze vader had gehouden, of misschien maakten ze zich zorgen om een erfenis, maar ik zag geen aanleiding om hun wensen te negeren. Net als mijn vader waren ze vreemden voor me.'

'Ik ben nog steeds blij dat je de kans hebt gehad om hem te ontmoeten.'

Hij richtte zijn blik op het vuur. 'Ik ook. Ik heb de foto's en tekeningen nog die hij me heeft gegeven. Het lijkt zo lang geleden.'

'Het is ook lang geleden,' zei ze zacht.

'Te lang.' Hij pakte haar hand en ze wist dat hij het over haar had. Ze voelde haar wangen rood worden, terwijl hij met zijn duim haar huid begon te liefkozen en zijn aanraking schrijnend vertrouwd voelde. Hoe was het mogelijk dat ze elkaar opnieuw hadden gevonden? En wat zou er nu met hen gebeuren? Hij leek nog dezelfde, de man voor wie ze ooit was gevallen, maar daardoor moest ze er opnieuw aan denken hoe anders haar eigen leven was verlopen. Terwijl hij nog even knap was als vroeger, voelde zij de jaren. Waar hij zich op zijn gemak leek te voelen in haar gezelschap, ontlokte zijn aanraking nog een golf van emotie aan haar. Het was overweldigend, bijna te heftig, en ze kneep even in zijn hand, waarna ze hem losliet. Aan een dergelijke intimiteit was ze nog niet toe, maar ze wierp hem een bemoedigende glimlach toe, en ging vervolgens rechtop zitten.

'Nou, eens even kijken of ik het goed op een rijtje heb. Jij bent tot... 1999 of 2000 in Hwange gebleven? En daarna ben je naar Botswana gegaan?'

Hij knikte. '1999. Ik ben vijf jaar in Botswana gebleven.'

'En toen?'

'Ik denk dat ik daarvoor nog een glas wijn moet hebben.'

'Ik zal het even halen.' Ze liep met zijn glas naar de keuken en kwam een minuutje later weer terug. Ze ging weer lekker onder de deken zitten en bedacht dat de kamer aangenaam warm werd. Gezellig. In veel opzichten was het al een volmaakte middag geweest.

'Goed,' zei ze. 'Over welk jaar hebben we het?'

‘2004.’

‘Wat is er gebeurd?’

‘Ik was betrokken bij een ongeluk,’ zei hij. ‘Het was vrij ernstig.’

‘Hoe ernstig?’

Hij nam een slok wijn terwijl hij haar strak aankeek. ‘Ik ben doodgegaan.’

Sterven

Terwijl hij in de greppel langs de kant van de hoofdweg lag, voelde Tru zijn leven wegglippen. Hij was zich slechts vaag bewust van zijn gekantelde pick-up waarvan de voorkant in de kreukels lag, en van de manier waarop een van de banden eindelijk ophield met draaien, en hij merkte nauwelijks iets van de mensen die op hem af snelden. Hij wist niet precies waar hij was, wat er was gebeurd of waarom de wereld wazig leek. Hij begreep niet waarom hij zijn benen niet leek te kunnen bewegen of wat de onophoudelijke pijngolven veroorzaakte die door zijn hele lichaam trokken.

Evenmin zou hij zich iets van het ongeluk kunnen herinneren toen hij eindelijk bijkwam in een voor hem onbekend ziekenhuis, in een totaal ander land. Hij wist nog dat hij, nadat hij een paar dagen in Gaborone had doorgebracht, op de terugweg was geweest naar de lodge. Maar hij hoorde pas later van de verpleegster dat een tegemoetkomende bevoorradingsvrachtwagen van de andere rijbaan plotseling op de zijne terecht was gekomen. Tru had zijn gordel niet om gehad en was bij de botsing door de voorruit geschoten, waarbij hij een schedelbreuk had opgelopen. Hij was dertien meter verderop neergekomen en had daarbij nog achttien andere botten gebroken, waaronder beide dijbenen, alle botten in zijn rechterarm, drie wervels en vijf ribben. Onbekenden hadden hem op een groentekar gelegd en snel naar een naburig dorp gebracht waar een tijdelijke NGO-hulppost was die mensen inentte. Het ontbrak die hulppost aan de apparatuur, de medicijnen en de middelen die Tru nodig had, en er was zelfs geen arts aanwezig. Het gebouwtje had een aarden vloer en de kamer zat vol kinderen die hadden geleerd om de vliegen te negeren die over hun gezicht en armen liepen. De jonge, Zweedse verpleegster was overbelast en had geen idee wat ze met Tru aan moest toen hij de wachtkamer werd binnengerold. Maar de mensen verwachtten iets van haar – wat dan ook – dus liep ze naar de kar en voelde Tru's hartslag. Die was er niet. Ze controleerde zijn halsslagader. Nog steeds niets. Ze legde haar oor tegen Tru's mond om te onderzoeken of hij nog ademhaalde. Ze hoorde en voelde niets, waarna ze naar haar tas rende om een stethoscoop te pakken. Die legde ze tegen zijn borstkas en luisterde heel geconcentreerd om zelfs het zwakste geluidje op te vangen, maar toen ze niets hoorde, gaf ze het ten slotte op. Tru was dood.

De eigenaar van de groentekar vroeg of het lichaam ergens anders kon worden neergelegd zodat hij zijn groenten kon gaan ophalen voordat die allemaal gestolen zouden worden. Er ontstond een woordenwisseling om de vraag of hij op de politie moest wachten, maar de eigenaar van de kar schreeuwde het hardst en zijn mening bleek doorslaggevend. Samen met de vader van een van de kinderen tilde hij Tru's lichaam van de kar. Tru's botten tikten en maakten schrapende geluiden terwijl ze hem in een hoek op de grond neerlegden en de verpleegster het lichaam met een deken bedekte. De mensen schikten wat op om ruimte te maken voor het stoffelijk overschot, maar schonken er verder geen aandacht aan. De eigenaar van de groentekar duwde het ding de straat op en verdween en de verpleegster ging door met het toedienen van injecties.

Even later hoestte Tru.

In de laadbak van iemands vrachtwagen werd hij naar het ziekenhuis in Gabarone gebracht, wat vanaf het dorp ruim een uur rijden was. Toen hij daar werd opgenomen kon de arts van de spoedeisende hulp slechts weinig voor hem doen. Het was een wonder dat Tru het had overleefd. Zijn brancard werd in een overvolle gang gezet terwijl het ziekenhuispersoneel wachtte tot hij zou sterven, wat volgens hen nog een paar minuten, hoogstens een half uur, zou duren. Ondertussen ging de zon onder.

Maar Tru ging niet dood. Hij overleefde de nacht, maar kreeg kort daarna een ontsteking. Het ziekenhuis had een gebrek aan antibiotica en wilde hun schamele voorraad niet verspillen. Tru kreeg hoge koorts en zijn hersenen zwollen op. Er verstreken twee dagen, toen drie, en hij zweefde nog altijd ergens tussen leven en dood. Ondertussen was er contact opgenomen met Andrew, omdat die bij Tru's identiteitspapieren vermeld stond als naaste familie. Andrew was direct in Engeland op het vliegtuig gestapt om naar zijn vader te gaan. Nadat Andrew Kim op de hoogte had gebracht, kwam zij met het vliegtuig uit Johannesburg, waar ze toen woonde. Er werd een medisch noodtransport geregeld, en Tru werd per vliegtuig naar een traumacentrum in Zuid-Afrika overgebracht. Op de een of andere manier overleefde hij ook nog die vlucht, waarna hij per infuus reusachtige hoeveelheden antibiotica toegediend kreeg terwijl de artsen het vocht in zijn hersenen afvoerden. Hij was acht dagen buiten bewustzijn. Op de negende dag zakte de koorts en toen Tru bijkwam, zag hij Andrew naast zijn bed zitten.

Hij moest nog zeven weken in het ziekenhuis blijven terwijl zijn botten één voor één werden rechtgezet, gipsverband kregen en genazen. Daarna, omdat hij nog niet kon lopen, last had van dubbel zicht en voortdurend werd geplaagd door een evenwichtsstoornis, werd hij naar een revalidatiecentrum gebracht.

Daar verbleef hij bijna drie jaar.

In de cottage werd het licht van de haard weerkaatst in Hopes ogen alsof het kaarsen waren, en Tru bedacht opnieuw dat ze nog even knap was als al die tijd geleden. Misschien zelfs knapper. In de zachte rimpels bij haar ogen zag hij wijsheid en een zwaar bevochten kalmte. Haar gezicht was een en al vriendelijkheid.

Hij wist dat ze het de afgelopen jaren niet makkelijk had gehad. Ze had niet veel over haar huwelijk met Josh gezegd, en Tru nam aan dat ze het onderwerp niet alleen vermeed om zijn gevoelens te sparen, maar ook die van zichzelf.

Ondertussen keek ze hem aan alsof ze hem voor het eerst zag.

'O, mijn God,' zei ze. 'Dat is... een van de afschuwelijkste dingen die ik ooit heb gehoord. Hoe heb je het overleefd?'

'Ik weet het niet.'

'Ben je echt dood geweest?'

'Dat hebben ze me verteld. Ongeveer een jaar na het ongeluk heb ik de verpleegster van de inentingspost gebeld en zij bezwoer me dat ik geen enkel teken van leven meer vertoonde. Ze zei dat de helft van de patiënten in de kamer gilde van schrik toen ik begon te hoesten. Toen moest ik wel even lachen.'

'Je doet er nu wel luchtig over, maar er is niets grappigs aan die hele geschiedenis.'

'Nee, dat is waar,' gaf hij toe. Hij raakte zijn slaap aan, op de plek waar zijn haar wit was geworden. 'Ik heb traumatisch hersenletsel opgelopen. Een aantal stukjes van mijn schedel waren in mijn hersenen gedrukt en een hele tijd klopte er niets van de verbindingen hierboven. Als ik met Andrew en de artsen praatte, nadat ik eindelijk was bijgekomen, dacht ik dat ik het ene zei terwijl ik iets compleet anders zei. Dan dacht ik dat ik "Goedemorgen" zei, maar dan hoorden de artsen: "Pruimen huilen op boten." Dat was ongelooflijk frustrerend, en omdat mijn rechterarm zo verbrijzeld was, kon ik ook niet schrijven. Uiteindelijk kwamen sommige verbindingen weer goed. Dat proces verliep heel langzaam, en zelfs toen ik weer kon spreken zonder wartaal uit te slaan, zaten er belachelijke gaten in mijn herinnering. Ik kon niet op woorden komen, meestal de eenvoudigste dingen. Dan moest ik iets zeggen zoals "dat ding dat je gebruikt om te eten, dat puntige zilveren ding dat je in je hand houdt", in plaats van "vork". Tegelijkertijd wisten de artsen ook niet of mijn verlamming van tijdelijke of permanente aard was. Ik had nog veel zwelling in mijn ruggengraat vanwege de gebroken wervels, en zelfs nadat ze daar staven in hadden gezet, heeft het nog een hele tijd geduurd voordat de zwelling was weggetrokken.'

'O, Tru... had ik dat maar geweten.' Haar stem brak bijna.

'Dan had je toch niets kunnen doen,' merkte hij op.

'Maar dan nog,' zei ze terwijl ze haar knieën optrok onder de deken. 'Dat was in de tijd dat ik naar je op zoek was. Het is nooit bij me opgekomen om navraag te doen bij ziekenhuizen.'

Hij knikte. 'Dat snap ik.'

'Had ik er toen maar voor je kunnen zijn.'

'Ik stond er niet alleen voor,' zei hij. 'Andrew is bij me op bezoek gekomen wanneer hij maar kon. Kim is ook af en toe bij me op bezoek gekomen. En op de een of andere manier was het Romy ter ore gekomen wat me was overkomen. Hij heeft vijf dagen in de bus gezeten om bij het revalidatiecentrum te komen en hij is een week gebleven. Maar al die visite was zwaar voor me. Vooral in het eerste jaar. Ik had toen veel pijn, ik kon niet echt praten en ik wist dat zij even bang waren als ik. En dat zij dezelfde vragen hadden als ik: zou ik ooit weer kunnen lopen? Zou ik ooit weer normaal kunnen praten? Zou ik ooit weer een zelfstandig leven kunnen leiden? Ik had het al moeilijk genoeg zonder hun zorgen er nog bij te voelen.'

'Hoe lang heeft het geduurd voordat je weer wat opknapte?'

'Binnen een maand zag ik niet meer dubbel, maar het halfjaar erna zag ik alles nog wel steeds vreselijk wazig. Na drie of vier maanden kon ik rechtop in bed zitten. Daarna kreeg ik de beweging in mijn tenen terug, maar sommige botten in mijn benen waren verkeerd gezet, dus die moesten ze weer breken en opnieuw zetten. Dan waren er nog de hersenoperaties, de operaties aan mijn ruggengraat, en... het was een ervaring die ik liever niet over wil doen.'

'Wanneer besefte je dat je weer zou kunnen lopen?'

'Het was een gunstig teken dat ik mijn tenen weer kon bewegen, maar het leek een eeuwigheid te duren voordat de rest van mijn voeten reageerde. En van lopen was geen sprake, althans niet in het begin. Ik moest weer helemaal leren om rechtop te staan, maar de spieren in mijn benen waren geatrofieerd en mijn zenuwen werkten niet goed. Ik kreeg intense, plotseling opkomende pijnscheuten, helemaal langs mijn heupzenuw omlaag. Soms kon ik een stap zetten als ik ondersteuning had – op een brug met dubbele leggers – maar dan bleef mijn achterste been ineens staan. Alsof de verbinding tussen mijn hersenen en mijn benen plotseling was doorgesneden. Bijna exact een jaar na het ongeluk was ik eindelijk in staat om met ondersteuning van de ene kant van de kamer naar de andere te lopen. Die kamer was maar een meter of drie breed en mijn linkervoet sleepte een beetje... maar toen heb ik echt even gehuild. Dat was de eerste keer dat ik licht aan het einde van de tunnel zag. Ik wist dat ik het revalidatiecentrum misschien zou kunnen verlaten als ik goed mijn best bleef doen.'

'Het moet een nachtmerrie voor je zijn geweest.'

'Om je de waarheid te zeggen, staat niet alles me meer even helder voor de geest. Het lijkt ondertussen zo lang geleden... eigenlijk vloeien die dagen, weken, maanden en jaren een beetje in elkaar over.'

Ze nam hem aandachtig op. 'Ik zou dit alles nooit te weten zijn gekomen als jij het me nu niet had verteld. Je lijkt nog... hetzelfde als vroeger. Ik zag wel dat je met je been trok, maar dat is nauwelijks te zien, dus...'

'Ik moet in beweging blijven, en dat betekent dat ik me aan een behoorlijk streng oefeningsschema moet houden. Ik wandel veel. Dat helpt tegen de pijn.'

'Heb je nog veel pijn?'

'Een beetje, maar die oefeningen maken een groot verschil.'

'Het moet voor Andrew echt ontzettend moeilijk zijn geweest om je zo te zien.'

'Hij praat nog steeds niet graag over hoe ik eruitzag toen hij me in het ziekenhuis in Botswana zag. Of over hoe bang hij was tijdens de vlucht en toen hij in het ziekenhuis in Zuid-Afrika zat te wachten tot ik weer bij bewustzijn kwam. Tijdens mijn hele verblijf in dat ziekenhuis is hij bij me gebleven. Ik moet zeggen dat hij en Kim het hoofd koel hebben gehouden. Als zij dat medische noodtransport niet hadden geregeld, had ik het waarschijnlijk niet overleefd. Maar toen ik in het revalidatiecentrum zat, was Andrew altijd veel optimistischer dan ik als hij me zag. Hij zag me namelijk maar eens in de twee of drie maanden, dus in zijn ogen ging mijn herstel met grote sprongen vooruit. Je snapt wel dat het voor mij heel anders aanvoelde.'

'Je zei dat je daar drie jaar bent geweest?'

'Het laatste jaar woonde ik niet meer in het revalidatiecentrum. Ik kreeg nog wel elke dag urenlang therapie, maar ik had het gevoel alsof ik uit de gevangenis was vrijgelaten. In de eerste twee jaar ben ik nauwelijks buiten geweest. Ik hoef de rest van mijn leven geen TL-buis meer te zien.'

'Ik vind het zo vreselijk voor je.'

'Dat hoeft niet, hoor,' zei hij. 'Het gaat nu weer goed met me. En geloof het of niet, ik heb een aantal geweldige mensen leren kennen. De fysiotherapeut, de logopedist, mijn artsen en verpleegkundigen. Die waren stuk voor stuk voortreffelijk. Maar het blijft een rare periode om aan terug te denken, want soms lijkt het alsof mijn leven drie jaar lang heeft stilgestaan. En in zekere zin is dat natuurlijk ook zo.'

Ze ademde langzaam in, alsof ze de warmte van de haard in zich opnam. Toen zei ze: 'Jij bent veel sterker geweest dan ik in dezelfde situatie zou zijn geweest.'

'Dat valt wel mee. Denk vooral niet dat het me koud heeft gelaten. Ik heb bijna een jaar antidepressiva geslikt.'

'Dat begrijp ik heel goed,' zei ze. 'Je hebt in alle opzichten een trauma opgelopen.'

Een poosje staarden ze allebei naar de haard terwijl Hopes voeten onder de deken tegen zijn benen aan lagen. Hij had het gevoel dat ze nog bezig was om alles wat hij haar had verteld te laten bezinken, waaronder het besef dat het niet veel had gescheeld of ze hadden elkaar voorgoed verloren. Hier, op dit moment, kon hij dat idee niet bevatten: het noodlot waar ze ternauwernood aan waren ontkomen en dat te griezelig was om te snappen, maar aan de andere kant was alles aan deze dag onbegrijpelijk. Dat ze nu naast elkaar op de bank zaten, voelde zowel onwerkelijk als ontzettend romantisch aan, totdat Tru's maag hoorbaar knorde.

Hope lachte. 'Je zult wel uitgehongerd zijn.' Ze sloeg de deken van zich af. 'Ik lust ook wel iets. Heb je trek in kipsalade? Met wat groenten? Maar als je liever iets anders hebt, heb ik ook zalm of garnalen.'

'Een salade klinkt heerlijk,' zei hij.

Ze ging staan. 'Ik zal eraan beginnen.'

'Kan ik je ergens mee helpen?' vroeg Tru terwijl hij zich uitrekte.

'Ik heb eigenlijk niet veel hulp nodig, maar ik zeg geen nee tegen het gezelschap.'

Hope legde de deken op de bank en ze namen ieder hun wijn mee naar de keuken. Terwijl Hope de koelkast opendeed, leunde Tru tegen het aanrecht en keek hij naar haar. Ze pakte romainesla, cherrytomaatjes en gesneden paprika's in verschillende kleuren, terwijl hij nadacht over wat ze hem die middag had verteld. De teleurstellingen die ze had ervaren hadden haar niet verhard of verbitterd, maar eerder gezorgd voor een soort berusting dat het leven zelden zo verloopt als je je had voorgesteld.

Blijkbaar voelde ze wat hij dacht, want ze glimlachte. Ze trok een lade open en haalde er eerst een klein mes en daarna een snijplank uit.

'Weet je zeker dat ik niets kan doen?' vroeg hij.

'Dit is zo gebeurd, maar zou jij de borden en vorken willen pakken? Die liggen in de kast bij de gootsteen.'

Zoals ze hem had opgedragen, zette hij de borden naast de snijplank en hij keek toe terwijl zij de groenten sneed. Daarna mengde ze de salade in een kom, deed er wat citroensap en olijfolie overheen en schepte twee porties op de borden. Tot slot deed ze een flinke schep kipsalade op elk bord. In de afgelopen vierentwintig jaar had hij zich duizenden keren voorgesteld dat hij zo bij haar in een keuken zou staan.

'Voilà.'

'Het ziet er heerlijk uit,' zei hij, terwijl hij haar volgde naar de tafel.

Nadat ze haar bord had neergezet, gebaarde ze naar de koelkast. 'Wil jij nog wat wijn?' vroeg ze.

'Nee, dank je. Twee glazen is tegenwoordig mijn tax.'

'Voor mij is die maar één glas,' zei ze. Ze pakte haar vork. 'Weet je nog dat we in Clancy's hebben gedineerd? En dat we daarna naar de cottage van mijn ouders zijn gegaan en daar nog een glas wijn hebben gedronken?'

'Hoe zou ik dat kunnen vergeten?' zei hij. 'Dat was de avond dat we elkaar voor het eerst echt leerden kennen. Je benam me de adem.'

Ze knikte terwijl ze een lichte blos op haar wangen kreeg. Ze boog zich over haar salade en hij deed hetzelfde.

Tru knikte naar de met houtsnijwerk versierde kist die op tafel stond. 'Wat zit daarin?'

'Herinneringen,' zei ze met een mysterieuze zangerigheid in haar stem. 'Dat laat ik je allemaal nog wel zien, maar laten we het nog even over jou hebben. Volgens mij waren we ongeveer bij 2007 beland. Wat is er gebeurd nadat je klaar was met je revalidatie?'

Hij aarzelde alsof hij overwoog wat hij moest zeggen. 'Daarna heb ik een baan in Namibië gevonden. Weer als safarigids. Bij een goed onderhouden lodge met een van de grootste concentraties jachtluipaarden van het continent. En Namibië is een prachtig land. De Geraamtekust en de Sossusvlei-woestijn zijn... een paar van de meest onaardse plekken van de planeet. Als ik niet aan het werk was of in het vliegtuig zat naar Europa om Andrew te bezoeken, speelde ik voor toerist en ging ik, wanneer het maar kon, op verkenning uit. Ik ben tot mijn pensioen in het kamp blijven wonen en daarna ben ik naar Kaapstad verhuisd. Naar Bantry Bay om precies te zijn. Dat ligt aan de rand van de stad, vlak aan de kust. Daar heb ik een klein optrekje met een fantastisch uitzicht. En het is op loopafstand van cafés, boekwinkels en de markt. Ik heb het er naar mijn zin.'

'Heb je ooit overwogen om naar Europa te verhuizen om dichter bij Andrew te zijn?'

Hij schudde zijn hoofd. 'Ik ga er sporadisch naartoe en hij komt regelmatig in Kaapstad voor zijn werk. Hij zou het liefst in Kaapstad gaan wonen, maar dat wil Annette niet. Bijna haar hele familie woont in België. Maar Afrika heeft hem in zijn greep, precies zoals dat bij mij is. Als je er niet bent opgegroeid, is het moeilijk te begrijpen.'

Haar blik was vol verwondering. 'Jouw leven klinkt me ontzettend romantisch in de oren. Afgezien van die nare periode van drie jaar, bedoel ik.'

'Ik heb het leven geleid dat ik wilde leiden. Althans, voor het merendeel.' Hij haalde een hand door zijn haar. 'Heb jij ooit overwogen om te hertrouwen? Na je scheiding?' vroeg hij.

'Nee,' zei ze. 'Ik had zelfs niet de behoefte om met iemand uit te gaan. Ik hield mezelf voor dat het vanwege de kinderen was, maar...'

'Maar wat?'

In plaats van die vraag te beantwoorden, schudde ze haar hoofd. 'Het doet er niet toe. Laten we jouw verhaal afronden. Hoe breng jij je dagen door nu je met pensioen bent?'

'Ik doe niet veel. Maar ik vind het heerlijk om te kunnen wandelen zonder een geweer te hoeven meenemen.'

Ze glimlachte. 'Heb je hobby's?' Ze legde haar kin op haar hand in een soort meisjesachtige pose terwijl ze hem aandachtig opnam. 'Behalve tekenen en gitaarspelen?'

'Meestal ga ik 's ochtends een uur naar de sportschool en maak ik daarna een lange wandeling of een trektocht. Ik lees ook veel. In de afgelopen drie jaar heb ik waarschijnlijk meer boeken gelezen dan in de drieënzestig jaar daarvoor. Ik ben nog steeds niet onder de druk bezweken om een computer te kopen, maar Andrew blijft volhouden dat ik met mijn tijd mee moet gaan en er eentje moet aanschaffen.'

'Heb jij geen computer?'

'Wat zou ik daarmee moeten?' Hij leek oprecht bevreemd.

'Ik weet het niet... online de kranten lezen, iets bestellen wat je nodig hebt, e-mailen. Verbonden blijven met de wereld?'

'Misschien ooit nog eens. Ik vind het nog steeds prettiger om een echte krant te lezen, ik heb alles wat ik nodig heb en er is niemand die ik wil e-mailen.'

'Weet jij wat Facebook is?'

'Ik heb erover gehoord,' gaf Tru toe. 'Zoals ik al zei, ik lees de krant.'

'Ik heb een paar jaar een Facebook-account gehad. Voor het geval je contact met me had willen opnemen.'

Hij reageerde niet meteen. In plaats daarvan keek hij naar haar terwijl hij zich afvroeg hoeveel hij moest zeggen, in de wetenschap dat hij er nog niet klaar voor was om haar alles te vertellen.

'Ik heb overwogen om contact met je op te nemen,' zei hij uiteindelijk. 'Vaker dan je je kunt voorstellen. Maar ik wist niet of je nog getrouwd was, of hertrouwd, of dat je iets van mij zou willen horen. Ik wilde je leven niet ontwrichten. En eerlijk gezegd weet ik ook niet of ik wel met een computer overweg zou kunnen. Of met Facebook. Hoe gaat dat spreekwoord ook alweer? Een oude aap kun je geen nieuwe kunstjes leren. Toch?' Hij grijnsde. 'Het was al een grote stap voor me om een mobiele telefoon aan te schaffen. En dat heb ik alleen gedaan zodat Andrew me kon bereiken als het nodig was.'

'Dus je had ook geen mobiele telefoon?'

'Ik heb nooit het idee gehad dat ik er eentje nodig had, tot voor kort dan. In de wildernis is er geen bereik, bovendien was Andrew de enige die me zou bellen.'

'En Kim dan? Spreek je haar dan niet meer?'

'Tegenwoordig niet zo vaak meer. Nu Andrew volwassen is hebben we niet meer zo veel redenen om met elkaar te praten. En jij? Spreek jij Josh nog wel eens?'

'Soms,' zei ze. 'Misschien wel te vaak.'

Tru keek haar vragend aan.

'Een paar maanden geleden stelde hij voor om het samen nog eens te proberen. Hij en ik, bedoel ik.'

'Maar daar had je geen zin in?'

'Nee, absoluut niet,' zei ze. 'Ik was een beetje gechoqueerd dat hij het lef had om het voor te stellen.'

'Hoezo?'

Terwijl ze hun bord leegaten, vertelde Hope wat meer over Josh. Over zijn buitenechtelijke relaties, de ruzies rondom de scheiding, zijn daaropvolgende huwelijk en scheiding en de tol die het leven van hem had geëist. Tru luisterde en hoorde slechts een zweem van het leed dat Josh door zijn gedrag bij haar moesten hebben veroorzaakt, en hij dacht bij zichzelf dat Josh een sukkel was. Dat zij desondanks in staat was om Josh te vergeven vond Tru opmerkelijk, maar goed, dat was gewoon haar zoveelste eigenschap waar hij bewondering voor had.

Ze bleven aan de keukentafel zitten terwijl ze vragen over elkaars verleden beantwoordden. Toen ze de borden een hele tijd later naar de gootsteen brachten, zette Hope de radio aan zodat de muziek de keuken uit zweefde terwijl zij weer naar de bank slenterden. Het vuur was nog aan en wierp een gele gloed door de kamer. Terwijl ze ging zitten en de deken lekker om haar benen stopte, keek Tru toe en wenste dat deze dag nooit ten einde zou komen.

Totdat Tru hoorde dat Hope een brief in Kindred Spirit had gelegd, had hij soms gedacht dat hij niet één keer, maar twee keer in zijn leven was gestorven.

Nadat hij in 1990 was teruggekeerd naar Zimbabwe, had hij wat tijd doorgebracht met Andrew, maar hij herinnert zich nog dat hij zich volkomen verdoofd had gevoeld, zelfs als hij met zijn zoon had gevoetbald, gekookt of televisie zat te kijken. Toen hij weer terugging naar de wildernis was het begeleiden van gasten een welkome afleiding, maar hij kon nooit ophouden met aan haar te denken. Wanneer hij op safariritten de jeep stilzette zodat de gasten foto's konden nemen van de dieren die op dat moment te zien waren, stelde hij zich voor dat zij naast hem zat op de passagiersstoel en dat ze zich verwonderde over zijn wereld, zoals hij zich nog steeds verwonderde over de wereld waarin ze kort samen hadden verbleven.

De avonden waren het moeilijkst. Hij kon zich niet lang genoeg concentreren om te tekenen of gitaar te spelen. Ook zocht hij niet langer het gezelschap van de andere safarigidsen. In plaats daarvan lag hij in bed naar het plafond te staren. Uiteindelijk werd zijn vriend Romy dusdanig bezorgd dat hij het ter sprake bracht, maar het duurde nog een hele tijd voordat Tru het kon opbrengen om Hopes naam te noemen.

Tru had maanden nodig om in zijn normale doen te komen, en zelfs toen wist hij dat hij niet meer helemaal zichzelf was. Voordat hij Hope had leren kennen, was hij af en toe met vrouwen uitgegaan, maar daarna had hij daar geen enkele behoefte meer aan. En daar was nooit meer verandering in gekomen. Het was alsof dát deel van hem, het verlangen naar vrouwelijk gezelschap of de vonk van aantrekkingskracht tussen twee mensen was achtergebleven op het zandstrand van Sunset Beach, North Carolina.

Uiteindelijk had Andrew ervoor gezorgd dat Tru weer ging tekenen. Tijdens een van Tru's bezoekjes aan Bulawayo had zijn zoon hem gevraagd of Tru kwaad op hem was. Toen Tru op zijn hurken was gaan zitten en had gevraagd waarom hij dat in vredesnaam dacht, had Andrew gemompeld dat hij al maandenlang geen tekening meer had gekregen. Tru beloofde hem om weer te gaan tekenen. Maar wanneer hij 's avonds het potlood op het papier zette, had hij bijna altijd Hope geschetst. Meestal reproduceerde hij uit zijn hoofd iets uit hun tijd samen: dat ze naar hem keek terwijl hij Scottie op die eerste dag op het strand in zijn armen hield, of hoe oogverblindend ze eruit had gezien op de avond van het oefendiner voor de bruiloft. Pas nadat hij flinke vooruitgang had geboekt met een tekening van Hope, begon hij aan iets waarvan hij dacht dat Andrew het leuk zou vinden.

Het vervolmaken van de tekeningen van Hope kostte hem geen dagen maar weken. Hij ontdekte een onbekend verlangen in zichzelf om ze tot in de puntjes overeen te laten komen met zijn herinneringen, om die beelden met precisie en zorgvuldigheid vast te leggen. Wanneer hij eindelijk tevreden was met een tekening, borg hij hem op en begon aan de volgende. In de loop van de jaren kreeg het project een zekere dwangmatigheid die wellicht een onbewuste overtuiging voedde dat de volmaakte reconstructie van Hopes beeltenis haar op de een of andere manier bij hem zou laten terugkomen. Hij maakte meer dan vijftig gedetailleerde tekeningen die elk een andere herinnering vastlegden. Toen hij ermee klaar was, legde hij ze op volgorde als een kroniek van hun tijd samen. Daarna begon hij aan de bijbehorende tekeningen van zichzelf, of hoe hij dacht dat zij hem op die momenten had gezien. Uiteindelijk liet hij ze in een boek binden – de tekeningen van zichzelf op de linkerpagina's en die van Hope op de rechter – maar hij had ze nooit aan iemand laten zien. In het jaar nadat Andrew was gaan studeren, was Tru er eindelijk mee klaar. Het had hem bijna negen jaar gekost.

Dat was nog een reden waarom hij niet goed meer had geweten wat hij wilde toen de twintigste eeuw op zijn einde was gelopen.

Hij ijsbeerde maar wat door het huis omdat hij niets meer te doen had, bladerde elke avond door het boek en dacht er vaak aan dat iedereen die belangrijk voor hem was uit zijn leven was verdwenen. Zijn moeder. Zijn grootvader. Kim, en nu Andrew. Hope. Hij was alleen en zou dat ook altijd blijven, dacht hij. Het was een zware tijd, misschien wel even zwaar als zijn herstel van het ongeluk later zou worden, maar op een andere manier.

Botswana en de queeste naar de leeuwen, zoals hij er toen naar verwees, was een fijne tijd voor hem geweest, maar altijd had hij het boek met tekeningen onder handbereik gehouden, als een van zijn kostbaarste bezittingen. Na het ongeluk was het boek eigenlijk het enige wat hij echt wilde hebben, maar hij wilde niet aan Andrew vragen om het hem te brengen. Hij had Andrew er nooit over verteld, en hij wilde niet tegen hem of Kim liegen. In plaats daarvan had hij zijn ex-vrouw gevraagd of ze kon regelen dat al zijn spullen in Botswana werden ingepakt en opgeslagen. Dat had ze gedaan, maar de daaropvolgende twee jaren was hij bang geweest dat het boek misschien was zoekgeraakt of beschadigd. Nadat hij uit het revalidatiecentrum was ontslagen had hij als eerste een korte trip naar Botswana gemaakt. Hij had een paar jongeren ingehuurd om hem te helpen om de ene doos na de andere te openen tot het boek terecht was. Het was weliswaar stoffig, maar verkeerde verder in uitstekende staat.

Maar niet lang daarna werd de aandrang om hun dagen samen in beelden te herbeleven minder. Hij wist dat hij voor zijn eigen bestwil beter kon ophouden met dromen dat ze op een goede dag weer samen zouden zijn. Hij had geen flauw benul gehad dat Hope rond die tijd haar best had gedaan om hém te vinden.

Anders, zo hield hij zichzelf voor, zou hij hemel en aarde hebben bewogen om naar haar toe te gaan, slepende verwondingen of niet. En er was een moment geweest dat hij op het punt had gestaan om dat ook daadwerkelijk te doen.

De avondschemering viel langzaam in Carolina Beach.

Zonder acht te slaan op het wegstervende licht zaten Hope en Tru nog altijd op de bank te praten, waarbij hun ledematen elkaar af en toe zachtjes raakten, terwijl ze steeds dieper in elkaars leven groeven. De glazen wijn, die allang leeg waren, maakten plaats voor kopjes thee, en algemeenheden maakten plaats voor intieme details. Terwijl hij in de lengende schaduwen naar haar profiel keek, kon Tru nauwelijks bevatten dat Hope echt naast hem zat. Ze was zijn droomvrouw, en dat was ze altijd al geweest.

'Ik moet je iets opbiechten,' zei hij ten slotte. 'Er is iets wat ik je niet heb verteld. Iets wat is gebeurd voordat ik die baan in Namibië aannam. Ik had het je eerder willen vertellen, maar toen zei je tegen me dat je had geprobeerd om mij te vinden...'

'Wat dan?'

Hij staarde in zijn theekop. 'Ik ben bijna teruggekomen naar North Carolina. Om jou te gaan zoeken. Dat was vlak nadat ik klaar was met mijn revalidatie. Ik had een vliegticket gekocht, mijn koffers gepakt en ik ben naar de luchthaven gegaan. Maar toen het tijd werd om naar de douane te gaan... kon ik het niet.' Hij slikte alsof hij terugdacht aan zijn onmacht. 'Tot mijn schande moet ik bekennen dat ik uiteindelijk... gewoon naar mijn auto ben teruggelopen.'

Het duurde even voor zijn woorden echt tot haar waren doorgedrongen. 'Bedoel je nou dat toen ik op zoek was naar jou, jij ook op zoek was naar mij?'

Hij knikte, zich bewust van de droogheid in zijn keel, en hij wist dat ze dacht aan de jaren die ze waren kwijtgeraakt – niet één keer, maar twee keer.

'Ik weet niet wat ik moet zeggen,' zei ze langzaam.

'Volgens mij valt er ook niets over te zeggen, behalve dan dat het mijn hart breekt.'

'O, Tru,' zei ze terwijl haar ogen vochtig werden. 'Waarom ben je niet aan boord van dat vliegtuig gestapt?'

'Ik wist niet of ik je wel zou kunnen vinden.' Hij schudde zijn hoofd. 'Maar de waarheid is dat ik bang was voor wat er zou gebeuren als ik je wel zou vinden. Ik stelde me steeds voor dat ik je uiteindelijk zou zien in een restaurant of op straat of misschien in jouw tuin. Dan zou je de hand vasthouden van een andere man of je zou lachen samen met je kinderen, en na alles wat ik kort daarvoor had meegemaakt, wist ik ergens dat ik dat onverdraaglijk zou vinden. Het was niet zo dat ik niet wilde dat je gelukkig zou zijn, want dat wilde ik wel. Dat heb ik de afgelopen vierentwintig jaar elke dag voor je gewenst, al was het maar omdat ik wist dat ik niet gelukkig was. Ik had het idee dat een deel van me ontbrak, en dat het voor altijd weg zou blijven. Maar ik was te bang om daar echt iets aan te doen, en nu je me over je leven hebt verteld, kan ik alleen maar denken aan dat ik meer moed had moeten tonen toen het er werkelijk toe deed. Want dan zou ik de afgelopen acht jaar niet hebben verspild.'

Toen hij was uitgesproken, wendde Hope haar blik af en sloeg haar deken opzij. Ze stond op en liep naar het raam aan de voorkant. Haar gezicht lag in de schaduw, maar in het maanlicht zag hij de natte glans op haar wangen.

'Waarom lijkt het alsof het lot ons altijd heeft tegengewerkt?' vroeg ze terwijl ze haar hoofd omdraaide en hem aankeek. 'Denk je dat er een groter plan aan het werk is, een plan dat we niet eens kunnen doorgronden?'

'Ik weet het niet,' zei hij schor.

Haar schouders zakten een heel klein stukje omlaag waarna ze haar hoofd weer afwendde. Ze staarde zwijgend uit het raam, tot ze ten slotte een diepe zucht slaakte. Ze liep terug naar de bank en ging naast hem zitten.

Van dichtbij zag haar gezicht er precies zo uit als op alle tekeningen die hij ooit van haar had gemaakt, dacht hij. 'Het spijt me, Hope. Het spijt me meer dan je weet.'

Ze veegde haar wangen af. 'Mij ook.'

'En nu? Wil je even alleen zijn?'

'Nee,' zei ze. 'Dat is wel het laatste wat ik wil.'

'Kan ik iets voor je doen?'

In plaats van die vraag te beantwoorden, schoof ze dichter naar hem toe en legde de deken over haar benen. Ze pakte zijn hand en hij sloeg zijn vingers teder om de hare, genietend van haar zachte huid. Met zijn duim streelde hij de tere botjes aan de bovenkant van haar hand, en bedacht vol verwondering dat de laatste keer dat hij de hand van een vrouw had vastgehouden het ook de hare was geweest.

'Ik wil dat je me vertelt hoe je over mijn brief hebt gehoord,' zei ze. 'De brief die ik in Kindred Spirit heb neergelegd. Die er uiteindelijk voor heeft gezorgd dat we elkaar hebben teruggevonden.'

Tru deed zijn ogen even dicht. 'Dat is moeilijk om uit te leggen op een manier die logisch klinkt, zelfs voor mij.'

'Waarom dan?'

'Omdat,' zei hij, 'het is begonnen met een droom.'

'Heb je over die brief gedroomd?'

'Nee,' zei hij. 'Ik droomde over een gelegenheid, een café… een bestaande gelegenheid, onder aan de heuvel waar mijn huis op staat.' Hij glimlachte weemoedig. 'Daar ga ik naartoe als ik onder de mensen wil zijn, en het biedt een fantastisch uitzicht op de kust. Meestal neem ik een boek mee en zit ik daar 's middags een paar uur. De eigenaar kent me en het maakt hem niet uit hoe lang ik er blijf zitten.' Hij boog zich voorover en legde zijn ellebogen op zijn knieën. 'Maar goed, op een ochtend werd ik wakker en wist ik dat ik net over dat café had gedroomd, maar in tegenstelling tot veel dromen bleven de beelden uit deze droom me bij. Ik zag mezelf telkens aan een tafeltje zitten, alsof ik naar camerabeelden keek. Ik had een boek bij me en er stond een glas ijsthee op de tafel, twee dingen die in mijn leven doodgewoon zijn. Het was 's middags en de zon scheen, ook dat is heel gewoon. Maar ik weet nog dat ik in de droom een stel naar binnen zag lopen dat aan een tafeltje vlak bij me ging zitten. Vreemd genoeg waren die mensen heel wazig en ik kon ook niet verstaan wat ze zeiden, en toch voelde ik de dringende behoefte om met hen te spreken. Ik wist gewoon dat ze me iets belangrijks te vertellen hadden, dus stond ik op en liep naar ze toe, maar met elke stap die ik zette, leek hun tafeltje verder weg te zijn. Ik herinner me dat ik daarbij een opkomende paniek voelde – ik móést die mensen spreken – en toen werd ik plotseling wakker. Het was niet echt een nachtmerrie, maar ik was de rest van de dag wel een beetje uit mijn doen. Een week later ging ik naar het café.'

'Vanwege de droom?'

'Nee,' zei hij. 'Tegen die tijd was ik die droom al bijna weer vergeten. Zoals ik al zei, kom ik daar regelmatig. Ik at er een late lunch en dronk daarna nog een glas ijsthee terwijl ik een boek las over de Boerenoorlog. Op dat moment kwam er een stel het restaurant binnen. Bijna alle tafeltjes binnen waren onbezet, maar zij gingen vlak bij mij zitten.'

'Een beetje zoals in de droom,' zei ze.

'Nee,' zei hij hoofdschuddend. 'Tot op dat punt was alles precíés zoals in de droom.'

Hope boog zich voorover terwijl haar gelaatstrekken werden verzacht door het schijnsel van de haard. Buiten werd de avond steeds donkerder terwijl Tru verderging met zijn verhaal.

Zoals iedereen, had Tru in het verleden ook wel eens een déjàvugevoel gehad, maar zodra hij opkeek uit zijn boek, voelde hij de droom van een week eerder met een enorme helderheid terugkeren. Heel even leek de wereld aan de randen te vervagen, bijna alsof hij weer terug was in de droom.

Maar in tegenstelling tot in zijn droom kon hij het stel nu wel duidelijk zien. De vrouw was blond, slank en aantrekkelijk, en ergens in de veertig. De man die tegenover haar zat was een paar jaar ouder; hij was groot, had donker haar en droeg een gouden horloge dat glinsterde in het zonlicht. Tru merkte dat hij ook kon horen wat ze zeiden en concludeerde dat hij onbewust flarden van hun gesprek had opgevangen, wat in eerste instantie de reden was geweest dat hij uit zijn boek had opgekeken. Ze hadden het over de safari's die ze binnenkort gingen maken, en hij hoorde hen plannen maken om niet alleen naar het Krugerpark te gaan – een reusachtig natuurreservaat in Zuid-Afrika – maar ook naar Mombo Camp en Jack's Camp, die allebei in Botswana lagen. Ze vroegen zich af hoe hun accommodaties zouden zijn en welke dieren ze zouden zien, onderwerpen die hij in de afgelopen veertig jaar al duizenden keren voorbij had horen komen.

Tru herkende de mensen niet. Hij had altijd een goed geheugen voor gezichten gehad, maar dit waren onbekenden. Er was verder geen enkele reden om belangstelling voor hen te hebben, maar toch kon hij zijn blik niet van hen afwenden. Niet vanwege de droom. Het was iets anders, en pas toen hij op de zachte temerigheid van het accent van de vrouw begon te letten, voelde hij een schok van herkenning, zo heftig dat het gevoel van déjà vu razendsnel terugkeerde, zich vermengend met zijn herinneringen aan een andere tijd en een andere plaats.

Hope, dacht hij ogenblikkelijk. Die vrouw klonk precies zoals Hope.

In de jaren na zijn bezoek aan Sunset Beach had hij duizenden gasten ontmoet. Sommigen waren afkomstig geweest uit North Carolina, en dat accent had iets unieks als hij het vergeleek met dat van andere zuidelijke staten van de VS, wellicht waren het de klinkers die zachter klonken.

Zij hadden hem iets belangrijks te vertellen.

Voor hij het goed en wel besefte, was hij overeind gekomen en stond hij bij hun tafel. Normaliter zou het niet bij hem opkomen om vreemden bij hun lunch te storen, maar hij had het gevoel dat hij geen keuze had, alsof hij een marionet was.

'Neemt u me niet kwalijk,' begon Tru. 'Het spijt me dat ik jullie stoor, maar komen jullie toevallig uit North Carolina?' vroeg hij hen.

Als de man of de vrouw zich ergerde aan zijn plotselinge verschijning aan hun tafel dan lieten ze dat niet merken.

'Inderdaad. Toevallig wel,' zei de vrouw. Ze glimlachte vol verwachting. 'Hebben wij elkaar al eens ontmoet?'

'Volgens mij niet.'

'Hoe weet u dan in hemelsnaam waar wij vandaan komen?'

'Ik herkende het accent,' zei Tru.

'Maar u komt duidelijk niet uit North Carolina.'

'Nee,' zei hij. 'Ik kom oorspronkelijk uit Zimbabwe. Maar ik ben ooit een tijdje in Sunset Beach geweest.'

'Wat een kleine wereld,' riep de vrouw uit. 'Daar hebben wij een huis. Wanneer bent u in Sunset Beach geweest?'

'In 1990,' zei Tru.

'Dat is ver voor onze tijd,' zei ze. 'Wij hebben dat huis pas twee jaar geleden gekocht. Ik ben Sharon Wheddon, en dit is mijn man, Bill.'

Bill stak zijn hand uit en Tru schudde die.

'Ik ben Tru Walls,' zei hij. 'Ik hoorde dat jullie het over Mombo Camp en over Jack's Camp hadden. Voor ik met pensioen ging, was ik safarigids, en ik kan jullie verzekeren dat beide kampen uitstekend zijn. Bij Mombo zullen jullie wild in overvloed zien. Maar de kampen verschillen wel van elkaar. Jack's ligt in de Kalahari, en het is een van de beste plekken ter wereld om stokstaartjes te zien.'

Terwijl hij sprak, sloeg de vrouw hem aandachtig gade, met haar hoofd iets schuin, en er verscheen een lichte frons van concentratie op haar gezicht. Ze deed haar mond open en toen weer dicht, voordat ze over de tafel naar hem toe leunde.

'Zei je nou dat je Tru Walls heet en dat je uit Zimbabwe komt? En dat je vroeger safarigids bent geweest?'

'Ja.'

Sharon keek van Tru naar Bill. 'Weet je nog wat wij afgelopen lente hebben gevonden? Toen we in het strandhuis waren en die lange wandelingen hebben gemaakt? En dat ik toen een grapje maakte omdat we naar Afrika zouden gaan?'

Terwijl ze sprak, begon Bill te knikken. 'Ja, nu weet ik het weer.'

Sharon keek Tru aan met een opgetogen uitdrukking op haar gezicht.

'Heb jij ooit van Kindred Spirit gehoord?'

Bij die vraag voelde Tru zich plotseling duizelig worden. Hoe lang was het wel niet geleden dat hij iemand de naam van die brievenbus had horen uitspreken? Hoewel het een plek was waar Tru door de jaren heen duizenden keren aan terug had gedacht, had die tot nu toe iets geleken dat alleen voor hem en voor Hope bedoeld was. 'Bedoel je de brievenbus?' vroeg hij met schorre stem.

'Ja!' riep Sharon uit. 'Dit is toch niet te geloven? Schatje, dit is toch niet te geloven?'

Bill schudde zijn hoofd en leek even verbaasd als zij terwijl ze in haar handen klapte van opwinding.

'Toen jij in Sunset Beach was, heb je een vrouw ontmoet die… Helen heette? Of was het Hannah?' Ze fronste even. 'Nee, ze heette Hope. Ja, toch?'

De wereld rondom hun tafel werd mistig, en de vloer voelde ineens wankel aan. 'Ja, dat klopt,' stamelde hij. 'Maar jullie lijken iets te weten wat ik niet weet.'

'Misschien moet je even gaan zitten,' zei Sharon. 'Er lag namelijk een brief in Kindred Spirit waar ik je echt over moet vertellen.'

Tegen de tijd dat hij was uitgesproken, was het buiten volledig donker geworden en vormde de haard binnen de enige bron van licht. Tru kon nog net de zachte muziek van de radio in de keuken horen. Hopes ogen glansden in het schijnsel van de haard.

'Twee dagen later was ik hier, in North Carolina. Natuurlijk wisten ze niet alles meer wat in de brief had gestaan – en dan vooral niet de datum of zelfs de maand dat je hier zou zijn – maar mijn naam en achtergrond waren genoeg voor hen om zich de belangrijkste zaken weer te herinneren.'

'Waarom ben je niet naar me op zoek gegaan zodra je in North Carolina was aangekomen?'

Hij liet even een stilte vallen. 'Besef je wel dat je me, tijdens de week die we samen zijn geweest, nooit hebt verteld wat Josh' achternaam is?'

'Natuurlijk wel,' zei ze. 'Dat moet ik je hebben verteld.'

'Nee,' zei hij met een bijna verdrietige glimlach. 'Dat heb je niet gedaan. En ik heb er nooit naar gevraagd. De achternaam van je zussen wist ik net zomin. Dat is pas tot me doorgedrongen toen ik weer terug in Afrika was, al deed het er toen natuurlijk niet meer toe. En na vierentwintig jaar zonder achternamen, had ik weinig om mee te beginnen. Ik kende je meisjesnaam, maar ik ontdekte al snel dat Anderson een nogal veel voorkomende naam is, zelfs in North Carolina. Bovendien had ik geen flauw idee waar je woonde, of zelfs maar of je in North Carolina was gebleven. Ik wist nog dat Josh orthopedisch chirurg was, en volgens mij heb ik alle orthopedische klinieken en ziekenhuizen van hier tot aan Greensboro gebeld met de vraag of er ook een arts was die Josh heette, maar daar ben ik niets mee opgeschoten.'

Nadat ze haar lippen kort op elkaar had geperst, vroeg ze: 'Maar hoe had je me dan in vredesnaam al die jaren geleden willen vinden? Die keer toen je bijna op het vliegtuig bent gestapt?'

'Toentertijd had ik niet zo ver vooruit gedacht. Maar ik zou waarschijnlijk een privédetective in de arm hebben genomen. En als jij tegen het eind van het jaar nog steeds niet was gekomen, zou ik dat nu waarschijnlijk ook hebben gedaan. Maar...' Hij grijnsde. 'Ik wist dat je zou komen. Ik wist dat ik je bij Kindred Spirit zou vinden, want je had gezegd dat je dáár zou zijn. Elke dag in september ben ik wakker geworden met het idee dat het die dag raak zou zijn.'

'En elke dag liep uit op een teleurstelling.'

'Ja,' zei hij. 'Maar het maakte het ook steeds waarschijnlijker dat het de volgende dag zou worden.'

'Maar stel nou dat ik had besloten om in juli of augustus te komen? Was je niet bang dat je me zou mislopen?'

'Nee, niet echt,' zei hij. 'Ik ging er niet vanuit dat je me in de zomer wilde ontmoeten vanwege alle vakantiegangers. Ik vermoedde dat je een dag zou uitkiezen die meer leek op de dag dat we samen naar de brievenbus zijn gegaan, op een moment waarop we waarschijnlijk wat meer privacy zouden hebben. En dan leken de herfst of de winter het meest voor de hand te liggen.'

Hope wierp hem een treurige glimlach toe. 'Jij hebt me altijd al gekend, of niet soms?'

Als reactie daarop pakte Tru haar hand en kuste die. 'Ik geloofde in ons.'

Ze merkte dat ze weer moest blozen. 'Wil je die brief lezen?'

'Heb je hem dan nog?'

'Ik heb er een fotokopie van,' zei ze. 'Die zit in de kist die op tafel staat.'

Toen ze wilde opstaan, hief Tru zijn handen op om haar tegen te houden. Hij kwam zelf overeind en haalde de met houtsnijwerk versierde kist uit de keuken. Hij maakte aanstalten om hem op de salontafel te zetten, maar Hope schudde haar hoofd.

'Nee,' zei ze. 'Zet hem maar hier op de bank. Tussen ons in.'

'Hij is zwaar,' merkte hij op terwijl hij weer ging zitten.

'Hij komt uit Zimbabwe,' zei ze. 'Maak maar open. De brief ligt helemaal onderin.'

Tru tilde het deksel op. Bovenop zag hij de uitnodiging voor de bruiloft, die hij met een vragende blik aanraakte. Daaronder bevonden zich de tekeningen, evenals de brief die hij haar had geschreven. Op de bodem lag een gewone envelop zonder naam of adres erop. Tru was op een vreemde manier aangedaan door de aanblik van de tekeningen en de brief.

'Je hebt ze bewaard,' mompelde hij bijna ongelovig.

'Ja, natuurlijk,' zei ze.

'Waarom?'

'Begrijp je dat dan niet?' Ze raakte zijn arm zacht aan. 'Zelfs toen ik met Josh trouwde, was ik nog steeds verliefd op jou. Dat wist ik toen ik mijn trouwbeloften uitsprak. De hartstocht die ik voor je voelde had ook iets... vredigs. Want dat gevoel gaf je mij in de week dat we samen waren. Een vredig gevoel. Bij jou zijn voelde als thuiskomen.'

Tru slikte de brok in zijn keel weg. 'Voor mij gold hetzelfde.' Hij staarde naar de brief. 'Jou kwijtraken voelde aan alsof de aarde onder mijn voeten verdween.'

'Lees maar,' zei ze terwijl ze naar de envelop knikte. 'Het is maar kort.'

Tru legde de andere spullen terug in de kist, waarna hij de brief uit de envelop haalde. Hij las hem langzaam, waarbij hij de woorden in zijn hoofd liet rondgaan en haar stem hoorde in elke regel. Zijn borstkas zwol op en liep over van onuitgesproken emotie. Op dat moment wilde hij haar kussen, maar hij deed het niet. 'Ik heb iets voor je.'

Hij stond op en liep naar het bijzettafeltje bij de deur. Nadat hij in zijn rugzak had getast haalde hij het ingebonden boek met tekeningen eruit. Hij liep ermee terug naar de bank en gaf het boek aan haar. *Kindred Spirit*, stond er in gouden letters op de omslag.

Hope keek van hem naar het boek en weer terug, waarna haar nieuwsgierigheid de overhand kreeg. Tru ging naast haar zitten terwijl ze met haar wijsvinger over de woorden op de voorkant ging.

'Ik ben bijna bang om te kijken wat het is,' zei ze.

'Niet bang zijn,' spoorde hij haar aan toen Hope het boek eindelijk opensloeg. Op de eerste pagina stond een portret van Hope aan de rand van de pier, een plek waar hij haar nooit had gezien. Het was een tekening die haar hele wezen leek te vangen, maar aangezien die tekening geen rol in hun verhaal had gespeeld, beschouwde Tru hem meer als een soort titelpagina.

Hij zei niets terwijl Hope de pagina omsloeg en aan de linkerkant een tekening van hem bestudeerde waarop hij over het strand liep en aan de rechterkant Hope die een stukje achter hem liep. Scottie was ook te zien, rennend naar de duinen.

Op de volgende pagina's waren ze allebei te zien, op de ochtend dat ze elkaar voor het eerst hadden gesproken. Op de tekeningen hield hij Scottie vast, en aan haar gezichtsuitdrukking was duidelijk te zien dat ze bezorgd was. Op de daaropvolgende pagina's liepen ze samen terug naar de cottage. Die twee afbeeldingen werden gevolgd door een tekening waarop ze samen koffiedronken op de achterveranda. De afbeeldingen regen zich aaneen als een reeks screenshots van een film. Het duurde een hele tijd voordat Hope het hele boek had doorgenomen. Toen ze eindelijk klaar was, zag hij een traan over haar wang lopen.

'Je hebt alles vastgelegd,' zei ze.

'Ja,' zei hij. 'Dat heb ik wel geprobeerd. Dit boek is voor jou.'

'Nee,' zei ze. 'Het is een kunstwerk.'

'Dat boek zijn wij,' zei hij.

'Wanneer heb je...'

'Ik heb er jaren aan gewerkt,' zei hij.

Ze ging opnieuw met haar hand over de kaft. 'Ik weet niet wat ik moet zeggen. Maar je kunt het onmogelijk aan mij geven. Dit is... een schat.'

'Ik kan altijd een nieuwe maken. En vanaf het moment dat ik het boek af had, heb ik gedroomd over de dag dat ik je terug zou vinden, zodat ik je kon laten zien hoe je verder hebt geleefd in mijn ziel.'

Het boek lag nog altijd op haar schoot en ze hield het vast alsof ze het nooit meer los wilde laten. 'Je hebt er zelfs dat moment op het strand bij gedaan, vlak nadat ik je had verteld dat Josh me ten huwelijk had gevraagd, toen je me vasthield...'

Hij wachtte terwijl ze naar de woorden zocht.

'Ik kan je niet vertellen hoe vaak ik daaraan heb teruggedacht,' zei ze zacht. 'Toen we daar liepen, probeerde ik een manier te verzinnen om het je te vertellen, en ik was zo in de war en bang. Ik voelde deze leegte al ontstaan omdat ik wist dat we afscheid van elkaar zouden nemen. Maar dat had ik willen doen op onze voorwaarden, wat dat ook precies inhield, en het leek net alsof Josh dat van me had afgenomen...'

Hij hoorde de smeekbede in haar stem. 'Ik meende te weten hoe diep ik je die dag had gekwetst, maar nu ik de tekening van jou op dat moment zie, is het pas echt verschrikkelijk. De uitdrukking op je gezicht, de manier waarop je jezelf hebt getekend...'

Haar stem trilde en ze maakte haar zin niet af. Tru slikte en erkende de waarheid van haar woorden. Het was een van de pijnlijkste tekeningen van het hele boek, waarbij hij zijn tekenwerk meer dan eens had moeten onderbreken.

'En daarna? Weet je nog wat je toen hebt gedaan? Je ging niet met me in discussie, je werd niet boos en je stelde ook geen eisen. In plaats daarvan was je eerste neiging om mij in je armen te nemen. Om mij te troosten terwijl het eigenlijk andersom had moeten zijn. Ik verdiende het niet, maar jij wist dat ik het nodig had.' Ze vocht uit alle macht om niet in te storten. 'Ik heb het gevoel dat het me daaraan ontbrak toen ik met Josh trouwde: iemand die me kon troosten op de moeilijkste momenten. En vandaag, bij de brievenbus, toen ik helemaal van de kaart was en geen flauw idee had van wat ik moest zeggen of doen, nam je me opnieuw in je armen. Omdat jij wist dat ik het gevoel had dat ik van een rots was gevallen en jou nodig had om me op te vangen.' Treurig schudde ze haar hoofd. 'Ik weet niet of Josh me ooit zo heeft vastgehouden: met volmaakt medeleven. Daardoor drong het opnieuw tot me door hoeveel ik heb opgegeven toen ik die dag wegreed.'

Hij sloeg haar een tijdje roerloos gade, maar pakte ten slotte de kist en zette die op tafel. Hij legde zijn hand op het boek met de tekeningen die hij had gemaakt, trok het voorzichtig uit haar handen en legde het naast de kist, waarna hij zijn arm om haar heen sloeg. Hope leunde tegen hem aan. Hij drukte een zachte zoen op haar haren, precies zoals hij dat zo lang geleden had gedaan.

'Maar ik ben er nu,' fluisterde hij. 'We waren verliefd, maar de timing klopte niet. En alle liefde ter wereld kan niets aan timing veranderen.'

'Dat weet ik,' zei ze, 'maar volgens mij zouden we samen een goed stel zijn geweest. Volgens mij hadden we elkaar gelukkig kunnen maken...' Hij keek toe terwijl ze haar ogen dichtdeed en ze daarna langzaam weer opende. 'En nu is het te laat,' zei ze met diepbedroefde stem.

Met een vinger duwde Tru haar kin teder omhoog. Ze keek hem aan, knapper dan alle vrouwen die hij ooit had gezien. Hij boog zich dichter naar haar toe en hun lippen vonden elkaar. Haar mond was warm en gretig.

'Het is nooit te laat om jou vast te houden,' mompelde hij.

Terwijl hij opstond van de bank pakte hij haar hand. De maan was opgekomen en wierp een zilverachtige straal door het raam die probeerde te wedijveren met de rode gloed van het vuur. Ze ging langzaam staan, en hij kuste de hand die hij had vastgehouden. Hunkerend trok hij haar naar zich toe. Hij sloeg zijn armen om haar heen en zij verstrengelde haar armen om zijn hals. Ze legde haar hoofd tegen zijn schouder en hij voelde haar trillende adem tegen zijn sleutelbeen. Hij bedacht bij zichzelf dat dit het enige was wat hij ooit had gewild. Zij was alles waar hij ooit naar had verlangd. Vanaf het moment dat hij haar had ontmoet had hij geweten dat ze de ware was en dat er nooit een ander zou zijn.

Hij hoorde een windorgel tingelen op de veranda. Hopes lichaam wiegde tegen het zijne, verlokkend en warm, en hij gaf toe aan alles wat hij voelde.

Haar mond opende zich onder de zijne, haar tong speelde met de zijne. Die was warm en vochtig, en zelfs na zo veel tijd was de sensatie onveranderd, tijdloos en primitief. Hij sloeg zijn armen strakker om haar heen en drukte haar dicht tegen zich aan. Zijn hand zwierf over haar rug naar haar haren, en streelde daarna opnieuw haar rug. Hier had hij zo lang op gewacht, dit had hij op talloze, eenzame nachten herbeleefd. Toen de kus was afgelopen, legde Hope haar hoofd tegen zijn borstkas waarna haar lichaam begon te beven.

Hij hoorde haar snuiven en besefte tot zijn ontsteltenis dat ze huilde. Toen hij zich van haar losmaakte, ontweek ze zijn blik. In plaats daarvan hield ze haar gezicht tegen zijn borstkas gedrukt.

'Wat is er aan de hand?' vroeg hij.

'Het spijt me,' zei ze. 'Het spijt me zo verschrikkelijk. Was ik maar nooit bij je weggegaan. Had ik je maar eerder teruggevonden, was jij maar op dat vliegtuig gestapt...'

Hij hoorde iets in haar stem, een angst die hij niet had verwacht. 'Maar nu ben ik er,' zei hij. 'En ik ga nergens meer naartoe.'

'Het is te laat,' zei ze, terwijl haar stem brak. 'Het spijt me, maar nu is het te laat. Dit kan ik je niet aandoen.'

'Het geeft niet,' fluisterde hij, terwijl hij de eerste aanzet van paniek voelde. Hij snapte niet wat er mis was. Hij wist niet wat hij had gedaan om haar overstuur te maken. 'Ik begrijp waarom je weg moest. En je hebt nu twee prachtige kinderen... Hope, het geeft niet. Ik heb begrip voor de keuze die je toen hebt gemaakt.'

'Dat is het niet.' Ze schudde haar hoofd, haar woorden beladen door een diepe vermoeidheid. 'Het is hoe dan ook te laat.'

'Waar heb je het over?' riep hij terwijl hij haar armen pakte en een paar passen achteruitging. 'Ik snap niet wat je me probeert te vertellen. Alsjeblieft, praat tegen me, Hope.' Wanhopig probeerde hij haar in haar ogen te kijken.

'Ik ben bang... en ik heb geen flauw idee wat ik tegen mijn kinderen moet zeggen...'

'Je hoeft nergens bang voor te zijn. Ik weet zeker dat ze het wel zullen begrijpen.'

'Nee, ze zullen het juist niet begrijpen,' zei ze. 'Ik weet nog hoe moeilijk ik het ermee heb gehad.'

Tru voelde een rilling door zich heen gaan. Hij dwong zichzelf om diep adem te halen. 'Ik begrijp het niet.'

Hope ging nog harder huilen met grote, gierende snikken, waardoor ze zich aan hem vast moest klampen om niet ineen te zakken. 'Ik ga dood,' zei ze ten slotte. 'Ik heb ALS, net als mijn vader, en nu ga ik dood.'

Na haar woorden werd Tru's hoofd helemaal leeg. Haar woorden leken alle kanten op te stuiteren in zijn binnenste... *Ik heb ALS, net als mijn vader, en nu ga ik dood.*

Hij sloot zijn ogen in een poging om kracht te kunnen bieden, maar zijn lichaam leek te verslappen. Ze sloeg haar armen steviger om hem heen en fluisterde: 'O, Tru... het spijt me zo... Het is allemaal mijn schuld...'

Hij voelde een druk achter zijn ogen ontstaan terwijl hij haar stem opnieuw hoorde.

Ik ga dood...

Ze had hem verteld hoe afschuwelijk het aftakelingsproces van haar vader was geweest. Dat hij in zijn laatste maanden zo veel was afgevallen dat Hope hem naar bed had kunnen dragen. Het was een meedogenloze, onomkeerbare ziekte die hem uiteindelijk zijn laatste ademteug had ontnomen. Tru wist niet wat hij moest zeggen terwijl Hope snikkend heen en weer wiegde. Het kostte hem de grootste moeite om zelfs maar rechtop te blijven staan.

Buiten was de wereld zwart. Het was een koude avond, maar Tru had het nog kouder. Hij had een leven lang op Hope gewacht, en nu hij haar eindelijk had gevonden, zou ze veel te snel weer van hem worden afgenomen. Er ging van alles door zijn hoofd, en zijn binnenste deed pijn. Toen herinnerde hij zich de laatste regel van het briefje dat hij haar had geschreven toen zij hem voor de allereerste keer had uitgenodigd om samen met haar naar Kindred Spirit te gaan.

Ik kijk uit naar verrassingen met jou als mijn gids

Hij wist niet waarom hij daaraan moest denken, of wat die woorden op dit moment te betekenen hadden, sterker nog: ze leken volslagen onbegrijpelijk. Hope was zijn droom, alles wat hij ooit had gewild en ze had hem zojuist verteld dat ze doodging. Tru had het gevoel dat hij op het punt stond om volledig in te storten terwijl ze zich stevig aan elkaar vasthielden en huilden, waarbij de geluiden werden gedempt in de cocon van het stille huis.

Van dag tot dag

'Voor het eerste diagnostische onderzoek wist ik al dat ik het had,' zei Hope.

Het had even geduurd voordat ze was opgehouden met huilen en toen haar tranenvloed eindelijk tot bedaren was gekomen, moest Tru zijn gezicht ook afvegen. Hij was naar de keuken gegaan om nog een keer thee te zetten en hij bracht haar een nieuwe mok terwijl ze op bank zat. Ze had haar knieën opgetrokken en in de deken gewikkeld.

Met twee handen om de beker geslagen, zei ze: 'Ik weet nog wat mijn vader me vertelde over hoe het helemaal in het begin was. Een gevoel van algehele lamlendigheid, alsof je een verkoudheid hebt, alleen gaat die nooit over. Ik heb de diagnose zelfs tegen mijn huisarts geopperd, maar zij was sceptisch. ALS is over het algemeen namelijk niet erfelijk. Slechts in één op de tien gevallen zit het in de familie. Maar toen ik de onderzoeken liet doen en het lang duurde tot de uitslagen binnenkwamen, wist ik genoeg.'

'Wanneer ben je erachter gekomen?'

'Vorig jaar juli. Iets minder dan anderhalf jaar geleden. Ik was pas zes maanden met pensioen en ik had me verheugd op een nieuw leven.' Omdat ze wist wat zijn volgende vraag zou zijn, voegde ze eraan toe: 'Mijn vader heeft er iets langer dan zeven jaar mee geleefd. En volgens mij ben ik er nu beter aan toe dan hij destijds, in elk geval voorlopig. Daarmee bedoel ik dat ik het idee heb dat mijn toestand langzamer verslechtert dan de zijne, maar ik merk wel dat het nu erger is dan toen ik net had gehoord dat ik het had. Het kostte me vanochtend echt moeite om bij Kindred Spirit te komen.'

'Ik kan me niet voorstellen hoe het is om zoiets onder ogen te moeten zien, Hope.'

'Het is afschuwelijk,' gaf ze toe. 'En ik heb nog steeds geen manier bedacht om het de kinderen te vertellen. Ze waren nog heel jong toen mijn vader overleed, dus ze hebben niet echt herinneringen aan hem. Of aan de tol die zijn ziekte van de familie heeft geëist. Ze zullen doodsbang en overbezorgd zijn, maar ik wil niet dat ze hun leven stilleggen voor mij. Ik was al zesendertig toen ik het hoorde, maar zij staan pas net op eigen benen. Ik wil niet... Ze moeten hun eigen leven leiden. Maar dat zal onmogelijk zijn als ze het weten. De enige reden waarom ik tijdens de ziekte van mijn vader niet ben ingestort was dat de kinderen nog klein waren en al mijn aandacht nodig hadden. Ik had geen keuze. Maar ik heb je verteld hoe het met mijn vader is gegaan... hoe moeilijk het was om hem te zien sterven.'

'Dat klopt.' Tru knikte.

'Dat was een van de redenen dat ik vorig jaar de brief in de brievenbus heb gedaan. Omdat ik besefte dat...'

Toen haar stem wegstierf, pakte Tru haar hand. 'Je besefte...'

'Omdat ik besefte dat het weliswaar te laat was voor ons, maar dat het misschien niet te laat was om mijn excuses aan te bieden, en dat moest ik echt doen. Omdat ik jou op straat heb zien staan, en toch ben weggereden. Daar heb ik altijd mee moeten leven, wat misschien al voldoende straf was, maar... een deel van me wilde ook jouw vergiffenis.'

'Die heb je altijd al gehad,' zei hij terwijl hij ook zijn andere hand om de hare sloeg, en die koesterde als een gewond vogeltje. 'Dat heb ik geschreven in mijn brief: jou leren kennen en verliefd op je worden was een ervaring die ik, als ik ooit de kans zou krijgen, wel duizend keer opnieuw wil beleven, zelfs als ik wist dat het zo zou moeten eindigen. Ik ben nooit boos op je geweest vanwege de keuze die je hebt gemaakt.'

'Maar ik heb je verdriet gedaan.'

Hij boog zich dichter naar haar toe en legde een hand op haar wang. 'Verdriet is de tol die we altijd betalen voor liefde,' zei hij. 'Daar ben ik achter gekomen met mijn moeder en toen Andrew naar het buitenland ging. Zo gaan die dingen.'

Daar dacht Hope zwijgend over na. Ze staarde hem aan. 'Weet je wat het ergst is?' vroeg ze met gedempte stem. 'Aan weten dat je zult sterven?'

'Ik heb geen idee.'

'Dat je dromen ook sterven. Toen ik de diagnose kreeg, was een van mijn eerste gedachten dat ik waarschijnlijk nooit oma zou worden. Dat ik nooit een baby van een van mijn kinderen in slaap zou wiegen of met ze zou verven aan de tuintafel of ze in bad zou doen. Ik leek de kleine dingen, dingen die nog niet eens zijn gebeurd en misschien ook nooit zullen gebeuren, het ergst te missen. Ik geef toe dat het nergens op slaat, maar ik kan er niets aan doen.'

Tru was stil terwijl hij overpeinsde wat ze had gezegd. 'Toen ik in het ziekenhuis lag,' zei hij uiteindelijk, 'was het voor mij net zo. Ik droomde erover om een wandeltocht door Europa te maken of om te gaan schilderen en ik raakte vervolgens ontzettend gedeprimeerd wanneer ik me realiseerde dat ik die dingen misschien nooit zou kunnen doen. Maar het stomme is dat ik, toen ik eenmaal beter was, helemaal geen behoefte meer had om te gaan wandelen of schilderen. Volgens mij is het typisch menselijk om te verlangen naar dingen die we misschien nooit kunnen krijgen.'

'Ik weet dat je gelijk hebt, maar toch... Ik keek er echt naar uit om oma te worden.' Ze slaagde erin een kort lachje te laten horen. 'Als Jacob en Rachel tenminste ooit gaan trouwen, natuurlijk. En ik betwijfel of dat snel zal gebeuren. Ze lijken hun onafhankelijkheid te koesteren.'

Hij glimlachte. 'Ik weet dat je zei dat de wandeling van vanochtend je zwaar viel, maar op de terugweg leek er niets met je aan de hand.'

'Ik voelde me goed,' beaamde ze. 'Soms gaat het zo. En lichamelijk voel ik me meestal goed, zolang ik niet te veel van mezelf verg. Ik geloof niet dat er de laatste tijd veel verandering is geweest. En ik mag graag geloven dat ik me ermee heb verzoend. Het is verhelderend, want het maakt het makkelijker om te bepalen wat belangrijk voor me is en wat niet. Ik weet waar ik mijn tijd aan wil besteden en wat ik liever vermijd. Maar toch zijn er dagen dat ik me bang of verdrietig voel. Vooral vanwege mijn kinderen.'

'Zo zou ik me ook voelen. Toen ik in het ziekenhuis lag, was het hartverscheurend om Andrews doodsbange gezicht te zien terwijl hij aan mijn bed zat.'

'Daarom heb ik het tot nu toe geheimgehouden,' zei ze. 'Zelfs mijn zussen weten het niet. Of mijn vriendinnen.'

Hij boog zich naar haar toe en drukte zijn voorhoofd tegen dat van haar. 'Ik voel me vereerd dat je het met mij hebt gedeeld,' fluisterde hij.

'Ik heb overwogen om het eerder tegen je te zeggen,' bekende ze. 'Nadat je me had verteld over je ongeluk. Maar het was zo fijn samen en ik wilde niet dat daar een einde aan zou komen.'

'Er is nog steeds geen einde aan gekomen,' zei hij. 'Ik ben liever hier bij jou dan waar dan ook. En ondanks wat je me net hebt verteld, is dit een van de mooiste dagen van mijn leven.'

'Je bent zo'n lieverd.' Ze glimlachte treurig. 'Maar dat was je toen ook al.'

Ze hield haar hoofd iets schuiner zodat ze hem een tedere zoen kon geven, en de streling van zijn bakkebaarden bezorgde haar een déjà vu. 'Ik weet dat je zei dat twee glazen wijn tegenwoordig je maximum is, maar ik geloof dat ik er nog een wil. Doe je mee? Er staat nog een fles in de koelkast.'

'Ik haal het wel,' zei hij.

Terwijl hij in de keuken was, wreef Hope vermoeid over haar gezicht, nauwelijks in staat te geloven dat haar geheim eindelijk bekend was. Ze had het vreselijk gevonden om het Tru te moeten vertellen, maar nu ze de woorden een keer had gezegd, wist ze dat ze het opnieuw zou kunnen. Tegen Jacob en Rachel, en tegen haar zussen. Tegen haar vriendinnen. Zelfs tegen Josh. Maar niemand zou zo reageren als Tru, die erin was geslaagd om haar angsten weg te nemen, al was het slechts voor even.

Tru kwam terug met twee glazen en gaf er een aan haar. Zodra hij weer was gaan zitten, hief hij zijn arm op en ze kroop dicht tegen hem aan. Een tijdlang zaten ze zwijgend naast elkaar, starend in het vuur. Hopes hoofd duizelde door alle gebeurtenissen van die dag: Tru's terugkeer, het schetsboek, het vertellen van haar geheim. Het was bijna te veel om te bevatten.

'Ik had destijds op het vliegtuig moeten stappen,' zei Tru in de stilte. 'Ik had beter mijn best moeten doen om jou te vinden.'

'Ik heb ook het gevoel dat ik beter mijn best had moeten doen,' zei ze. 'Maar de wetenschap dat jij al deze jaren aan me hebt gedacht, betekent heel veel voor me.'

'Ook voor mij. Net zoals vandaag... Dat is alles waar ik ooit van heb gedroomd.'

'Maar ik ga dood.'

'Volgens mij leef je,' zei hij verrassend resoluut. 'En morgen en overmorgen, dat is het enige wat ieder van ons kan doen, leven bij de dag. Ik kan niet garanderen dat ik over een jaar nog zal leven, of over een maand. Of zelfs morgen.'

Ze legde haar hoofd tegen zijn arm. 'Dat wordt gezegd, en ik weet dat er een kern van waarheid in zit. Maar het is anders als je zeker weet dat je nog maar een bepaalde tijd te leven hebt. Als ik op mijn vader af ga, heb ik misschien nog vijf of vijfenhalf jaar. En het laatste jaar zal niet echt prettig zijn.'

'Over vierenhalf jaar ben ik zeventig.'

'Nou en?'

'Ik weet het niet. Er kan van alles gebeuren, dat is het hem juist. Ik weet wel dat ik de afgelopen vierentwintig jaar over jou heb gedroomd. Ik wilde je hand vasthouden en met je praten en voor je koken en 's nachts naast je liggen. Ik heb niet hetzelfde leven geleid als jij. Ik ben alleen gebleven, en toen ik over je brief hoorde, besefte ik dat ik alleen was omdat ik op jou wachtte. Ik hou van je, Hope.'

'Ik hou ook van jou.'

'Laten we dan geen tijd meer verspillen. Het is eindelijk tijd voor ons. Voor jou en mij. Wat de toekomt ook voor ons in petto heeft.'

'Wat bedoel je precies?'

Hij drukte een zachte zoen in haar hals en ze voelde het bloed naar haar buik snellen, net zoals vroeger. Hij veegde wat plukjes haar achter haar oor en mompelde: 'Trouw met me. Of doe dat niet, en deel gewoon mijn leven. Ik zal naar North Carolina verhuizen, en we kunnen gaan wonen waar je maar wilt. We kunnen samen gaan reizen, maar dat hoeft niet. We kunnen samen koken of we kunnen elke maaltijd buiten de deur eten. Het kan me niet schelen. Ik wil je alleen vasthouden, en met elke ademteug die jij of ik nemen van je houden. Het kan me niet schelen hoe lang het zal duren en het kan me ook niet schelen hoe ziek je zult worden. Het enige wat ik wil ben jij. Wil je dat voor me doen?'

Hope staarde hem aan, volkomen verbijsterd, tot ze eindelijk begon te glimlachen. 'Meen je dat echt?'

'Ik zal alles doen wat je wilt,' zei hij. 'Als ik maar bij jou ben.'

Zonder nog een woord te zeggen pakte ze zijn hand. Ze kwam overeind van de bank en trok hem mee naar de slaapkamer, en die nacht leerden ze elkaar opnieuw kennen, hun lichamen bewegend op de herinnering van een ander moment, vertrouwd maar ook teder, onmogelijk nieuw. Daarna lag ze naast Tru en sloeg ze hem gade met dezelfde diepe tevredenheid die ze in zijn ogen zag. Die blik had ze haar hele leven gemist.

'Dat wil ik graag,' fluisterde ze.

'Wat wil je?' vroeg hij.

Ze schoof dichter naar hem toe, zoende hem op zijn neus en daarna op zijn lippen. 'Ik wil graag,' fluisterde ze, 'met je trouwen.'

Epiloog

Ik heb geworsteld met het einde van het verhaal van Tru en Hope. Ik wilde geen opsomming geven van Hopes lange strijd tegen ALS of van de talloze manieren waarop Tru haar aftakeling probeerde te verzachten. Daarentegen heb ik wel een extra hoofdstuk geschreven over de week die Hope en Tru in Carolina Beach doorbrachten, over Hopes gesprek met haar kinderen, over hun bruiloft in februari van het jaar daarna en over de heerlijke safari die ze bij wijze van huwelijksreis hebben gemaakt. Ik besloot het hoofdstuk met een beschrijving van hun jaarlijkse wandeling naar Kindred Spirit waar ze de gele envelop in de brievenbus achterlieten opdat anderen hun verhaal misschien zouden lezen. Uiteindelijk heb ik de pagina's die ik had geschreven echter weggelaten – tijdens mijn gesprekken met hen was duidelijk geworden dat het verhaal dat zij met anderen wilden delen eenvoudig moest zijn: Ze werden verliefd, waren jaren lang van elkaar gescheiden, maar vonden een manier om weer bij elkaar te komen, gedeeltelijk door de magie die geassocieerd wordt met Kindred Spirit. Ik wilde de aandacht niet afleiden van de bijna sprookjesachtige aard van hun verhaal.

Toch had ik het gevoel dat hun verhaal niet helemaal af was. De schrijver in mij had het gevoel dat er een kloof was met betrekking tot Tru's leven in de jaren voorafgaande aan zijn hereniging met Hope. Daarom heb ik Tru slechts enkele maanden voor de publicatie gebeld om zijn toestemming te vragen voor nog een reis naar Zimbabwe. Ik wilde Romy spreken, een man die een kleine, bijna onbelangrijke rol had gespeeld in het liefdesverhaal van Tru en Hope.

Na zijn pensionering was Romy in een klein dorp in het Chegutu District in Noord-Zimbabwe gaan wonen, en de reis ernaartoe is een verhaal op zich. In dat deel van het land wemelde het van de vuurwapens en ik was bang dat ik ontvoerd zou worden, maar toevallig bleek de chauffeur die ik had ingehuurd goede contacten te onderhouden met de stammen die de baas waren in dat gebied, en hij heeft ervoor gezorgd dat ik de reis veilig heb doorstaan. Ik vermeld dit alleen omdat ik daardoor moest denken aan de huidige wetteloosheid in het land. Een land dat ik desondanks beschouw als een van de opmerkelijkste plekken op aarde.

Romy was mager en had grijs haar, en zijn huid was donkerder dan die van de meeste andere dorpelingen. Hij miste een voortand, maar bewoog zich, net als Tru, nog steeds met een verbazingwekkende souplesse. Tijdens ons gesprek zaten we op een bank die bestond uit betonblokken en onderdelen van wat ooit een laadbak van een pick-up was geweest. Nadat ik mezelf had voorgesteld, vertelde ik hem over het boek dat ik had geschreven en legde ik hem uit dat ik hoopte op meer achtergrondinformatie over zijn vriend Tru Walls.

Er verscheen een trage grijns op zijn gezicht. 'Dus hij heeft haar gevonden?'

'Volgens mij hebben ze elkaar gevonden.'

Romy boog zich voorover en raapte een stok op van de grond. 'Hoe vaak ben jij in Zimbabwe geweest?'

'Dit is mijn tweede keer.'

'Weet je wat hier met bomen gebeurt die door olifanten omver zijn geduwd? Weet je waarom je hier nergens bomen op de grond ziet liggen?'

Geïntrigeerd schudde ik mijn hoofd.

'Termieten,' zei hij. 'Die eten alles op tot er niets meer over is. Goed voor de wildernis, maar slecht voor alles wat van hout is gemaakt. Daarom is deze bank van betonblokken en metaal gemaakt. Omdat termieten maar blijven doorgaan met eten.'

'Ik begrijp niet goed wat je me probeert te vertellen.'

Romy legde zijn ellebogen op zijn knokige knieën en boog zich naar me toe, nog altijd met de stok in zijn hand. 'Zo was Tru eraan toe toen hij terugkwam uit Amerika... het leek alsof hij vanbinnen werd opgevreten. Hij was altijd al eenzelvig, maar nu was het meer iets van... hij was altijd alleen. Hij bleef op zijn kamer en maakte tekeningen, maar liet die niet meer aan mij zien. Ik heb heel lang niet geweten wat er mis was, ik wist alleen dat hij zich, elk jaar als het september werd, weer treurig begon te gedragen.'

Romy brak de stok doormidden en liet de stukken op de grond vallen.

'Toen, op een avond in september, ongeveer vijf of zes jaar nadat hij uit Amerika was teruggekomen, zag ik hem buiten zitten. Hij dronk. Ik had een sigaret opgestoken en ben naar hem toe gelopen. Hij draaide zich naar me toe, en zijn gezicht... die uitdrukking had ik nog nooit gezien. Toen ik vroeg hoe het met hem ging, zei hij niets. Hij zei ook niet dat ik weg moest gaan, dus ben ik naast hem gaan zitten. Na een tijdje schonk hij een borrel voor me in. Hij had altijd goede whisky. Zijn familie was rijk, weet je.'

Ik knikte.

'Na een poosje vroeg hij me wat het moeilijkste was wat ik ooit had gedaan. Ik zei dat ik het niet wist, want het leven zit vol moeilijke dingen. Ik vroeg hem waarom hij dat wilde weten. Hij zei dat hij heel goed wist wat het moeilijkste was wat hij ooit had moeten doen, en dat er nooit iets zou komen wat moeilijker was.'

Romy slaakte een piepende zucht voor hij verderging. 'Het zat hem niet in de woorden, maar in de manier waarop hij het zei. Er klonk zo veel treurigheid door in zijn stem, zo veel pijn, alsof die termieten zijn ziel hadden opgegeten. En toen vertelde hij me over die reis naar Amerika... en over de vrouw. Hope.'

Romy draaide zich naar me toe en keek me aan.

'Ik heb in mijn leven van een aantal vrouwen gehouden,' zei hij met een grijns die daarna weer verdween. 'Maar toen hij zijn verhaal deed, wist ik dat ik nooit op die manier van iemand had gehouden. En toen hij vertelde hoe hij afscheid had genomen...'

Romy staarde naar de grond. 'Hij huilde als een gebroken man. De pijn die hij voelde, sneed door mijn ziel.' Hij schudde zijn hoofd. 'Elke keer dat ik hem daarna tegenkwam, dacht ik: hij voelt die pijn nog steeds, maar verbergt die nu gewoon.'

Romy viel stil, en we zaten een tijdje zwijgend naast elkaar terwijl de schemering over het dorp viel. 'Daarna heeft hij het er nooit meer over gehad. Wat later ben ik met pensioen gegaan en toen heb ik Tru een hele tijd niet gezien, niet meer totdat hij dat grote ongeluk kreeg. Ik ben toen bij hem op bezoek geweest in het ziekenhuis. Wist je dat?'

'Ja,' zei ik.

'Hij zag er afschuwelijk uit, echt afschuwelijk. Maar de artsen zeiden dat het veel beter met hem ging dan eerst. Hij haalde vaak zijn woorden door elkaar, en daarom heb ik toen veel gepraat. Ik deed mijn best om vrolijk te zijn en grappen te maken. Ik vroeg hem of hij Jezus of God nog had gezien toen hij was doodgegaan. Toen wierp hij me een trieste glimlach toe, eentje waardoor mijn hart bijna brak. "Nee," zei hij tegen me. "Ik heb Hope gezien."'

Na mijn terugkeer uit Zimbabwe ben ik naar het strand gereden waar Tru en Hope tegenwoordig wonen. Ik had er bijna een jaar voor uitgetrokken om onderzoek te doen voor het verhaal en het schrijven ervan, en eigenlijk wilde ik hen niet meer storen. Maar toch ben ik bijna op de automatische piloot langs de waterkant gaan lopen, en kwam ik langs hun cottage.

Het was ongeveer drie uur 's middags. Ik ben verder gelopen over het strand tot ik uiteindelijk bij de pier was, en ik ben naar het einde ervan geslenterd. Er stond een handjevol mensen te vissen, maar ik vond een leeg plekje aan de rand. Ik staarde naar de oceaan en terwijl ik de bries in mijn haren voelde, wist ik dat het schrijven van hun verhaal mij had veranderd.

Ik had ze allebei al maanden niet gezien, en ik miste ze. Ik putte troost uit de wetenschap dat ze nu samen waren, zoals voorbestemd was. Later, toen ik op de terugweg voor de tweede keer langs hun cottage liep, gleed mijn blik automatisch naar hun huis. Ze waren nog steeds nergens te zien.

Ondertussen was het laat geworden en vertoonde de hemel een mengeling van violette, blauwe en grijze strepen, en aan de horizon was de maan aan haar opkomst begonnen alsof ze zich de hele dag had verstopt op de oceaanbodem.

Het werd steeds donkerder en ik betrapte mezelf erop dat ik nog een keer over het strand tuurde. In de verte zag ik hun huis, en hoewel het strand bijna helemaal verlaten was, zag ik dat Tru en Hope naar buiten waren gekomen om van de avond te genieten. Mijn hart maakte een vreugdesprongetje toen ik ze zag, en ik dacht opnieuw aan alle jaren die ze niet bij elkaar waren geweest. Ik dacht aan hun toekomst, de wandelingen die ze zouden missen en de avonturen die ze nooit zouden beleven. Ik dacht aan opoffering en aan wonderen. En ik dacht ook aan de liefde die ze altijd voor elkaar hadden gevoeld – als sterren die bij daglicht aan de hemel staan, onzichtbaar, maar altijd aanwezig.

Ze stonden onder aan de rolstoelhelling die Tru had gebouwd toen ik hem voor de eerste keer ontmoette. Hope zat in een rolstoel met een deken over haar benen geslagen. Tru stond naast haar met zijn hand op haar schouder. Er zat een heel leven aan liefde in dat eenvoudige gebaar en ik kreeg een brok in mijn keel. Ik bleef naar hen staren en blijkbaar voelde hij mijn aanwezigheid in de verte, want hij draaide zich naar me toe.

Hij wuifde naar me. En toen ik terugzwaaide, wist ik dat dit een soort afscheid was. Hoewel ik ze beschouwde als vrienden, dacht ik niet dat we elkaar ooit nog zouden spreken.

Eindelijk was hun tijd aangebroken.

Kindred Spirit

Er zijn verhalen die hun oorsprong vinden in mysterieuze, onbekende plekken, terwijl andere worden ontdekt, als een geschenk van een ander. Dit verhaal behoort tot de laatste categorie. Op een koele, winderige dag in de late lente van 2016, reed ik naar Sunset Beach in North Carolina, een van de vele kleine eilanden tussen Wilmington en de grens met South Carolina. Ik parkeerde mijn pick-up bij de pier en wandelde over het strand naar Bird Island, een onbewoond natuurreservaat aan de kust. Mensen uit de buurt hadden me verteld dat daar iets was wat ik moest zien. Misschien, zo suggereerden ze, zou die plek zelfs in een van mijn romans terechtkomen. Ze zeiden dat ik moest uitkijken naar een Amerikaanse vlag, en toen ik die in de verte zag, wist ik dat ik in de buurt kwam.

Zodra die vlag in zicht kwam, gaf ik mijn ogen goed de kost. Er was me verteld dat ik vlak bij de duinen moest uitkijken naar een brievenbus, die Kindred Spirit heette. De brievenbus – die op een paal van verweerd drijfhout was bevestigd, vlak bij een met helmgras begroeide duin – staat daar al sinds 1983 en is van iedereen en niemand. Iedereen kan er een brief of een ansichtkaart in achterlaten en elke voorbijganger kan alles lezen wat erin is gelegd. Iets wat duizenden mensen jaarlijks doen. In de loop der tijd is Kindred Spirit een bewaarplek geworden van de hoop en de dromen van mensen in geschreven vorm… en er zijn altijd liefdesgeschiedenissen te vinden.

Het strand was leeg. Toen ik naar de afgelegen brievenbus op zijn verlaten stuk kustlijn liep, kon ik net een houten bank onderscheiden die ernaast stond. Het was de ideale plek om even uit te rusten, een buitenpost voor overpeinzingen.

Ik stak mijn hand in de brievenbus en vond twee ansichtkaarten, een aantal geopende brieven, een recept voor Brunswick-stoofpot, een dagboek dat klaarblijkelijk in het Duits was geschreven en een dikke lichtbruine envelop. Er lagen pennen, een leeg notitieblok en enveloppen – waarschijnlijk voor eenieder die zich geïnspireerd voelde om zijn of haar eigen verhaal aan de inhoud toe te voegen. Nadat ik op het bankje was gaan zitten, las ik de ansichtkaarten en het recept en wijdde me vervolgens aan de brieven. Bijna ogenblikkelijk viel me op dat niemand een achternaam had gebruikt. In sommige brieven stond een voornaam, in andere alleen initialen, en weer andere waren volledig anoniem, wat het gevoel van mysterie nog meer versterkte.

Maar die anonimiteit leek wel ruimte te laten voor oprechte overpeinzingen. Ik las over een vrouw die, nadat ze kanker had overwonnen, de man van haar dromen had ontmoet in een christelijke boekwinkel, maar vreesde dat ze niet goed genoeg voor hem was. Ik las over een kind dat later astronaut hoopte te worden. Er lag een brief van een jongeman die van plan was om zijn liefje ten huwelijk te vragen in een heteluchtballon en nog een brief van een man die zijn buurvrouw mee uit wilde vragen, maar bang was om afgewezen te worden. Er was een brief van iemand die onlangs uit de gevangenis was gekomen en niets liever wilde dan zijn leven opnieuw beginnen. Het laatste epistel was afkomstig van een man die onlangs zijn hond, Teddy, had laten inslapen. De man rouwde nog steeds, en nadat ik de brief had uitgelezen, bestudeerde ik de foto die ook in de envelop zat, van een zwarte labrador met vriendelijke ogen en een grijzende snuit. De man had ondertekend met zijn initialen A.K., en ik hoopte van harte dat hij een manier zou vinden om de leegte te vullen die Teddy's afwezigheid had achtergelaten.

Tegen die tijd was de wind aangetrokken en werden de wolken donkerder. Er kwam een onweersbui aan. Ik legde het recept, de ansichtkaarten en de brieven terug in de brievenbus terwijl ik me afvroeg of ik de bruine envelop open moest maken. De dikte ervan duidde op een aanzienlijk aantal pagina's, en ik had absoluut geen zin om door een bui te worden overvallen terwijl ik naar mijn auto terugliep. Al peinzend draaide ik de envelop om en ik zag dat iemand op de achterkant had geschreven: dit is het indrukwekkendste verhaal ooit geschreven!

Een smeekbede voor erkenning? Een uitdaging? Wie had die opmerking geschreven, de auteur of iemand die de inhoud had bestudeerd? Ik wist het niet, maar hoe kon ik er weerstand aan bieden?

Ik maakte de flap open. De envelop bevatte een tiental pagina's, fotokopieën van drie brieven en een aantal gefotokopieerde tekeningen van een man en een vrouw die duidelijk verliefd op elkaar leken. Die legde ik opzij en ik pakte het verhaal. De eerste regel stemde me tot nadenken:

> Het lot dat het belangrijkst is in ieders leven is het lot met betrekking tot de liefde.

De toon was volkomen anders dan die van de vorige brieven en dit verhaal leek de belofte van iets groots in te houden. Ik ging ontspannen zitten en begon te lezen. Na een pagina of twee veranderde mijn nieuwsgierigheid in echte belangstelling. En na nog een paar pagina's kon ik het verhaal niet meer wegleggen. In het daaropvolgende half uur heb ik gelachen en een brok in mijn keel gekregen. Ondertussen negeerde ik het aanwakkeren van de wind en de wolken, die de kleur van houtskool hadden gekregen. Donder en bliksemschichten bereikten in de verte de rand van het eiland terwijl ik de laatste woorden met een gevoel van verwondering las.

Eigenlijk had ik toen moeten opstappen. Over de golven zag ik regensluiers op me af komen, maar in plaats van te vertrekken, las ik het verhaal nog een keer. Bij die keer hoorde ik de stemmen van de personages met een ongelooflijke helderheid. Tegen de tijd dat ik de brieven uit had en de tekeningen aandachtig had bekeken, had ik het idee opgevat om de schrijver op te sporen en hem het idee aan de hand te doen om van dit verhaal een boek te maken.

Maar het opsporen van die persoon zou niet makkelijk worden. De meeste gebeurtenissen hadden zich lang geleden afgespeeld – meer dan een kwart eeuw geleden – en in plaats van namen werden er alleen initialen vermeld. Zelfs in de brieven waren de oorspronkelijke namen onleesbaar gemaakt met correctievloeistof voordat de pagina's waren gekopieerd. Er was niets waaruit bleek wie de schrijver of de kunstenaar was geweest.

Toch waren er nog een paar aanwijzingen over. In het deel van het verhaal dat uit 1990 dateerde was sprake van een restaurant dat aan de achterkant een houten terras had en binnen een open haard met op de schoorsteenmantel een kanonskogel die, naar verluidt, was geborgen uit het schip van Zwartbaard. Er was ook een verwijzing naar een cottage op een eiland voor de kust van North Carolina, dat op loopafstand van het restaurant lag. En op wat de meest recent geschreven pagina's leken te zijn, vertelde de schrijver over een verbouwing aan een strandhuis waaraan op dit moment werd gewerkt, op een compleet ander eiland. Ik had geen idee of die verbouwing inmiddels klaar was, maar ik moest ergens beginnen. Hoewel er jaren waren verstreken, hoopte ik dat de tekeningen me uiteindelijk zouden helpen om de mensen in kwestie te identificeren. En dan was er natuurlijk nog de Kindred Spirit-brievenbus op het strand waar ik zat, die een cruciale rol speelde in hun verhaal.

Tegen die tijd was de lucht echt héél dreigend geworden en wist ik dat ik geen tijd meer had. Ik stopte de pagina's terug in de grote envelop, legde die terug in de brievenbus en haastte me naar mijn pick-up. Ik was de wolkbreuk maar net voor. Als ik nog een paar minuten had gewacht, zou ik volkomen doorweekt zijn geraakt, en hoewel ik mijn ruitenwissers in de hoogste stand had, kon ik nauwelijks iets door de voorruit zien. Ik reed naar huis, maakte een late lunch voor mezelf en staarde uit het raam terwijl ik bleef denken aan het stel over wie ik in het manuscript had gelezen. Toen het avond was, wist ik dat ik terug moest naar Kindred Spirit om het verhaal nog een keer te onderzoeken, maar het weer en wat zakenreizen zorgden ervoor dat het bijna een week duurde voordat ik er nogmaals naartoe kon.

Toen het eindelijk zover was, lagen de brieven, het recept en het dagboek er nog steeds, maar was de lichtbruine envelop verdwenen. Ik vroeg me af wat ermee was gebeurd en ik was benieuwd of een onbekende even geroerd was geraakt door de pagina's als ik, en ze had meegenomen. Of misschien was er een soort conciërge die de brievenbus af en toe opschoonde. Maar ik vroeg me vooral af of de schrijver bedenkingen had gekregen over het onthullen van het verhaal en zelf was teruggekomen om de envelop weg te halen.

Daardoor werd mijn verlangen om met de schrijver te spreken nog groter, maar ik had het een maand lang druk met het gezinsleven en mijn werk, waardoor ik pas in juni tijd had om aan mijn speurtocht te beginnen. Ik zal jullie niet vervelen met alle bijzonderheden omtrent die speurtocht – het vergde bijna een hele week tijd, talloze telefoontjes, bezoekjes aan verscheidene Kamers van Koophandel en gemeentehuizen waar bouwvergunningen werden gearchiveerd, en honderden kilometers in de auto. Aangezien het eerste deel van het verhaal tientallen jaren geleden had plaatsgevonden, waren sommige zaken waarnaar werd verwezen allang verdwenen. Het lukte me om de locatie van het restaurant op te sporen – tegenwoordig is het een chique visrestaurant met witte tafellakens – en ik gebruikte dat als mijn uitgangspunt om op onderzoek uit te gaan en de omgeving een beetje te leren kennen. Daarna, terwijl ik het spoor van bouwvergunningen volgde, bezocht ik het ene eiland na het andere, en op een van mijn vele strandwandelingen, hoorde ik uiteindelijk het geluid van gehamer en een elektrische boormachine – op zich niet vreemd bij huizen langs de kust die zijn aangetast door het zout en het weer. Maar toen ik een oudere man zag die bezig was een rolstoelhelling te maken die van de top van de duin naar het strand leidde, voelde ik ineens een schok. Ik herinnerde me de tekeningen, en zelfs van een afstandje vermoedde ik dat ik een van de personages had gevonden over wie ik had gelezen.

Ik liep naar hem toe en stelde mezelf voor. Van dichtbij raakte ik er nog meer van overtuigd dat hij het was. Ik zag de rustige intensiteit waarover ik had gelezen en dezelfde opmerkzame blauwe ogen waarnaar in een van de brieven was verwezen. Ik schatte hem op eind zestig: de juiste leeftijd. Na het een tijdje over koetjes en kalfjes te hebben gehad, vroeg ik hem op de man af of hij het verhaal had geschreven dat in Kindred Spirit was beland. Als reactie wendde hij zijn blik opzettelijk naar de oceaan en deed er bijna een minuut het zwijgen toe. Toen hij me weer aankeek, zei hij dat hij mijn vragen de volgende middag zou beantwoorden, maar alléén als ik bereid was om hem een handje te helpen bij zijn bouwproject.

De volgende ochtend verscheen ik al vroeg met een gereedschapsriem, maar het gereedschap bleek niet nodig te zijn. In plaats daarvan droeg hij me op om multiplexplaten, smalle balken en geïmpregneerd hout van de voorkant naar de achterkant van het huis te brengen, op en over het zandduin, tot op het strand. De stapel hout was enorm, en door het mulle zand leek elke lading wel twee keer zo zwaar. Dat kostte me bijna de hele dag, en op wat aanwijzingen na waar ik het hout moest leggen, sprak hij geen woord tegen me. Hij bracht de dag door met boren en spijkeren onder een verschroeiende, vroege zomerzon en hij had meer belangstelling voor de kwaliteit van zijn werk dan voor mijn aanwezigheid.

Kort nadat ik de laatste lading had verplaatst, gebaarde hij dat ik op het duin moest gaan zitten, waarna hij een koelbox openmaakte. Nadat hij twee plastic bekers had gevuld uit een thermoskan en me een beker met ijsthee aanreikte, zei hij uiteindelijk: 'Ja, ik heb het geschreven.'

'Is het waar gebeurd?'

Hij kneep zijn ogen tot spleetjes, alsof hij me inschatte.

'Sommige dingen wel,' gaf hij toe, met de tongval waarvan ik de beschrijving op de pagina's had gelezen. 'Sommigen zijn het misschien niet eens met de feiten, maar herinneringen draaien niet altijd om feiten.'

Ik vertelde hem dat het wellicht een fascinerend boek kon worden en hield een reeks vurige pleidooien. Hij hoorde me zwijgend aan met een ondoorgrondelijke uitdrukking op zijn gezicht. Om de een of andere reden voelde ik een groot, bijna vurig verlangen om hem te overreden. Na een ongemakkelijke stilte waarin hij mijn voorstel leek af te wegen, zei hij eindelijk iets. Hij was bereid om het idee verder te bespreken en wellicht zelfs om gehoor te geven aan mijn verzoek, maar alleen op voorwaarde dat hij het verhaal als eerste te lezen zou krijgen. En als het hem niet beviel, zou ik de pagina's moeten vernietigen. Ik probeerde een slag om de arm te houden. Het schrijven van een boek is een inspanning van maanden, of zelfs jaren – maar hij hield voet bij stuk. Uiteindelijk stemde ik erin toe. Eerlijk gezegd begreep ik zijn redenatie wel. Als het andersom was geweest, zou ik hem hetzelfde hebben gevraagd.

Daarna zijn we naar de cottage gegaan. Ik stelde vragen en kreeg antwoorden. Hij gaf me nog een kopie van het verhaal en ik kreeg de oorspronkelijke tekeningen en brieven te zien, waardoor het verleden zelfs nog meer tot leven kwam.

Het gesprek kabbelde verder. Hij wist het verhaal goed te vertellen en bewaarde het mooiste tot het laatst. Toen het donker werd, liet hij me een opmerkelijk voorwerp zien – dat uit liefde was gemaakt – waardoor ik de gebeurtenissen helder en tot in detail voor de geest kon zien, alsof ik overal getuige van was geweest. Ook begon ik voor me te zien hoe de woorden op papier zouden staan, alsof het verhaal zichzelf schreef en mijn rol louter bestond uit het transcriberen ervan.

Voordat ik vertrok, vroeg hij me om niet hun echte namen te gebruiken. Hij had geen behoefte aan roem – hij beschouwde zichzelf als iemand die erg op zijn privacy was gesteld – maar bovendien wist hij dat het verhaal mogelijk oude wonden zou openrijten en nieuwe wonden zou toebrengen. De gebeurtenissen hadden tenslotte niet op zich gestaan. Er waren mensen bij betrokken die nog leefden en van wie sommigen misschien gekwetst zouden worden door de onthullingen. Ik heb gehoor gegeven aan zijn verzoek omdat ik van mening ben dat het verhaal een grotere waarde en betekenis heeft: de kracht om ons eraan te herinneren dat er momenten zijn waarop het lot en de liefde met elkaar botsen.

Kort na de eerste avond die we samen hadden doorgebracht, begon ik aan de roman. In het daaropvolgende jaar belde ik hem of ging ik bij hem op bezoek als ik vragen had. Ik bezocht alle plekken, of in elk geval de plekken die in de loop der jaren niet waren verdwenen. Ik spitte krantenarchieven door en bestudeerde foto's die meer dan vijfentwintig jaar geleden waren genomen. Om nog meer details aan de weet te komen, bracht ik een week door in een bed and breakfast in een klein stadje aan de oostkust van North Carolina en reisde ik zelfs helemaal naar Afrika. Ik bofte, want op die twee plekken lijkt de tijd langzamer te verstrijken. Er waren momenten waarop ik het gevoel had dat ik echt diep in het verleden was beland.

Vooral mijn reis naar Zimbabwe was nuttig. Ik was er nog nooit geweest en ik werd overweldigd door de spectaculaire wilde dieren. Het land werd ooit de broodmand van Afrika genoemd, maar ten tijde van mijn bezoek was veel van de agrarische infrastructuur in verval geraakt en de economie was ingestort, voornamelijk vanwege politieke redenen. Ik liep langs vervallen boerderijen en braakliggende velden en moest mijn fantasie gebruiken om me voor te stellen hoe groen het land moest zijn geweest toen het verhaal begon. Ik heb ook drie weken besteed aan verscheidene safari's, waarbij ik alles om me heen grondig heb opgenomen. Ik heb met gidsen, verkenners en spotters gepraat en hun gevraagd naar hun training en hun dagelijks leven. Ik heb erover nagedacht hoe moeilijk het voor hen moest zijn om een gezinsleven te hebben, aangezien ze bijna al hun tijd in de wildernis doorbrengen. Ik moet toegeven dat ik Afrika ontzettend verleidelijk vond. Sinds die reizen heb ik vaak de behoefte gevoeld om er nog eens naartoe te gaan, en ik weet zeker dat ik dat binnen niet al te lange tijd zal doen.

Ondanks al het onderzoek is er nog veel dat onbekend blijft. Zevenentwintig jaar is een lange tijd, en het is onmogelijk om een oud gesprek tussen twee mensen woord voor woord te herscheppen. Ook is het onmogelijk om je exact te herinneren welke stappen iemand heeft gezet, hoe de wolken aan de hemel stonden of welk ritme de golven hadden toen ze op het strand rolden. Wat ik wél kan zeggen is dat het volgende verhaal het beste is waar ik toe in staat ben onder zulke beperkingen. Aangezien ik nog meer veranderingen heb aangebracht omwille van de privacy, durf ik met een gerust hart te zeggen dat dit boek een roman is en geen nonfictiewerk.

Het ontstaan, het onderzoek en de totstandkoming van dit boek is een van de gedenkwaardigste ervaringen van mijn leven geworden. In bepaalde opzichten heeft het mijn opvatting over liefde veranderd. Ik neem aan dat de meeste mensen worden geplaagd door een gevoel van *wat zou er zijn gebeurd als ik mijn hart had gevolgd?* – maar het is absoluut onmogelijk om daar ooit een antwoord op te krijgen. Een leven is tenslotte niets anders een reeks van leventjes, die dag na dag worden geleefd, en elk van die dagen stelt ons voor keuzes die gevolgen met zich meebrengen. Stukje bij beetje helpen die beslissingen om ons te maken tot de mensen die we worden. Ik heb geprobeerd om sommige fragmenten naar eer en geweten vast te leggen, maar wie zegt dat het beeld dat ik heb geschetst echt weergeeft hoe het stel werkelijk is geweest?

Er zullen altijd twijfelaars zijn als het op de liefde aankomt. Verliefd wórden is het makkelijkste deel, ervoor zorgen dat die liefde voortduurt tijdens de verschillende uitdagingen waar het leven je voor stelt, is voor velen een ongrijpbare droom. Maar als je dit verhaal leest met hetzelfde gevoel van verwondering dat ik had toen ik het schreef, dan bestaat de kans dat je een hernieuwd vertrouwen krijgt in de geheimzinnige kracht die liefde op mensenlevens kan uitoefenen. Misschien zul je op een dag zelf naar Kindred Spirit gaan om je verhaal te vertellen… een verhaal dat de kracht heeft om het leven van een ander te veranderen op manieren die je nooit voor mogelijk had gehouden.

Nicholas Sparks
2 september, 2017

Aantekeningen van de schrijver

Beste lezer,

Hoewel mijn romans zich over het algemeen conformeren aan bepaalde, verwachte normen (ze spelen zich doorgaans af in North Carolina, gaan over een liefdesgeschiedenis, et cetera), probeer ik wel om bij elk boek op een interessante manier te variëren met de thema's, de personages of de technieken. Ik ben altijd dol geweest op het literaire trucje van 'zelfinsertie' waarbij de auteur zichzelf als personage opvoert in een roman. Soms als een nauwelijks verholen autobiografische verteller, zoals Vonnegut in *Slachthuis vijf*, soms alleen in het voorbijgaan, zoals het personage van Stephen King in *De donkere toren 6*, wiens geheel fictieve dagboek een rol in het verhaal speelt (en over wie in de roman wordt vermeld dat hij is overleden in 1997). Een van mijn lievelingsschrijvers, Herman Wouk, heeft op zevenennegentigjarige leeftijd een roman geschreven, *The Lawgiver*, waarin hij fictief betrokken raakt bij een rampzalige poging om een Hollywoodfilm te maken, ondanks de twijfels van Betty, de vrouw met wie hij in het echt getrouwd was. Deze gelaagde verhaal-binnen-een-verhaal-techniek waarbij de schrijver een rol speelt, heeft me altijd geïntrigeerd. Het is het romaneske equivalent van renaissanceschilders die zelf speels op hun schilderijen figureren. Ik hoop dat u het met me eens bent dat de delen van het boek die ik met mijn eigen stem heb verteld, te weten het begin en het einde, een interessante dimensie hebben toegevoegd aan wat anderszins een klassiek verhaal is over geliefden die lang van elkaar verstoken zijn geweest.

Hoewel mijn 'ontdekking' van het verhaal van Tru en Hope volledig fictief is, komen de inspiratie en de omgeving voort uit mijn eigen ervaringen. In 2010 ben ik voor het eerst naar Afrika gegaan en tijdens die reis ben ik smoorverliefd geworden op de landen waarvan ik het geluk had ze te kunnen bezoeken – de waanzinnig spectaculaire landschappen, de fascinerende en uiteenlopende culturen, de turbulente politieke geschiedenissen en het merkwaardige gevoel van tijdloosheid dat ik daar heb ervaren. Ik ben sindsdien nog verscheidene malen in Afrika geweest waarbij ik elke keer andere regio's heb verkend en een razendsnel verdwijnende natuurlijke omgeving heb bezocht. Die reizen hebben zonder meer mijn leven veranderd. Op elke reis heb ik tientallen safarigidsen ontmoet wier uitgebreide kennis en fascinerende levensverhaal koren op mijn creatieve molen waren, en die me uiteindelijk hebben geïnspireerd tot het scheppen van een personage wiens lot verweven was met, en werd bepaald door, het opgroeien in Afrika.

Ook Carolina Beach heeft een speciaal plekje in mijn hart, aangezien ik me vaak heb overgegeven aan de eenvoudige, opbeurende krachten van die plek wanneer ik behoefte had aan zelfbespiegeling of herstel. Vooral in het laagseizoen vormen de winderige stranden en ontspannen permanente inwoners het volmaakte medicijn tegen de spanningen des levens: lange wandelingen op een verlaten strand, simpele maaltijden bij eenvoudige eetgelegenheden en het onophoudelijke gebulder van de oceaan. Ik kan het iedereen aanraden die op zoek is naar een rustiger alternatief voor een verblijf in een typisch all-inclusive hotel.

En tot slot Kindred Spirit: die brievenbus bestaat echt en staat in het natuurreservaat op het Bird Island, nabij Sunset Beach, in North Carolina. Als doorgewinterde briefschrijver voelde ik me van nature aangetrokken tot de afgelegen brievenbus die de spil was in mijn verhaal. Wellicht bent u op een goede dag zelf in de gelegenheid om deze schilderachtige bestemming te bezoeken en uw eigen gedachten en verhalen met anderen te delen…

Nicholas Sparks

Dankwoord

De totstandkoming van elke roman is een beetje zoals ik me de geboorte van een kind voorstel: een proces van hoop, doodsangst, schurende uitputting, en uiteindelijk vreugde... een ervaring die ik gelukkig niet alleen hoef te doorstaan. Bij elke fase, van het prille begin tot de geboorte, word ik sinds jaar en dag bijgestaan door mijn literair agente Theresa Park. Zij is ongelooflijk getalenteerd en intelligent, en in de afgelopen kwart eeuw is ze ook mijn beste vriendin geworden. Het team bij Park Literary & Media is absoluut het indrukwekkendste, kundigste en meest vooruitziende team in de uitgeverswereld: Abigail Koons en Blair Wilson zijn de architecten van mijn internationale carrière. Andrea Mai bedenkt vernieuwende manieren om mij te koppelen aan detailhandelaars zoals Target, Walmart, Amazon en Barnes & Noble. Emily Sweet regelt mijn talloze social media, licenties en merkpartnerschapsondernemingen. Alexandra Green biedt belangrijke juridische en strategische steun, en Pete Knapp en Emily Clagett zorgen ervoor dat mijn werk relevant blijft voor een lezersgroep die voortdurend in ontwikkeling is.

Bij de uitgeverij die al mijn boeken vanaf *Het Dagboek* heeft uitgegeven, hebben door de decennia heen veel veranderingen plaatsgevonden, maar ik ben er dankbaar voor dat mijn werk de afgelopen jaren is gepromoot door de CEO van Hachette Book Group: Michael Pietsch. Uitgever Ben Sevier en hoofdredactrice Karen Kosztolnyik van Grand Central Publishing zijn recente, maar bijzonder welkome toevoegingen aan het team, vanwege hun frisse ideeën en nieuwe energie. Ik zal Dave Epstein, de onderdirecteur van de afdeling Verkoop aan Detailhandel van GCP missen, die – samen met zijn baas, Chris Murphy en Andrea Mai van PLM – heeft geholpen bij het vormgeven van de verkoopstrategie bij mijn laatste paar boeken. Dave, nu je met pensioen bent, hoop ik dat je vele dagen rustig vissend kunt doorbrengen. Flag en Anne Twomey, jullie leveren jaar in jaar uit magie en kwaliteit wat betreft mijn boekomslagen. Ik bedank Brian McLendon en mijn bijzonder geduldige publiciteitsagente Caitlyn Mulrooney-Lyski omdat ze de marketing- en publiciteitscampagnes van mijn boeken met zo veel zorgvuldigheid onder hun hoede nemen. Ook bedank ik Amanda Pritzker: jouw oplettendheid en doeltreffende samenwerking met het team van Park Literary worden bijzonder gewaardeerd.

Catherine Olim, die sinds jaar en dag mijn publiciteitsagente is bij PMK-BNC, is niet alleen mijn onvervaarde beschermster, maar ook mijn altijd eerlijke adviseuse wier raad ik koester. Dankzij de socialmediaexperts Laquishe 'Q' Wright en Mollie Smith sta ik in dagelijks contact met mijn fans, en zij hebben me aangemoedigd om mijn eigen stem te vinden in deze steeds veranderende wereld van virtuele communicatie. Ik ben dankbaar voor jullie trouw en voor alle goede raad die jullie me door de jaren heen hebben gegeven.

Voor mijn film- en televisie-activiteiten heb ik al ruim twintig jaar hetzelfde team: Howie Sanders (tegenwoordig van Anonymous Content), Keya Khayatian van UTA, en mijn toegewijde jurist op entertainmentgebied Scott Schwimer. (Scottie, ik hoop dat je zult genieten van je naamgenoot in dit boek!) Iedere auteur mag zichzelf gelukkig prijzen als dit fantastische team zijn of haar Hollywoodprojecten onder zijn hoede neemt.

En als laatste bedank ik mijn team thuis: Jeannie Armentrout; mijn assistente Tia Scott; Michael Smith; mijn broer Micah Sparks;

Christie Bonacci; Eric Collins; Todd Lanman; Jonathan en Stephanie Arnold; Austin en Holly Butler; Micah Simon; Gray Zurbruegg; David Stroud; Dwight Carlblom; David Wang; mijn accountants Pam Pope en Oscara Stevick; Andy Sommers; Hannah Mensch; David Geffen; Jeff Van Wie; Jim Tyler; David Shara; Pat en Billy Mills; Mike en Kristie McAden; de mensen met wie ik al heel lang bevriend ben, zoals Chris Matteo, Paul DuVair, Bob Jacob, Rick Muench, Pete DeCler en Joe Westermeyer; mijn familie in ruimere zin onder wie: Monty, Gail, Dianne, Chuck, Dan, Sandy, Jack, Mike, Parnell en al mijn neven, nichten en oomzeggers; en tot slot mijn kinderen: Miles, Ryan, Landon, Lexie en Savannah... elke dag en met elke ademteug zeg ik een dankgebedje voor jullie aanwezigheid in mijn leven.